BASTEI
LÜBBE
TASCHENBUCH

Titel in der Regel auch als E-Book erhältlich

Über die Autorin:

Elizabeth Hand, geboren 1957, ist eine preisgekrönte Autorin und hat diverse Romane, Novellen und Kurzgeschichten veröffentlicht. Für ihre Fantasy erhielt sie renommierte Preise, wie den World Fantasy Award und den Nebula Award. Mit *Dem Tod so nah* legte sie ihren ersten Thriller vor, und Presse sowie Autorenkollegen überschlugen sich vor Lob. Hand lebt mit ihrer Familie an der Küste von Maine.

Elizabeth Hand

DEM TOD SO NAH

Roman

Aus dem Amerikanischen von
Angela Koonen

BASTEI LÜBBE TASCHENBUCH

BASTEI LÜBBE TASCHENBUCH
Band 17246

Dieser Titel ist auch als E-Book erschienen

MIX
Papier aus verantwortungsvollen Quellen
FSC® C014496

Vollständige Taschenbuchausgabe

Deutsche Erstausgabe

Titel der amerikanischen Originalausgabe: »Generation Loss«
Originalverlag: Houghton Mifflin Harcourt, USA

Textredaktion: Lutz Steinhoff, Scripta Literaturagentur
Titelillustration: © shutterstock/happy kanppy;
© shutterstock/Ronald Sumners
Umschlaggestaltung: Kirstin Osenau
Satz: Urban SatzKonzept, Düsseldorf
Gesetzt aus der Garamond
Druck und Verarbeitung: GGP Media, Pößneck
Printed in Germany
ISBN 978-3-404-17246-7

1 3 5 7 6 4 2

Ich glaubte nun zu verstehen, dass es eine gewisse Verbindung (Verknüpfung) zwischen der PHOTOGRAPHIE, der VERRÜCKTHEIT und noch etwas anderem gab, das ich nicht recht benennen konnte.

Roland Barthes: *Die helle Kammer*

Kunst braucht Licht
seht her was passiert wenns fehlt.

Patti Smith: *sister morphine*

Erster Teil

Nachbelichten

1

Es gibt immer diesen Augenblick, in dem sich alles verändert. Ein Spitzenfotograf – einer wie Diane Arbus oder ich, als ich für den Bruchteil einer Sekunde berühmt war – sieht diesen Augenblick kommen und drückt auf den Auslöser, kurz bevor die Veränderung eintritt. Wenn man den Augenblick nicht kommen sieht, weil man blinzelt oder zu betrunken ist oder gerade woandershin blickt – na ja, alles verändert sich sowieso ständig, es macht also keinen allzu großen Unterschied.

Aber man ist für den Rest seines Lebens erledigt, weil man es vergeigt hat. Vielleicht hat es keiner mitgekriegt, aber man selbst weiß es. In meinem Fall war das kein Geheimnis. Jeder wusste, dass ich es vergeigt hatte. Manche Leute können mit so einer Situation klarkommen. Ich dagegen war nie gut im Klarkommen. In meinem Leben gab es ein großes beschissenes Loch. Warum so tun, als wäre es anders?

Ich wuchs auf in Kamensic Village, in einer versteckt liegenden Gegend des Hudson Valley, wo drei Countys in einer unwirtlichen Ansammlung von historischen Hollandhäusern, Äckern, uralten Bäumen und Villen von Neureichen aneinandergrenzen. Mein Vater war, besser gesagt, er *ist* der Bürgermeister. Ich war ein Einzelkind und ganz schön wild, genauso wie alle privilegierten Kinder dort.

Von klein auf kam es mir so vor, als gäbe es keine Haut zwischen mir und der Welt. Ich sah Dinge, die andere nicht sahen: Hände, die durch Lücken in der Luft schlüpften wie fallende Blätter, oder zackige Umrisse von einem kahlen Zweig, nur dass da gar kein Baum stand. Und nachts im Bett hörte ich, wie eine Stimme mit sanft beharrlicher Eintönigkeit meinen Namen wiederholte. *Cass. Cass. Cass.* Mein Vater ging mit mir zum Arzt, und der meinte, das würde sich mit der Zeit geben. Aber das tat es nicht.

Meine Mutter war viel jünger als mein Vater, ein schönes Radcliffe-Mädchen, das er bei einem von seinem Cousin arrangierten Blind Date kennenlernte. Sie starb, als ich vier war. Sie kam mit dem Wagen, unserem alten roten Rambler Kombi, von der Straße ab und krachte am Ortsrand von Kamensic gegen einen Baum. Es passierte Ende Januar in der Abenddämmerung, und es dauerte über eine Stunde, bis irgendjemandem auffiel, dass Scheinwerfer durch die Bäume leuchteten, und er die Polizei rief. Als die endlich kam, fand man meine Mutter, gepfählt von der Lenkradsäule. Ich lag auf dem Rücksitz, von Glasscherben umgeben, aber unverletzt.

An den Unfall kann ich mich nicht mehr erinnern. Der Polizist berichtete meinem Vater, ich hätte weder geweint noch gesprochen, ich hätte nur an die Wagendecke gestarrt, und dann, nachdem er mich herausgeholt hatte, in den Nachthimmel. Heutzutage gibt es für solche Fälle Trauerbegleiter, Kinderpsychologen, Medikamente. Das irisch-katholische Denken meines Vaters ließ jedoch offene Gefühlsregungen nicht zu, obwohl er nicht religiös war. Es gab eine Totenwache, ein Begräbnis, eine Woche mit Verwandtenbesuchen und Anrufen. Dann ging er wieder zur Arbeit. Eine Haushälterin, Rosie, wurde eingestellt, die sich um mich kümmern sollte. Mein Vater redete über meine Mutter nur dann, wenn er auf sie angesprochen wurde, und in der damaligen Zeit tat man das nicht. In unserem schlichten Haus aus der Kolonialzeit beschränkte sich ihre Gegenwart auf die gerahmten Schwarz-Weiß-Fotos, die mein Vater in seinem Schlafzimmer aufgestellt hatte. Während Rosie staubsaugte und das

Mittagessen kochte, saß ich oft auf seinem Bett, strich mit den Fingern über das Glas und tat so, als wäre der Staub darauf der Gesichtspuder von den Wangen meiner Mutter.

Ich war gern allein. Mit vierzehn kam ich einmal bei einem Spaziergang durch den Wald an einem Feld heraus, wo die hohen Halme an einer Stelle flach gedrückt waren, weil dort Rehe gelegen hatten. Ich blickte hinauf zum Himmel und sah die Stelle darin gespiegelt, eine schwarz-grau-gelbe Spirale drehte sich langsam im Uhrzeigersinn wie ein Wirbelsturm. Während ich hinstarrte, begann sie sich schneller zu drehen, wobei sich in der Mitte Dunkelheit sammelte, wie eine riesige Pupille, die sich stetig zusammenzuziehen schien, ohne dass sie jedoch verschwand. Erschrocken starrte ich nach oben, und nach einer Weile setzte in meinen Ohren ein ganz schwaches leises Brummen ein. Da rannte ich los. Erst in unserer Auffahrt blieb ich stehen. Als ich mich umdrehte, war das Auge immer noch am Himmel und drehte sich. Ich habe das nie jemandem erzählt, und niemand hat jemals erwähnt, er hätte es auch gesehen.

Ich war eine Einzelgängerin, aber ich hatte Freunde. Mit siebzehn hatte ich schon einen von ihnen an Heroin verloren und einen anderen an den Strick. Mein Vater wollte mich ins Internat schicken oder bei seiner Schwester außerhalb von Boston unterbringen. Doch ich protestierte so heftig dagegen, dass er die Idee schließlich aufgab. In der Schule war ich eigentlich nicht unbeliebt, doch ich schreckte vor engeren Bindungen zurück. Nach dem Tod meiner Freunde wuchs meine Gleichgültigkeit. Da meine Noten aber gut waren und ich auch sonst nicht weiter auffiel, machte sich mein Vater meinetwegen keine großen Gedanken. Unsere Beziehung war freundlich, wenn auch ein bisschen distanziert. Sorgen um mich machte sich nur meine Tante Brigid, die uns ab und zu mal besuchen kam.

Sie war wie mein Vater: stämmig, grobknochig und rothaarig.

Ich hatte mehr Ähnlichkeit mit meiner Mutter auf den Fotos: groß, eckig, schmale Hüften, aschblond. Ihre weichen Gesichtszüge fielen bei mir scharfkantig aus. Spitzes Kinn, nach oben gebogene Nase, lange schmale, misstrauische graue Augen. Wenn ich ein Junge gewesen wäre, wäre ich schön gewesen. Aber als Mädchen bekam ich früh zu spüren, dass mein Aussehen die Leute verunsicherte. Mein androgynes Wesen hatte nichts Hübsches. Ich war eins achtzig groß und wirkte ein bisschen bedrohlich, hatte große Hände und Füße und lange Beine. Eine Zeit lang trainierte ich auf der Aschenbahn. Ich war eine gute Sprinterin, verbesserte meine Atem- und Lauftechnik und wurde auch oft als Staffelläuferin eingesetzt.

Aber ich gehörte nicht gern zu einer Mannschaft, also hörte ich damit auf. Ich ließ mir die Haare lang wachsen, kümmerte mich aber darüber hinaus nicht um Mode, benutzte kein Make-up, keinen Lippenstift. Ich trug die weißen Oberhemden meines Vaters über einer geflickten Bluejeans oder über einer Männerhose, die ich mir im Junior League Shop kaufte. Blickkontakt vermied ich. Ich mochte es nicht, wenn man mich ansah.

»Sie sieht aus wie eine Vogelscheuche«, sagte Brigid einmal, als ich sechzehn war. Sie und ihr Mann waren nach langer Zeit einmal wieder in Kamensic zu Besuch. »Sieh sie dir doch mal an.«

»Ich finde, sie sieht gut aus«, entgegnete mein Vater milde. »Sie ist eben gebaut wie ihre Mutter.«

»Sie sieht aus wie eine Drogensüchtige«, blaffte Brigid. Sie reagierte empfindlich, wenn es um ihr Gewicht ging. »Da, wo wir wohnen, schwirren so welche ständig herum.«

Ich zeigte zum Vogelhäuschen an unserem Waldrand. »Was du nicht sagst. Bei uns schwirren nur Meisen herum«, warf ich ein und zog mich in mein Zimmer zurück.

Mehrere Monate später hatte ich einen Traum. Ich kniete auf

dem Feld, wo ich das Auge gesehen hatte. Vor mir erschien ein Mann mit grün gesprenkelten Augen und mit einem spöttischen, seltsam mitleidigen Lächeln. Während ich zu ihm aufblickte, streckte er die Hände aus und berührte mich mit den Fingerspitzen an der Stirn.

Es gab einen grellen Blitz. Ich fiel vornüber, schreckensstarr, und erwachte in meinem Bett mit einem Klingeln im Ohr. Es war der Morgen meines siebzehnten Geburtstags. Mein Vater schenkte mir einen Fotoapparat. Am Frühstückstisch drehte ich ihn in den Händen und dachte an den Traum. Ich betrachtete mein Gesicht in der Linse, es sah verzerrt aus, wie etwas, das kaputt war. Wie ein Auge, das mich anstarrte.

An der Highschool belegte ich einen Einführungskurs in Fotografie, und man ermutigte mich, noch einen zweiten zu belegen.

Doch das tat ich nicht. Was ich wissen musste, lernte ich schnell. Ich mochte es, ein Objektiv mit großer Brennweite zu benutzen. Ich mochte grobkörnige Schwarz-Weiß-Filme. Es machte mir Spaß, in Kleinstarbeit mein Fotopapier selbst herzustellen und den Film im Fotolabor der Schule zu entwickeln. Es gefiel mir, wie sich das Papier im Flüssigkeitsbad anfühlte, zuerst weich und nass, dann wie es auf magische Art trocknete und sich in etwas anderes verwandelte, das glatt, fest und glänzend war, wobei als Nebenprodukt der chemischen Prozesse und der Zeit die Bilder entstanden.

Mir war es egal, ob sie überbelichtet oder unterbelichtet waren, und es war mir erst recht egal, ob sie scharf waren. Ich mochte Dinge, die sich nicht bewegten, tote Bäume, Steine. Ich mochte tote Dinge. Die weichen Federkiele eines Fasanenflügels, Mäuseschädel, geborgen aus den unverdauten Nahrungsresten einer Eule, den Thorax einer Heuschrecke, blitzblank gefressen von winzigen grünen Käfern. Ich machte gern Porträts von meinen schlafenden Freunden. Schon immer habe ich Leute gern schlafen sehen. Wenn ich als Babysitter arbeitete, ging ich immer ins Zimmer der Kinder, wenn sie im Bett lagen, stand da und lauschte, wie sie atmeten, bis meine Augen sich an den weichen Schein des Nachtlichts oder des Mondes gewöhnt hatten. Ich sah ihnen gern beim Atmen zu.

Mit siebzehn verliebte ich mich in einen Jungen aus dem Nachbardorf. Er war ein Jahr jünger als ich, exzentrisch, rothaarig, mit tief in den Höhlen liegenden giftgrünen Augen, ein Musiker und ein Junkie. Ich fuhr per Anhalter hinüber und setzte mich auf die Treppe vor der Bibliothek, die gegenüber dem großen viktorianischen Haus lag, in dem er wohnte, und wartete stundenlang, in der Hoffnung, ihn zu sehen, aber auch um seine Welt in mich aufzunehmen und das Kommen und Gehen seiner jüngeren Geschwister, der Eltern, seiner Hunde und seiner Freunde zu beobachten. Ich wollte die Welt, die er kannte, mit seinen Junkieaugen sehen, den Flieder riechen, der vor seinem Fenster blühte.

Eines Tages kam seine Schwester heraus und sagte: »Mein Bruder ist drinnen. Er wartet auf dich.«

Ich ging hinüber. Außer ihm war keiner zu Hause. Wir krochen unter den Steinway-Flügel im Wohnzimmer, und ich blies ihm einen. Hinterher saßen wir zusammen auf der Veranda, und er rauchte eine Zigarette nach der anderen. So ging das zwischen uns, bis ich die Highschool verließ. Einmal brachen wir nachts in die Dorfapotheke ein und klauten Flaschen mit Tuinal und Quaaludes, bis der Alarm losging. Dann rannten wir atemlos lachend zu ihm nach Hause, wo er sich schlafend stellte und ich mich im Schrank versteckte. Wir wurden nicht geschnappt, aber ich hatte zu große Angst, um es noch einmal zu tun.

Ich sah gern zu, wie er schlief, und ich sah gern zu, wie er einnickte. Ich fotografierte ihn und ließ die Aufnahmen drüben in Mount Kisco entwickeln. Nachts in meinem Zimmer betrachtete ich ihn auf den Fotos – wie er die Augen geschlossen hatte, eine brennende Zigarette in der Hand – und masturbierte. Ich sagte ihm, ich würde alles für ihn tun. Ein paar Jahre später wurde er erwischt, als er in einen Drugstore im Putnam County einbrach. Seine Eltern zahlten die Kaution, und er schrieb mir verzweifelt und einsam, während er auf das Urteil wartete. Ich schrieb nicht zurück. Seine Familie zog nach Westen um. Was aus ihm wurde, weiß ich nicht.

1975 machte ich den Highschool-Abschluss und fing an der NYU an, mit dem vagen Plan, Fotojournalistin zu werden. Das änderte sich an dem Abend, als ich ins Kenny's Castaways ging, um die New York Dolls zu hören. Die Dolls kreuzten nicht auf, dafür aber jemand anderes, ein dünnes Mädchen, das zehn Jahre älter war als ich und das das genervte Publikum zwischen skandierten Poesieausbrüchen anschrie, während ein langer komischer Typ mit einer E-Gitarre herumfuchtelte.

»... wenn ein Gott mich flachlegt, wenn ein Gott mich ...«

Danach ging ich nicht mehr zu den Vorlesungen. Ich ließ mich mit einem Mädchen namens Jean ein, das im Max's Kansas City kellnerte. Ein paar Monate lang hielt sie mich aus, und wir wohnten in einer schrecklichen Bude im vierten Stock eines Hauses ohne Aufzug an der Hudson Street. Die Toilette mündete in ein Loch im Boden. In der Küche gab es eine frei stehende Badewanne. Wir legten ein Sperrholzbrett über die Wanne und darauf eine Matratze, die wir auf der Straße hatten mitgehen lassen. Ich verschwieg meinem Vater, dass die Uni mich rausgeworfen hatte. Mit seinen Schecks kaufte ich Filme und Speed, Black Beauty, Crystal Meth. Es herrschte ein besonderes Licht auf der Straße, ein Licht wie gesprungenes Glas, so hell und schartig, dass es mir in den Augen und auf der Haut wehtat. Ich ging meistens zum Max's, um mich mit Jeannie zu treffen, wenn sie Schluss hatte, und fotografierte die Leute, die hinter dem Laden herumhingen. Manche von denen würde man heute noch wiedererkennen. Die meisten nicht, obwohl sie damals für kurze Zeit berühmt waren, so wie ich später mal. Die meisten sind inzwischen tot.

Ein paar von denen waren damals schon tot. Ich machte einen ganzen Film von einem toten Jungen, der am frühen Morgen in der Gasse eine Überdosis genommen hatte. Keiner wollte den Notarzt rufen, schließlich war er schon tot, und wozu die Bullen holen? Also stand ich da draußen im pissgelben Licht der Straßenlaterne, und machte Nahaufnahmen. Es war mir zu heikel, den Film in den gewohnten Laden zu bringen. Ich ließ ihn von einem Freund an der Uni entwickeln.

»Das ist pervers, Cass«, sagte er, als ich die Bilder abholte. Er wich meinem Blick aus. »Du bist krank.«

Ich fand die Aufnahmen schön. Durch die lange Belichtung und das wenige Licht sah die Haut des Jungen aus wie weiches weißes Papier, wie unbedrucktes Zeitungspapier. Der Kopf war ein wenig nach oben gedreht, die Augen standen halb offen. Man konnte nicht erkennen, ob er gerade aufwachte oder ob er tot war. Eine Hand lag gespreizt auf der Brust. Seine nackte Armbeuge war entstellt von kleinen schwarzen Strahlenkränzen. Eine weiße Linie verlief von der Oberlippe zur Spitze eines entblößten Eckzahns. Ich nannte das Foto »Psychopomp«. Ich hielt es für aussagekräftig genug, um damit ein Portfolio zu beginnen, und so machte ich die Aufnahmen, aus denen später mein Buch *Dead Girls* wurde.

Die Leute fragten mich oft, wie es gewesen sei, diese Aufnahmen zu machen.

»Was glauben Sie denn, wie das ist?«, fuhr ich den Typen *von Interview* an. »Was glauben Sie denn, wie es sich anfühlt, und wann, glauben Sie, hört es auf?«

Er kapierte es nicht. Niemand kapierte es. Ich kann es riechen, wenn jemand in seinem Innern verwundet ist. Manche dünsten das aus wie Pheromone. Das sind die Leute, die ich fotografiere. Ich kann sagen, wo sie gewesen sind, was sie zerstört hat, sogar wenn sie schon tot sind. Das ist wie Schweiß oder Samen oder Asche, und es ist nicht nur ein Geschmack oder ein Geruch: Es wird auf den Fotos sichtbar, wenn man weiß, wie man das Licht einfangen muss. Es zeigt sich auf den Gesichtern, genauso wie man erraten kann, was ein Schlafender träumt, ob er glücklich ist oder voller Angst oder erregt. Ich weiß nicht, warum mich das anzieht. Vielleicht weil ich davon träume, diesen Körper zu verlassen, wie andere vom Fliegen träumen. Nicht um zu einem sonnigen Strand oder einem Hotelzimmer zu fliegen, sondern um wirklich zu entkommen, um einen Körper zu verlassen und in einen anderen einzuziehen. Wie diese Wespen, die ihre Eier in einen Käfer legen, sodass die Larven darin heranwachsen, den Käfer auffressen und als neue Wespen schlüpfen.

Das klingt gruselig, aber mir hat immer die Vorstellung gefallen, zu verschwinden und etwas Neues zu werden. Das war natürlich, bevor ich verschwunden bin.

Ein Foto zu machen fühlt sich manchmal so an. Wenn ich es gut mache, kommt es mir vor, als stünde ich nicht mit dem Fotoapparat da und blickte durch den Sucher auf jemanden, sondern als sickerte ich ein in die fremde Haut, wie Regen in trockenen Sand.

Manchmal passiert es beim Sex. Einmal nahm ich einen sechzehnjährigen Jungen mit in die Wohnung. Ich hatte ihn in einem Klub aufgerissen: dunkle Augen, dunkle Locken, ein schiefer Schneidezahn, kleine verschorfte Stellen an der Innenseite des Arms, wo er Heroin drückte, weil er noch Schiss hatte, die Vene zu nehmen.

Der Zahn hatte es mir angetan. Es tut mir immer noch leid, dass ich den Jungen nicht fotografiert habe. Er war schön, eins von diesen Pasolini-Kids, die das Licht absorbieren und einen damit anstrahlen und blenden. Ich ließ meinen Fotoapparat am Boden liegen und fickte ihn bloß, und zwar mehr als ein Mal. Danach lag ich fast die ganze Nacht wach und sah ihm beim Schlafen zu. Als er am Morgen aufwachte, sah er mich an, und ich sah, was mit ihm los war. Der Tod seiner Mutter, die kleine Wohnung in Queens, wo er mit seinem Vater und seiner Schwester lebte, der Job nach der Schule in der Tierhandlung, wo er Aquarien reinigte, Vogelfutter dosierte – das erzählte er mir alles, aber ich wusste es schon, ich konnte das Licht aus seinen Augen sickern sehen. Ich wollte ihn fotografieren, kriegte aber plötzlich Panik. Ich gab ihm einen Kaffee und Geld fürs Taxi und schob ihn buchstäblich zur Tür hinaus. Er sah geknickt und verwirrt aus, aber damit konnte ich leben. Womit ich nicht klarkam, war das Wissen, dass er dem Tod schon so nah war. Er hatte sich nur deshalb lebendig gefühlt, weil er mich fickte.

Das versuchte ich Jeannie zu erklären. Sie sah mich an, als hätte ich ihr ins Gesicht gespuckt.

»Du bist verrückt, Cass. Du bist irgendwie nihilistisch. Dir gefällt es, jemanden zu vernichten.«

»Ach? Und ist das was Schlimmes?«

Sie fand das nicht komisch. Kurz danach machte sie mit mir Schluss und bekam einen Job in einem Massagesalon. Mir war's egal. Ich blieb in der Wohnung. Inzwischen war ich mit einem reichen Mädchen vom Sarah Lawrence zusammen, die gern mit mir zusammen einen auf arm machte. Am Ende des Schuljahrs trennte sie sich von mir. Bis dahin hatte auch mein Vater herausgefunden, was lief – dass ich von der Uni geflogen war und seine

Schecks für Drogen ausgab. Er blieb überraschend ruhig. Er machte mir klar, dass er mir keinen einzigen Dollar mehr geben würde, erst wenn ich wieder im Gleis war und selbst genug Geld fürs Studium verdiente, aber er sagte mir auch, dass ich zu Hause immer willkommen sei. Ich dankte ihm und meldete mich in unregelmäßigen Abständen, meistens per Postkarte.

Ich begann mit Selbstporträts, Schwarz-Weiß-Fotos, für die ich mich anzog wie Frauen auf berühmten Gemälden und dann genauso posierte. Ich nannte die Strecke *Dead Girls* und überredete eine Freundin, die Aufnahmen mit meiner billigen Konica zu machen. Ich trieb als Ophelia in einem Secondhandbrautkleid und mit Bändern im Haar in einer Badewanne irgendwo in einer Mietskaserne. Das Wasser hatte schwarze Schlieren, weil die Bänder Farbe abgaben, und dadurch sah es so aus, als strömte Blut aus meinem Kleid. Ich war eine der Frauen in Whistlers *Symphony in White No 3*, trug eine lange Perücke, und meine Hände ruhten auf einer Kehrschaufel. Als tote Heilige Eulalia von Waterhouse lag ich mit Perücke und oben ohne in einer Gasse in der Bowery. Tauben pickten um meine Füße herum Vogelfutter auf, das ich hingestreut hatte. Für Munchs *Am nächsten Tag* lag ich auf meinem Sperrholzbett zwischen leeren Weinflaschen. Eine ähnliche Anordnung benutzte ich für Walter Sickerts *The Camden Town Murder*.

Das dauerte fünf Monate. Ich besorgte mir einen Job in einem Alki-Schnapsladen an der Bowery, um über die Runden zu kommen. Als ich fertig war, hatte ich dreiundzwanzig Fotos, genug für eine Ausstellung.

Mein zentrales Bild war abgeleitet von Redons Lithografie *La Tentation de Saint Antoine*, ein lebensgroßes menschliches Skelett, ein Plastikmodell, das ein Freund für mich im Kunstseminar der NYU ausgeliehen hatte. Ich drapierte ein weißes Laken darum und posierte nackt daneben, eine Hand um die

Skelettfinger gelegt. Ich stellte den Verschluss so ein, dass das Bild stark unterbelichtet und unscharf war und man fast nichts darauf erkennen konnte. Man sah nur das Skelett, das nach vorn aus dem Bild zu fallen schien, und daneben schwebte eine geisterhafte Arabeske aus Brüsten und einem Gesicht, das an einen Schädel erinnerte: meinem Gesicht. Ich übersetzte die Bildunterschrift. *Tod: Ich bin es, der eine ernste Frau aus dir macht; komm, umarmen wir uns.*

Dieses Bild fügte ich meiner Fotomappe hinzu, außerdem einige Porträts von Jeannie und ihren Freunden in der Wohnung und im Hinterzimmer des Max's. Die Aufnahmen waren hart und überbelichtet, hatten aber eine unheimliche Ausstrahlung, die hauptsächlich von Jeannie mit den zerrissenen Netzstrümpfen und dem verschmierten Augen-Make-up, ihren auf dem Boden liegenden Arbeiten und dem grellen Licht einer nackten Hundert-Watt-Birne erzeugt wurde.

Es schadete nicht, dass ein paar andere Gestalten, die im Hintergrund herumlungerten, allmählich bekannt wurden. Im letzten Januar hatte ich in der ganzen Stadt Handzettel an Telefonmasten kleben sehen: *Punk is coming*. Bald danach kaufte ich die erste Ausgabe für fünfzig Cent im Bleecker Bob's. Einen Monat später kam die erste Ausgabe des *New York Rocker* heraus, und die kaufte ich auch. Wenn meine Nachtschicht im Schnapsladen zu Ende war, ging ich oft rüber ins CBGB's, um mich volllaufen zu lassen und zu tanzen. Ich nahm den Fotoapparat mit und knipste, was es zu sehen gab, Speed, Heroin, Sex, abgebrochene Zähne, zerschlagene Flaschen, Klappmesser, Leute, die lachten, während ihnen oder anderen das Blut übers Gesicht rann. Manchen passte es nicht, dass ich sie beim Sex oder beim Schuss aufnahm. Aber ich wurde immer besser darin, mich zu wehren und abzuhauen. Ich fing an, spitze schwarze Cowboystiefel zu tragen, in denen man schlecht tanzen konnte, aber wenn jemand aggressiv wurde, konnte ich ihm damit einen fiesen Tritt verpassen und war schon weg, bevor er in die Knie ging. Ich stand auf den Rausch aus Wut und Adrenalin, das war für mich wie Sex.

»Scary Neary!«, rief Jeannie, wenn sie mich kommen sah. Allmählich gewöhnten sich die Leute an mich. Und andere fingen auch an zu fotografieren. *Punk* und *New York Rocker* hatten die Szene zwar nicht aus der Taufe gehoben, aber sie gaben ihr einen Namen, und wir alle wussten, wo sie existierte.

Inzwischen hatte ich in den Fotografenkreisen der Stadt ein paar Kontakte geknüpft. Ich brachte meine Fotos zur Lumen Gallery in der Innenstadt. Der Galerist erklärte sich bereit, mir eine kleine Ausstellung im hinteren Raum zu ermöglichen. Drei Jahre vorher hatte Robert Mapplethorpe unter Warhol-Anhängern und ein paar vorausschauenden Kunstwelttypen erste Anhänger gewonnen. Dasselbe passierte jetzt mit der Downtown-Szene. Ich verschickte hundert fotokopierte Einladungen an alle, die ich vage kannte, und verteilte noch mal hundert in den Klubs, in denen ich verkehrte. Ich ließ die Musiker wissen, dass sie auf den Fotos zu sehen waren. Dann kaufte ich mir eine Flasche Taittinger Brut, ließ mich volllaufen und ging zu meiner Vernissage.

Es war der richtige Ort zur richtigen Zeit. *Dead Girls* schloss die Lücke zwischen zwei Lagern: Fotografie und Punk: Der verträumte Kitsch meiner Selbstporträts verschmolz mit dem Schock, Jeannie eindösen und den Leadsänger von Anubis Uprising auf ihr Gesicht masturbieren zu sehen. Ich konnte die Aufregung hören, als ich in den Ausstellungsraum der Lumen Gallery wankte.

Es war ein voller Erfolg, und ich war noch keine zwanzig Jahre alt.

Eine Woche nach der Vernissage fragte die Schlagzeile der *Voice*: »Wer sind die geheimnisvollen Mädchen? Cassandra

Nearys Punk-Provokationen«. Sie nahmen einen Ausschnitt aus der Heiligen Eulalia, in dem meine nackten Füße, die Tauben und das Schild mit »Canal Street« zu sehen waren. Es sah aus wie ein Tatortfoto. Das war gar nicht schlecht, denn in der gewöhnlichen Presse warf man mir alles vor von Pornografie bis Drogenhandel.

Doch das war mir egal. Im CBGB's war ich hinter meinem Fotoapparat sicher. Ich mochte das Ritual des Entwickelns, hatte instinktiv ein Gefühl dafür, spürte, wie lange ein Bild braucht, um vom Negativ aufs Emulsionspapier überzugehen. Ich spielte gern mit den Negativen, beeinflusste Licht, Schatten und Zeit, bis die Welt genau richtig aussah, bis alles genau so war, wie ich es haben wollte.

Am besten fand ich das Alleinsein in der Dunkelkammer bei der düsteren Infrarotlampe, das grelle Aufflammen, wenn ich das Licht wieder einschaltete und das Ergebnis auf dem Schwarz-Weiß-Abzug zu sehen war: ein Körper, ein Auge, eine Zunge, eine Möse, ein Schwanz, eine Hand, ein Baum, betrunkene Kids, die mit schreckgeweiteten Augen, als hätten sie einen Geist mit einer Knarre gesehen, durch eine Seitenstraße rasten, das Gesicht eines Alkis, der über einer Flasche Manischewitz eingepennt war.

Dafür lebte ich, für das Alleinsein mit diesen Dingen, für das Wissen, ich hatte sie gesehen und fotografiert, vor allem aber für das Gefühl, dass ich sie tatsächlich erschaffen hatte und dass es sie ohne mich nie gegeben hätte. Das ist mit nichts zu vergleichen, nicht mit Sex, Drogen, Saufen oder Sonnenaufgängen an den schönsten Plätzen. Nichts ist so gut wie das Wissen, dass man so etwas Wirklichkeit werden lassen kann. Ich kam mir vor wie Gott.

Zu der Zeit las ich viel Mist über handwerkliches Können und Technik, aber von Fantasie war nie die Rede. Ich wusste, ich hatte ein Auge, die Gabe, zu erkennen, wo die rissigen Ränder der Welt abblätterten und etwas anderes hindurchschien. Bei der ganzen Downtown-Szene ging es zumindest eine Zeit lang darum, dass die Leute unter den ausgefransten Rand griffen und ihn anhoben, um zu sehen, was darunterlag. Um zu sehen, was übrig bliebe, wenn alles weggerissen würde.

Meine Geschichte kam in den Nachrichten. Dann interviewte mich das *Sunday Times Magazine* für einen ganz kurzen Beitrag. Sie brachten die Fotos meiner *Dead Girls* und zeigten mich Zigarette rauchend in einer zerschlissenen schwarzen Jeans, mit roten Leinentretern, einem MC5-T-Shirt voller Brandlöcher und einem schmutzig-blonden Haarkranz um mein blasses, ungeschminktes Gesicht. Ich sah aus wie der Albtraum einer Mutter, wenn die Tochter abends nicht nach Hause gekommen ist.

Ich machte mir sogar Gedanken, was mein Vater wohl davon hielt. Nachdem das Interview abgedruckt worden war, rief er mich an. Er sagte deutlich, er hätte kein Interesse, sich die Ausstellung anzusehen – was für uns beide eine Erleichterung war –, wollte sich aber auch vergewissern, dass ich rechtlich keine Probleme hatte.

»Sollte mal was sein, ruf Ken Wilburn drüben in Queens an«, sagte er und gab mir die Nummer. »Er vertritt ein paar Leute, die werden dir helfen, wenn du in Schwierigkeiten kommst. Ich weiß ja nicht, wie du mit diesem Zeug Geld verdienen kannst, Cass, aber ich bete zu Gott, dass du welches verdienst. Besonders, wenn du Wilburn mal brauchst.«

Ich brauchte Wilburn nie anzurufen. Aber meine Fotos brachten mir auch nicht viel ein. Der *Times*-Artikel erfüllte seinen Zweck, und alle Fotos wurden verkauft. Aber ich hatte den Preis nur bei fünfundsiebzig Mäusen pro Abzug angesetzt. Die meisten kaufte Jeannie – Gott weiß, woher sie das Geld nahm –, aber die wurden ein halbes Jahr später vernichtet, als ihre Wohnung unter Wasser stand. Die Freundin von Anubis Uprising kaufte das Foto, auf dem ihr Freund zusammen mit Jeannie rummachte, dann zündete sie es in der Galerie mit dem Feuerzeug an und schrie »Scheißfotze!«, bis jemand sie rauswarf. John Holstrom kaufte ein Foto, bei dem Johnny Thunders in einer Ecke zu sehen war.

Und das letzte Foto ging an Sam Wagstaff, woraufhin ich einen Buchvertrag bekam. Bei der Vernissage hatte ich eine Literaturagentin kennengelernt, eine kleine rothaarige Frau in einem roten Latexmini namens Linda Kalman.

»Das ist sehr interessant«, meinte sie, während sie »Psychopomp« betrachtete. Sie war älter als die meisten Besucher, Mitte dreißig, trug teuren Goldschmuck und Stiefel mit Stilettoabsätzen. Ich krallte sie mir, um mich mit ihr unters gemeine Volk zu mischen. Sie warf einen Blick auf die übrigen Gäste, die Weißwein aus Plastikbechern tranken, und auf Jeannie und deren Freunde, die johlten, weil eine Journalistin sich Notizen machte. »Wissen Sie, wer die Künstlerin ist?«

Ich ließ die Zigarette fallen und trat sie aus. »Das bin ich.« – »Ach wirklich?« Ihre Augen verengten sich. Sie bedachte mich mit einem kleinen Lächeln, dann streckte sie die Hand aus. »Linda Kalman. Ich arbeite gerade an einem Buch mit Chris Makos. Kennen Sie ihn?«

»Ja«, log ich und schüttelte ihr die Hand, die klein und kühl war und schwer von den Goldringen. »Cass Neary.«

»Cass. Haben Sie einen Galeristen?«

»Nein.«

»Hm.« Sie blickte mich von der Seite an und öffnete ihre kleine rote Unterarmtasche. »Gut. Hier. Nehmen Sie meine Karte. Rufen Sie mich an. Geben Sie mir Bescheid, wer Ihre Fotos kauft. Und viel Glück.«

Wie sich herausstellte, nahm sie Kontakt mit mir auf, nachdem sie den Beitrag im *New York Rocker* gelesen hatte.

»Also.« Ich hörte sie durch die Leitung gierig an einer Zigarette ziehen. »Haben Sie schon Fotografien verkauft? Wissen Sie, wer sie gekauft hat?«

Als ich Wagstaff nannte, sog sie die Luft zischend ein. »Sam Wagstaff?«

»Ja.«

»Sie wissen, wer das ist?«

»Ja.« Ein einflussreicher Sammler und Kurator. Und Mapplethorpes Liebhaber, aber einem Gerücht zufolge hatten sie gerade Streit.

»Also, Cass. Haben Sie Interesse, ein Buch zusammenzustellen? Ich kenne nämlich eine Verlegerin, die sich sehr dafür interessiert, was zurzeit in der Downtown-Szene los ist. Sie kann jemanden besorgen, der eine Einführung schreibt; ich glaube, sie sagte, Macey Claire-Marsden von der Eastman Foundation würde das tun. Das bringt zwar nicht das große Geld, aber es wäre eine gute Publicity für Sie.«

Sie schien zu überlegen. »Ich finde, Sie sollten das tun. Das sage ich nicht nur meinetwegen. So eine Gelegenheit bekommt man nicht oft, Cass. Jedenfalls nicht, wenn man noch so jung ist wie Sie. Das sollten Sie nicht vermasseln.«

»Ich muss darüber nachdenken.« Ich sagte nichts, legte auch nicht auf, sondern zählte bis fünf. »Ja, okay. Klar. Ich mache es.«

Aber wissen Sie was? Ich hab's trotzdem vermasselt.

2

Ein Jahr danach erschien *Dead Girls* und bekam eine gute Presse. Gute Rezensionen, gute Berichterstattung, und die erste Auflage wurde komplett verkauft, was bei einem Bildband für fünfzig Dollar von einer unbekannten zwanzigjährigen Fotografin ziemlich beachtlich war. Das war damals, als man Bücher von Helmut Newton und David Hamilton in den Schaufenstern von Brentano's und Rizzoli Books sah.

Und man sah auch *Dead Girls*. Ich wurde in *Interview* und im Web rezensiert. Es sprach sich herum, dass ich witzig sei, dadurch kam ich ins Radio und hatte sogar einen kurzen Auftritt in der Merv Griffin Show.

Aber ich habe es granatenmäßig verbockt. Ich kam betrunken zu den Interviews, habe die Leute beleidigt, habe die Frauen angebaggert, die mit mir reden sollten, und die waren sauer und die Typen auch. Ein Journalist bezeichnete mich als lesbische Fotografin, und ich stauchte ihn deswegen zusammen, als ich ihm ein paar Tage später am Abend begegnete. Ich war keine Lesbe. Ich war nicht hetero. Wenn es um Beziehungen geht, hat jeder die gleiche Chance, sich von mir kaputt machen zu lassen. Ich fickte jeden, der wollte. Frauen schienen mich besser auszuhalten als Männer. Jedenfalls eine Weile. Die *Soho Weekly News* brachte in einem Artikel, wie heruntergekommen ich war, und zitierte großzügig aus dem Interview, das ich gegeben hatte. Ich hielt mich für einen Rockstar, für einen Iggy Pop, aber bei mir wollte keiner zahlen, nur um zuzusehen, wie ich von der Bühne falle.

Dead Girls bekam keine zweite Auflage. Ich versuchte, ein neues Portfolio zusammenzustellen, ein zweites Buch herauszubringen, aber da war Runway Books schon nicht mehr interessiert. Auch nicht die Lumen Gallery oder sonst jemand. Der Punk hatte den Höhepunkt überschritten. Die Gewalt in der Szene schreckte die Leute in der Branche ab. Sie nahmen nicht einmal mehr das Wort »Punk« in den Mund. Sie pappten Aufkleber auf neue LPs und Singles mit der Aufschrift »Power Pop Music«. Farfisa-Orgeln dämpften die Gitarren. Die Jugendlichen trugen schmale Krawatten, und überall sah man Wrap-around-Sonnenbrillen. Die Szene wurde größer, hipper, implodierte und explodierte. Es gab Prominente und Prominentenselbstmorde und Prominentenfotografen, die die Prominenten in die Presse brachten. Als ich ein zerrissenes T-Shirt für fünfundsiebzig Dollar in einer Fiorucci-Boutique und draußen an einer Parkuhr zwei Minipudel mit schwarzem Lederband angebunden sah, wusste ich, das war's jetzt.

Die kurze hässliche Glanzzeit des Punk war vorbei. Und meine auch.

Ich trieb mich in der Stadt herum und wusste nichts mit mir anzufangen. Man sah mich, man erkannte mich, das dürre Mädchen mit den fransigen blonden Haaren und den abgekauten Fingernägeln, mit quer gestreiftem Seemannsshirt und zittrigen Händen. Aber keiner wollte an mich erinnert werden, und nach ein paar Jahren erinnerte sich niemand mehr.

Ich hatte noch die Wohnung in der Hudson Street. Ich bekam einen Job im Lager vom Strand Bookstore. Das zeigte jedem, dass ich tatsächlich erledigt war.

Noch etwas ist damals passiert. An meinem dreiundzwanzigsten Geburtstag war ich auf der Bowery und verließ das CBGB's wie immer spät. Und wie immer war ich betrunken. Ich war barfuß – ich hatte getanzt und die Schuhe drinnen gelassen, obwohl es Ende Oktober war und das Straßenpflaster kalt. Ich war allein. Plötzlich fuhr ein Wagen bei einer kaputten Laterne an den Straßenrand. Jemand rief mehrmals leise und eindringlich meinen Namen. Später reimte ich mir zusammen, dass er wohl »Miss, Miss!« gerufen haben muss.

Ich aber hörte: »Cass, Cass!«

Ich blieb stehen und drehte mich um. Die Wagentür war schon offen. Er hatte ein Messer. Es ging ganz schnell.

Viel ist mir nicht mehr im Gedächtnis geblieben. Oder nein, ich weiß noch eine ganze Menge, aber alles ist total durcheinander, wie die weggeworfenen Bilder vor einer Passfotokabine.

Ich sehe: ein unbebautes Grundstück. Mich auf Knien. Eine Schnittwunde an der nackten Ferse, weil ich in eine Scherbe getreten bin. Blut über meinem Schambein. Blut und Samen an meinem Oberschenkel. Rissigen Asphalt, über den ich renne. Einen Mann, der den Kopf aus dem Wagenfenster steckt. Mich, schreiend mitten auf der Straße. Einen Streifenwagen.

Ich sehe diese Dinge, erinnere mich aber eigentlich nicht daran. Ich erinnere mich, wie ich über dem freien Grundstück schwebe und auf zwei dunkle Gestalten blicke, eine, die sich bewegt, und eine, die stillhält. Ich erinnere mich an einen Wagen. Und an ein Messer.

Man fragte mich, ob ich mich gewehrt hätte.

Ich habe mich nicht gewehrt. Ich konnte weder ihn noch den Wagen beschreiben. Mein Kopf war leer. Ich rede nicht viel darüber. Es ist passiert. Ich leugne es nicht. Ich schäme mich nicht.

Aber ich weiß, wie die andere Fotostrecke aussähe. Die betrunkene junge Frau, der Ledermini, das enge T-Shirt, kein BH, keine Schuhe, auf dieser Straße um vier Uhr früh Ende Oktober, eine bisexuelle Punkerin, die Fotos von toten Typen gemacht hat. Ich habe mich nicht gewehrt. Seitdem zählen für mich nur diese fünf Worte. Ich habe mich nicht gewehrt.

Sie werden sich fragen, wie man damit lebt. Das kann ich Ihnen sagen. Es ist, als hätte man sich eine Rasierklinge zwischen die Zähne geklemmt: Bewegt man den Mund und die Zunge zu viel, lächelt oder redet oder küsst man, dann schneidet man sich. Man kann ertrinken, wenn man so viel Blut schluckt. Man kann dabei ganz elend verbluten.

3

Danach machte ich dicht. Ich brachte mein Leben nicht in Ordnung, aber ich tat so, als wäre ich ein ganz normaler Mensch, ging pünktlich zur Arbeit, verpulverte meinen Lohn in Klubs, Bars und Buchläden. Mein Umgang mit den meisten Leuten war immer nur flüchtig gewesen, und so nahm niemand Notiz davon, dass ich irgendwann nicht einmal mehr eine oberflächliche emotionale Bindung suchte. Ich bemühte mich nicht um einen besseren Job und bemühte mich auch nur wenig um einen höflichen Ton gegenüber den Kunden im Strand Bookstore. Ich tat nichts, um zur Lagerleiterin aufzusteigen. Ich ging zur Arbeit, riss Pakete auf, sortierte Bücher. Ich klaute auch welche, bis mir die Ladendetektive auf die Schliche kamen. Nach ein paar Jahren ließ ich mir ein Tattoo stechen, das das vernarbte Gewebe über dem Schambein in ein ausgefranstes rotes Banner einbezog, auf dem stand: Nicht totzukriegen. Ich machte Fotos, ging zu Downtown-Gigs und verkaufte meine Arbeiten ab und zu an die *Soho Weekly News* oder an den *Rolling Stone*. Als keiner die Bilder mehr kaufen wollte, gab ich sie an ein D. C.-Fanzine namens *Vintage Violence* im Tausch gegen Ausgaben, die ich für einen Dollar das Stück verkaufte.

Ich fotografierte weiterhin Dinge, die mich bewegten, also meistens welche, die sich nicht bewegten. Platt gefahrene Tauben im Rinnstein; eine angespülte Leiche am Ufer des East River, deren Haut in dem schwarzen Morast aussah wie knittriger, weicher grauer Flanell; die schlafende Stripperin eines Broadwayklubs, deren entblößte Brust aussah wie ein roter

Ballon, weil das Silikon unter der Haut ausgetreten war. Ich bildete mir etwas darauf ein, mein Können so sehr geschärft zu haben, dass ich einen Stachel ins Auge des Betrachters treiben konnte. Man könnte meinen, der Hang der Achtziger zu Dekadenz und Tabubruch hätte für solche Fotos ein Publikum hervorgebracht, aber sie wurden immer wieder abgelehnt: zu grausig, zu sehr wie Mapplethorpe, Weegee, Nan Goldins *Ballad of Sexual Dependency*, dann wieder viel zu eigenständig.

»Das ist zu grob«, gab Linda mir zu verstehen, als ich nach sechs Jahren endlich wieder ein neues Portfolio zusammengestellt und genügend Bilder für ein Buch hatte. »Das ist so, als wäre man im Kopf eines anderen.«

Ich sah sie erstaunt an, die Nachmittagssonne in ihrem Uptown-Büro, ihren Goldschmuck und die Armani-Jacke. »Das *ist* im Kopf eines anderen, Linda. In meinem Kopf.«

Sie schob mir die Mappe wieder zu. »Ich weiß. Vielleicht sollten Sie sie jemand anderem zeigen, Cass.«

Ich ging. Jemand anderer wollte mich nicht.

Zwanzig Jahre vergingen. Ich beteiligte mich an mehreren Gruppenausstellungen in Kleingalerien. Ab und zu kaufte jemand meine Fotos, und die *Dead Girls* wurden gelegentlich erwähnt, meistens als Fußnote zu Arbeiten von Cindy Sherman. Als die Digitalkameras aufkamen, machte ich den Wechsel nicht mit. Es wäre nicht schwierig gewesen, denn Licht ist Licht, man muss nur wissen, wie man es einfängt, wo die Schattenlinie verlaufen soll, wann der Moment kommt, wo jemand die Augen öffnet und man nicht sicher sein kann, ob derjenige tot ist oder ob er schläft. Ich hätte meine alte Konica wegwerfen können, genau wie ich mir einen anderen Job hätte besorgen oder bessere Klamotten hätte kaufen oder mich auf jemanden hätte einlassen können.

Über eines sollten Sie sich klar sein: Ich hätte mich ändern können. Aber ich wollte es nicht. Ich fickte mit Leuten, die mir in den Klubs begegneten, mit Männern und Frauen. Nichts war von Dauer. Das alles hinterließ Spuren auf meinem Gesicht, trotzdem sah ich noch ziemlich gut aus, aber ich war eine üble Trinkerin. Irgendwann konnte ich, wenn ich ein Café im East Village betrat, sehen, wie sich jeder hinter einer Zeitung oder einem Laptop versteckte.

Trotzdem fing ich 1998 eine Beziehung mit einer verheirateten Frau an, Christine Conti, einer Professorin mit dem Fachgebiet Französische Nouvelle Vague. Sie war dünn, dunkelhaarig, chic, sehr gefühlvoll, eine trockene Alkoholikerin mit Problemen. Sexuell passten wir gut zusammen, auch wenn wir oft stritten. Nach einer Weile stritten wir nur noch. Ich trank zu viel. Schließlich verließ Christine ihren Mann und nahm sich eine eigene Wohnung in der Nähe vom Battery Park. Aber auch da funktionierte es nicht mit uns, nicht so richtig jedenfalls. Sie meinte, ich wäre kein wirklich ausgeglichener Mensch. Ich weigerte mich, mit dem Trinken aufzuhören. Ich weigerte mich, zu AA-Treffen zu gehen. Sie weigerte sich, mit mir Schluss zu machen.

Dann schlug ich sie. Sie sagte, sie würde nicht die Polizei rufen, wenn ich verspräche, eine Therapie zu machen. Ich erwiderte, dass sie vielleicht eine bräuchte, weil sie mit mir zusammenblieb. Aber ich war einverstanden. Wir gingen zu einem psychologischen Berater. Ich saß da, während Christine mit Begriffen wie *rücksichtslos*, *gleichgültig*, *zwanghaft* um sich warf. Der Berater antwortete darauf mit *dissoziative Amnesie*, *Entpersonalisierung*, *affektive Störung*. Er schickte mich zu einer Psychiaterin, die mir Lithium und Antidepressiva verschrieb.

Ich nahm die Pillen eine Woche lang und fühlte mich, als

hätte ich den Kopf voll Strychnin. Ich lehnte es ab, sie weiter zu nehmen. Die Ärztin schlug andere Medikamente vor, aber ich ging nicht wieder hin.

»Ausgeglichener wird meine Persönlichkeit dadurch nicht«, sagte ich zu Christine. »Also gewöhn dich dran, oder zieh Leine.«

Christine blieb mit mir zusammen, aus welchen Gründen auch immer.

Wir stritten nicht mehr so viel, aber ich trank weiter. Meine wenigen Freunde führten nicht so eine Randexistenz wie ich. Vermutlich hielten sie Kontakt, weil sie in mir das Abbild der trostlosen Boheme sahen, die sie aufgegeben hatten, während ich noch dieselbe alte Musik hörte, verkatert zur Arbeit ging, in meiner verlotterten mietpreisgebundenen Wohnung auf einer Sperrholzplatte mit Schaumstoffmatratze schlief.

Schließlich hatte sogar Christine genug. Mit der Zeit traf ich mich nicht einmal mehr mit den wenigen übrig gebliebenen Freunden. Ich ging nicht mehr in die Klubs, um Livemusik zu hören. Ich verschoss immer weniger Filme und verlor die wenigen Kontakte zur schrumpfenden Rockpresse, die ich noch behalten hatte. Wenn mein Geld für die Fotobände, die ich haben wollte, nicht reichte, klaute ich sie im Strand Bookstore.

Dann starb Christine. Sie hatte mich sehr früh an dem Morgen angerufen und eine Nachricht hinterlassen, sie würde sich oben im World Trade Center mit jemandem zum Lunch treffen. Ob ich vorher mit ihr einen Kaffee trinken wolle. Wir könnten noch einmal über alles reden. Das wäre vielleicht ganz gut. Es wäre lange her. Vielleicht wäre sie gerade dabei, über einiges hinwegzukommen. Vielleicht hätte ich mich auch geändert.

Ich hatte mich nicht geändert. Zumindest nicht genug. Ich

löschte die Nachricht und rief nicht zurück. Ein paar Stunden später heulten die Sirenen, Rauch war zu sehen. Der Himmel war milchig-blau. Das Telefon klingelte. Phil Cohen kreischte mir von Hoboken drüben ins Ohr.

»Siehst du das, Cassandra, siehst du das?«

Ich blickte aus dem Fenster.

»Ach du Scheiße«, schrie ich und warf das Telefon hin.

Als ich den Kopf nach draußen steckte, sah ich, dass Asche und Papier auf die Hudson Street regneten, und es stank nach Kerosin. Die Leute starrten mit offenem Mund nach oben, wie wenn man Schneeflocken mit der Zunge fangen will. Sie schrien.

Es war wie in einem Glas, das gerade zersplittert: Um mich herum ging alles zu Bruch. Christine war längst tot, nur wusste ich das da noch nicht. Ich wusste nicht, dass sie trotzdem früher hingegangen war, weil sie dachte, ich würde vielleicht doch aufkreuzen. Weil sie dachte, ich könnte mich geändert haben. Wäre doch möglich.

Ich sah zum Himmel hoch, wo ein weißer Kondensstreifen in dem Regen aus schwarzem Sand, Glas und Glutasche verschwamm. Ein verkohltes Stück Papier fiel auf meinen Handrücken und blieb feucht und warm kleben. Ich pellte es ab und ging damit ins Zimmer, um zu lesen, was darauf stand.

Denn als wir zuerst

Ich strich den Fetzen auf meiner Handfläche glatt, dann nahm ich ihn auf die Zunge. Er schmeckte nach Kerosin, nach verbranntem Metall. Ich schluckte ihn hinunter. Im nächsten Moment musste ich ordentlich kotzen.

Keiner rief mich an wegen einer Trauerfeier für sie. Aber ich wäre sowieso nicht hingegangen.

Der Krieg begann. Ich trank noch mehr als zuvor. Eine Zeit lang sah ich in der Innenstadt Flugblätter mit ihrem Gesicht.

Ihr Exmann und ihre Eltern hatten sie aufgehängt. Jedes Mal, wenn ich eines sah, wollte ich schreien. Ich wollte jemanden umbringen. Schließlich fing ich an, sie abzureißen, ohne Rücksicht auf die wütenden Blicke der Passanten. Manchmal schrie ich tatsächlich, wenn ich allein in meiner Wohnung war. Sie war weg, alles war vorbei, ich war machtlos, alle waren machtlos. Wieso war ich eigentlich der Einzige, der das verdammt noch mal kapierte?

Das tote Licht, das sich im Winter spätnachmittags einstellt, bei dem alles aussieht wie vereist – dieses Licht fühlte ich auf mir mitten im Sommer, und es blendete mich mitten in der Nacht. Ein paar Monate lang bekam ich Kopfschmerzen, einen grellen Schmerz im rechten Auge, als hätte sich ein Funken in die Netzhaut gebrannt. Der Augenarzt fand nichts, aber ich spürte es, das Loch, das ein geschmolzener Draht hinterlassen hatte, ein glühendes Aschekorn. Ich sah mir das Auge im Spiegel an, suchte nach einer Narbe oder einem Kratzer in der Hornhaut, aber da war nichts. Es kam so weit, dass ich drei Bourbon kippen musste, um den Mut aufzubringen, meinen Fotoapparat in die Hand zu nehmen.

Ich versuchte, meine enge Beziehung zu Christine zu vergessen und jede andere auch. Wie es in dem Lied so schön heißt: Man kann eine Erinnerung nicht in den Arm nehmen. Ich war achtundvierzig, und mein Leben war seit Jahrzehnten vorbei. Da sprach Phil Cohen mich wegen Aphrodite Kamestos an.

4

Phil, ein ehemaliger Musik-Promoter, war ein alter Kumpel aus dem East Village, der jetzt in Hoboken wohnte. Er arbeitete freischaffend für verschiedene Zeitschriften und Websites und schrieb außerdem einen Blog namens *Early Death*. Der Aufstieg von Hip-Hop und Crap Pop hatte dafür gesorgt, dass seine Jobs längst nicht mehr so sicher waren wie früher, aber seine frühere Abhängigkeit von Speed hatte ihm bewundernswerte Arbeitsgewohnheiten beschert, und er besorgte mir immer noch Meth oder Black Beauty, wenn ich was brauchte. Er schlief wenig, schrieb zwanghaft. Und er hielt auf Teufel komm raus Kontakt mit jedem, der ihn mit Arbeit, Klatsch, Sex oder Diättipps versorgen konnte. Würde die Stadt von einer Atombombe platt gemacht, würde Phil auf der Straße in der Asche kritzeln und anderen Überlebenden in Hoboken Rauchzeichen schicken. Er sah aus wie Don Knotts als Mister Limpet, nur nicht ganz so gut.

Doch Phil hatte für mich immer die Augen offen gehalten, mit unterschiedlichen Ergebnissen. Ich lief ihm an einem regnerischen Oktobervormittag vor einem Café in die Arme.

»Hey hey hey. Cassandra Android, wie geht's denn so?«

»Phil. Es tut verdammt gut, am Leben zu sein.«

»Freut mich zu hören. Hey, hör mal – ich wollte dich gerade anrufen. Hast du 'nen Augenblick Zeit?«

Wir quetschten uns hinter einen Fenstertisch. Ich schlürfte meinen Kaffee und starrte ihn an. Vor ein paar Monaten hatte sich Phil den Kopf rasiert, aber sofort erkannt, dass das ein

Fehler war, und sich die Haare wieder wachsen lassen. Darum sah er jetzt aus wie ein von Munch gemalter Kresse-Igel.

»Also, was gibt's?«, fragte ich.

»Ich glaube, ich hab einen Auftrag für dich. Ich kenne da einen Typen, der ist Redakteur bei *Mojo*. Das ist eine Londoner Musikzeitschrift. Er will eine Story mit Fotos bringen. Ich dachte an dich, Cass. Ist genau das Richtige für dich, eine echte Scary-Neary-Story.«

»Ich kenne die Zeitschrift. Genau das Richtige für mich? So was wie: unterbeschäftigte Lesben und die Frauen, die so welche hassen?«

»So ungefähr! Hast es wieder mal erfasst. Kennst du Aphrodite Kamestos?«

Ich trank einen Schluck Kaffee. »Ob ich sie kenne oder ob ich weiß, wer das ist?«

»Sowohl als auch.« Phil guckte erstaunt. »Du kennst sie nicht gerade gut, hm? Nein, natürlich nicht«, sagte er und redete hastig weiter. »Dieser Redakteur, ich habe ihm gerade erzählt, dass ich mal bei ihr da oben im Norden war. Wilde Gegend. Er will einen Beitrag über sie.«

»Lebt sie denn überhaupt noch? Die muss doch an die Hundert sein.«

»Nein. Vielleicht siebzig. Hat sich aber gut gehalten. Sie hat ein Haus in Maine, auf einer Insel. Anfang der Achtziger war ich mal da. Kannte einen Typen, der sie kannte. Echt wilde Gegend. Also hab ich dem Redakteur gesagt, ich hätte einen Kontakt und könnte wahrscheinlich jemanden dafür bekommen. Die Bezahlung ist ziemlich gut. Und du würdest in Pfund bezahlt – guter Wechselkurs.«

»Warum machst du es dann nicht selbst?«

Phil guckte gekränkt. »Ich will dir einen Gefallen tun!«

»Na klar. Einen Phil-Cohen-Gefallen – hatte ich fast vergessen.«

»Ich hab dich bei dem Typen in den höchsten Tönen gelobt, Cass. Du wärst die einzig Richtige für den Job, hab ich gesagt.«

»Warum denn das?« Ich trank meinen Kaffee aus und warf den Becher in einen Mülleimer. »Noch mal: Warum machst du es nicht selbst?«

»Ich bin kein Fotograf!«

»Warum schickt der Typ keinen von seinen eigenen Leuten hin?«

»Weil Aphrodite jemanden wollte, von dem die noch nie gehört hatten. Als ich Kontakt mit ihr aufgenommen habe, meinte sie, sie will keinen bekannten Namen. Sie ist verrückt oder paranoid oder so was. Sie will jemand Unbekanntes.«

Er knetete mit Daumen und Zeigefinger seine Unterlippe. Ich fing an zu lachen.

»Jemand Unbekanntes? Das hat sie gesagt? Ich brauche jemand total Unbekanntes – ach ja, nehmen wir doch Cassandra Neary!«

»Mehr oder weniger.«

»Scheiße.«

Ich saß da und sagte nichts. Ein paar Augenblicke später zuckte Phil mit den Schultern. »Wirklich, ich wollte dir bloß ein bisschen unter die Arme greifen. Ich meine, sie hat eigens nach dir gefragt, Gott weiß, warum. Aber es könnte ein interessanter Gig werden. Weißt du, es heißt doch, wenn man das Land auf die Seite kippt, rollt alles, was lose ist, nach Kalifornien? Na ja, es ist so, als hätten sie es in die andere Richtung gekippt, denn alles, was dann noch lose ist, rollt nach Maine. Jedenfalls in diesen Teil von Maine – der andere ist wie Massachusetts. Und diese Inseln – Cass, es wird dir da gefallen. Da oben hast du das neue schräge Amerika. Du solltest drüber nachdenken. Wirklich.«

Ich seufzte. »Na gut. Ich überleg's mir.«

Phil nahm sein Handy heraus und schaute auf das Display. »Du hast, äh, fünf Minuten.«

»Wie bitte?«

»Ich hab dem Typen gesagt, ich rufe um drei an – um drei Londoner Zeit. Fünf Stunden Unterschied. Und jetzt ist es gleich zehn.«

»Aber ich kann doch nicht – ich meine, du konntest doch gar nicht wissen, dass wir uns hier über den Weg laufen.«

»Wusste ich auch nicht. Ich wollte dich gerade anrufen – hey, ich schwöre!«

»Aber – Mensch, Phil. Hat der Redakteur ihr etwa schon gesagt, dass ich komme?«

Er schüttelte den Kopf. »Nein. Aber ich. Hör zu, denk nicht drüber nach, okay? Sag einfach Ja. Ich kann das arrangieren. Du hast doch einen Führerschein, oder? Eine Kreditkarte? Du kannst einen Wagen mieten und hinfahren.«

»Ja.« Nachdenklich blickte ich auf die Straße. Der Regen hatte Herbstlaub und verwehte Zeitungsblätter in einen grauen Brei verwandelt. »Scheiße. Können die mir einen Vorschuss geben?«

Phil guckte, als hätte ich von ihm verlangt, ein Baby zu grillen.

»Gibt es auch Geld, wenn sie den Artikel nicht bringen?«

»Ich versuche, das auszuhandeln. Wenn das nicht klappt, Cass, bezahle ich dich aus meiner eigenen Tasche. Wie wär's damit?«

»Erklär mir noch mal, warum du das tust.«

Phil strich sich über den Stoppelkopf. »Oh Mann, Cass, du bist dermaßen lahmarschig, weißt du das? Ich dachte wirklich, das wäre ein klasse Gig für dich. Die legendäre Aphrodite Kamestos, die halb legendäre Cassandra Neary – du könntest sie halt näher kennenlernen. Ich habe ihr Haus gesehen, habe ein paar Tage da verbracht. Die Trostlosigkeit, auf die du stehst, tja, da oben hast du sie. Lauter Felsen und Meer und Himmel.« Er seufzte. »Und außerdem, ich weiß nicht, sie hatte irgendwas an sich. Sie hat mich an dich erinnert. Verstehst du?«

»An die vergessene Cassandra Neary«, sagte ich. »An die Cassandra Neary, die es verdammt noch mal nie gegeben hat.«

»Vergiss es.« Er starrte mich an, dann sagte er: »Inzwischen müsste ich es eigentlich besser wissen. Da will man dir einen Scheißgefallen tun …« Er nahm sein Handy. »Ich such mir jemand anderen.«

Ich schüttelte den Kopf. »Ich mach's ja, ich mach's ja. Ich brauche das Geld. Muss mal raus aus der Stadt.« Ich blickte wieder nach draußen. »Rufst du mich an, oder wie läuft das?«

Er klappte sein Handy auf. »Ich sag dem Typen Bescheid. Dann rufe ich den anderen Kerl in Maine an, damit der jemanden engagiert, der dich im Boot rüberbringt. Danach rufe ich dich an.«

»Klingt ziemlich kompliziert.« Ich stand auf. »Dann warte ich wohl auf deinen Anruf und dann auf einen Kerl, der irgendwas tun soll.«

Phil nickte. »Super. Hey, willst du dich nicht bedanken?«

»Ich bedanke mich, wenn ich die Kohle habe, wie wär's damit? Dann lade ich dich zum Essen ein.«

Ich beugte mich zu ihm hinunter und gab ihm einen Kuss auf seinen Stoppelkopf.

»Danke, Phil«, sagte ich und ging nach Hause.

5

Sie werden denken, ich wollte raus aus der Stadt, um der Trauer oder den Schuldgefühlen oder der Angst zu entfliehen. Das sind die typischen Gründe, weshalb Leute damals abhauten, und viele flüchteten genau in die Gegend, in die ich unterwegs war.

Aber die Wahrheit ist: Als Christine mich an dem Morgen anrief, hatten wir fast zwei Jahre nicht mehr miteinander gesprochen. Sie könnte den Klang meiner Stimme nicht mehr ertragen, hatte sie zuletzt gesagt. Es wäre so, als würde man mit einer Toten reden. Oder nein, sagte sie dann, es wäre wie bei dem Spitznamen, den Phil Cohen mir verpasst hatte: Es wäre so, als würde man mit einem Androiden reden, einem, der die menschliche Sprache und menschliche Emotionen nachahmt, aber nicht lebendig ist.

»Das Schreckliche ist, dass ich dich wirklich geliebt habe, Cass.« Ich hörte das Surren ihrer Klimaanlage und den Straßenverkehr im Hintergrund. »Und ich liebe dich noch immer.«

Ich sagte nichts. Mir war klar, sie wollte von mir hören, dass ich sie auch liebe. Sie gab mir die Chance, sie zu retten – mich zu retten, hätte sie gesagt –, aber ich konnte nicht lügen. Ich kann in solchen Dingen nicht lügen. Das ist keine Tugend. Das ist ein Makel, genauso wie es keine Gabe ist, sondern etwas Schreckliches, dass ich die wahre Welt sehe. Schon mein Leben lang rechne ich immer mit dem Schlimmsten, ich weiß, dass es passieren wird, und ich sehe, wie es passiert. Die Leute dachten immer, dass ich es sogar herbeiführe, um es dann zu fotografieren und herumzuzeigen.

Die Leute denken, sie wollen die Wahrheit. Aber in Wirklichkeit wollen sie beruhigt werden, dass der ganze Horror nur anderswo ist, im Fernsehen, im Computer, in einem anderen Teil der Welt. Niemand will auf die verkohlten Überreste einer menschlichen Leiche blicken, die direkt vor ihm liegt. Niemand will auf unverhülltes Leid, Entsetzen und Trauer blicken. Ich selbst will das auch nicht, aber ich leugne nicht, dass ich es tue, und ich leugne nicht, dass die Ergebnisse, meine Fotos, verstörend sind. Ich kann nicht wegsehen.

Nach Christines Tod sah die ganze Welt aus wie in meinen Träumen, in meinen Fotografien. Eines Morgens wurde ich wach, blickte aus dem Fenster und sah meinen Albtraum aufsteigen wie die Sonne über dem Fluss, strahlend, blendend. Und ich wurde davon geblendet, weil ich selbst da nicht wegsehen konnte.

6

Ich hatte im Strand noch Resturlaub, also sagte ich Bescheid, dass ich ein paar Wochen wegfahren würde. Sie waren überrascht, wirkten aber auch erleichtert, weil ich endlich etwas Normales tat – es war das erste Mal in fünf Jahren, dass ich mir freinahm. In den letzten Tagen dort hatte ich hauptsächlich im Magazin gestöbert, um etwas über Kamestos zu finden.

Es war nichts dabei außer jenem Kultfoto von ihr in einem Aperture-Band über Fotografen des 20. Jahrhunderts, ein Schwarz-Weiß-Porträt, das ihr Mann gemacht hatte, der Dichter Stephen Haselton, kurz nach ihrer Hochzeit. Ich wusste, es gab noch andere Bilder: eine Bleistiftzeichnung von Jean Cocteau, die auf der Schutzhülle der Originalausgabe von *Mors* abgedruckt war, und eine Skizze von Brion Gysin, die aussah wie Jean Marats Totenmaske.

Ich hoffte, dass ich bei Google mehr finden würde. Im Netz gab es einiges, einschließlich Susan Sontags Ablehnung von *Mors*, aber wenig konkrete Informationen, bis auf eine Kurzbiografie auf RealArtists.com. Trotz ihres Namens war Aphrodite Kamestos genauso amerikanisch wie ich, aufgewachsen in Chicago als Kind von Griechen der zweiten Generation. Keine Details über ihre Kindheit und nur eine flüchtige Erwähnung ihrer Ehe mit Haselton. Es gab noch ein paar andere Fotos von ihr im Netz, aber keines war so gut wie das, das ihr Mann aufgenommen hatte.

Ich kenne niemanden, der weniger wie eine Aphrodite aussah als sie. Aphrodite Kamestos hatte die Schönheit eines Wirbelsturms, den man aus großer Entfernung sieht. Haselton muss sie überrascht haben: Ihr Kopf ist halb zu ihm gedreht, die dunklen Haare fallen ihr aus dem Gesicht, ihr Mund ist leicht geöffnet, die Brauen sind hochgezogen. Ihre schwarzen Augen heben sich scharf von der weißen Haut ab. Das Licht glänzt auf den Wangenknochen, die hoch und gerundet sind. Die schwarzen Augen sind länglich und schmal. Klingenförmig. Der Blick zum Objektiv ist direkt, aber undurchdringlich. Sie wirkt unerschrocken, aber auch schutzlos, so als wäre sie gerade noch im letzten Augenblick erwischt worden, bevor sie eine herzliche, verärgerte, leidenschaftliche oder angriffslustige Miene aufsetzen konnte.

Es war ein auffallend schönes Gesicht, aber es erinnerte mich nicht an die Göttin der Liebe. Es erinnerte mich an Medusa, an jemanden, dessen Schönheit sich gegen jeden richten würde, der so dumm war, sich mit ihr anzulegen. Das war die Stärke dieser Fotografie: Man fragte sich nicht, was mit ihr in diesem Augenblick passierte, sondern was mit dem Kerl passierte, nachdem er die Aufnahme gemacht hatte. Und man ist fast enttäuscht, wenn man hört, dass er sich 1976 umgebracht hat.

Doch mir machte sie keine Angst. Vielleicht zeugt das von Dummheit, aber 1959, als das Bild aufgenommen wurde, war ich zwei Jahre alt. Kamestos hätte meine Mutter sein können. Sie war inzwischen alt genug, um Großmutter zu sein – eine mit einem Lebkuchenhaus und einem lodernden Ofen.

Meine Google-Suche förderte auch eines ihrer Werke zutage, aber das war ein so deprimierender Anblick, dass ich wünschte, ich hätte mir gar nicht erst die Mühe gemacht. Ich hasse schlechte Reproduktionen von erstklassigen Fotografien, und diese Online-Bilder waren durchweg lausig. Kopierverlust – der tritt auf, wenn man ein fotografisches Bild immer wieder reproduziert. Es verliert die Authentizität, die Qualität verschlechtert sich bei jeder weiteren Entwicklung, die vom ursprünglichen Negativ gemacht wird, und das Original verfällt mit der Zeit, sodass jedes neue Bild eine schlechtere Version darstellt. Dasselbe passiert mit analogen Aufzeichnungen. Nach unzähligen Kopien hat man nur noch Rauschen und Knistern.

Bei der digitalen Bildverarbeitung passiert das nicht so sehr, aber was ich im Netz fand, war von einem 1970er Raubdruck von Kamestos' einzigen beiden Büchern gescannt worden, von *Mors* und *Deceptio Visus*, die Ende der Fünfziger herausgekommen waren. Wer den Raubdruck in die Hand nahm und sich fragte, wieso jemand Aphrodites Fotos veröffentlicht hatte, dem musste man die Frage verzeihen. Leider hatten diese schrecklichen Reproduktionen Eingang ins Netz gefunden. Sie waren nicht zu vergleichen mit den Bildern der Erstausgabe ihrer Fotobände. Ich wusste das, weil ich beide besaß – und die waren schon nichts, verglichen mit den Originalabzügen.

Ihre besten Bilder waren Landschaftsaufnahmen von Inseln und Bergen. Satte Blautöne, Violett und Magenta, die eine unglaublich schöne Inselgruppe beschreiben. Sie erinnerte an eine Landschaft von Magritte: trügerisch, unwiederbringlich verloren. Ich konnte mir nicht vorstellen, dass diese Landschaften real waren.

Aber natürlich waren sie das – die Bilder waren 1956 entstanden, Jahrzehnte bevor man der Welt am Computer eine hübsche Gestalt geben konnte. Es war das Jahr, wo Kodak gerade anfing, groß für sein Typ-C-Papier zu werben, mittels dessen Fotografen ihre eigenen Farbnegative machen konnten, ohne auf ein Fotolabor angewiesen zu sein, und es gab interessante Farbarbeiten von Leuten wie Nina Leen und Brian Brake. Ich weiß nicht, ob Kamestos Typ C benutzte – sie war damals über vierzig, dürfte aber durch die Aufmerksamkeit, die Typ C erregte, etwas davon mitbekommen haben. An dem Foto ihres

Mannes sieht man, wie sehr diese Augen noch brennen, obwohl ihre Hände aussahen, als ob sie mit einer Garotte genauso gut umzugehen verstanden wie mit einem Fotoapparat.

Der Verdacht wurde genährt, als *Mors* erschien. Es war ein Katalog von Orten, wo schreckliche Dinge stattgefunden hatten: ein Selbstmord, ein Mord, sexuelle Folter. Die Bilder waren nicht wie Tatortaufnahmen von Weegee oder wie die Buchenwald-Fotos von Bourke-White. Den Fotos von Kamestos fehlten die Unmittelbarkeit und die historische Bedeutung. Das Grenzüberschreitende kam ganz von innen heraus, es war losgelöst von Raum und Zeit. Als *Mors* herauskam, wurde der Band als Ausbund eines bösartigen Geistes in der Fotografie abgelehnt, und der Raubdruck von 1970 machte es durch seine Hollywood-Babylon-Intros von Terry Southern und Kenneth Anger nur noch schlimmer. Es sollte noch Jahrzehnte dauern, bis der Einfluss dieses Buches von Leuten wie Sally Mann gewürdigt wurde. Und von mir natürlich. Aber mir hörte ja keiner zu.

Bei dem Gedanken, die Originalfotografien zu sehen, schlug mein Herz schneller, mehr als bei dem Gedanken, Geld zu verdienen und aus der Stadt wegzukommen, mehr sogar als bei der Vorstellung, selbst wieder ein paar anständige Aufnahmen zu machen.

Aber ich gebe zu, ich war auch neugierig darauf, was mit Kamestos passiert war. Ein Nervenzusammenbruch? Das Scheitern der Ehe? Ihr Mann war ein unbedeutender Dichter gewesen, ein Außenseiter der Beat-Bewegung, und soweit ich wusste, war er schwul gewesen. Kamestos hatte Haselton 1955 kennengelernt, und sie heirateten nur wenige Wochen später. Zur Hochzeit schenkte sein reicher Vater dem Paar ein Haus auf einer Insel vor der Küste von Maine.

Und zu der war ich jetzt wohl unterwegs. Paswegas. Den

Namen hatte ich noch nie gehört. Und das fand ich unheimlich. Das war, als würde ich mich zu einer sonderbaren, leicht gruseligen Pilgerfahrt aufmachen; wie ein Nabokov-Fan, der zu den Motels reist, wo Humbert mit Lolita geschlafen hat.

Denn Paswegas war die Insel, wo Aphrodite die Traumlandschaften aus *Deceptio Visus* aufgenommen hatte. Es war ein Ort, den ich mir seit fast dreißig Jahren vorstellte, an den ich dachte, von dem ich träumte, den ich nie ganz für wirklich gehalten hatte. Kennen Sie das, dass man auf ein Gemälde oder ein Foto schaut und sich wünscht, man könnte hineingehen und einfach verschwinden? So ist es mir bei diesen Fotos gegangen. Jetzt schien ich die Chance zu bekommen.

An dem Abend nach meiner Begegnung mit Phil rief ich meinen Vater an. Wir hatten eine Weile nicht miteinander gesprochen, und wie immer war er merklich erleichtert, als er meine Stimme hörte: Ich war also noch am Leben. Noch.

»Cassandra. Schön, dass du anrufst. Alles in Ordnung?«

Ich erzählte ihm von dem Gespräch mit Phil. »Bist du früher nicht öfter raufgefahren? Zum Angeln oder so?«

»Sicher. Zum Angeln und Jagen. Oben bei Allagash. Meistens mit deinem Großvater. Wir haben mitten in der Nacht in Freeport haltgemacht und bei dem kleinen L. L. Bean-Laden geklingelt, und man hat uns reingelassen, damit wir uns ausrüsten konnten. Schöne Gegend, dieses Maine. Ich bin nicht mehr da gewesen, seit deine Mutter und ich ab und zu einen Ausflug dahin gemacht haben«, sagte er plötzlich traurig. »Das war, bevor du geboren wurdest.«

»Weißt du, wie man hinkommt? Ich will einen Wagen mieten.«

»Nach Maine?« Ich hörte Eiswürfel in seinem Highball klimpern. »Sicher. Fahr zur Küste von New Hampshire, dann nach rechts.«

Wir unterhielten uns noch eine Weile und tauschten Neuigkeiten aus. Das heißt, er erzählte mir, was es Neues gab. Ich hatte nichts zu erzählen.

»Also, Cassandra, ich wünsche dir Glück«, sagte er schließlich. »Wenn etwas ist, rufst du Ken Wilburn an. Er ist jetzt in South Salem. Hier, ich geb dir seine Nummer –«

Ich schrieb sie auf, dann verabschiedete ich mich. »Danke, Dad. Ich rufe dich an, wenn ich wieder zurück bin.«

»Das wäre schön, Cassandra. Kommst du dieses Jahr zu Weihnachten?«

»Vielleicht. Mal sehen.«

Zwei Tage später kam ein Scheck über tausend Dollar, dabei lag ein Zettel:

Kauf Dir ein Paar Gummistiefel. Alles Liebe, Dad

Einen Teil des Geldes verpulverte ich für eine Röhrenjeans von Hedi Slimane – ich habe durchaus das eine oder andere Luxusteil, und ich dachte, die Investition würde sich auszahlen, wenn ich tatsächlich eine Story verkaufte. Den Rest stopfte ich in mein Portemonnaie.

An dem Abend holte ich meine beiden Kamestos-Bände hervor. Ich hatte sie 1978 in einem Antiquariat in der Innenstadt billig gekauft, als es mit ihrem Ruf ziemlich bergab gegangen war. Jetzt blätterte ich in *Deceptio Visus*, weil ich hoffte, einen Hinweis zu finden, wie die Insel im wirklichen Leben war und wo.

Es war, als wollte man den Kompass von einer Postkarte ablesen. Darum ging ich wieder online und traf schließlich unter www.maineaway.com auf *Ihre Nachrichten für Paswegas und Umgebung!* Das Site-Banner zeigte einen Streifen wolkenlosen Himmel und eine Windjammer, die über ein kobaltblaues Meer raste, und da waren viele hübsche Bilder von herumtollenden Labradorhunden, herbstlich gefärbten Wäldern,

Kindern, die Maiskolben und Hummer aßen, schneebedeckten Fichten, gesund aussehenden Pärchen in Kanus und von Eistauchern und Elchen.

Die Schlagzeilen erzählten jedoch eine andere Geschichte. Eine Welle von Teenagerselbstmorden, Selbsthilfegruppen für Oxy-C- und Vicodin-Süchtige, zwei große Heroin-Verhaftungen. Eine Bombendrohung an der Highschool. Ein neuer bestätigter Fall des West-Nil-Virus. Eine Vermisstenanzeige wegen eines gewissen Martin Graves, der zuletzt am 29. August gesehen worden war. Der Polizeibericht gab drei Festnahmen wegen häuslicher Gewalt und eine wegen Crack-Besitz bekannt. In Burnt Harbor war eine angeschwemmte Leiche identifiziert worden, ein Fischer, der im vorigen Winter auf See verschollen war. Es gab auch eine Dokumentation, *Die Wahrheit über Bärenhetze*, und die Ankündigung eines Benefiz-Bohnenessens für die Familie Prout, deren Haus vor Kurzem abgebrannt war. Eine Mutter suchte noch nach ihrer jugendlichen Tochter, die zuletzt vor einem Monat gesehen worden war, als sie sich nach Feierabend im WalMart auf den Heimweg nach Machias gemacht hatte. Das waren die Nachrichten aus Lake Woebegone.

So viel zum Ferienparadies, dachte ich und ging schlafen.

7

Es war die zweite Novemberwoche, Winteranfang in Maine. Ich war so naiv zu glauben, es wäre noch Herbst.

Zwei Monate lang hatte ich einen kleinen Vorrat Crystal Meth gesammelt. Süchtig zu werden erfordert vielleicht keine Disziplin, aber man braucht ein gewisses Maß an Organisation, wenn man sich seinem Verlangen, high zu werden, widmen möchte. Auch in dieser Sache fehlte mir der Ehrgeiz: Amphetamine sind zwar manchmal ganz amüsant und nützlich, aber ich konnte mich mit denen nie so richtig anfreunden. Am Nachmittag vor der Abreise holte ich die Mietkarre ab, fuhr nach Hause und packte: eine Straßenkarte, Phils Wegbeschreibung, meine Klamotten, die beiden Fotobände, meine alte Konika, ein paar Kassetten – der Wagen hatte keinen CD-Player. Ich ging zum Kühlschrank, öffnete das Tiefkühlfach und nahm den kleinen Druckverschlussbeutel mit Crystal und einen anderen, größeren Beutel heraus. Darin waren ein Stück Papier mit verwischter Aufschrift – Juli 2001 – und zwei Tri-X-Filme. Das Datum gab an, wann ich sie gekauft hatte. Seit damals hatte ich nicht mehr ernsthaft fotografiert. Ich steckte sie neben den Fotoapparat in das Lederetui, das ich seit der Highschool benutzte.

Ich wollte mit leichtem Gepäck reisen, und so war noch genug Platz in der Reisetasche. Das Problem war, dass ich nicht viel mehr Zeug besaß. Eine Zeit lang stand ich da und schaute mich im Zimmer um. Bücherregale aus Ytongsteinen und Brettern, vollgestopft mit zerlesenen Taschenbüchern. Aufgeschnittene Milchkanister mit Hunderten Schallplatten. Eine Kommode vom Sperrmüll mit meinen Klamotten, allesamt schwarz. Ein behelfsmäßiger Sofatisch aus großformatigen Fotobildbänden: *Untitled Film Stills*, *American Prospects*, Mapplethorpe, Arbus, Joel-Peter Witkin. An der Wand ein paar schlecht gerahmte Abzüge von eigenen Arbeiten, so verblasst, dass nicht mehr zu erkennen war, was sie irgendwann einmal auch nur annähernd interessant gemacht hatte. Auf der schäbigen Küchenzeile unbezahlte Rechnungen.

Das war es so ziemlich.

Ich ging zu meinen alten Schallplatten und zog eine schwarze Ledermappe heraus, die zwischen *The Idiot* und *Fear and Whiskey* klemmte. Darin waren in Plastikhüllen Dutzende 8x10 Schwarz-Weiß-Fotos verwahrt. Nicht die für *Dead Girls*, sondern die Sachen, an denen ich danach gearbeitet hatte, die Fotos, die Linda Kalman abgelehnt hatte. Es kostete mich immer noch zu große Überwindung, sie mir anzusehen. Stattdessen blickte ich nur auf das Deckblatt, eine weiße Seite mit meinem Namen und dem Titel, den ich der Sammlung gegeben hatte: *Hard To Be Human Again*. Ich stellte sie ins Regal zurück und holte mir meinen Jack Daniels. Am nächsten Morgen, als es noch dunkel und ich noch betrunken war, fuhr ich nach Norden.

Der Rausch vom Jack Daniels brachte mich ungefähr eine Stunde lang stadtauswärts, dann klang er ab. Gleich hinter der grünen Vorstadtvilleneinöde, in der ich aufgewachsen war, fuhr ich an den Straßenrand und schnupfte die letzten blauweißen Kristalle aus meinem Vorrat. Ich leckte das restliche Pulver aus der Tüte und warf sie aus dem Fester, schob die Mekons in den Kassettenrekorder und raste zurück auf die Interstate. Irgendwann musste ich zum Tanken angehalten haben, aber das wurde mir erst bewusst, als ich den Kopf hob, in den strahlenden Sonnenschein blinzelte und vor mir eine grünspanüberzogene Brücke über einer glitzernden blauen Wasserfläche sah. Auf einem Schild am Highway stand: Sie verlassen New Hampshire.

Fluchend bremste ich auf Schneckentempo ab – es herrschte kaum Verkehr – und sah auf die Tankanzeige. Erleichtert stellte ich fest, dass der Tank fast voll war. Mir dröhnte der Schädel, und ich hatte das Gefühl, als hätte mir jemand die Augen aus den Höhlen gelöffelt und durch Kiesel ersetzt. Auf der Mitte der Brücke kam ein weiteres Schild – Willkommen in Maine und in dem Leben, wie es sein sollte –, und ich begann mich zu wundern, wo Connecticut und Massachusetts geblieben waren.

Das war mein Grenzübertritt zu dem versunkenen Küstenstrich des Landes der Konservativen. Wenn ich je einen Gedanken daran verschwendet hatte, dann war er leicht geringschätzig gewesen: Urlaubsland, Schnee, zwei Präsidenten, die ich verabscheute, verschiedene Beans – L. L. Bean, *The Beans of Egypt, Maine*, die Baked Beans der B&M-Fabrik, an der ich bei Portland vorbeigefahren war. Ich verstand noch nicht, was dieses Land aus einem macht, wieso es einem das Bewusstsein zersplittert wie Eis. Ich wusste nur, dass es ein Vormittag im November war und dass ich mir den Arsch abfror.

Blöderweise war mir gar nicht in den Sinn gekommen, dass es kalt sein könnte. In New York war noch Spätsommer. Hier war es wie mitten im Winter. Sogar mit aufgedrehter Heizung gab der kleine Ford Taurus nur einen lauen Luftstrom ab, der nach Frostschutzmittel roch. Die hinteren Fenster ließen sich nicht vollständig schließen, sodass es eiskalt hereinpfiff.

Als Portland fünfzig Meilen hinter mir lag, waren meine

Hände taub. Ich fuhr an den Straßenrand und wühlte in der Reisetasche, zog schließlich ein langärmliges T-Shirt und einen mottenzerfressenen schwarzen Kaschmirpullover und meine abgewetzte Motorradjacke hervor. Ich tauschte meine Treter gegen die schwarzen Cowboystiefel. Das war meine gesamte Garderobe, abgesehen von Socken und Unterwäsche, einem zweiten T-Shirt und einer Ersatzjeans, die fast genauso aussah wie die Hedi Slimane, für die ich ein paar Hundert Mäuse hingeblättert hatte.

Ich besaß keine Handschuhe, keine warmen Stiefel, keine Winterjacke. Im Lauf der Jahre war ich an Thanksgiving ein paarmal bei meiner Tante in Boston gewesen, wo es tagsüber kalt war und man sich abends am Kamin mit Irish Mist wärmte. Ich dachte, in Maine wäre es genauso. Doch da lag ich falsch.

Ich fuhr noch eine Stunde weiter, dann überwand ich mich und machte eine Pause, aß im Miss MicMac Diner ein Sandwich mit Speck, Salat und Tomaten und trank einen Kaffee, der nach Diesel schmeckte. Ein Tisch mit lauter alten Männern in Flanellhemden und Carhart-Jacken blickte auf, als ich reinkam, dann unterhielten sie sich leise weiter. Hinter der Kasse hing eine orange Anschlagtafel, auf der mit Filzstift in zwei Spalten säuberlich notiert war:

Jeff Stonestreet – Bock
Missy Weed – Bock
Brandon Johnston – Reh
Barbara Johnston – Bock
Wallace Tun – Reh

»Jagdsaison?«, fragte ich und gab der Kassiererin hinter dem Tresen mein Geld.

Sie sah mich achselzuckend an. »Stimmt.«

Ich ging. Es war kurz vor Mittag. Ich fuhr wieder drei Stunden die Küste entlang, dann hielt ich zum Tanken an einem Gemischtwarenladen, bei dem ein großer Stahlhaken von der Markisenstange hing. Wofür der gedacht war, wurde mir klar, als ich ein totes Reh auf der Ladefläche von einem roten Pick-up liegen sah. Ich ging in den Laden und kaufte ein Paar dicke gelbe Arbeitshandschuhe, das Einzige, was sie an Handschuhen dahatten. Damit hatte ich noch weniger Gefühl in den Fingern, und sie wärmten nicht mal besonders, aber besser als nichts.

Ich kaufte auch ein Bier und ging damit zur Tür. Daneben waren jede Menge Zettel angeheftet: Schnee räumen, Kaminholz, Little Munchkins Kinderbetreuung und etliche Suchanzeigen für entlaufene Katzen, darauf wehleidige Beschreibungen und geisterhafte Schwarz-Weiß-Fotos von Muffin, Coleman, Boots, Kitty, Arnold. Das war wie die Katzenversion von den Zaunzetteln nach dem 11. September oder den Listen entführter Kinder im Postamt. Zwischen die Katzen hatte jemand eine Suchanzeige wegen einem jungen Mann mit Nike-T-Shirt und Wollmütze gehängt.

Wer hat Martin Graves gesehen?
Zuletzt gesehen am 29. August in Shaker Harbor
Für Hinweise ist eine Belohnung ausgesetzt
Anrufe bitte unter 247–91 41

Ich ging zurück zum Wagen, setzte mich hinein und trank das Bier. Dabei sah ich zu, wie zwei Typen in orange Westen den Rehbock vom Pick-up zogen und an den Haken hängten.

»Oben bei Calais soll es schneien«, sagte der eine.

Der andere zündete sich eine Zigarette an. »Da oben stört es mich nicht.«

Ich stellte die leere Flasche aufs Pflaster und fuhr davon.

Die Straße schwenkte allmählich nach Osten. Nachdem ich zweimal falsch abgebogen war, wurde mir klar, dass Phils Wegbeschreibung nutzlos war. Ich fuhr rechts ran und faltete die Straßenkarte auseinander. Die Straße, die ich brauchte, war eine gestrichelte blaue Linie, die an der Küste entlangzuführen schien. In Wirklichkeit war das Meer weit entfernt und gespenstisch wie Nebelschleier und kam nur ab und zu ins Blickfeld. Hin und wieder sah ich das nackte Holzskelett eines im Bau befindlichen MacMansion-Protzhauses, gegen das die Wohnwagen und Fertighäuser winzig wirkten; den struppigen Brocken vom grünen Rand einer fernen Insel und die Silhouette eines aufgeblähten Cottages, dessen nagelneue Ziegel dieselbe Farbe hatten wie die entrindeten Baumstämme, die neben einem WalMart-Parkplatz gestapelt waren; mobile Wanderkirchen mit Schildern davor: *Warten Sie nicht auf die zehn Pferde, die Sie hinbringen – fast gerettet ist so gut wie verloren.*

Aber nach einer Weile blieben selbst diese Hinweise auf die vordringende Welt aus. Ich fuhr weiter und fand endlich die Abzweigung, kam durch einen Ort, der aus einem Kramladen mit Zapfsäule, einem heruntergekommenen Antiquitätengeschäft und einer aufgegebenen Tankstelle bestand. Zwei Jungen in Baggy Pants und T-Shirt fuhren mit einem Rasenmäher mitten auf der Straße. Eine graue Katze folgte ihnen gemächlich mit gesträubtem, hocherhobenem Schwanz. Als sich mein Wagen näherte, schoss sie ins Gebüsch. Die Jungen fuhren zur Seite, um mich vorbeizulassen, und ich bog bei einem Schild, auf dem Paswegas Countygrenze stand, auf eine Schlaglochpiste ab. Dahinter kündigte ein anderes Schild Burnt Harbor an.

Auf dieser Straße bekam ich endgültig das Gefühl, als müsste ich gleich über den Rand der Welt fallen. Wenigstens war jetzt das Meer da. Die Küste wurde steil, und das Meer öffnete sich wie ein riesiges blaues Auge mit einem Wimpernkranz aus schwarzen Inseln und Felsenriffen. Scharen von Seevögeln zogen über mich hinweg, tauchten ins Wasser, verschwanden unter glitzernden Wellen und zwischen nassem Basalt. Ich schaltete das Radio ein und bekam ganz schwach einen Sender rein, der mit der Brandung an- und abzuschwellen schien. Er spielte sonderbare Musik, erfüllte Musikwünsche und verlas Bitten um Hinweise wegen entlaufener Haustiere.

Und dann dieses Licht! Es verlieh allem eine gnadenlose Klarheit, den Schindeln in der Farbe von schmutzigem Schnee, den Wohnwagen hinter einem Wall aus Mülltüten voller Laub, den zum Überwintern aufgetürmten Hummerfallen. Den Fichten und Kiefern, die aussahen wie mit der Steinaxt gespalten. Dem grell orangen Lampenstrahl eines Jägers am Horizont, hinter dem sich endloser schwarzer Wald erstreckte.

So ein Licht hatte ich noch nie erlebt, auch nicht so einen Himmel. Als wären Ascheschichten weggeblasen worden und der wahre Himmel wäre zum Vorschein gekommen. Das Blau war so klar, dass ich es nicht mehr als Farbe wahrnahm, sondern als Emotion, als Einsamkeit, die in Freude umschlug. Mit der Kälte war es genauso: Die Taubheit in meinen Händen wurde zu einem Teil von mir, wie eine Charaktereigenschaft, wie Sturheit oder Großzügigkeit. Ich konnte die Halbinsel vor mir sehen, eine vierfingrige Hand, die sich in den Atlantik schob. Ich kauerte über dem Lenkrad, frierend, aber erfrischt, und hielt auf das Meer zu.

Inzwischen war es fast vier Uhr. Burnt Harbor war das Dorf an der äußersten Spitze der Halbinsel, und da sollte ich den Typen treffen, der mich nach Paswegas rüberbringen würde.

Das hatte Phil vor einer Woche für mich arrangiert. Wir trafen uns im Café. Ich sagte: »Also, wie sieht es aus?«

»Für dich ist alles geregelt, Cassandra Android. Ich habe

Aphrodite gesagt, dass du in den nächsten Tagen ankommst. Sie erwartet dich.« Er schrieb mir eine Nummer auf. »Wenn du in Burnt Harbor bist, rufst du diesen Typen an: Everett Moss. Das ist der Hafenmeister. Er wird dich wahrscheinlich auf die Insel bringen.«

»Wahrscheinlich? Und wenn nicht?«

»Dann könnte es schwierig werden.« Phil zuckte mit den Schultern. »Was soll ich sagen? Kamestos wird dich nicht am Pier abholen. Everett hat mich damals hin- und wieder zurückgebracht. Er ist ein netter Kerl. Ruf ihn an, oder frag in dem Hafenrestaurant nach ihm. Das ist nicht zu verfehlen. Es gibt da sonst nichts. Buchstäblich nichts.«

»Warum lebt Kamestos dann dort?«

»He, das sollst du rausfinden! Ach, und nimm Bargeld mit – Everett nimmt nur Bares.«

»Wie viel?«

»Keine Ahnung. Dreißig Dollar?«

Ich runzelte die Stirn. »Dreißig Dollar? Scheiße. Meinst du, ich schaffe die Strecke an einem Tag? Ich will nicht auch noch für ein Hotel blechen.«

»An einem Tag? Keine Ahnung. Vielleicht. Aber das wäre eine lange Fahrt. Und wenn du müde wirst oder wenn es schneit oder so, dann bist du geliefert. Willst du die Wahrheit hören? Ich weiß nicht, ob es dort überhaupt ein Hotel gibt, Cass. Du bist da wirklich am Arsch der Welt.«

»Und dafür soll ich dir dankbar sein, Phil, ja?«

Er tippte sich an die Wange. Da hatte eine stumpfe Rasierklinge eine rote Scharte hinterlassen, die nicht heilen wollte. »Da kannst du einen dicken Schmatz draufsetzen.«

»Ist schon okay.« Ich nahm die Karte und die Wegbeschreibung und stand auf. »Also, ich danke dir. Erst mal. Ich ruf dich an, wenn mir noch was einfällt.«

»Hals- und Beinbruch, Cassandra. Versau es diesmal nicht, okay?«

Jetzt wurde es langsam Abend, und ich war steif gefroren. Da ich kein Handy hatte, fuhr ich bis zu einer Tankstelle. An der Hauswand hing ein Münztelefon. Ich lehnte mich mit hochgezogenen Schultern an die Seitenwand aus Plastik und versuchte, das Zähneklappern zu unterdrücken, während ich Münzen in den Schlitz schob.

Daneben klebte noch so ein Flugblatt von Martin Graves, diesmal ohne Foto: *Wer hat Martin Graves gesehen? Zuletzt gesehen am 29. August in Shaker Harbor. Bitte rufen Sie an, wenn Sie etwas wissen.*

Ich warf noch eine Münze ein und hoffte inständig, dass der Hafenmeister noch da war. Der Wind brauste so laut, dass ich es kaum hörte, als jemand abnahm.

»Ist da Everett Moss?«, rief ich. Die Verbindung war beschissen.

»Hallo. Am Apparat.« Er klang schroff, aber gut gelaunt.

»Hier Cassandra Neary. Wir haben am Telefon besprochen, dass Sie mich heute Nachmittag nach Paswegas bringen.«

»Ach ja.«

»Ich bin in einer halben Stunde da. Ich bin jetzt in …« Ich verrenkte mir den Kopf nach irgendeinem Hinweis, wie dieses Nest hieß. »Also, ich weiß nicht, wo ich bin, irgendwo hinter Bealesville. Collinstown, schätze ich. Also vielleicht noch fünfzehn Meilen.«

»Oh jep, Collinstown, das sind fünfzehn Meilen. Also, gut und schön, aber heute kann ich Sie nicht rüberbringen.«

»Was? Wieso nicht?« Vor Kälte und Verzweiflung fing ich an zu krächzen. »Aber ich brauche nur noch eine halbe Stunde.«

»Tja, ich fürchte, es geht trotzdem nicht. Kurz nach vier wird es dunkel. Sie hätten um zwei hier sein müssen, damit ich

Sie hinbringen und noch zurückfahren kann. Ich kann es wahrscheinlich gleich morgen früh machen. Wie wär's damit?«

»Morgen?« Zitternd starrte ich aufs Meer, das von Indigo in Schwarzgrau überging. »Herrgott noch mal! Ich weiß nicht mal, wo ich bin! Kann man hier irgendwo übernachten?«

»Aber ja«, dröhnte Moss freundlich. »Fahren Sie weiter Richtung Burnt Harbor, dann sehen Sie kurz vor der Brücke rechter Hand das Lighthouse Motel. Merrill hat das ganze Jahr über geöffnet. Gleich morgen früh kommen Sie in den Hafen, dann kümmern wir uns um Sie. Sagen wir sechs Uhr. In Ordnung?«

»Und wenn er nun nicht –«

»Also bis dann!« Er legte auf.

Ich stürmte zum Wagen. Das Amphetamin ließ allmählich nach. Ich hatte noch keinen Hunger, und ich war auch nicht müde, aber der Absturz würde kommen, und dann wollte ich nicht in einem gemieteten Ford Taurus festsitzen.

Dass es dämmerte, gefiel mir auch nicht. Das kristallklare Blau des Himmels ging über in Schwarz. Der Wind rüttelte an den kahlen Bäumen und fegte totes Laub über den Parkplatz. Das einzige Licht, das zu sehen war, war der grünliche Schein aus dem Tankstellenhäuschen. Selbst das wirkte schon heimelig. Ich stieg ein und fuhr weiter.

Es dauerte länger als gedacht. Die Straße war voller Furchen und kurvig. Eine Zeit lang hing ich hinter einem Holzlaster fest, dessen Kran samt Haken bedrohlich über den gestapelten Baumstämmen schwankte. Rauch stieg aus dem Holz auf und hing wie Nebelschwaden über trockenen Rohrkolben. Kurz vor der Brücke, die eine Bucht der Hagman's Bay überspannte, bog der Laster ab. Auf der anderen Seite war man offiziell auf der Paswegas-Halbinsel.

Obwohl es fast dunkel war, fühlte man sich eher so, als wäre man auf einer Insel statt auf dem Festland. Man bekam ein unbändiges Gefühl von Weite und Himmel, roch Salz und Baumharz und verwesenden Fisch. Vergeblich spähte ich durchs Zwielicht nach einem Schild des Lighthouse Motels. Es war schwierig, überhaupt ein Haus zu sehen, und als ich endlich eins entdeckte, war das kein beruhigender Anblick – ein ordentliches kleines, anderthalbgeschossiges Ranchhaus, bei dem etwas über dem Garagentor hing, das aussah wie ein Hund. Das war schon gruselig genug, aber noch gruseliger wurde es beim nächsten Haus, wo ich drei tote Hunde an einem Schuppen hängen sah.

Ich fuhr langsamer, um Genaueres zu erkennen. Es waren keine Hunde, sondern Kojoten. Noch dazu große. Der kleinste war so groß wie eine Dänische Dogge.

Ich beschloss, umzukehren und nach Manhattan zurückzufahren, wenn das Motel nicht in den nächsten fünf Minuten in Sicht kam.

Aber dann tauchte es auf einem Streifen Land oberhalb eines kleinen Hafens auf. Es sah aus wie das klassische amerikanische Modell aus der Zeit um 1962. Die eingeschossige Nachbildung eines Leuchtturms nur ohne Licht stand neben einem gepflegten weißen Holzbau mit grünen Fensterläden, hinter denen Licht brannte. Auf einem Schild stand »Büro«. Es gab einen Kiesparkplatz, auf dem drei Autos vor den angrenzenden Motelzimmern parkten. An einem kahlen Ahornbaum hing ein Schild.

Lighthouse Motel
Ganzjährig Bestpreisgarantie in Maine
Gastgeber: Merrill Libby
40 Dollar pro Nacht
Keine Haustiere keine Waffen
Kostenloser Kaffee nur für Gäste!
Zimmer frei

Die letzte Aussage war das Einzige, was mich interessierte. Ich parkte vor dem Büro, zog die Lederjacke an und ging hinein.

Es war genau so, wie ich es mir vorgestellt hatte: ein Raum mit Fünfzigerjahre-Kiefernmöbeln, abgenutzt, aber sauber. Ein Beistelltisch mit einer Schale Kaubonbons und einer Vase mit Plastikblumen, eine Couch und ein Sessel in den Erdtönen der Nixon-Ära. Es war nicht zu erkennen, ob der Teppichboden Kaffeeflecken hatte oder ob das ein Muster war, das sich in den südlicheren siebenundvierzig Staaten nicht hatte durchsetzen können. Doch es war warm, denn ein Heizstrahler blies heiße Luft in den Raum. Mir war so kalt, dass ich sogar bereit war, auf dem Teppich zu schlafen. Doch ich hoffte, das würde nicht nötig sein.

An einem Ende des Raumes war eine Büronische, und da saß ein Mädchen von ungefähr fünfzehn Jahren auf einem Drehstuhl vor dem Computer. Ich ging so nah heran, dass ich einen Blick auf den Bildschirm werfen konnte. Er war voller IM-Sprechblasen. Die Kleine warf einen Blick über die Schulter und drehte sich sofort zu mir um.

»Hi«, sagte ich und zog meine Arbeitshandschuhe aus.

Sie starrte mich an, ein stämmiges Gothic-Mädchen mit kurzen schwarz gefärbten Haaren, schwarz umrandeten Augen, weißer Haut mit einer bröckelnden Schicht aus rötlichem Make-up. Sie hatte ein Piercing am Kinn und eins an der Braue, im Ohrläppchen steckte ein Bündel Nägel, und sie trug eine sonderbare Halskette aus Getränkedosenringen und Seeglas an einem Lederband, ein schlichtes Flanellhemd über einer Jeans, die so weit war, dass sie als Leichensack hätte dienen können, ein rotes Durag und Turnschuhe, die fast schon auseinanderfielen.

Sie lächelte schüchtern. Damit sah sie aus wie acht. Damit und mit den rosa Herzchen, die sie sich aufs Handgelenk gemalt hatte.

»Kann ich ein Zimmer haben?«, fragte ich. »Draußen steht, es ist was frei.«

»Oh ja – Entschuldigung. Ich war bloß, äh, überrascht.«

Sie klickte die IM-Seite weg und kramte auf dem Schreibtisch herum. »Überrascht, dass einer kommt, meine ich. Ja, wir haben Zimmer frei.« Sie blickte auf und lächelte mich wieder an. »Wir haben viele Zimmer frei. Äh, nur Nichtraucherzimmer, ist das okay?«

»Klar.«

Sie holte einen klobigen alten Kreditkartenleser hervor und gab mir ein Formular. »Könnten Sie das bitte ausfüllen? Nur die Führerscheindaten und so was. Und das Autokennzeichen.«

»Es ist ein Mietwagen.« Ich blickte aus dem Fenster. »Muss ich wirklich rausgehen und es aufschreiben?«

»Nö. Schreiben Sie einfach die Führerscheinnummer auf. Besuchen Sie jemanden?«

Ich zögerte, dann zuckte ich mit den Schultern. »Ja. Nette Piercings.«

»Hey, danke!« Sie war süß, eine junge Ausgabe von Exene Cervenka mit schlechtem Haarschnitt. »Ihre Jacke gefällt mir. Sie wirkt so ... echt.«

»Ist sie auch.« Ich füllte das Formular aus und gab es ihr zurück.

»Sind Sie aus New York?«

»Ja. Du würdest da gut hinpassen.«

»Schön wär's. Ich würde gern nach New York gehen.«

Ich schnaubte. »Ja, es ist toll, wenn man drauf steht, mit einer Zielscheibe auf der Stirn herumzulaufen.«

Sie riss die Augen auf. »Waren Sie dabei, als die Terroristen angegriffen haben?«

»Nein. Da war ich im Urlaub. Tahiti.«

»Oh.« Sie klang enttäuscht. »War wohl besser so, schätze ich. Ich wäre trotzdem gern da.«

»Na ja, vielleicht kann ich dich auf dem Rückweg in den Kofferraum packen.«

Sie lachte, dann hörte sie abrupt auf.

»MacKenzie! Ich hab doch gesagt, nur Bargeld!« Eine helle, weinerliche Stimme kam vom anderen Ende des Raumes. »Keine Kreditkarten, tut mir leid – zerreiß es! Zerreiß es!«

Ich habe mal gelesen, dass Schweine zu den intelligentesten Säugetieren gehören. Als ich Merrill Libby sah, war ich gewillt, das zu glauben. Ein kleiner, aufgedunsener Mann, der aussah wie gepökelt. Er trug einen braunen Overall und ein riesiges Flanellhemd, das sich um ihn bauschte wie ein karierter Ballon, aus dem die Luft entwichen ist. Er hatte kleine, glänzende dunkle Augen, und seine Wangen waren im Vergleich zu der weißen Haut ungesund gerötet.

Ich warf der Kleinen einen mitfühlenden Seitenblick zu, dann sah ich zu Merrill Libby hinüber. Ihrem Vater. Meinem Gastgeber.

Er kam angewatschelt und drängte MacKenzie mit dem Ellbogen aus der Nische. »Ich hab dir doch gesagt, nur Bargeld«, wiederholte er. »Geh in dein Zimmer.«

MacKenzie ging zur Tür. Ihr Vater starrte mich böse an.

»Wir nehmen nur Bargeld«, sagte er wieder.

Ich wartete auf einen Satz wie: Entschuldigen Sie die Unannehmlichkeit. Aber offensichtlich war diese Kreuzung aus Mensch und Schwein noch nicht so weit entwickelt. Ich war versucht zu fragen, was er mit Kunden machte, die ohne Bargeld anreisten, aber ich war mir nicht sicher, ob ich das so genau wissen wollte.

»Ich möchte einfach nur ein Zimmer«, sagte ich, zog zwei Zwanziger heraus und schob sie über die Theke. »Okay?«

Libby nahm das Geld und legte es in eine Kassette, ohne seine kalten Äuglein von mir zu wenden.

»Rauchen verboten«, verkündete er mit derselben weinerlichen Quiekstimme. »Auschecken ist um elf. Die Zimmer haben kein Telefon.«

Inzwischen hoffte ich einfach, dass sie Heizung und Wasserklosett hatten. Ich wartete, während er sich zum Schlüsselbrett umdrehte und die Reihe durchging. Gleich hinter dem Türdurchgang stand MacKenzie und beobachtete uns, das Gesicht halb im Schatten, sodass ich hauptsächlich das Metall an ihrem Ohr schimmern sah.

Armes Mädchen, dachte ich. Wenn er mein Vater wäre, würde ich mir auch Nägel durchs Ohrläppchen schlagen. Merrill gab mir einen Schlüssel. »Auschecken ist –«

»Um elf«, sagte ich. »Eine Frage: Kann man hier irgendwo was essen?«

»Um diese Uhrzeit?« Er guckte, als hätte ich nach dem Weg zu den hiesigen Satanisten gefragt. »Nein.«

Ich wollte einwenden, dass es erst fünf Uhr war, dann fiel mir ein, dass unterwegs in den letzten zwei Stunden kein Restaurant aufgetaucht war. Ein Motel auch nicht, und die Frühstückspensionen, an denen ich vorbeigekommen war, hatten den Winter über geschlossen. »Ist okay. Danke.«

Ich ging nach draußen, um mein Zeug aus dem Auto zu holen. Der Wind hatte aufgefrischt. Meine Wangen brannten von der Kälte und der salzigen Luft. Ich eilte zu meinem Zimmer – Nummer 2 –, rammte den Schlüssel ins Schloss und trat die Tür auf.

Drinnen war es auch nicht wärmer als draußen, aber wenigstens ging kein Wind. Ich schloss die Tür und machte Licht, dann entdeckte ich das Heizgerät, ein vorsintflutliches Ding mit frei liegenden Heizspiralen, die aussahen wie der Kühlergrill beim Edsel.

Nach ein paar Sekunden fingen sie zu glühen an. Ich beugte mich darüber und wärmte mir Hände und Gesicht, bis ich das Gefühl hatte, dass ich mich wieder bewegen konnte, ohne Risse zu bekommen. Ich unternahm eine schnelle Besichtigung des Raumes – Kiefernmöbel, ein schmales Bett mit einem Plastiküberzug unter dem dünnen weißen Laken, eine Hundert-Watt-Birne in einer Lampe, die aussah wie ein Leuchtturm. Ein Sears-Kenmore-Fernseher. Im Bad ein kleines verpacktes Seifenstück, eine Metallduschkabine. Die Vorhänge passten zur Tagesdecke mit Blümchenmuster. Auf dem Kissen lag ein Zettel:

Bitte hinterlassen Sie KEINE
ekelhaften, verkeimten, gebrauchten
Papiertaschentücher unter dem Kopfkissen
Dafür dankt Ihnen Ihr Gastgeber Merrill Libby

Ich hatte den Zettel gerade auf den Boden geworfen, als es klopfte. Ich spähte nach draußen und sah MacKenzie in einem Wollponcho im Dunkeln stehen.

Ich öffnete. »Hey. Was gibt's?«

»Hi.« Nach einem Blick über die Schulter lächelte sie mich schüchtern an. »Ich wollte Ihnen nur sagen, äh, was er wegen dem Essen gemeint hat, na ja, dass es kein Restaurant gibt, das stimmt nicht. In Burnt Harbor unten ist eins, direkt am Hafen.«

»Warte, komm rein«, sagte ich. »Es ist saukalt.«

»Ja, ziemlich.« Sie kam herein, und ich machte die Tür zu. »Aber hier ist es warm.«

»Es wäre noch wärmer, wenn ihr die Heizungen laufen lassen würdet.«

»Hä?« Ihre schläfrigen braunen Augen weiteten sich. »Nein, wer macht denn so was? Dann müsste man ja die Heizung für freie Zimmer bezahlen.«

»Stimmt.« Das hatte ich nicht bedacht. »Es gibt also in Burnt Harbor ein Lokal, das das ganze Jahr offen hat?«

»Ja. Mein Vater weiß das nicht, weil er nie hinfährt. Und selbst wenn – das Lokal ist nicht nach seinem Geschmack.«

Was wäre denn nach seinem Geschmack? Ein Trog?

»Es heißt The Good Tern. Es liegt direkt an der Hauptstraße, ist nicht zu verfehlen. Ist die einzige Straße«, fügte sie hinzu. »Direkt am Wasser. Das Essen ist echt gut, fast alles bio. Frühstück gibt's ab fünf, falls Sie früh aufstehen.«

»O Gott, ich hoffe nicht. Wer steht schon um fünf Uhr auf?«

»Fischer? Im Sommer gibt es eine Menge Touristen.«

»Und du weißt genau, dass das Lokal das ganze Jahr offen hat?« Mein Rausch hatte so weit nachgelassen, dass mich der Gedanke an Essen nicht mehr abstieß. »Ich sollte allmählich etwas essen.«

»Ja klar, die haben offen.« Sie sah sich um, bis ihr Blick auf meine Tasche fiel. »Sie sind wirklich aus New York, hm? Das muss ja richtig toll sein.«

»Auf jeden Fall wirklich richtig anders.« Ich rieb meine Hände über den Heizspiralen. »Du arbeitest für deinen Vater? Gibt's hier kein Gesetz gegen Kinderarbeit?«

MacKenzie zuckte mit den Schultern. »Mach ich ja nur ab und zu. Ich gehe oben bei Naskeag Harbor zur Schule. Ich lerne Kochen. Ich will mal Chefkoch werden. Oder Schmuck herstellen und verkaufen.«

»Gute Idee. Du könntest hier ein Restaurant eröffnen.«

»Auf keinen Fall. Ich gehe nach New York. Oder nach San Francisco. Da soll es toll sein.«

»Ja, na dann viel Glück.«

»Danke.«

Ich betrachtete sie, die rosa Herzchen am Handgelenk, die Piercings, die nicht richtig verheilt waren, und wie sie meine Lederjacke begaffte, als wäre es ein nagelneues Fahrrad oder was sich die Kinder hier oben so erträumten – eine Schneeschaufel?

»Eigentlich war ich bei dem Terroranschlag doch da. Es war ziemlich schlimm.«

»Wirklich?«

»Ja, wirklich. Da bleibst du vielleicht besser in Maine.«

Ich beugte mich vor, um mir ihre Halskette näher anzusehen, das blaugrün schimmernde Seeglas zwischen den Aluminiumlaschen. »Hast du die aus alten Dosen gemacht?«

Sie betastete sie nickend. »Ja. Ich mache gern solche Sachen.«

Sie streckte den Arm aus, um mir ein Armband zu zeigen: Dosenringe und Seeglas und winzige Vogelknochen auf schmutzig-grauem Zwirn aufgefädelt. Es war schön und seltsam, und es sah aus, als hätte sie es am Strand ausgegraben.

»Hey.« Ich tippte auf einen der Knochen. Sie waren so groß wie ein Fingergelenk. »Sind die echt?«

»Die stammen von Rebhühnern.«

»Sieht stark aus.«

»Danke.« Es schien so, als wollte sie noch etwas sagen. Doch sie ging zur Tür, blieb stehen und starrte auf den Boden. Nach ein paar Augenblicken sah sie zu mir herüber und bedachte mich wieder mit dem niedlichen Kinderlächeln.

»Okay, bis dann«, sagte sie und ging.

Ein Weilchen saß ich auf dem Bett und versuchte, warm zu werden. Der Plastiküberzug knisterte bei jeder Bewegung. Wenn ich noch länger wartete, würde ich am Ende kleben bleiben und den ganzen Abend darauf zubringen, hungrig und zu aufgekratzt zum Schlafen.

Außerdem wollte ich einen Drink. Ich zog die Lederjacke aus und hielt sie über die Heizung, bis es im Zimmer ein bisschen zu sehr nach mir roch, dann zog ich sie über und ging nach draußen.

Auf dem Weg zum Wagen kam ich an Zimmer 1 vorbei. Ohne Vorwarnung flog die Tür auf, und ein Mann stürmte heraus, sodass ich hastig ausweichen musste. Als er mich sah, schreckte er zurück und stieß sich den Kopf am Türrahmen.

»Hey, aufpassen«, sagte ich und wich weiter zurück. »Alles in Ordnung?«

»Nein!« Er rieb sich den Kopf und sah mich ungehalten an. »Oder vielleicht doch. Mann, tut das weh. Was ist, haben Sie sich verlaufen?«

»Nein. Ich komme gerade aus meinem Zimmer. Ich wusste nicht, dass es noch einen Gast gibt.«

Er musterte mich misstrauisch – ein großer, schlaksiger Kerl, ungefähr fünfzehn Jahre jünger als ich, schulterlange dunkelbraune Haare, breiter Mund, Adlernase, Drahtgestellbrille. Er trug eine Cordjeans und eine Wildlederjacke über einem weißen Hemd, alles nicht sehr sauber. Einen Augenblick später schob er die Brille hoch und lächelte mich schief an. Dadurch wirkte er jünger, und er kam mir irgendwie bekannt vor. Amphetaminpanik schoss in mir hoch: Konnte es sein, dass er mich kannte?

Wider Erwarten lachte er. Daran war auf den ersten Blick nichts Finsteres, doch mich überfiel eine heftige Angst – nein, nicht bloß Angst, sondern echtes Entsetzen, das alles verfinsterte. Nicht nur draußen, sondern auch in meinem Kopf, so als wäre die Verbindung zwischen Netzhaut und Gehirn plötzlich abgebrochen. Es lässt sich nur damit vergleichen, was ich bei meinem einzigen Heroinschuss empfunden hatte: eine schwarze Woge, in der man untergeht, bevor man sie bemerkt.

Innere Verletzung. Der Typ dünstete sie aus.

Ich wich noch einen Schritt zurück und blickte auf seine Hand hinunter. Vom Mittelfinger verlief eine Narbe bis zum Handgelenk, die aussah, als hätte jemand mit einer Klinge darauf schreiben wollen. Als ich den Kopf hob, starrte er mich immer noch an.

»Sie sind nicht von hier«, sagte er.

Seine Augen waren hellbraun, fast gelb. In der linken Iris war über der Pupille ein kleiner smaragdgrüner, schwarz durchsetzter Strahlenkranz zu erkennen. Es sah aus wie die Risse in dickem Glas, nachdem eine Kugel es durchschlagen hat. Es erinnerte mich an die Narbe an seinem Handgelenk und an das Gefühl, dass ich ihn schon mal irgendwo gesehen hatte.

Aber dieser Mann war mir noch nie begegnet. Das wusste ich genau. Ich habe die Gabe, Körper, Augen, Haut wiederzuerkennen. Ich absorbiere sie, wie Emulsionspapier Licht absorbiert. Diese Narbe und dieses geplatzte Grün der Iris hätte ich genauso wenig vergessen wie mein eigenes Gesicht. Ich starrte ihn weiter an, bis er die Hand hob. »Sind Sie …?«

Wortlos rannte ich an ihm vorbei zu meinem Wagen. Er wollte schon hinter mir herlaufen, doch er hielt inne und rief: »Hey, gehen Sie nicht im Zorn, gehen Sie einfach nur, okay?«

Ich sprang in den Taurus, verriegelte die Türen, ließ den Motor an und blendete die Scheinwerfer auf. Die Windschutzscheibe war mit Reif überzogen. Ich wartete, bis sie antaute, dann spähte ich hinaus.

Der Mann war weg. Meine Hände zitterten so stark, dass das Lenkrad mitzitterte. Ich musste unbedingt etwas essen und dann versuchen zu schlafen. Auf halbem Weg zur Ausfahrt fiel mir auf, dass ich meine Tasche im Zimmer vergessen hatte.

Fluchend schaute ich zum Motelbüro. Dort brannte noch Licht, und ich konnte jemanden in der Nische sitzen sehen – MacKenzie. Bei ihr war ein großer, schlanker Mann, der Kerl, in den ich gerade hineingerannt war. Ich blieb im Wagen sitzen und wartete, bis er aus dem Büro kam. Er ging zu einem alten grauen Volvo, der davor parkte, und fuhr weg. Ich wartete noch ein paar Minuten, um sicherzugehen, dass er nicht umkehrte. Dann stellte ich den Motor ab und rannte zurück in mein Zimmer. Ich schnappte mir meine Tasche und *Deceptio Visus*, um mich beim Essen dahinter zu verstecken. Bloß keinen Smalltalk mehr mit Einheimischen. Als ich die Tür hinter mir zuzog, stutzte ich.

Die Nachbartür war angelehnt. In der Verwirrung durch unseren Zusammenstoß hatte mein Nachbar wohl vergessen, sie zu schließen. Während ich auf den Spalt starrte, drückte ein Windstoß die Tür einen Fingerbreit weiter auf.

Ich zögerte, dann trat ich darauf zu und fasste an den Türknauf.

»Hallo?« Mir stellten sich die Haare auf, als ich an den grünen Augenfleck dachte. »Jemand da?«

Keine Antwort. Ich drückte die Tür auf.

Das Zimmer war leer. Hastig blickte ich mich um, ob mich auch niemand beobachtete. Dann ging ich hinein.

Sie meinen vielleicht, ich hätte so etwas noch nie getan. Tatsächlich tat ich so etwas immer wieder.

Das Licht brannte. Das Zimmer sah genauso aus wie meins. Kleidungsstücke waren über den Stuhl geworfen. Auf dem Bett lag ein Aktenkoffer mit einem Laptop darin. Auf dem Laptop lagen ein paar Bücher und ein kleines Notizbuch. Ich stellte meine Sachen aufs Bett und nahm das Notizbuch zur Hand, blätterte durch die Namen, Telefonnummern, Adressen.

Nichts von Interesse. Ich warf es zur Seite und stöberte in den Seitentaschen des Aktenkoffers.

Stifte, Taschenrechner, Ladegerät, ein dicker gelber RiteAid-Umschlag – »Entwicklung innerhalb einer Stunde« – mit Fotos und einer CD-ROM. Ich ging damit ans Fenster und stellte mich so, dass ich hinausblicken, aber selbst nicht gesehen werden konnte, dann sah ich mir die Fotos an.

Es waren Farbfotos, die meisten überbelichtet. Alle Abzüge waren doppelt vorhanden. Schwer zu sagen, wann sie gemacht worden waren. Vor ein paar Jahren schätzungsweise. Aber viele Leute benutzten noch Filme und brannten die Bilder auf eine CD-ROM. Es waren Fotos von einem Familientreffen an einem sonnigen Tag (daher die Überbelichtung) mit Frauen in pastellfarbenen und exotisch bunten Kleidern, mit Männern in hellen Jacketts oder nur im Hemd. Eine weißhaarige Frau mit einem breitkrempigen roten Strohhut hielt eine Sektflöte in der Hand. Zwei dunkelhaarige Frauen, die aussahen wie Schwestern, hatten die Köpfe einander zugeneigt und schürzten die Lippen, um dem Fotografen ihre Missbilligung zu zeigen. Ein langbeiniger Hund rannte an einem dicht besetzten Tisch vorbei, ein schwarz verwischter Fleck mit heraushängender Zunge.

Alle wirkten glücklich, sogar der Hund. Eine Hochzeit? Bei Beerdigungen fotografiert niemand.

Es war aber keine Braut und kein Bräutigam zu sehen, keine Hochzeits- oder Geburtstagstorte, keine Geschenke. Ein paar herumtollende Kinder im Hintergrund, aber nicht genug für einen Kindergeburtstag. Runde Tische, an denen Leute saßen und in die Kamera lächelten, die Gesichter von großen gelbgrün gestreiften Schirmen beschattet. Rosa Blüten auf den Tischen, Weingläser, Weinflaschen.

So waren die meisten Fotos. Erst unter den letzten war eines, auf dem mein Zimmernachbar drauf war. Er stand mitten in einer Gruppe Männer und Frauen, alle dunkelhaarig, aber Sonnenschein und Entfernung machten es unmöglich, noch mehr Ähnlichkeiten zu erkennen. Alle waren ungefähr so groß wie er, und ihre Körperhaltung ähnelte sich. Sie blinzelten, und ihre Körper waren ein wenig zur Seite geneigt, als schreckten sie vor etwas zurück. Vor der Helligkeit? Vor einem kalten Windstoß? Man dachte unwillkürlich, dass sie miteinander verwandt waren, nicht nur befreundet. Ich betrachtete das Foto noch einen Moment lang, dann blickte ich auf den Parkplatz und nahm mir die letzten zwei Fotos vor.

Auf beiden war der Mann von nebenan. Auf einem saß er allein an einem Tisch. Die Sonne schien durch ein Blätterdach und warf gelbe und schwarze Flecken auf sein Gesicht. Er schien nachzudenken, wahrscheinlich aber war er bloß gelangweilt oder müde. Hinter ihm war der hintere Teil des schwarzen Hundes zu erkennen. Der Schwanz zeigte wie ein Pfeil auf die ausgestreckten Beine des Mannes.

Das letzte Foto war anders.

Es war derselbe Mann auf demselben Platz an dem Tisch. Aber der schwarze Hund war nicht dabei. Der Mann hatte den Kopf gedreht und schaute von der Kamera weg irgendjemanden an. Er hatte sich ein wenig zur Seite geneigt, sodass die Sonne auf sein Gesicht fiel. Es war hell, aber nicht überbelichtet. Seine Haare wurden aus der Stirn geweht. Er lächelte dermaßen hingerissen, dass es fast wie eine Grimasse wirkte. Es löste Unbehagen in mir aus, und ich sah weg.

Dann sah ich wieder hin. Ich drehte das Foto hin und her, als könnte das, was das Entzücken des Mannes auslöste, dadurch auf dem Bild erscheinen, und wartete, dass sich derselbe bedrohliche Eindruck einer inneren Verletzung einstellte.

Aber er blieb aus.

Ich runzelte die Stirn.

Wen blickte er an? Seine Geliebte? Sein Kind? Den schwarzen Hund? Nicht nur, dass mich noch nie jemand so angesehen hatte, ich hatte überhaupt noch nie jemanden dermaßen auf etwas blicken sehen. Sein Gesichtsausdruck änderte alles. Ich ging die Fotos noch mal von vorne durch, als ob sie nun einen neuen Sinn ergäben, als ob sie endlich ihr Geheimnis preisgäben wie eine aufgebrochene Muschel.

Natürlich passierte das nicht. Das passierte nie. Ich wusste das. Das waren nur Schnappschüsse von einer Party. Wer die Leute waren oder wo die Party stattgefunden hatte, würde ich nicht erfahren. Ich würde nicht erfahren, wen der Mann angesehen hatte, wer er war oder warum er in dem Zimmer neben meinem war.

Allerdings war nicht er in dem Zimmer neben meinem, sondern ich. Ich blickte nach draußen. Der Parkplatz war immer noch leer. Ich steckte die Bilder in den Umschlag, behielt aber das Foto mit dem hingerissenen Lächeln für mich. Dann schob ich den Umschlag an seinen Platz zurück, nahm meine Sachen und ging. Ich achtete darauf, dass ich die Tür fest zuzog, und vergewisserte mich, dass mich niemand aus dem Zimmer kommen sah. Ich stieg in meinen Wagen und ließ den Motor an, saß eine Zeit lang wartend da, für den Fall, dass jemand aufkreuzte, der mich gesehen haben könnte.

Doch niemand kam. Ich drehte die Heizung auf, auch die für die Windschutzscheibe, und legte das Foto in den Bildband. Nachdem sich ein Streifen Schwarz durch die Reifschicht gefressen hatte und ich in die Dunkelheit ringsum sehen konnte, fuhr ich langsam vom Parkplatz auf die Hauptstraße, dann das schmale Rückgrat der Halbinsel entlang bis nach Burnt Harbor.

8

Das Dorf bestand aus einer Hand voll Gebäude, die oberhalb des Hafens auf einem Felsvorsprung standen. Bei Tag und mitten im Sommer könnte es schön aussehen. An einem dunklen Novemberabend jedoch wirkte es genauso trostlos wie früher mal die Lower East Side. Daher kam mir der Anblick, na ja, nicht gerade einladend vor, aber vertraut, so als käme ich im Ausland in einen Raum voller fremder Leute und hörte sie dann meine Sprache sprechen.

Die Trostlosigkeit, auf die du stehst, tja, da oben hast du sie, hatte Phil zu mir gesagt. Und er hatte recht.

Hier gab es nicht viel. Einen Laden für Schiffszubehör und eine Hummerbude, die den Winter über geschlossen war. Eine Straßenlaterne warf milchiges Licht auf einen rissigen Gehweg. Am Hang über dem Hafen drang Licht aus mehreren Häusern. Es gab einen schmalen, halbmondförmigen Kiesstrand und einen langen gemauerten Pier, der ins Meer ragte. Beiboote waren daran festgemacht, weiter draußen ein paar Hummerboote und ein einzelnes Segelboot. Es roch wie in einem Frachthafen, also schlecht. Ich hielt Ausschau nach dem Büro des Hafenmeisters, einem Gebäude oder einem Schild, entdeckte aber keines.

Das Restaurant war dagegen nicht zu übersehen, ein baufälliger Schuppen ein paar Schritte vom Pier entfernt, mit grauen Schindeln und einem eingerissenen Banner aus Plastik – Budweiser grüßt die Jäger – unter einer aufgemalten Möwe. Davor standen Pick-ups, ein paar Subarus und um die Ecke noch andere Wagen. Der Deckel eines Müllcontainers klapperte im Wind.

Ich parkte, steckte den Fotoband in meine Tasche und stieg aus. Am Wasser war der Wind eisig. In den paar Sekunden, die ich bis zum Eingang brauchte, fing ich wieder an zu frieren. Die Tür war gepflastert mit Fotokopien, die Bohnenessen ankündigten, eine gebrauchte Pistenraupe und Schneeräumdienst anboten, und mit noch einem Flugblatt wegen der Suche nach Martin Graves, mit demselben blassen Bild eines jungen Mannes in Wollmütze und Nike-T-Shirt. Wenn er irgendwohin abgehauen war, dann hoffentlich in wärmere Gefilde. Ich ging hinein.

Der offene Raum hatte nackte Holzdielen und Holztische mit kleinen Sturmlampen als Kerzenhalter. Die Wände waren zugeklebt mit Grange-Postern, die für Tanzabende warben. An einer Wand erstreckte sich die Theke, wo sechs, sieben Leute über ihrem Drink hockten. Kein Fernseher. Es wurde Blues gespielt. An den Tischen saßen einige Pärchen, alte Hippietypen, langhaarige Frauen mit groben Gesichtszügen und bärtige Männer. Vielleicht waren es auch Fischer. Ein einzelner Mann las Zeitung. Zwei, drei von ihnen drehten den Kopf nach mir um und wandten sich dann wieder ihren Tellern zu.

Das konnte ich ihnen nicht verdenken. Das Essen roch gut. Eine Frau um die vierzig in einem bunten peruanischen Pullover brachte mich an einen Tisch an der hinteren Wand.

»Ist das kalt heute!«, meinte sie und klang geschockt. Maine, kalt? »Was darf ich Ihnen bringen?«

Ich bestellte einen Jack Daniels, ein Bier und zwei Hamburger, blutig. Ich kippte den Whiskey hinunter, bestellte noch einen und trank von meinem Bier. Endlich wurde mir warm. Das erste Mal, seit ich am Morgen über die Brücke bei Kittery gefahren war. Meine Burger schlang ich hinunter. Dann bestellte ich ein zweites Bier. Der Schmerz, den man nach Crank bekommt, dieses Gefühl von Schutt in einem zugemauerten Gehirn, ließ unter dem langsamen Pulsieren von Alkohol allmählich nach.

Mit dem zweiten Bier ließ ich mir Zeit. Ich hatte es nicht eilig, zum Motel zurückzufahren, auch wenn der Gedanke, für Merrill Libby feuchte Papiertaschentücher zu verstecken, seinen Reiz hatte. Ein fast voller Mond schlich über den schwarzen Hafenhimmel. Es war noch nicht mal sieben Uhr. Ich klappte den Fotoband auf und setzte mich schräg, damit das Licht der Sturmlampe darauffiel.

Ich blätterte behutsam – es war mein kostbarster Besitz – bis zu Kamestos' kurzem Vorwort.

> *Ich habe diese Fotografien* Deceptio Visus, *»Trügerischer Anblick«, genannt. Aber hier ist nichts trügerisch. Alle Dinge verändern sich im Auge des Betrachters. Auf diesen Fotografien, so hoffe ich, wird das kritische Auge die Wahrheit erkennen.*

Es war lange her, dass ich diese Zeilen gelesen hatte. Damals schienen sie mir die Welt zu erklären, wie ich sie sah. Aber diese Art zu sehen hatte ich verloren, sofern ich sie überhaupt je gehabt hatte. Sofern es sie überhaupt gab.

Jetzt kam mir das alles beschissen vor. Ich schaute nach meiner Kellnerin, um noch ein Bier zu bestellen.

Zwei Männer an der Theke beobachteten mich. Der eine war ein zuverlässig aussehender Typ mit grauem Bart und kurzen braunen Haaren. Ein dünner Zopf hing ihm über die Schulter. Als er den Kopf zur Seite neigte, blinkte in einem Ohrläppchen ein Stecker mit Stein. Er trug ein rotes Flanellhemd, eine fleckige Jeans, schwere Arbeitsstiefel. Hinter dem einen Ohr klemmte eine Zigarette, hinter dem anderen ein gelber Bleistift.

Neben ihm saß der Mann, mit dem ich vor dem Motel zusammengestoßen war. Er starrte mich leicht stirnrunzelnd an. Dann stand er auf, nahm sein Weinglas und kam zu mir herüber.

»Darf ich das mal sehen?« Er deutete auf mein Buch.

Noch bevor ich was sagen konnte, noch bevor mir einfiel, dass das geklaute Foto drinlag, nahm er den Bildband vom Tisch.

»Nein«, sagte ich, aber da hatte er ihn schon aufgeschlagen. Er blickte auf das Impressum und gab es mir zurück.

»Meins ist signiert«, sagte er.

Ich riss es an mich und packte es in meine Tasche. Als ich aufblickte, war der andere Mann zu ihm getreten.

»Hat er versucht, es Ihnen wegzunehmen?«, fragte er. »Ich kann die Polizei rufen, wenn Sie wollen.« Er zog die Zigarette hinter dem Ohr hervor, beugte sich über meine Sturmlampe und zündete sie sich an. Auf seinem Handrücken kreuzten sich mehrere Narben, und an einem Daumen fehlte ein Glied. »Rauchen Sie?«

»Nein«, sagte ich.

Wie von Zauberhand erschien die Kellnerin und stellte zwei Bier und ein Glas Rotwein auf den Tisch.

»Du weißt, du darfst das hier drinnen nicht, Toby«, murrte sie.

Der Bärtige lächelte reumütig. Er kniff die Glut ab und steckte die Zigarette wieder hinters Ohr. Sein Freund stand schweigend daneben. Der Ärmel seiner Wildlederjacke war hochgerutscht, sodass das Handgelenk frei lag und eine graue Narbe zu sehen war.

Mir war unbehaglich, während ich ihn musterte. Das Gefühl von vorhin, die tiefe Angst und der Eindruck einer inneren Verletzung, – es war zwar nicht weg, aber stark gedämpft. Ich dachte daran, wie er zurückgezuckt war und sich den Kopf gestoßen hatte.

Ich hatte ihn überrascht. Jetzt überraschte er mich. Ich nahm eins der frischen Biere und trank einen großen Schluck.

»Ich bin Toby Barrett«, sagte der Bärtige. Er nahm das andere Bier und prostete mir zu. »Ich hörte, Sie suchen jemanden, der Sie nach Paswegas bringt.«

»Von wem?«

»Everett hat mir erzählt, dass eine Dame rübermöchte.«

»Ach ja? Ist er da? Er hat mich ganz mies im Stich gelassen, als ich ihn heute Nachmittag angerufen habe.«

»Sie meinen, er wollte Sie nicht im Dunkeln hinbringen?« Toby Barrett wirkte belustigt. »Sie hatten Glück, dass er überhaupt ans Telefon gegangen ist.«

Er zog den Stuhl gegenüber von mir ein Stück weg vom Tisch und setzte sich. Sein Freund blieb stehen und betrachtete mich. »Sie sind von woandersher, stimmt's? Ich nicht.« Toby deutete mit dem Daumen auf seinen Freund. »Er auch nicht.«

Ich trank mein Bier aus. »Und Everett Moss?«

»Nein. Everett nicht«, räumte Toby ein. »Everett wurde aus einem Felsen gequetscht.«

»Sie kennen sie?« Der andere Mann zeigte auf meine Tasche unter dem Tisch. »Aphrodite Kamestos?«

»Ja. Klar.«

Er blickte mich kühl an, dann lächelte er mit schiefen weißen Zähnen. »Sie lügen.«

Ich stellte einen Fuß auf meine Tasche. Die Augen des Mannes verengten sich. Er trank seinen Wein aus, stellte das Glas hin und schob mir das volle zu.

»Ich pack's dann mal«, sagte er. »Trinken Sie es, wenn Sie wollen. Falls Ihnen der Jack Daniels nicht gereicht hat.«

Ich sagte nichts. Er drehte sich um und ging. Ich sah, wie er der Frau an der Theke ein paar Scheine gab und zur Tür ging. Er hatte einen eigentümlich wippenden Gang, schob dabei den Kopf vor, die Hände in den Taschen, und blickte zu Boden. An der Tür drehte er sich noch einmal um und sah mich an. Er lächelte wieder und bewegte die Lippen. Ich konnte ablesen, was er sagte: *Lügnerin.*

Ein kalter Wind wehte in den Raum, als die Tür aufschwang und er nach draußen verschwand.

»Verdammte Scheiße.«

»Wie bitte?«, sagte Toby Barrett.

»Nichts.« Ich wäre am liebsten gegangen, wollte dem Kerl aber nicht noch mal in die Arme laufen. Wer immer er war.

»Gryffin«, sagte Toby. »Mit Ypsilon. Machen Sie sich nichts draus. Der ist immer so.«

»Wie denn? Scheißunhöflich? Und wer nennt sein Kind denn schon Gryffin?«

»Das ist ein ehrbarer Hippiename. Er ist nicht unhöflich, wirklich nicht ...«

»Ach nein? Er hat einfach mein Buch genommen und ...«

»Na, er hat's ja nicht beschädigt, oder?« Toby hatte eine tiefe, beruhigende Stimme. Ich stellte mir vor, dass er gut mit störrischen Kindern oder Hunden umgehen konnte. »Es liegt am Beruf. Er verkauft seltene Bücher. Und was ist mit Ihnen? Sind Sie eine Freundin von Aphrodite?«

»Das nicht gerade. Ich bin beruflich mit ihr verabredet. Falls ich hinkomme zu ihr.«

Er schaute überrascht, dann sagte er: »Aha, okay. Wir werden Sie schon hinbringen, keine Sorge.« Er trank sein Bier aus. »Wie heißen Sie?«

»Cass Neary.«

»Klar. Also, Cass Neary, ich pack's dann auch. Muss morgen in aller Herrgottsfrühe aufstehen. War nett, Sie kennenzulernen.«

Er nickte und ging. Ich bezahlte meine Rechnung, nahm meine Sachen und fragte die Kellnerin, wann sie morgens öffneten.

»Um fünf. Aber mich sehen Sie dann nicht.«

Ich ging nach draußen. Drei Bier und zwei Whiskey taten das Ihre, um die Kälte und die Gereiztheit nach dem Crank zu lindern. Gryffin war nirgends zu sehen. Ich ging zum Granitpier und schaute über den Hafen. Die schaukelnden Boote knarrten, in den Nadelbäumen rauschte der Wind. Über mir wölbte sich der Nordhimmel. Der Mond schien hell, sodass ich die Namen der Hummerboote lesen konnte: *Ellie Day, Aranbega II, Miss Behave.*

Irgendwo da draußen lag Paswegas, irgendwo dahinter hundert andere Inseln, von denen ich nicht mal die Namen kannte. Ich hörte ein gedämpftes Surren und drehte mich um. Die rote und die grüne Lampe eines Bootes bewegten sich langsam an der Küste entlang. Ich dachte an Aphrodites Ausspruch – *Alle Dinge verändern sich im Auge des Betrachters* –, dann rieb ich mir die Augen. Die beiden Lichter waren verschwunden, das Motorgeräusch verstummt. Sonst war alles unverändert.

Ich machte mich auf den Rückweg. Ich fuhr langsam, weil ich viel getrunken hatte und die Straße gefährliche Kurven zwischen Wald und steilen Hängen machte, wo die Bergschulter als schroffer Felsen zum Meer hin abfiel. Dann kam wieder Wald. Der Wagen schien regelrecht hindurchzustürzen, und die Bäume schienen mal zurückzuweichen, mal drohend nah heranzurücken. Ich blickte in den Rückspiegel und war hingerissen: Das wirkte schaurig und hypnotisch. Als ich wieder nach vorn sah, stand eine schwarze Gestalt mitten auf der Straße. Ich riss das Steuer herum, um auszuweichen, und wieder zurück, um nicht gegen einen Baum zu fahren.

Ein Reh, dachte ich mit heftigem Herzklopfen und bremste auf Schritttempo ab. Aber als ich zurückschaute, erkannte ich, dass es kein Reh war.

Es war MacKenzie Libby. Sie war zu Fuß nach Burnt Harbor unterwegs, aber jetzt drehte sie sich um und starrte auf meinen Wagen. Ihre Hosenbeine flatterten wie Flügel, ihr Gesicht lugte als weißer Halbmond unter der Kapuze ihres schwarzen Sweatshirts hervor. Ihre Augen fingen den roten Schein meiner Rücklichter ein und leuchteten im Dunkeln wie die eines Tieres. Ihr Mund öffnete sich. Sie schrie etwas, das ich nicht verstehen konnte. Es klang nicht wütend, eher fragend oder bittend. Dann bog mein Wagen um die nächste Kurve, und sie war nicht mehr zu sehen.

Dämliches Gör!, dachte ich, aber wenigstens war ich jetzt wach. Den Rest der Strecke kam mir niemand mehr entgegen, weder per Auto noch zu Fuß, und zehn Minuten später erreichte ich das Motel.

Es stand nur ein Wagen davor, neben dem Büro, ein alter Buick, der vermutlich Libby gehörte. Ich parkte daneben und sah mich nach dem grauen Volvo um. Der war nirgends zu sehen, aber das hieß nicht, dass er nicht später noch aufkreuzte.

Und ich wollte nicht in Gryffins Nähe sein. Ich überlegte, ob ich Libby um ein anderes Zimmer bitten sollte, doch das kam selbst mir ein bisschen paranoid vor. Außerdem brannte im Büro kein Licht mehr. Ich sprang aus dem Wagen und rannte über den Parkplatz, um dann mein Zimmer auf Zehenspitzen zu betreten. Ich schloss die Tür, zog die Vorhänge zu und verkeilte den Stuhl unter dem Türknauf. Sicherheit hatte im Lighthouse keine hohe Priorität. Es gab keinen Riegel und nur eine dünne Kette.

Und natürlich kein Telefon. Aber außer in dem Zimmer konnte ich allenfalls im Auto schlafen. Und da würde ich wahrscheinlich erfrieren. Also drehte ich die Heizung voll auf und machte mich bettfertig.

Erst als ich das Licht ausmachte, fiel mir ein, dass das Zimmer auch keinen Wecker hatte, und ich hatte auch keinen.

Ich sah auf meine Uhr. Es war kurz nach neun. So früh war ich das letzte Mal schlafen gegangen, als ich zehn war. Wenigstens würde ich jetzt mal genügend Schlaf bekommen und brauchte nicht zu hetzen, um mich mit Everett zu treffen. Ich lag im Bett und hörte bei jeder Bewegung den Plastiküberzug knistern. Dabei rechnete ich ständig damit, dass es an der Tür oder an der Regipswand klopfte, die mich von Gryffin trennte. Stattdessen pfiff nur der Wind ums Haus, und in der Zimmerdecke raschelten Mäuse.

Der Alkohol hatte seinen Zweck erfüllt. Ich war betrunken und hundemüde. Aber schlafen konnte ich nicht. Ständig horchte ich, ob ein Wagen auf den Parkplatz fuhr. Der Gedanke an Gryffin im Nebenzimmer ließ mich nicht los, ähnlich wie die unangenehme Erregung, wenn man die Schmerzen eines anderen immer wieder nachfühlt. Es war nicht er selbst, an den ich dachte, sondern das Foto von ihm, dieser offene, unbekümmerte Ausbruch von Freude im Gesicht eines völlig Fremden.

Es ist verrückt, aber das wühlte mich mehr auf als irgendetwas sonst. »Der Tod ist das *eidos* dieser Photographie vor meinen Augen«, schrieb Barthes. Aber ich war an den Tod gewöhnt, besonders bei meiner Arbeit. Ich schaltete das Licht wieder an und zog *Deceptio Visus* aus der Tasche, nahm das Foto heraus und betrachtete es.

Ein glücklicher Mann auf einer Party, Vormittagssonne, Bougainvillea und eine Sektflöte. Das war alles.

Ich hielt das Foto unter die Lampe. Dieser Mann schlief vielleicht nur ein paar Schritte neben mir. Wie sah sein Gesicht im Schlaf aus? Kam er im Traum zu diesem Augenblick zurück? War er ihm je entkommen?

Alle Dinge verändern sich im Auge des Betrachters.

Ich sah mich in meinem Zimmer um. Hier hatte sich seit vierzig Jahren nichts verändert. Ich legte das Foto in das Buch und machte das Licht aus. Irgendwann schlief ich ein. Irgendwann später wachte ich auf, weil vor meiner Tür Wagenräder im Kies knirschten. Horchend lag ich da. Die Wagentür wurde geöffnet und geschlossen, dann die Tür im Nachbarzimmer zugeschlagen.

Ich hielt den Atem an. Würde er bemerken, dass ich in seinem Zimmer gewesen war? Ein paar Minuten lang hörte ich ihn hinter der dünnen Wand hin und her gehen, dann rauschte die Wasserspülung, danach wurde es still. Ich rollte mich unter der Decke zusammen und sagte mir, dass meine Angst nichts zu bedeuten hatte, dass alles normal war. Und dass ich am nächsten Morgen auf jeden Fall weg sein würde. Nur Letzteres erwies sich als wahr.

9

Ich erwachte mit heftigen Kopfschmerzen, griff nach meiner Uhr und setzte mich kerzengerade im Bett auf.

Zehn nach sieben. Ich hätte um sechs am Hafen sein sollen.

Ich taumelte aus dem Bett und zog mir die Stiefel an – ich hatte in Klamotten geschlafen –, schnappte meine Tasche und rannte zum Wagen. Meine Ledersohlen rutschten auf einer dünnen Eisschicht. Vereiste Pfützen glänzten im Sonnenlicht, auf den Grashalmen glitzerte Reif. Der Volvo war weg.

Meine Wagentür war zugefroren. Ich kratzte mit dem Zimmerschlüssel an den Ritzen, bis sie sich aufziehen ließ. Mit eingeschalteter Heizung setzte ich zurück, ohne abzuwarten, bis die Windschutzscheibe frei war, und fuhr zum Büro hinüber. Ich rannte hinein, warf den Zimmerschlüssel auf den Schreibtisch und rannte zurück zum Wagen. Als ich vom Parkplatz fuhr, sah ich, wie Merrill Libby die Bürotür aufriss.

»Hey!«, brüllte er. »Haben Sie …«

»Keine Zeit«, brüllte ich zurück. »Bin spät dran.«

Mit krebsrotem Gesicht stolperte er die Stufen hinunter, während ich davonbrauste. Vielleicht war er sauer, weil ich seinen Kaffee verschmäht hatte.

Auf der Straße war Glatteis. Ich fuhr so schnell es ging, bis ich hinter einem Schulbus festhing. Als ich in Burnt Harbor ankam, war es halb acht. Ich fuhr bis ans Wasser und sprang aus dem Wagen.

Es war niemand zu sehen. Am Pier parkten ein paar Pick-ups. Möwen kreisten laut kreischend über dem Wasser. Die Hummerboote waren nicht da.

Eine Hand schützend über den Augen, schaute ich aufs Meer. Die Inseln waren in Morgensonne getaucht, und ich konnte sie deutlich erkennen. Die nächstgelegene war schieferblau, und die felsige Landzunge war weichgezeichnet von goldenem Dunst. Ein kleines weißes Boot brauste von der Hafenausfahrt darauf zu.

Ich hoffte, dass das nicht meine Mitfahrgelegenheit war. Ich drehte mich um und ging auf das Good Tern zu.

Es war voller als am Abend zuvor. Eine andere Kellnerin eilte zwischen den Tischen hin und her und begrüßte mich mit einem knappen Nicken. »Für einen?«

»Ich suche nach Everett Moss.« Ich durchforschte den Raum und fragte mich, welcher von den stämmigen Männern in Carhart-Jacke und Logokappe der Hafenmeister sein könnte. »Ist er hier?«

»Everett?« Die Frau zog die Brauen zusammen. »Vorhin war er mal hier, aber ich glaube, er ist wieder weg. Hey Toby –«

Sie sprach einen Mann an, der allein am Fenster saß. »Wo ist Everett hin?«

Toby Barrett blickte von einem Teller mit Eiern mit Speck auf.

»Everett? Der ist vor einer Weile gegangen.« Als er mich sah, riss er die Augen auf. »Ach, Sie sind's. Wissen Sie, ich glaube, er hat auf Sie gewartet.«

»Tja, nicht lange genug«, erwiderte ich ungehalten.

»Setzen Sie sich.« Er schob mit einem Fuß einen Stuhl unter dem Tisch weg. »Möchten Sie einen Kaffee?«

»Ja klar.«

Ich ließ mich auf den Stuhl fallen. Toby war so freundlich,

sich wieder seinem Frühstück zuzuwenden. Er trug noch dieselben Klamotten wie gestern Abend, bis auf das verwaschene T-Shirt, das an die 1975er Sonnenfinsternis in Boze, Montana, erinnerte. Wenig später brachte mir die Kellnerin den Kaffee und die Speisekarte.

»Ich kann nichts essen«, sagte ich und stützte den Kopf in die Hände. »Mann, das ist ja nicht zu fassen.« Ich nahm meine Kaffeetasse und machte ein gequältes Gesicht. »Wo ist überhaupt sein Büro?«

»Sein Büro? Da drüben.«

Toby deutete nach draußen auf einen GMC Pick-up am Pier.

»Der Pick-up?«

»Jep. Hat er Ihnen seine Festnetznummer gegeben? Er ist nur so zu erreichen, außer Sie funken ihn auf seinem Boot an.«

Ich fühlte mich kläglich, während ich meinen Kaffee trank, und hoffte, dass mir nicht schlecht werden würde. »Ich hab's verbockt, hab verschlafen. Aber ich dachte, er würde wenigstens warten.«

»Hat er ja. Eine Weile jedenfalls. Er hat gefrühstückt. Wenn er nicht auf dem Wasser ist, ist er hier.« Toby nahm ein ganzes Spiegelei auf die Gabel und verschlang es mit einem Bissen. »Aber dann kam ein anderer zahlender Kunde, und da ist er gegangen.«

»Kommt er wieder?«

»Vorerst nicht. Er macht seine Lieferung, dann ist er wahrscheinlich draußen und kontrolliert die Fallen.«

»Scheiße.«

Ich trank den Kaffee aus. Die Kellnerin stellte mir frischen hin, zusammen mit einem Teller Toast. Ich nahm einen und aß langsam. Dabei kämpfte ich gegen Übelkeit und ein tiefes Grauen.

Was jetzt?

Toby lehnte sich auf seinem Stuhl zurück, griff in die Hemdtasche und holte Zigarettenpapier und Tabak heraus.

»Wieso müssen Sie so dringend dahin?« Er begann sich eine Zigarette zu drehen.

»Ich habe einen Auftrag zu erledigen.«

»Einen Auftrag?« Er wirkte verblüfft. »Auf der Insel? Für wen arbeiten Sie?«

»Für niemanden.«

Ich zögerte. Phil hatte mich mit lauter mysteriösem Zeug über Kamestos versorgt, was mir jetzt, wo ich in Burnt Harbor angekommen war, völlig albern vorkam – hier war niemand, den es interessierte, dass ich hierhergekommen war.

»Ich soll Aphrodite Kamestos interviewen«, sagte ich schließlich.

Toby zog die Brauen zusammen. »Aphrodite? Wirklich? Sie erwartet Sie?«

Ich nickte.

Toby legte den Kopf schräg und musterte mich mit ruhigem Blick. »Sie kennen sie also.«

Ich trank meine Tasse aus.

»Nein«, gab ich zu. »Ich habe noch nie mit ihr gesprochen. Jemand hat das für mich ausgemacht. Ein Redakteur in New York. Eigentlich ein Redakteur in London.«

Ich schenkte mir Kaffee nach. »Aber wissen Sie was? Ich habe keine Ahnung, was ich hier eigentlich mache. Am besten ich steige wieder in den gottverdammten Wagen und fahre zurück.«

»Dann wären Sie weit gereist für einen Kaffee und eine Übernachtung. Wo haben Sie eigentlich geschlafen?«

»Im Lighthouse.«

»Das ist tatsächlich ganz schön weit, nur um da zu übernachten.«

Er klopfte die Zigarette auf den Tisch und klemmte sie hinters Ohr, packte den Tabaksbeutel und das Zigarettenpapier zusammen und steckte beides ein.

»Wenn Sie noch nach Paswegas wollen, bringe ich Sie hin.«

Ich sah ihn ungläubig an. »Das können Sie?«

»Sicher. Ich habe ein Boot.« Er zeigte zum Hafen. »Da hinten liegt es.«

»Das Segelboot?« Ich sah blinzelnd über das blendend helle Wasser. »Sie können im Winter segeln?«

»Sicher. Das Wasser ist genauso kalt wie im Sommer. Sie sterben nur ein paar Minuten früher, wenn Sie jetzt reinfallen, das ist der einzige Unterschied. Wir fahren mit Motor, außer der Wind ist günstig. Es dauert ein bisschen länger als mit Everetts Boot, aber hin kommen Sie. Ich wollte später sowieso auf die Insel.«

»Mensch, also dann, danke.« Ich strich mir durch die fettigen Haare. »Ich hab nicht mal geduscht, bevor ich losgebrettert bin.«

»Das stört mich nicht. Wenn Sie bei Aphrodite bleiben, dürfen Sie da bestimmt duschen. Aber wir sollten mal los.«

Er schob einen Zehn-Dollar-Schein unter seinen Teller. »Was soll ich Ihnen dafür bezahlen?«, fragte ich.

»Da werden wir uns schon einigen«, antwortete er. Er schien in Gedanken zu sein. Auf dem Weg zur Tür blickte er mich von der Seite an. »Haben Sie noch was anderes anzuziehen?«

»Eigentlich nicht. Sie meinen, ich bin für den Besuch nicht schick genug?«

»Ich meine, Sie werden sich den Arsch abfrieren, wenn Sie nichts Wärmeres überziehen.« Kopfschüttelnd blickte er auf meine Stiefel. »Mit denen müssen Sie vorsichtig sein. Cowboystiefel an Deck sind eine Katastrophe. Vielleicht habe ich im Boot etwas Passendes für Sie. Kommen Sie.«

Ich folgte ihm nach draußen.

»Lassen Sie mich noch schnell meine Sachen holen.« Ich rannte zum Wagen. Rennen war ein Fehler. Mir wurde sofort schlecht. Ich nahm meine Reisetasche aus dem Kofferraum, schloss ab und machte mich auf zum Strand.

Nach zwei Schritten krampfte sich mein Magen zusammen. Vielleicht war es doch keine so gute Idee, in ein Boot zu steigen. Aber Toby war schon fast am Wasser. Ich eilte hinter ihm her.

Er hatte recht, meine Stiefel waren wirklich eine Katastrophe. Die spitzen Kappen verkeilten sich zwischen den Steinen, die Absätze rutschten auf dem glitschigen schwarzen Tang. Toby beugte sich über ein hölzernes Ruderboot. Ein paar Schritte entfernt spülten die Wellen über die flachen Steine und ließen glänzenden Schaum zurück.

Toby blickte auf. »Das ist Ihr ganzes Gepäck?«

Ich nickte. »Wird mit meinem Wagen nichts passieren, wenn ich ihn ein paar Tage hierlasse?«

»Der kann bis zum Memorial Day da stehen. Okay, hier entlang.«

Er griff nach dem Seil am Bug und zog das Boot zur Wasserkante. Ich ging mit und beobachtete, wie er es ins flache Wasser zog.

»Kommen Sie!« Er winkte, und ich stieg ein. Meine Stiefel waren nass. Langsam drang das Wasser bis zu meinen Füßen durch. Es war eiskalt.

»Besser, Sie setzen sich hin«, sagte Toby.

Ich tat es. Er ging zum Heck und schob das Boot weiter ins Wasser. Dann sprang er hinein, setzte sich in den Bug und nahm die Ruder.

»Es dauert nicht lange«, meinte er. Ein paar kräftige Ruderschläge, und wir waren weg von den Steinen, noch ein paar, und ich kotzte über den Bootsrand.

»Schon seekrank?«

Ich schüttelte den Kopf. »Kater.«

Mit einer Hand voll Meerwasser spülte ich mir den Mund aus und spritzte mir welches ins Gesicht.

Dann ging es mir ein bisschen besser. Die Kopfschmerzen ließen nach. Kalte Luft und eisiges Wasser trieben mir die Erschöpfung aus den Gliedern. Mir brannten die Augen, aber der Schmerz war rein und scharf, beinahe angenehm. Ich sank auf meinen Sitz zurück und sah nach, ob meine Umhängetasche trocken geblieben war.

»Sehen Sie da drüben?« Toby deutete mit dem Kinn auf ein kleines stumpfnasiges Segelboot, das ein kurzes Stück vom Pier entfernt auf dem Wasser schaukelte. »Das ist sie, die *Northern Sky*. Kennen Sie sich aus mit Booten?«

Ich blinzelte in das zersplitterte blaugoldene Licht. »Nein.«

»Das ist ein Gaffelkutter. Ich habe ihn vor zwanzig Jahren für einen Dollar gekauft, von der Exfrau eines Kerls, der auf den Keys im Knast saß. Kennen Sie die zwei glücklichsten Tage im Leben eines Mannes? Der Tag, an dem er sich ein Boot kauft, und der Tag, an dem er es wieder verkauft.«

Ich duckte mich vor der Gischt, die ein Windstoß in hohem Bogen über das Boot trieb. Hier draußen war der Hafengestank verschwunden. Es roch nach Salz und nach nassen Felsen und ein bisschen nach Diesel. Ich beschattete meine Augen mit der Hand und hielt Ausschau nach anderen Booten. »Ist Ihres das einzige Boot hier?«

»Das einzige Segelboot um diese Jahreszeit. Es gibt noch zwei, drei Hummerboote. Im Winter wandern die Hummer ins Tiefe, sodass das Geschäft nachlässt. Im Sommer sind hier haufenweise Leute, Jachten, Windjammer. Aber wenn Sie schnell von den Inseln wegmüssen, brauchen Sie ein Motorboot. Und damit kriegen Sie Ihren Flug nach Florida erst im Frühjahr.«

»Hört sich gut an.«

Toby lachte. »Ach, so schlimm ist es gar nicht. Heutzutage nicht mehr. Vor fünfzig oder hundert Jahren war das wohl noch anders.«

»Was machen die Leute hier eigentlich?« Ich blickte mit zusammengekniffenen Augen zu den Inseln. »Außer fischen, meine ich. Was arbeiten sie?«

»Ich fahre hin und her, bringe Vorräte auf die Inseln. Ich bin Schreiner und Heizungsmonteur. Da draußen leben viele Reiche. Sommergäste. Früher waren nach Labor Day alle weg. Inzwischen bleiben manche auch bis Thanksgiving, aber sie überwintern hier nicht. Die Sommergäste, meine ich. Die Einheimischen leben das ganze Jahr über hier. Aber die brauchen mich nicht, die machen alles selbst.«

Er holte die Ruder ein und zündete sich in der hohlen Hand eine Zigarette an. »Für Aphrodite habe ich schon einiges gemacht.«

»Wie lange leben Sie hier schon?«

Er stieß eine blaue Rauchwolke aus. »Seit 1972. Gryffin war noch ein Baby. Damals gab es auf Paswegas eine Kommune, die war ziemlich bekannt. Oakwind hieß die. Ich kam her, hab eine Zeit lang da rumgehangen und bin dann geblieben.«

»Eine Kommune? Wie lange gab's die denn?«

»Nicht lange. Ein paar Jahre.«

Frierend zog ich den Reißverschluss zu. »Ich würde es keine Woche hier aushalten.«

»Diese Inseln sind schon sehr lange bewohnt«, erwiderte Toby in mildem Ton. »Die Micmac-Indianer waren Tausende von Jahren hier. Aber nein, die Kommune hat nicht lange bestanden. Keine hat das geschafft. Darum haben sie wohl beschlossen, sich als Künstlerkolonie zu bezeichnen. Die hatte mehr Erfolg. Eine Weile jedenfalls.«

Ich verzog das Gesicht, und Toby sagte: »He, ich bin überrascht, dass Sie davon nichts gewusst haben. Wo Sie doch mit Aphrodite sprechen wollen, meine ich. Die hat die ganze Sache mit der Kommune angeschoben, sie und ein paar Freunde.«

Er verfiel in Schweigen, rauchte und schaute mit zusammengekniffenen Augen über das blaue Wasser. Schließlich sagte er: »Dadurch kamen viele Leute hierher. Von auswärts. Menschen, die es wieder zurück aufs Land gezogen hat. Ich bin auch deswegen gekommen. Ich habe an der Apprenticeshop School in Rockland Schiffbau gelernt. Aber viele hier waren Hippies. Es gab ein reges Gemeindeleben. Viele Ausreißer. Studienabbrecher. Jugendliche aus Boston und New York. Sogar welche aus Kalifornien. Ein paar aus der Umgebung. Die wollten alle – keine Ahnung – ihre eigenen Jurten aufbauen? Ziegen züchten? Aphrodite dagegen war mehr an der Kunst interessiert und, na ja, am Spirituellen, würde man heute sagen. Oakwind, so hat sie die Kommune genannt. Dort habe ich sie kennengelernt.«

»War sie nicht schon zu alt für die Hippieszene?«

Toby zog die Stirn kraus. »Nein, das glaube ich nicht. Sie ist gar nicht so alt. Und sie sah wirklich gut aus damals.«

Ich rechnete. Kamestos war 1936 geboren, also ...

»Ja, stimmt«, räumte ich ein.

»Da haben viele Künstler gelebt.« Toby zog noch einmal an der Zigarette, dann ruderte er weiter. »Ein paar Fotografen, zwei Schriftstellertypen, die mit ihrem Mann befreundet waren; einer von ihnen ist geblieben. Alle haben eine Menge Gras geraucht. Es gab dauernd LSD. Aphrodite hatte ein großes Stück Land auf Paswegas, sie und ihr Mann. Sie haben die Leute darauf Hütten bauen lassen und so. Ein paar leben immer noch dort. Die Einheimischen nennen sie die Kliffbewohner. Aphrodites Mann war da schon tot.«

»Haben Sie ihn gekannt?«

»Nein. Er hat sich umgebracht. Ich glaube, in dem Jahr, bevor ich herkam. Ich kenne die Geschichte nur zum Teil. Wahrscheinlich war er schwul, und vielleicht war das ein Problem. Oder es lag an den Drogen. In Oakwind sind ziemlich schräge Sachen abgelaufen; deswegen ist der ganze Laden zusammengebrochen. Danach ist jeder seiner Wege gegangen.«

»Ach.« Ich rieb mir die Arme. »Was für schräge Sachen?«

Tobys Blick richtete sich in die Ferne. Er drehte den Kopf und starrte zu der grünschwarzen Silhouette von Paswegas. »Draußen auf den Inseln kommt es alle paar Jahre zu einer Hexenjagd. Die Leute werden verrückt, sie kriegen einen Hüttenkoller. Besonders im Winter. Oft richtet sich das gegen einen Lehrer, jemanden von auswärts. Damals lebten nur vierzig Leute auf Paswegas, heute sind es noch weniger. Als die Hippies kamen, waren plötzlich doppelt so viele an einem Ort, der an so viel Auftrieb nicht gewöhnt war, außer im Sommer. Das menschliche Ökosystem ist empfindlich. Es ist genau wie bei den Tieren: Führt man eine neue Spezies ein, und sei es auch nur ein Exemplar, schon geht alles den Bach runter. Dann passieren schlimme Dinge. Hinterher will keiner mehr was mit dem anderen zu tun haben.«

»Aber nicht Aphrodite.«

»Nein, die nicht. Die war schon viel länger da. Vielleicht können Sie sie dazu bewegen, dass sie etwas darüber erzählt. Aber ich glaub's nicht recht. So, da wären wir ...«

Wir hatten das Segelboot erreicht. *Northern Sky* stand in vergoldeten Lettern am Heck. Sogar neben dem Ruderboot wirkte das Segelboot klein, und ich bekam kurz Angst. Wie sollten da zwei Leute reinpassen und dann auch noch sicher irgendwohin gelangen? Toby griff an die Reling und zog das Ruderboot näher heran, dann bedeutete er mir, ich solle aufstehen.

»Sie zuerst. Vorsichtig, das Deck ist bestimmt glatt.«

Unsicher stand ich auf. Toby fasste meine Hand.

»Fallen Sie nicht ins Wasser. Ich springe nicht hinterher.«

Ich taumelte an Bord. Toby folgte mir und machte das Beiboot am Heck fest.

»Bringen Sie Ihre Sachen nach unten«, rief er. »Schieben Sie einfach die Luke auf, ich komme gleich nach. Stoßen Sie sich nicht den Kopf.«

Das Boot war hübsch. Weiße Farbe, grau abgesetzt, Teile aus Mahagoniholz. Die Bullaugen hatten Grünspan angesetzt. Mir war immer noch nicht klar, wie zwei Leute sich darin bewegen sollten, ohne zusammenzustoßen oder über tausend Seile, Drähte, Segel, Eimer und Gott weiß was zu stolpern.

Ganz zu schweigen davon, dass alles vereist war – das Deck war rutschig. Zum Glück waren es nur drei Schritte bis zur Kajütenleiter. Ich schlitterte hin und schob die Luke auf, dann stieg ich nach unten. Der Raum war vollgestellt wie eine Besenkammer.

Ich musste den Kopf einziehen. Nach vorn war der Weg versperrt durch den Mast, und gleich dahinter stand ein Holzofen, und hinter diesem befand sich der Bug, eine v-förmige Koje, die vollgestopft war mit Kartons, Milchkanistern, Batterien, Büchern, Seilen, Werkzeug und einer kleinen Chemietoilette.

Wo ich stand, nämlich in der Mitte der Kajüte, herrschte peinliche Ordnung, man konnte es fast schon verschroben nennen. Rechts und links gab es eine Bank mit ausgefransten Cordpolstern, darüber bewundernswert gezimmerte Regale, Sortierfächer, Schiebetüren, Hängeschränke und Nischen, manche nicht größer als der Bleistift, der darin steckte, andere groß genug für Bücher. Ich entdeckte geschnitzte Haken in Form von Fingern, Konservendosen hinter geschnitztem Gitterwerk, zwei kupferne Petroleumlampen, die die Form eines

Mundes hatten, mit Kardanaufhängung. Von der Decke hingen Netze mit Zwiebeln, Knoblauch und Kartoffeln, die schon keimten. In der Nische bei der Leiter stand ein kleiner Spirituskocher und ein NOAA-Wetterfunkradio neben einer Flasche Captain Morgan und mehreren Plastikflaschen Moxie.

Tobys bärtiges Gesicht tauchte mit baumelndem Zopf in der offenen Luke auf. »Geht's einigermaßen? Haben Sie einen Platz für Ihr Zeug gefunden?«

Ich schüttelte den Kopf. »Das ist unglaublich. Wirklich.« Ich fuhr mit den Fingern über eine Regalbrettkante mit lauter geschnitzten Augen. »Haben Sie das gemacht? Alles geschnitzt?«

Am Ende des Regals hing eine Maske aus Pappmaché, die ein bisschen indianisch aussah: ein braun, grün und sahnig-gelb gefleckter Frosch. Er hatte goldfarbene Glupschaugen mit je einem kleinen Loch zum Durchgucken, was aussah wie Pupillen, und ein breites lippenloses Grinsen. Das Pappmaché war so glatt, dass es aussah wie Plastik, außer am Rand, wo an den unbemalten Stellen das Zeitungspapier zu erkennen war. Er war schön, aber auch beunruhigend.

»Und die?« Ich berührte sie zaghaft. »Haben Sie die auch gemacht?«

»Jep.« Toby schwang sich die Leiter hinunter, und ich machte ihm Platz. »Stellen Sie Ihre Taschen da hin.« Er zeigte auf eine der Kojen. »Wir fahren mit Motor. Der Wind ist zu schwach, wir müssten sonst lavieren. So geht's genauso schnell.«

Ich wandte mich von der Froschmaske ab und stellte meine Taschen ab, dann holte ich den Fotoapparat heraus.

Toby sah die alte Konica. »Mensch, das ist ja eine Antiquität.«

»Ich bin Fotografin.« Es war lange her, dass ich diese Worte in den Mund genommen hatte.

»Fotografiert man heute nicht mit der Digitalkamera?«

»Ich nicht.« Ich sah mich suchend um. »Haben Sie einen Spiegel? Ich fühle mich ekelhaft.«

»Keinen einzigen.« Sein Ton blieb ruhig, aber sein Blick wurde schmal. »Sie haben keinen Spiegel bei sich, oder?«

»Hätte ich sonst nach einem gefragt?«

Er lehnte sich an die Leiter und starrte auf meinen Fotoapparat.

»Da drin ist ein Spiegel«, sagte er.

»Hm? In allen Fotoapparaten ist einer. In solchen jedenfalls.« Allmählich wurde ich sauer. »Ist das irgendein blöder Aberglaube? An Bord keine Frauen und keine Spiegel, weil ...«

»Packen Sie ihn weg.« Sein Ton hatte die Gelassenheit verloren, er war irgendwie bedrohlich. »Geben Sie her, ich verstaue ihn.«

Mir lag eine scharfe Erwiderung auf der Zunge – ich kann es auf den Tod nicht ab, wenn Leute meine Sachen anfassen –, aber ich hielt den Mund.

Sein Gesichtsausdruck hatte etwas an sich, was mich einschüchterte. Und das passiert mir nicht so leicht. Das war praktisch, wenn ich Szenen fotografierte wie nicht ganz einvernehmlichen Sex im Hinterzimmer des *Area* oder wenn ich an einem einsamen Wochenende einen wildfremden Kerl abschleppte. Normalerweise kann ich einschätzen, ob jemand zum Ausrasten neigt. Es gibt diesen Geruch einer inneren Verletzung; das ist wie mit dem Geruch einer abbrennenden Zündschnur, der eine Explosion ankündigt.

An Toby Barrett war kein solcher Hinweis wahrzunehmen.

Aber etwas anderes, genauso Mächtiges: Verschlossenheit, erbitterte Selbstbeherrschung – wie ein emotionales Kraftfeld. Wie die Felsen, die ich in der Hafenbucht gesehen hatte, wo die scharfen Kanten unter Algen verborgen waren und wo die Bösartigkeit unter der funkelnden Wasseroberfläche lag.

Ich spürte die Bedrohung, weil ich auch an einem steinigen Ort lebte. Deshalb war ich vorsichtig und legte mich mit dem Kerl nicht an, solange ich nicht wusste, wo er am besten zu treffen war und ob ich stark genug war, um den Zusammenstoß zu überleben. Wortlos legte ich den Fotoapparat wieder in die Umhängetasche und gab sie ihm. Toby nahm sie und beugte sich zu der Koje gegenüber, hob das Polster hoch, hinter dem ein Scharnierdeckel mit Messingriegel zum Vorschein kam, öffnete ihn und ließ die Tasche verschwinden.

»Ich verstaue sie hier drin. Sie können Sie wiederhaben, wenn wir die Insel erreichen.«

»Die darf auf keinen Fall ...«

»Wird sie nicht.« Er schloss die Klappe, legte den Messingriegel vor und rückte das Polster wieder an seinen Platz. Dann sah er zu mir herüber und verzog das Gesicht. »He, kommen Sie mal her.«

Ich tat es, und er hob mehrere Polster hoch, hinter denen sich auch noch Stauraum verbarg. Dort hatte er Klamotten untergebracht. Er nahm einen schweren schwarzen Wollpullover heraus, roch daran und warf ihn mir zu. »Sehen Sie mal, ob er passt. Es ist Ihre Farbe.«

Ich zog die Lederjacke aus und den Pullover über. Er war weit und löchrig und roch nach Fichtennadeln und Lanolin.

Aber warm war er. Die Lederjacke konnte ich noch gerade so darüber anziehen. Toby rieb sich den Bart und schaute auf meine Stiefel.

»Sie haben ziemlich große Füße. Aber nicht so große wie ich. Weiß nicht, ob ich ein passendes Paar Schuhe für Sie habe. Vielleicht Aphrodite.«

»Ich trage sie gern. Sie sind ... bequem.«

»Darauf wette ich. Die Stahlkappen sehen tödlich aus.«

»Sind sie.« Ich hob einen Fuß an und zeigte einen schwarzen

Justin-Cowboystiefel aus genopptem Straußenleder, das in den zwanzig Jahren, die ich die Stiefel trug, handschuhweich geworden war. Sohlen und Absätze hatte ich mehrmals erneuern lassen. Die Stahlkappen waren eine Sonderanfertigung. Sie glänzten nicht mehr, sondern waren mattgrau. Ich habe kräftige Beine, sodass ich notfalls einen Tritt gegen das Schienbein oder die Kniescheibe landen kann und das befriedigende sanfte Brechen von Knochen spüre.

Und ich kann schnell rennen, auch in Stiefeln.

Auf einem knapp acht Meter langen Segelboot kann man allerdings nicht wegrennen.

Er ging zur Leiter, hob sie an und rückte sie zur Seite. Dahinter gab es zwei Türen. Die öffnete er, dann trat er in einen kleinen Maschinenraum.

»Muss den Motor mit der Handkurbel starten. Das könnte ein bisschen dauern …«, rief er.

Ich hörte, wie er die Kurbel drehte, dann das kurze Stottern eines Motors. Es stank nach Diesel. Toby fluchte leise.

Ich drehte mich weg und sah mir die Kajüte an. Es gab tatsächlich nirgendwo einen Spiegel. Und bei genauerem Hinsehen auch keine glänzende Fläche, in der man sich hätte sehen können. Die kupfernen Hitzeschilde an den Laternen und am Holzofen waren mit Grünspan überzogen. Die Bullaugen waren salzverkrustet und ließen nur ein milchiges Licht hindurch. Der Holzofen und auch der Gaskocher waren schwarz vom Gebrauch. Das ganze Besteck war angelaufen. Alles schimmerte matt, nichts war glänzend blank.

Ich zog die Brauen zusammen. Das war verrückt, aber Absicht und dadurch mysteriös. Als gäbe es hier ein Schema, das mir entging. Ich setzte mich auf eine Koje und versuchte, mir das ganze Zeug – die Regale, die Bücher, die Werkzeuge – wegzudenken und die eigentliche Ordnung des Raumes zu erfassen. Nicht die augenscheinliche Ordnung, die für eine winzige Kajüte notwendig ist, sondern die weitergehende, tieferliegende – meinetwegen geistige – Ordnung, die dem Raum Klarheit gab.

Das lernt man als Fotograf. Man achtet immer auf das Licht, auf seine Quelle und die Entfernung, schätzt immer ein, wie diffus es ist, wie lange die Belichtung dauern muss. An dasselbe denkt man, wenn man Abzüge macht, und ich hatte genug Zeit in der Dunkelkammer verbracht, um auch dieses Gespür zu entwickeln.

Fotopapier ist entweder matt oder glänzend. Eine matte Oberfläche ist uneben. Licht trifft darauf und wird zerstreut. Glänzende Oberflächen reflektieren mehr Licht, und je nachdem, aus welchem Winkel man darauf schaut, wird es gleißend.

Aber – und das mag widersinnig erscheinen – weil reflektiertes Licht von glänzendem Papier nicht so sehr gestreut wird, wird von dem Abzug weniger Licht zum Betrachter zurückgeworfen. Schatten wirken schwärzer, tiefer.

Während ich in der *Northern Sky* saß, sah ich rings um mich herum mehr und mehr Dunkelheit, obwohl draußen die Sonne schien und die Vorhänge nicht zugezogen waren. Allmählich verlor ich auch den Sinn für Perspektive. Die Kajüte wirkte größer, als sie war, die Dunkelheit im Bug kroch auf mich zu, bis sie die Konturen der Kojen, der Regale, der Kupfermünder an den Kardanaufhängungen einhüllte. Alles verschwamm zu einem dunklen Rostbraun wie bei einem Sepiabild mit Stockflecken. Mir schien, als würde ich bald selbst verschwimmen, wenn ich mich nicht bewegte.

Vielleicht hatte Toby Barrett nichts zu verbergen, aber ganz sicher kultivierte er die Schatten. Zumindest wollte er die Illusion aufrechterhalten, dass er vor prüfenden Blicken sicher war, selbst in einer winzigen Kajüte ohne Türen oder Trennwände.

Ich dachte an das Foto von Gryffin, das in meinem Buch lag, und überlegte, es herauszuholen und mir den Fotoapparat zu nehmen. Oder an Deck zu gehen, bevor Toby aus dem Maschinenraum kam, und mir das Dingi unter den Nagel zu reißen.

Doch bevor ich eine Bewegung machen konnte, ging ein lautes Dröhnen durch das Boot.

»Geschafft!« Toby kam wieder zum Vorschein. »Einen Moment lang dachte ich, er springt nicht an.«

Er schloss die Tür, setzte die Leiter an ihren Platz zurück und verschwand nach oben. Seufzend fuhr ich mir durch die Haare und folgte ihm.

Er stand schon im Cockpit an der Ruderpinne.

»Setzen Sie sich«, sagte er. In seinem Mundwinkel klemmte eine Zigarette. Er wendete das Boot, bis die nächste Insel vor uns lag, dann zündete er sich die Zigarette an und machte einen langen Zug. Er sah mich fragend an und klopfte an seine Hemdtasche. »Auch eine?«

»Lassen Sie mich bloß mal ziehen«, sagte ich und nahm sie ihm aus dem Mund.

Sie schmeckte nach Diesel und Haschisch. Ich gab sie ihm zurück, dann schaute ich zu der dunklen Silhouette von Paswegas und der Inselgruppe dahinter. »Wieso haben Sie kein Motorboot?«

Toby bewegte das Ruder. Er saß mit geradem Rücken da und hielt den Blick auf Paswegas gerichtet. Wind und eisige Gischt schienen ihn nicht zu stören. »Wieso haben Sie keine Digitalkamera?«

»Das käme mir seltsam vor. Als würde eine Stufe fehlen. Oder eine Wand.«

»Eine Wand?«

»Na ja, nicht direkt eine Wand. Aber man ist daran gewöhnt, beim Fotografieren etwas zwischen sich und dem Motiv zu haben. Vielleicht geht es auch nur darum, gespannt zu sein, ob ein Bild dabei herauskommt oder nicht. Beim Digitalen weiß man es sofort.«

»Und das ist schlecht?«

»Vielleicht nicht schlecht, aber anders.«

Ich zögerte. Ich war überrascht, dass ich mich das sagen hörte. Das hatte ich noch nie zugegeben, zumindest hatte ich es noch nie laut ausgesprochen.

»Vielleicht war's mir auch zu lästig, mit der Entwicklung Schritt zu halten«, meinte ich schließlich. »Alles hat sich so rasant verändert. Es war mir wohl nicht mehr wichtig genug.«

»Was für Fotos haben Sie gemacht? Für Zeitschriften? Welche, die ich kennen könnte?«

»Das bezweifle ich. Ich habe nur ein Buch rausgebracht, und das hat keiner gekauft. Die Auflage war nicht mal hoch. Meine Sachen waren ziemlich düster. Tote Leute. Ich habe eine Zeit lang die New Yorker Punkszene aufgenommen, bevor die dann den Bach runterging.«

»Eine tote Szene«, sagte Toby. Er schnippte die Zigarette ins Wasser.

»Ja, scheint so.«

»Dann wissen Sie bestimmt alles über Aphrodites Fotografien. Darum sind Sie hier, stimmt's? Sie mögen ihre Arbeiten.«

»Ja.« Ich setzte mich anders hin, um den Wind nicht mehr so stark zu spüren, und stieß dabei mit dem Knie an seines. »Ihre Insel-Bilder. Die hat sie vor vierzig Jahren gemacht, bevor es PhotoShop gab, und die Leute haben ihre Technik noch immer nicht durchschaut.«

»Ich hatte nie den Eindruck, dass sie so bekannt ist. Sie hat nur ein, zwei Bücher veröffentlicht, oder?«

»Ja. Aber die hatten großen Einfluss.«

»Vielleicht wird Ihr Buch eines Tages auch maßgebend sein. Oder das ist es jetzt schon, und Sie wissen es nur nicht.«

Ich schüttelte den Kopf. »Nein. Sie war ein Genie, wenn auch kein bedeutendes. Ich hatte bloß Glück. Sofern man von Glück reden kann, wenn man Bilder von toten Junkies macht. Und ich war nicht mal sehr gut.«

Mir tat der Rücken weh von der Kälte und weil ich gegen den Wind immer die Schultern hochzog. Ich stand auf, stützte mich gegen meinen Sitz und schaute zur Insel. Es war ein abschreckender Anblick: dornig aussehendes Gebüsch und spitze schwarzgraue Felsen. Die Gebäude, die an einem felsigen Hang wahllos verstreut standen, sahen aus wie hingeworfen und liegen gelassen, zerfallende Häuser und düstere, schmutzig-weiße Wohnwagen.

Ich rümpfte die Nase. »Da leben Sie also. Und Ihr Freund aus der Bar?«

»Gryffin? Nein. Er kommt nur ab und zu geschäftlich her.« Er reckte den Hals, um an Paswegas vorbeizuspähen. »Schon mal den Namen Lucien Ryel gehört? Ich glaube, er war vor zehn, zwanzig Jahren ziemlich bekannt.«

»Lucien Ryel?« Ich blickte überrascht auf. »Ja, klar.«

»Also, ich hab ihn wirklich gern gehört. Er wohnt da draußen.«

Toby zeigte auf eine flache graue Silhouette am Horizont. »Auf Tolba Island. In den letzten Jahren habe ich den einen oder anderen Auftrag für ihn erledigt. Er ist jetzt auf dem Weg nach Süden, bleibt den Winter über nicht hier. Der hat ein Motorboot«, fügte er dann hinzu. »Einen Boston Whaler.«

»Lucien Ryel. Was Sie nicht sagen.«

Anfang der Siebziger war Ryel die treibende Kraft hinter der englischen Prog-Rock-Band Imaguncula gewesen. Damals war er berühmt dafür, in Frauenkleidern aufzutreten, er bewegte sich irgendwo zwischen dem Typen in Clockwork Orange und einer balinesischen Tempeltänzerin. 1980 verließ er die Gruppe und produzierte House Music in Manchester, wurde später ein Expat im Nachwende-Berlin, wo man dann, soweit ich weiß, nichts mehr von ihm hörte.

Mir hatten die frühen Imaguncula-Alben gefallen. »Was macht der denn hier?«

Toby zuckte mit den Schultern. »Er kommt nur im Sommer für ein paar Wochen. Gehört zu denen, die schon vor einiger Zeit nach Oakwind kamen. Vor meiner Zeit. Er bekam Kontakt zu ein paar Leuten da, sie wurden Freunde. Lucien hat es hier so gut gefallen, dass er sich eine Insel kaufte.«

»Hm. Angeblich hat er dieses Projekt mit Popul Vuh gemacht. Das war das Letzte, was ich über ihn gehört habe.«

»Was?« Toby war verblüfft, sogar ein bisschen erschrocken. Irgendwie eine übertriebene Reaktion auf Progressive Rock, fand ich.

»He, die waren gar nicht so schlecht.« Als ich sein ahnungsloses Gesicht sah, fügte ich hinzu: »Popul Vuh. Sie wissen schon, die erste deutsche Band, die einen Moog benutzte. Ryel sollte ein großes Comeback-Album für sie produzieren.«

Toby wandte sich ab. »Solche Musik war nie mein Geschmack. Als ich aufs College ging, habe ich eines seiner Alben gekauft, aber dann doch nicht gehört.«

Das Boot kam in kabbelige See. Ich hielt mich am Sitz fest. »Kommen Sie klar?«, fragte Toby. »Sie können auch unter Deck gehen, wenn Ihnen schlecht ist. Sie sind ein bisschen grün im Gesicht.«

»Das ist der Kater. Wie schon gesagt.« Ich wartete, bis die Übelkeit abflaute, dann fragte ich: »Wie kommt es, dass Leute hier Inseln kaufen?«

»Die waren mal billig. Man bekam sie für, keine Ahnung,

fünfzigtausend Dollar. Vielleicht sogar für weniger. Jetzt nicht mehr. Auf Tolba, der Insel von Lucien, wurde im 19. Jahrhundert Granit abgebaut. Man hat Säulen und Quader für eine große Kathedrale gehauen. Als die fertig war, wurde der Stein für normale Häuser gebrochen und behauen. Schon mal was von einer Firmensiedlung gehört? Das war eine richtige Firmeninsel. Eines Tages kreuzte jemand auf und sagte allen, der Steinbruch würde geschlossen. Also mussten sie gehen.«

»Unglaublich.«

Er bewegte die Ruderpinne und blinzelte gegen die Sonne. Vor uns öffnete sich der Hafen von Paswegas. Im Wasser schaukelten grell orange, grüne und rote Bojen. Eine kleine Glockenboje läutete klagend, als wir sie passierten.

»Auf vielen Inseln gab es Steinbrüche«, erzählte Toby. »Vinalhaven zum Beispiel. Daher stammen die Steine für die Brooklyn Bridge. Grants National Memorial besteht aus Granit von North Jay. In den 1890er Jahren wurden in New York und Boston Straßen damit gepflastert. Damals hatte man noch keinen Asphalt. Bei Luciens Haus können Sie die großartigen Granitblöcke sehen, die zurückgelassen wurden, und überall gibt es Steinbrüche. Die meisten Häuser waren klein und aus Holz. Die haben sich die Arbeiter gebaut. Jetzt sind sie verfallen. Größere Häuser haben sie Stein für Stein abgebaut und auf Lastkähne geladen. Lucien hat sein Haus billig gekauft. Ich musste ihm die Heizung installieren. Ein richtig großer, moderner Kasten. Die Leute nennen ihn Stealth Bomber. Es ist angenehm, für ihn zu arbeiten. Und er ist stinkreich. Er kommt, wie gesagt, nur gegen Ende des Sommers. Ich sehe ihn also vielleicht einmal im Jahr. Den Rest der Zeit lebt er wahrscheinlich in Europa.«

»Ist diese Gegend nicht ein seltsamer Ort für jemanden wie ihn?«

»Was ist daran seltsam? Sie sind doch auch hier.«

Ich gab auf. Ein paar Minuten später liefen wir in den Hafen ein und kamen an einem Hummerboot vorbei, das neben einem roten Schwimmkörper vertäut war.

»Everetts Boot«, sagte Toby.

Er steuerte die *Northern Sky* zu einem Anlegeplatz und warf Anker. Ich holte meine Sachen aus der Kajüte.

»Das Wetter schlägt um«, sagte Toby, als ich an Deck kam. Er band das Dingi los und bedeutete mir, hineinzusteigen. »Sehen Sie die Wolken? Da kommt eine Sturmfront. Sie haben nicht vor, heute noch abzureisen, oder?«

»Ich weiß nicht. Ich habe keinen blassen Schimmer, was ich hier eigentlich will.«

»Das ist die richtige Einstellung.«

Er ruderte zum Pier. Der Hafen war noch kleiner und schäbiger als Burnt Harbor. Aber es war mehr los. Paswegas mochte nur dreißig ganzjährig hier lebende Bewohner haben, aber von denen lungerte die Hälfte an der Hafenmauer herum und sah uns entgegen. Zwei schäbige Pick-ups parkten vor einem zugenagelten Gebäude mit einem Schild, auf dem »Kaffee ist Lebendköder« stand. Bei einem der beiden Wagen ersetzte ein Stück Pappe die fehlende Windschutzscheibe, der andere war vorne ganz offen.

»Rostlauben«, meinte Toby, als das Dingi längsseits anlegte. Aus dem Wasser ragten Pfähle, die schwarz waren von Teeröl. Mehrere Dosen Budweiser trieben neben einer Leiter, wo ein Kormoran mit ausgebreiteten Flügeln stand, die Augen stumpf wie ungeschliffene Granate. »Hier gibt's keine Fähre und kein Postboot, weil es kein Postamt mehr gibt. Es gibt also auch keine Möglichkeit, einen Wagen aufs Festland zu bringen. Die Pick-ups werden von allen benutzt. Seinen guten Wagen lässt man in Burnt Harbor stehen.«

»Was ist mit Lebensmitteln?«

»Die kauft man im Inselladen. Oder die Leute bringen sich was aus Burnt Harbor mit.« Er deutete mit dem Kinn auf die Männer im Hafen. »Darum sehen sie herüber zu uns.«

»Wegen der Lieferung.« Mit der Umhängetasche über der Schulter zog ich mich die Leiter hinauf. Der Kormoran krächzte mich an und flog weg. »Und was bringen Sie mit?«

»Nichts Nützliches«, antwortete er gut gelaunt. »Nur Sie.«

Er machte das Dingi fest, und wir gingen an der Hafenmauer entlang zum Dorf. Die Männer lehnten an einem Geländer, beobachteten uns, rauchten und unterhielten sich.

»Da ist Ihr Freund, Everett Moss«, sagte Toby. Er deutete mit dem Kopf auf einen korpulenten Mann mit weißem Bart, der einen fleckigen Overall und eine leuchtend orange Rollmütze trug.

»Toby«, rief er. Toby ging auf ihn zu, und ich folgte ihm. »Ist das die junge Dame, die ich heute Morgen rüberbringen sollte?«

»Das ist sie.« Toby blieb bei ihm stehen und zündete sich eine Zigarette an. »Cass Neary.«

»Hallo.« Everett sah mich an und nickte. Er hatte leuchtend blaue Augen, ein sonnenverbranntes Gesicht und ein lässiges Lächeln. Ich rechnete mit einer Entschuldigung, weil er nicht auf mich gewartet hatte.

Stattdessen wandte er sich Toby zu. Ich musterte die anderen Männer. Die sahen hastig weg, drückten ihre Zigaretten aus und schlenderten zu dem geschlossenen Köderladen. Everett blickte über das dunkle Wasser zum Festland.

»Du hast nicht zufällig MacKenzie Libby gesehen?«, fragte er Toby. »Merrill hat mich heute früh angerufen. Sie ist gestern Nacht nicht nach Hause gekommen. Meine Enkeltochter Leela erzählt, dass sie vorher mit ihr gemailt hat. Kenzie hat geschrieben, sie wollte in die Stadt.«

Toby zog die Brauen zusammen. »MacKenzie?«

»Merrills Tochter.«

»Oh.« Toby zog an seinem Zopf. »Die im Motel arbeitet? Das Mädchen mit den Piercings? Nein, warum? Ist sie abgehauen?«

Ich schnaubte. »Bei dem Vater würde ich das auch tun.«

Die beiden Männer sahen mich an, Toby belustigt, Everett Moss weniger. Er kniff die blauen Augen zusammen, worauf sie schon nicht mehr so strahlten. »Cass Neary«, sagte er, als hätte er gerade herausgefunden, wer ich war. »Sie haben doch da übernachtet. Sie hat meiner Tochter erzählt, sie hätte sich mit Ihnen unterhalten.«

Einen Augenblick lang sah ich ein weißes Gesicht in der Nacht unter schwarzen Ästen. Ich hängte mir die Fototasche über die andere Schulter und schaute zum Himmel. Ein Rad aus grauen Wolken hatte sich von der dunklen Front gelöst, die herantrieb. Während ich hinstarrte, begann das Rad sich zu drehen. Es sah aus wie eine Spiralfeder. Ich hörte ein tiefes Brummen wie von einer gefangenen Fliege und ließ das Bild von dem Mädchen im Lighthouse in mir aufsteigen, wie es schüchtern in mein Zimmer spähte, als hätte ich zwischen den schäbigen Möbeln und der plastiküberzogenen Matratze etwas Besonderes versteckt.

Keine innere Verletzung.

Sie war eifrig und neugierig und jung, sonst nichts. Sie verströmte nicht den Gestank von Verzweiflung, hatte keine Angst. Wie andere Jugendliche sehnte sie sich nach etwas, ohne es benennen zu können. Sie langweilte sich, träumte davon, woanders aufzuwachen. Ihr Vater war vielleicht ein Arschloch, aber er schlug sie nicht und missbrauchte sie auch nicht.

Darum hatte sie mich nicht interessiert. Sie war in ihrem Innern nicht verwundet.

»Haben Sie nicht gerade erzählt, sie ist verschwunden?«, fragte ich Everett.

»Ja. Aber sie hat meiner Tochter gestern Abend gemailt, und darin steht, sie hätte Sie im Lighthouse gesehen. Ich nehme an, Sie haben bei ihr eingecheckt.« Er sah Toby an. »Merrill ist mächtig sauer.«

»Ja. Jetzt muss er die Zimmer putzen«, sagte Toby. Sie lachten.

»Tja, er ist jedenfalls ziemlich aufgeregt, das steht fest.« Der Hafenmeister schob die Hände in die Hosentaschen. »John Stone hat mir erzählt, dass Merrill ihn heute Morgen auch angerufen hat. Hat ihn aus dem Bett geklingelt. John meinte, wenn sie bis Sonnenuntergang nicht zurück ist, erst *dann* sollte er ihn anrufen. Wie auch immer, wenn du sie siehst, sag ihr, sie soll gefälligst nach Hause gehen.«

Er ging zum Ufer, blieb stehen und drehte den Kopf zu mir. »Sie auch.« Er sah mich nicht drohend an, sondern besorgt. »Wenn Sie sie sehen, rufen Sie mich oder John Stone an. Das ist der Sheriff. Es gefällt mir nicht, dass so oft Jugendliche weglaufen.«

Er hob grüßend die Hand und ging.

»Kommen Sie«, sagte Toby. »Ich bringe Sie jetzt besser zu Aphrodite.«

Wir gingen durch das Dorf. Soweit vorhanden. Der Köderladen, ein Wohnanhänger mit einer Horde großer, gruselig aussehender Puppen im Fenster. Der Inselladen war ein holzverschaltes Haus mit rostbraunem Anstrich, niedriger Treppe und einer Zapfsäule, über die eine schwarze Mülltüte gestülpt war. An der Hauswand und der Fliegengittertür hingen flatternde Handzettel.

»Der Typ da«, sagte ich. Ich ging hinüber und zog an einem verblassten Flugblatt. »Martin Graves. Diese Zettel hängen überall. Was ist mit ihm?«

Ich schaute auf ein Flugblatt daneben, das durch die Feuchtigkeit eingerollt war. »Mensch, was ist mit all den Leuten?«

Ich rollte das Flugblatt auseinander. Es war eine Farbkopie mit einem lächelnden Mädchen darauf. Gesicht und Haare waren ein bräunlich verschwommener Fleck zwischen verblassten Zeilen.

»Heather Pollitt«, las ich laut. »Was ist mit ihr passiert?«

»Sie ist weggelaufen.« Toby trat zu mir. »Denke, sie ist nach Bangor gegangen. Sie hatte ein Baby bekommen. Das ist ein sehr altes Flugblatt. Wir sollten es wegnehmen.«

Er riss es ab, knüllte es zusammen und warf es in eine Tonne neben der Tür. »Oh, sehen Sie mal. Da vermisst einer seine Katze. Das ist ein neuer Zettel.« Er tippte auf ein handgeschriebenes Blatt Papier mit einem wenige Tage alten Datum darauf und der Beschreibung einer Katze. »Armer Smoky! Ich hoffe, er wird gefunden. Aber der Kerl da ...«

Er drückte einen verschorften Daumen auf das Bild von Martin Graves. »Was mit dem passiert ist, weiß ich nicht. Ich hab gehört, er wäre einfach abgehauen. Hatte angeblich Streit mit seiner Freundin. Oder war's mit seiner Frau? Jedenfalls hängen seine Eltern immer wieder diese Zettel auf. Sie haben auf der Fahrt nach hier oben welche gesehen?«

»Ja. Online habe ich auch was über ihn gelesen. Die Sterblichkeitsrate bei Jugendlichen ist in der Gegend sehr hoch. Und bei Katzen.«

Toby begann den Hügel hinaufzugehen. Ich folgte ihm. Hinter uns kreisten Möwen über dem Hafen und schrien. Die Straße bestand aus festgefahrener Erde, Kies und Eis, aber auch aus mehreren rissigen Asphaltflecken. Schon bald machte sie eine Biegung und stieg zwischen dürren Tannen und Birken steil an.

»Die Katzen werden von den Fischern gefangen«, sagte Toby.

»Wie bitte?«

»Sie haben doch gerade von Jugendlichen und Katzen geredet: Fischer holen sich die.«

Ich sah ihn argwöhnisch an. »Die nehmen die als Köder?«

»Keine Fischer. Fischerkatzen. So heißen die hier oben, aber eigentlich nennt man sie Fischer. Die sind so ähnlich wie Bärenmarder oder große Nerze. Können auf Bäume klettern. Gewöhnlich fressen sie Stachelschweine, aber manchmal kommt einer ins Dorf und holt sich ein Haustier. Eine Katze und sogar einen kleinen Hund.«

»Und Kinder auch?«

Toby lachte. »So was hab ich noch nicht gehört. So groß sind die nicht, vielleicht so groß wie eine große Coon-Katze. Ich glaube, darum werden sie Fischerkatzen genannt.«

»Wie können die denn Stachelschweine fressen?«

»Die sind gerissen, zumindest gerissener als Stachelschweine. Aber normalerweise gibt es die auf den Inseln nicht. Nur auf dem Festland. Kommen Sie, hier geht's lang.«

Er bog in ein Kiefernwäldchen ab. Es war kein Pfad erkennbar, aber Toby ging zuversichtlich weiter. Die Möwenschreie gingen im Rauschen der Bäume unter, das lauter war als der Ozean. Das Moos am Boden war so dick und nass, dass man wie auf einem vollgesaugten Teppich ging, und Moos wuchs nicht nur am Boden, sondern auch auf Steinen und Baumstämmen, sogar auf einer alten Bierdose. Hätte ich im Wald ein Nickerchen gemacht, hätten sie mich wahrscheinlich auch überwuchert, das Moos und diese hellgelben Flechten und dazu eine Flechtenart, die Toby als Greisenbart bezeichnete. Sie hing in langen strähnigen Büscheln von den Zweigen, wie alte Perücken. Anders als am Hafen sahen die Steine mit dem Moos weich und plüschig aus. Sie wirkten lebendig, als könnte man sie atmen sehen, wenn man nur lange genug hinsah.

Es war ein sonderbarer, schauriger Wald, wie man ihn sich in einem Märchen vorstellt, in das man hineingerät. Das aber kein schönes ist. Bei den Bäumen wurde mir ganz anders. Als ich einen anfasste, war die Rinde nicht feucht, sie war nass und schleimig und gab nach, wie lebendige Haut.

Mich gruselte. In der Großstadt machte mir Unheimliches nichts aus, auch nicht das unterschwellig Unheimliche der Vororte, in denen ich aufgewachsen war. Aber das hier war anders. Hier bekam ich den Eindruck, dass nichts, was man tat, irgendeine Bedeutung hatte, jedenfalls nicht für lange. Man konnte ein Haus bauen oder ein ganzes Dorf, und die Insel würde es einfach verschlucken, und keiner würde wissen, dass es mal existiert hatte. Alles würde einfach gefressen werden.

Das machte mir Angst. Ich trat gegen einen Stein, und meine Stiefelspitze drang tief ein in die moosige Hülle. Ich musste mich bücken und sie mit Gewalt wieder herausziehen.

Toby blieb stehen, um auf mich zu warten. »Stachelschweine mögen Kiefern«, sagte er. »Wie die Fischer. Aber Stachelschweine sind dumm. Stachelschweine und Stinktiere. Schon mal bemerkt, wie viele tote Stachelschweine und Stinktiere, von Autos überfahren, am Straßenrand liegen? Das ist nur, weil die immer denken, ihnen kann nichts passieren. So sehr verlassen die sich auf ihr abstoßendes Aussehen, auf ihren Gestank und die Stacheln. Die denken, keiner kann ihnen was anhaben. Aber die Fischer sind gerissen, boshaft und gerissen. Und schnell. Wenn sie auf ein Stachelschwein treffen, beißen sie ihm in die Nase, drehen es um und reißen ihm Kehle und Bauch auf. Sie springen direkt auf den Kopf des Stachelschweins und reißen ihm das Gesicht weg, dann fressen sie es von innen auf.

Ich verzog angewidert das Gesicht. Er lachte.

»Sie brauchen keine Angst zu haben«, meinte er. »Wie gesagt, die gibt es auf den Inseln nicht. Und sie greifen keine Menschen an. Oder nur selten. Sie jagen kleinere Tiere. Ich hab mal einen im Wald bei Burnt Harbor gesehen. Er spielte mit einer Maus, genau wie eine Katze.«

»Und wenn sich doch mal welche hierher verirren? Wenn sie dann keine Stachelschweine mehr finden? Und keine Katzen? Das ist eine Insel. Da haben sie nicht ewig was zu fressen.«

»Keine Ahnung.« Er strich über die Flechte an einem Ast, die aussah wie abblätternde Wandfarbe in Orange, brach ihn ab und warf ihn weg. »Sie können wahrscheinlich schwimmen. Wenn sie hierher schwimmen konnten, werden sie auch wieder zum Festland zurückfinden. Oder sie fressen sich gegenseitig. Auf dem Festland scheint es keine Probleme damit zu geben. Man fängt sie in Fallen, wie Nerze, wegen des Fells.«

Er ging weiter. »Werden Sie müde?«

Ich zuckte mit den Schultern. Die Kopfschmerzen fingen wieder an. Es war noch nicht mal zehn, und es zog mich schon wieder ins Bett. »Ein bisschen. Hab gestern Nacht nicht gut geschlafen.«

»War das Lighthouse nicht das Richtige für Sie?«

»Daran lag es nicht. Ich war ein bisschen zu angespannt, schätze ich.«

»Als ich gegangen bin, haben Sie sich gerade den Jack Daniels hinter die Binde gekippt. Davon würde ich ziemlich schnell bettreif werden.«

Wir gingen weiter. Ab und zu sah ich Skelette von Seeigeln auf dem Moos liegen. Sie hatten die gleiche Farbe wie die Flechten. Ich blieb stehen und drehte einen mit der Fußspitze um. »Wie kommen die hierher?«

»Die Möwen lassen sie auf die Felsen fallen, dann schleppen sie sie zum Fressen hierher.« Toby sah mich neugierig an. »Haben Sie sie gestern Abend gesehen? Merrills Tochter?«

»Nur kurz.« Ich hob einen toten Seeigel auf. Mehrere Stacheln lösten sich. Sie waren nicht scharf, sondern weich oder spröde wie trockene Zweige. »Ich habe bei ihr eingecheckt. Und später kam sie an meine Tür, um mir zu sagen, wo man noch etwas zu essen bekommt. Deshalb war ich im Good Tern. Ihr Vater hatte mir gesagt, dass im Winter alles geschlossen hat. Also kann ich mich wohl bei ihr für den Kater bedanken.«

»Ich denke, dafür können Sie sich ganz allein bei sich selbst bedanken.«

Ich rieb mit dem Finger die anderen Stacheln weg. Was ich danach in der Hand hielt, sah den kleinen Mooskissen ringsherum bemerkenswert ähnlich. Ich schloss die Faust darum und steckte das Skelett in die Tasche.

»Die gehen ganz leicht kaputt«, warnte Toby. »Passen Sie auf. Die brechen wie Eierschalen.«

»Ich werde vorsichtig sein.« Ich sah mich kopfschüttelnd um. »Das ist so sonderbar. Es ist fast Winter und trotzdem noch grün.«

»Das kommt vom Nebel. Der deckt alles zu, die Felsen und die Bäume. Dann wachsen Moos und Flechten. Die brauchen die Feuchtigkeit. Es ist ein Paradies für Parasiten.«

Vor uns wurde der Wald lichter. Die schattige grüne Welt öffnete sich zu einem ausgebleichten Gelände voller Steine und Birken. Der dunklere Umriss eines Hauses war zwischen den Bäumen kaum zu erkennen. Ich dachte an MacKenzies weißes Gesicht, das kurz in den Scheinwerferkegeln meines Wagens aufleuchtete.

Sie war ein hübsches Mädchen. Wahrscheinlich war sie abgehauen – oder, noch wahrscheinlicher, mit ihrem Freund oder ihrer Freundin unterwegs. Sie könnte schon wieder auf dem Heimweg sein, mit irgendwelchen Ausreden im Kopf, aber ich könnte ihre Geschichte zum Platzen bringen, wenn ich herumerzählte, dass ich sie gesehen hatte. Ich stellte sie mir lieber in einem Fernbus vor, auf dem Weg nach Boston oder New York, um einen Freund in Port Authority zu treffen und nach Westen weiterzuziehen. Aber warum sollte ausgerechnet ich ihre Flucht stoppen? Hätte ich sie mit gerecktem Daumen am Highway stehen sehen, hätte ich sie mitgenommen. Ich hoffte, dass sie schon hundert Meilen weit weg war.

»Wie weit ist es noch?«, fragte ich.

»Sind fast da.«

Blinzelnd trat ich hinaus in den milchigen Sonnenschein. Wir waren am Rand eines langen Abhangs angelangt, der zu einer felsigen Küste und einer kleinen Bucht abfiel. Auf dem Hang standen vereinzelt Bäume. Birken, Eichen, Hemlocktannen. Dazwischen zwei kleine mit grauen Schindeln gedeckte Häuser. Beide sahen heruntergekommen und verlassen aus.

»Sie haben mich nach der Kommune gefragt«, sagte Toby. »Der größte Teil der Häuser hat oben auf dem Hügel gestanden, aber die Leute haben alles weiterverwertet oder verfeuert. Das da sind Schuppen, die als Lager benutzt werden. Mehr ist davon nicht übrig geblieben. Dennys alter Bus steht noch auf der Hügelkuppe. Und das da hinten ist Aphrodites Haus.«

Er zeigte zu ein paar hohen Bäumen oberhalb der Bucht.

Ich war verblüfft. »Da wohnt sie drin?«

Zwischen den Bäumen stand ein holzverschaltes Haus. Es sah aus, als wäre es auf dem Weg nach oben irgendwie dort hängen geblieben. An vielen Stellen war die Verschalung locker oder fehlte, das Dach war eingesunken, der gemauerte Kamin bröckelte. Die weiße Farbe war zu Uniformgrau verwittert und filigran mit Flechten überzogen. Bemooste Felsblöcke drängten sich an den Hauswänden. Die Bäume wuchsen ganz nah am Haus und ließen keine Sonne durch.

Ich sah Toby an. »Um Mitternacht verwandelt es sich wieder in Felsen und Kiefernnadeln, oder?«

»Nicht das, was Sie erwartet haben?«

»Nein. Es ist so düster. Fotografen wollen Licht.«

»Auf der Ostseite ist es heller.« Er deutete in Richtung des schwarzen Wassers in der Bucht. »Es ist alt. Sie hat immer wieder angebaut, weil es ursprünglich so klein war. Das ist hier ganz typisch, wissen Sie. Großes Haus, kleines Haus, Hinterhaus, Scheune.« Seine Stimme klang wie ein Singsang.

»Es hört sich an, als wäre die Nadel bei Hinterhaus, Hinterhaus, Hinterhaus hängen geblieben«, meinte ich zweifelnd. »Es brennt gar kein Licht.«

Toby sah zum Schornstein. Da stieg Rauch auf. Er trug den scharfen Geruch von Teeröl mit sich. »Doch, sie ist da. Zumindest ist irgendwer im Haus.«

Er ging auf die Vordertür zu. Auf der Schwelle aus Granit lag Asche. Daneben lagen Holzscheite unordentlich aufgeschichtet. Eine Schneeschaufel lehnte daran.

»He, Aphrodite.« Toby klopfte laut an die Tür. »Du hast Besuch.«

Ich war richtig aufgeregt. Ich dachte an die Fotos in *Deceptio Visus*, an Medusas starres Gesicht, das mir aus einer Schwarz-Weiß-Aufnahme entgegenblickte. Kurz darauf wurde die Tür geöffnet, und genau diese Augen starrten mich an.

10

Sie war winzig, so klein und zart gebaut, dass ich mir neben ihr riesig und plump vorkam. Sie hatte hellgraue schulterlange Haare und eine weiße Haut. Ihr hellroter Lippenstift war nachlässig aufgetragen. Sie war runzlig und sah genauso aus wie die Frau auf dem Foto. Hinter ihrer Drahtbrille funkelten onyxschwarze Augen, leicht blutunterlaufen, aber herausfordernd. Sie trug einen langen schwarzen Wollpulli, schwarze Leggings, abgewetzte Mokassins. Sie sah aus wie ein Mädchen auf dem Weg zum Ballettunterricht oder wie eine greise Geisha.

Dann sah sie mich an, und der herausfordernde Blick wurde misstrauisch. »Wer sind Sie?«

Unvermittelt tauchten mehrere dunkle Schemen um sie herum auf, die knurrten und jaulten. Ich wich erschrocken zurück. »Oh, Mann ...«

»Die tun Ihnen nichts«, sagte Aphrodite ungeduldig zu mir, dann folgte in säuselndem Ton: »Runi, Fee, platz, platz, sag ich.«

Die wimmelnden Schatten lösten sich auf in drei riesige Hunde – Windhunde, dachte ich, die größten, die ich je gesehen hatte. Toby fasste mir beruhigend an die Schulter.

»Das sind ihre Hunde«, sagte er.

»Was Sie nicht sagen.« Ich trat einen Schritt zur Seite und sah sie voller Unbehagen an. Einer sprang auf mich zu und streifte meine Brust, bevor ich ihn wegdrücken konnte. Ein anderer stellte sich auf die Hinterbeine und legte die Pfoten auf Tobys Schultern. Es sah aus, als würden sie miteinander tanzen.

»Die tun Ihnen nichts«, wiederholte Aphrodite. Der Blick, den sie mir dabei zuwarf, war verächtlich. »Schnell jetzt, kommt herein.«

Toby machte einen Schritt rückwärts in Richtung der Bäume. »Ich mach mich besser auf den Weg«, sagte er. »Wir sehen uns später.«

»He, warten Sie«, sagte ich und drückte eine schmale graue Schnauze weg. »Ich habe Sie noch nicht bezahlt.«

»Machen Sie sich keine Gedanken darüber. Das regeln wir ein andermal.«

»Kommen Sie rein«, befahl Aphrodite. »Fee! Tara, Runi! Sofort.«

Die hechelnden Hunde zogen sich zurück. Als einer seine feuchte Schnauze gegen meine Hand stupste und mich mit flehenden Augen ansah, folgte ich ihnen ins Haus.

»Ich bin Cass Neary«, sagte ich, als Aphrodite die Tür mit einem Ruck zuzog. »Mann, sind die groß. Sind das Windhunde?«

»Hirschhunde.«

Sie zischte irgendeine Bemerkung, und die Hunde tappten davon. Ihr feuchter Geruch vermischte sich mit dem von Kaminrauch und Kaffee. Wir standen in einem schmalen Flur. Die Kieferndielen waren zerkratzt und zerfurcht, zerschlissene Teppiche lagen kreuz und quer. Eine Fensterflucht an der gegenüberliegenden Wand blickte über die Bucht aufs offene Meer, auf eine graue Inselgruppe und auf immer dichter werdende Wolken. Es gab eine Bank mit einem Haufen gelber Regenmäntel und Stiefeln, Stapeln von Anfeuerholz und altem Zeitungspapier, Insektenspraydosen, mehreren großen Taschenlampen. Petroleumlampen hingen von der Decke neben aufgerollten Seilen und einem Paar Schneeschuhe aus Aluminium. Aphrodites kleine schwarz gekleidete Gestalt wirkte fehl am

Platz in diesem Northwoods-Durcheinander. Sie sah gebieterisch zu mir hoch und fragte schließlich: »Was sagten Sie, wer Sie sind?«

»Cass Neary. Cassandra Neary.« Mein Mund war trocken. Ich schluckte. »Ich soll hier ... Phil Cohen hat gesagt, er hätte mit Ihnen gesprochen. Wegen einem Interview für das *Mojo Magazine*.«

»Nie gehört. Ein Interview?« Sie gab ein rau klingendes Geräusch von sich, das ich als entrüstetes Lachen identifizierte. »Ich gebe keine Interviews. Wer hat Sie geschickt?«

»Phil Cohen.«

Sie starrte mich an, dann zuckte sie mit den Schultern und wandte sich ab. »Nie von ihm gehört. Haben Sie gefrühstückt?« Sie hatte denselben Ton drauf wie bei den Hunden.

»Ja. Aber gegen einen Kaffee hätte ich nichts einzuwenden.«

»Dann hier entlang.«

Ich biss die Zähne zusammen und verscheuchte Fantasien, in denen ich Phil mit gebrochener Nase sah. Sie bewegte sich mit blitzschnellen kleinen Schritten. Dadurch und durch das Klaus-Nomi-Make-up sah sie noch mehr aus wie ein bizarrer Roboter. Auf dem Weg durch den Flur kam ich hinter dem Stapel mit Feuerholz an aufgestapelten Zeitschriften und Büchern vorbei, dann an Schuhen in verschiedenen Stadien des Verfalls, Stühlen voller alter Klamotten, an Hundeleinen, Fünfzig-Pfund-Säcken mit Hundefutter, Mineralwasserkästen, Kartons voller leerer Weinflaschen und an Körben. Überall standen Körbe herum, randvoll mit Filmdosen.

Bei einem blieb ich stehen, dann blickte ich auf. Aphrodite stand mit dem Rücken zu mir in einem Durchgang. Ich schnappte mir eine Filmdose, schob sie in die Jackentasche und ging weiter.

»Haben Sie hier eine Dunkelkammer?«, fragte ich.

»Nein. Setzen Sie sich«, sagte sie, dann sah sie mich gereizt an. »Sie hätten Ihre Jacke an der Garderobe lassen sollen – nein, geben Sie her, ich mache das.«

Ich gab ihr meine Jacke, behielt aber die Fototasche, und sie ging zurück zur Haustür. Ich sah mich derweil in der großen altmodischen Küche um. In der Mitte stand ein Holzofen zum Kochen, der nicht viel kleiner war als ein Volkswagen. Die Hunde lagen davor. Sie sahen aus wie räudige Flokatis. Es gab Reste von orientalischen Teppichen, einen Tisch auf Böcken, an dem jemand Zeitung gelesen und gefrühstückt hatte. Ich stellte meine Tasche ab, ging zu dem Tisch und schaute auf die Bucht. Eine kleine dunkle Gestalt lief am Wasser entlang und verschwand zwischen den Kiefern. Von hinten sprach mich jemand an.

»Ich sehe, Toby hat sie heil hierher gebracht.«

Ich drehte mich um und sah einen Mann neben dem Herd stehen, der sich Kaffee eingoss. Ich starrte ihn immer noch ungläubig an, als Aphrodite wieder hereinkam.

»Das ist mein Sohn, Gryffin Haselton.« Sie nahm einen Kessel vom Herd und ging zur Spüle, um ihn zu füllen. »Möchten Sie Kaffee oder Tee?«

»Ich tippe auf Kaffee«, sagte Gryffin. Er kam und gab mir den Becher, den er gerade eingeschenkt hatte. »Ich bin heute früh an Ihrer Stelle mit Everett hergefahren. Toby hat gesagt, er würde Sie rüberbringen. Nach allem, was Sie gestern Abend gebechert haben, dachte ich mir, dass Sie verschlafen.«

»Da haben Sie falsch gedacht.« Ich nahm den Kaffee, ohne mich zu bedanken.

»Na, jedenfalls haben Sie schon ein bisschen Lokalkolorit mitbekommen.«

Gryffin drehte sich um und nahm sich auch einen Becher Kaffee. Als er dabei zwischen die Hunde trat, winselten sie leise. Ich bückte mich und streichelte einen von ihnen vorsichtig. Sein Kopf fühlte sich an wie ein in zerschlissene Wolle gewickelter Stein. Aphrodite fasste an die Arbeitsplatte, wie um sich zu stützen, dann betrachtete sie mich mit ihren funkelnden schwarzen Augen.

»Sagen Sie mir, worum es in diesem angeblichen Interview gehen soll.«

Ich tat es und ließ dabei bewusst im Unklaren, dass *Mojo* eine Musikzeitschrift war und ich nicht im Impressum stand. Als ich Phil Cohen erwähnte, runzelte sie leicht die Stirn.

»Phil Cohen.« Sie blickte auf ihre Mokassins, dann schüttelte sie den Kopf. »Er war einer von Dennys Freunden, glaube ich.«

Gryffin schnaubte. Sie warf ihm einen Blick zu, dann wandte sie sich wieder mir zu. »Also meinetwegen. Ich muss ein paar Dinge erledigen, dann können wir uns unterhalten. Gryffin kann Ihnen zeigen, wo Sie schlafen. Ich nehme an, Sie werden bis morgen bleiben.«

»Ist mir recht«, sagte ich und hoffte, dass ich nicht so erleichtert klang, wie ich war.

Sie ging hinaus. Gryffin setzte sich an ein Ende des Tisches. Er schob sich die Ärmel hoch, sodass die Narbe an seinem Handgelenk zum Vorschein kam, legte die langen Beine an den Fußgelenken übereinander und betrachtete mich amüsiert. »So. Sind Sie immer so angriffslustig, wenn Sie jemanden interviewen wollen?«

»Sie interviewe ich ja nicht.«

»Sollten Sie vielleicht. Ich könnte Ihnen erzählen, wie meine Mutter mich als Kind missbraucht hat und dass ich nie darüber hinweggekommen bin.«

»Ihre Kindheit interessiert mich nicht«, erwiderte ich und machte ein mürrisches Gesicht.

Ich kann es nicht leiden, wenn man mich überrumpelt. Ich trank meinen Kaffee, suchte in seinem Gesicht nach einer Ähnlichkeit mit Aphrodite und dachte: Ja, ich hätte es sehen müssen. Früher wäre es mir aufgefallen.

Kam daher dieses sonderbare Gefühl, ich würde jemanden wiedererkennen, das ich bei unserer ersten Begegnung am Motel gehabt hatte? Es hatte an seinen Augen gelegen. Es waren Aphrodites Augen, schräg und dunkel. Der grüne Funke in seiner linken Iris wirkte wie ein affektiertes Grinsen. Auch sein Lächeln war wie ihres. Doch was in Aphrodites Gesicht kalt wirkte, sah in seinem ironisch aus, sogar wehmütig. Ich dachte an die Art, sich zu freuen, auf seinem Foto, und ich fragte mich, ob er die auch von seiner Mutter geerbt hatte. Ich bezweifelte es. Doch von der inneren Verletzung, die ich bei ihm wahrgenommen hatte, spürte ich nichts mehr.

»Er hätte nicht auf Sie gewartet, wissen Sie.« Gryffin schaute aus dem Fenster auf die Bucht. »Everett, meine ich. Er wäre nach Paswegas gefahren. Ich wäre mit Toby gefahren, wie ich es geplant hatte, und Sie säßen jetzt immer noch in Burnt Harbor.«

Ich setzte mich ans andere Tischende. »Nein. Ich wäre jetzt auf dem Rückweg.«

»Wirklich? Sie kommen mir nicht vor wie jemand, der kampflos aufgibt. Ich hätte gewettet, sie schwimmen rüber.« Er blickte auf meine Cowboystiefel und die schwarzen Jeans. »Und ich wette, dass Sie noch nie nördlich der Bowery gewesen sind.«

Ich biss auf den Köder nicht an. »Und? Hat sie Sie als Kind missbraucht?«

»Nein. Sie trinkt zu viel, aber ich wette, damit kennen Sie sich aus. Cassandra Neary. Ich habe Sie im Internet gesucht. Sie tauchen ein paar Mal auf. Ihr Buch jedenfalls. Haben Sie ein Exemplar mitgebracht?«

»Nein.«

»Zu schade. Das hätte Ihnen Glaubwürdigkeit verschafft.«

»Phil Cohen hat gesagt, sie weiß, dass ich komme.«

»Sie wusste es nicht. Und ich habe keine Ahnung, wer Phil Cohen ist. Aber wenn er ein Freund von Denny ist ...« Er ließ den Satz unvollendet und schüttelte angewidert den Kopf. »Ich brauche Ihnen nicht zu erklären, dass sie das selten tut, oder? Mit Leuten reden.«

»Ich hatte den Eindruck, dass sie das überhaupt nicht tut.«

»So ist es.« Er trank von seinem Kaffee. »Sie werden nichts Neues erfahren. Ich meine, Sie werden keine Leichen im Keller finden, weil es keine gibt. Sie wünschen sich wahrscheinlich, es gäbe welche.«

»Sie sagt, sie hat hier keine Dunkelkammer. Stimmt das?«

»Das hat sie gesagt? Du lieber Himmel.« Gryffin sah verärgert aus. »Natürlich hat sie eine Dunkelkammer. Unten im Keller. Sie ist seit, ich weiß nicht, mindestens zehn Jahren abgeschlossen. Vielleicht noch länger.«

Er lachte auf, und einer der Hunde hob den Kopf. »Aphrodite hat seit Jahren nicht mehr fotografiert. Sie hat immer gesagt, sie will ein zweites Buch veröffentlichen und eine Ausstellung machen. Aber das hat sie dann doch nicht getan. Vielleicht können Sie das Feuer wieder entfachen.« Er warf mir einen Blick zu, dann zuckte er mit den Schultern. »Aber das wird wohl nicht passieren.«

Ich umklammerte meinen Becher, bis mir die Hände zitterten und der heiße Kaffee überschwappte. »Sie können mich mal am Arsch lecken«, sagte ich.

Sein Lächeln wechselte von ironisch zu verächtlich. »Ach ja? Dann geben Sie mir doch Ihre Nummer.«

Als seine Mutter hereinkam, stand er auf. »Ich lasse euch beide dann mal allein. Ich habe oben einiges zu tun.«

In der Tür blieb er noch einmal stehen und sah mich an. »Sie kommen Sie doch heute Abend zum Essen, oder? Es gibt Krähe.«

Aphrodite sah hinter ihm her. Ihr Gesicht war gerötet, ihre Augen funkelten nicht mehr, sie glühten.

Sie ist rausgegangen, um sich einen zu genehmigen, dachte ich. Der Bitterorangengeruch von Grand Marnier wehte mir mit ihrem Atem entgegen.

»Gehen wir nach nebenan.« Sie ging in den Flur. »Der Kamin ist jetzt angezündet. Da ist es kultivierter als in der Küche.«

»Was macht Ihr Sohn beruflich?«

»Er handelt mit seltenen Büchern. Im Internet. Er hatte ein Geschäft, aber das hat er vor ein paar Jahren aufgegeben.«

»Ach so?«

Ich war froh, dass ich den Strand Bookstore nicht erwähnt hatte. Dass ich mit achtundvierzig Jahren im Lager eines Antiquariats arbeitete, war meinem Ruf nicht gerade förderlich.

Ich folgte ihr in ein geräumiges Zimmer, das auf den oberen Hang hinausging. So hatte ich mir das Zuhause von Aphrodite Kamestos schon eher vorgestellt: moderne dänische Möbel, Lehnstühle und ein Korbsessel von Arne Jacobsen, ein schöner Klint-Esstisch, der als Schreibtisch diente. Ein kleiner schwarzer Holzofen mit klarer, modernistischer Linienführung stand auf einem gekachelten Kaminplatz.

Überraschenderweise gab es keine Fotos. Doch dann sah ich an der hinteren Wand ein Bücherregal mit großformatigen Bänden. Einige erkannte ich, weil ich sie auch besaß. Andere hatte ich im Strand gierig in der Hand gehalten, aber nicht zu klauen versucht, weil sie zu groß und zu wertvoll waren. Da standen makellose Exemplare von *Mors* und *Deceptio Visus*, die limitierte Ricci-Ausgabe von Lewis Carrolls Fotos, Cartier-

Bressons *Images à la Sauvette. Pictures Of Old Chinatown, Untitled Film Stills,* Bücher von Avedon, Steichen, Arbus, Herb Ritts, Larry Fink, Joel Peter Witkin, Katy Grannan.

Das war ein kleines Vermögen an Fotobänden – allein der Cartier-Bresson-Band war tausend Dollar wert. Und einige Namen zeigten, dass Aphrodite sich auf dem Laufenden hielt. Das machte den Raum zum Museum, zu einem Ort, wo man sich instinktiv gedrängt fühlt, die Schuhe auszuziehen. Ich blickte verstohlen auf meine Stiefel.

»Setzen Sie sich.« Aphrodite ließ sich in einem der beiden Lehnstühle nieder und wies auf den anderen. »Haben Sie Ihren Kassettenrekorder vergessen?«

»Hm?« Ich setzte mich und sah sie verwirrt an.

»Ihren Kassettenrekorder. Haben Sie ihn drüben gelassen?«

»Meinen Kassettenrekorder.« Ich zuckte zusammen. »Scheiße! Hab total vergessen …«

Aphrodite zog die schmalen Brauen hoch. »Sie haben ihn im Wagen gelassen?«

»Ja.« Ich rieb mir die Stirn. »Drüben in Burnt Harbor.«

Das war gelogen. An ein Aufnahmegerät hatte ich überhaupt nicht gedacht. Ich rieb mir die Hände an den Oberschenkeln und starrte sie kläglich an. Mein Computer war fünfhundert Meilen weit weg in meiner Wohnung. Ich besaß kein Blackberry und auch keinen Laptop. Ich hatte nicht mal einen Spiralblock dabei.

»Tja«, meinte ich. »Wir können es einfach auf die altmodische Art machen. Ich schreibe mit.« Ich deutete auf meine Tasche. »Ich habe meinen Fotoapparat …«

Aphrodite sah zum Fenster hinaus. Das Tageslicht brachte ihr wirkliches Alter zum Vorschein. Ihre weiße Haut sah aus, als würde sie reißen, wenn man mit einem Fingernagel darüberfuhr.

»Nein«, sagte sie. »Ich lasse mich nicht fotografieren.«

Sie klang nicht verärgert oder enttäuscht. Aber sie sah resigniert aus, als ob sie im Grunde nichts anderes erwartet hätte. Ihre Mundwinkel zuckten ein bisschen ironisch, genau wie bei ihrem Sohn. Einen Augenblick lang hatte ich das Gefühl, das Ganze wäre ein gut geplanter bizarrer Scherz. Dann stand sie auf.

»Ich muss mich um ein paar Dinge kümmern.«

»Ihre Fotos«, sagte ich schwach. Ich hatte Angst, aufzustehen, Angst, noch mehr zu stören, als ich es schon tat. »Dürfte ich ... Ich schätze Ihre Arbeiten. Ich würde sie wirklich gern sehen. Bitte.«

Sie machte eine wegwerfende Handbewegung. Es war die erste Geste, die zu einer alten Frau passte. »Gryffin wird sie Ihnen zeigen.«

Sie ging hinaus. Knall auf Fall, einfach so.

Ich hatte es vergeigt.

»Verdammte Scheiße«, flüsterte ich.

Fassungslos sah ich hinter ihr her. Dann atmete ich tief durch. Ich zitterte und konnte nicht damit aufhören. Mit beiden Händen fasste ich um die Armlehnen des Stuhls, eines Stuhls, der das Dreifache meines Monatsgehalts kostete. Ich hörte eine Tür knallen. Einen Augenblick später streiften drei große graue Hunde zur Bucht hinunter, gefolgt von einer zierlichen Gestalt in einer Feldjacke. Ich stützte den Kopf in die Hände, bis ich hinter mir die Tür hörte. Ich drehte mich um. Gryffin Haselton kam mit einem Laptop herein.

»Oh. Hey.« Er zog die Stirn kraus. »Wo ist meine Mutter?«

»Rausgegangen.« Ich stand auf. »Ich hab's vergeigt. Ich habe vergessen, ein Aufnahmegerät mitzubringen. Das hat ihr wohl nicht gefallen.«

Gryffin zuckte mit den Schultern. »Ihr gefällt vieles nicht. Ich würde mir deswegen keine Gedanken machen.«

Er stellte den Laptop auf den Tisch und stöpselte ihn an.

»Keine Sorge, ich will mich hier nicht aufhalten. Ich will ihn nur aufladen.«

»Ich weiß nicht, was ich hier eigentlich soll«, sagte ich mehr zu mir selbst als zu ihm und strich mir durch meine fettigen Haare. »Mann, was tue ich hier eigentlich? Warum haben Sie ihr nicht gesagt, dass ich sie interviewen will?«

»Wenn ich das getan hätte, hätte sie Sie gar nicht erst reingelassen.«

Ich seufzte. »Sie hat gesagt, Sie dürfen mir ihre Fotos zeigen. Falls es Ihnen nichts ausmacht.«

»Nein. Ich habe nichts dagegen.« Seine Stimme sorgte dafür, dass er jünger wirkte, mehr wie ein Teenager als wie ein Mann in den Dreißigern. »Ich bin kurz entschlossen hergekommen, um sie für ein paar Tage zu besuchen.«

»Sie leben in der Gegend?«

»Chicago.«

»Ihre Mutter sagt, Sie sind Buchhändler.« Nach kurzem Zögern fügte ich hinzu: »Ich arbeite im Strand.«

»Ja? Mit denen habe ich kaum noch was zu tun. Zu teuer. Das Internet verdirbt allen das Geschäft. Darum musste ich meinen Laden schließen.«

»Also fotografieren Sie selbst gar nicht? Liegt das nicht in der Familie?«

»Nein, überhaupt nicht. Mein Gebiet sind Bücher, sofern ich damit Geld verdienen kann. Ich wollte nie was wissen von ihrer Arbeit. Sie hat nicht viel gearbeitet, seit ich auf der Welt bin. Dafür hat sie mir die Schuld gegeben.«

»Für was?«

»Suchen Sie sich was aus«, antwortete er bitter. »Für ihre Ehe, ihre Arbeit, das Trinken, für alles. Sie brauchte einen Hinderungsgrund, und der war ich.«

Das musste ich erst mal verdauen. Dann fragte ich: »Warum sind Sie dann hier?«

»Aus geschäftlichen Gründen«, sagte er knapp. »Und nur weil sie ein Miststück ist, muss ich nicht auch eins sein.«

Er drehte sich zum Fenster und sah hinaus. Aphrodite ging zum Wasser. Hinter ihr rannten und sprangen die Hunde über den moosigen Hang. Es sah aus wie in der Jagdszene auf einem mittelalterlichen Wandteppich.

»Warten Sie bis nach dem Mittagessen. Vielleicht ist sie dann umgänglicher«, sagte Gryffin schließlich. »Nach ein paar Drinks. Kaum zu glauben, dass sie Sie reingelassen hat. Sie hatte vielleicht schon einen sitzen. Kommen Sie. Ich bringe Sie nach oben.«

Er stand auf, und ich ging mit.

»Das Trinken ist also ein Problem«, sagte ich.

»Klar. Darum hat sie aufgehört zu arbeiten. Oder sie hat aufgehört zu arbeiten und dann angefangen zu trinken. Das wechselt, je nachdem, auf wen sie gerade sauer ist. Es fing an nach dem Selbstmord meines Vaters. Das ist alles nicht neu. Sie brauchen sich also keine Notizen zu machen.«

Am anderen Ende des Zimmers öffnete er eine Tür, die aussah, als führte sie in eine Besenkammer. »Das ist die alte Dienertreppe. Stoßen Sie sich nicht den Kopf.«

Auf der Treppe war es dunkel. Oben angekommen, öffnete er wieder eine Tür, und ich wankte geblendet auf eine lange, sonnige Galerie. Am Ende führten Stufen zu einem Treppenabsatz, der auf einen schmalen Flur mündete.

»Tut mir leid, dass es so kalt ist«, sagte Gryffin. »Das Haus hat keine Zentralheizung. Ich glaube aber, es gibt ein Heizgerät in ihrem Zimmer.«

»Meinem Zimmer?«

»Dachten Sie etwa, sie lässt Sie draußen auf den Steinen

schlafen? Sie sitzen hier sowieso bis morgen fest. Außer Sie haben es eilig, von hier wegzukommen, und verbringen die Nacht am Pier.«

»Nein, danke.«

Auf dem Treppenabsatz blieb Gryffin stehen. Er schien zu überlegen. Wenige Augenblicke später ging er zu einer Tür und sagte: »Die Fotos, die Sie interessieren, sind hier drin.«

Wir gingen in das Zimmer. Kalte, abgestandene Luft empfing uns. Er schaltete eine schlangenartige Stehlampe ein, auch ein Relikt der fünfziger Jahre. An der hinteren Wand blickten zwei kleine Fenster übers Wasser zu den Inseln. »Ich nehme jedenfalls an, dass Sie diese gemeint haben. *Deceptio Visus*.«

Ich war erst mal sprachlos und nickte nur.

»Oh Mann«, sagte ich schließlich. Mir war, als hätte ich jahrelang genau darauf gewartet und die ganze Zeit über die Luft angehalten. Ich fing an zu lachen. »Oh Mann, das ist verblüffend.«

Sie hingen an den Wänden, gerahmt und nummeriert, genauso wie sie in dem Buch vorkamen. Einige waren von einer Landzunge aus aufgenommen, von der aus man über die Bucht auf Inseln in der Ferne blickte. Andere zeigten Paswegas. Mit verschränkten Armen ging ich an den Fotos entlang. Ich zitterte, aber nicht vor Kälte.

»Verblüffend«, flüsterte ich.

Von Nahem wirkten die Farben, als wäre prismatischer Sirup aufs Papier gegossen worden: Indigoblauer und blutroter Himmel, kadmiumgelbes Sonnenlicht war über kobaltblaues Wasser geschmiert, Kiefern wie smaragdgrüne Stalaktiten. Das Papier war dick, und es gab winzige Farbflecke auf den weißen Rändern, die aussahen, als wären sie mit einem Pinsel aufgespritzt. Ich ging so nah an die Fotos heran, dass sich mein Atem auf dem Glas niederschlug.

»Das ist schier unglaublich.« Ich wandte den Kopf und schaute über die Schulter. Gryffin lehnte an der Wand und beobachtete mich. »Wissen Sie, wie sie die gemacht hat?«

»Hey, falls Sie mich fragen ...«

»Tue ich nicht. Ich weiß, wie sie's gemacht hat. Sie nicht?« Er schüttelte den Kopf. »Es ist eine coole Methode. Sehen Sie, das ist richtig schweres Aquarellpapier.«

Ich tippte auf das Glas des Rahmens. »Sie überziehen das Papier mit Gelatine und lassen sie trocknen. Dann tragen Sie schichtweise mit Stärke gemischte Farbstoffe auf. Denken Sie an Ihre Kindergartenzeit, als sie ein Blatt mit einem roten Wachsmalstift ausgemalt haben, danach mit einem blauen, dann mit einem gelben und schließlich mit einem Nagel oder einem Holzstäbchen Muster hineingekratzt haben, sodass die Farben sichtbar wurden. Hier haben wir im Grunde die gleiche Methode. Sobald Sie das Papier mit Farben bedeckt haben, fügen Sie einen Sensibilisator hinzu, trocknen das Papier in einer Kammer oder einem Kellerraum, wo es dunkel ist. So entsteht eine richtig träge, das heißt niedrigempfindliche Emulsion, und der Sensibilisator macht sie lichtempfindlich. Wenn sie trocken ist, legen Sie das Negativ darauf, und dann muss es für etwa drei Stunden nach draußen in die Sonne. Dafür ist sehr helles Licht nötig. Am besten, Sie machen so was an einem Strand. Ein Teil der Emulsion verflüchtigt sich in der Sonne. Dann waschen sie das Negativ, und ...«

Ich sah mir das Foto noch einmal genauer an. »Tja, es sieht so aus, als hätte sie die fertigen Abzüge bearbeitet. Mit Farbstiften oder vielleicht mit Pastellkreide retuschiert. Sie muss ewig dafür gebraucht haben.« Ich warf Gryffin einen Blick zu. »Haben Sie sich nie darüber gewundert? Wie sie die gemacht hat?«

»Eigentlich nicht. Ihr war's egal, was ich dachte. Und, na ja, sie ist meine Mutter. Haben Sie viel darüber nachgedacht, was Ihre Mutter so getan hat?«

»Nein. Aber ich habe mich die letzten zwanzig Jahre gefragt, wie Ihre Mutter diese Fotos gemacht hat.«

»Zufrieden?«

Ich trat einen Schritt zurück. Durch die Art, wie die Fotos gehängt waren, wurden die zwei Fenster mit der Aussicht auf die wirklichen Inseln zu einem Teil der Fotostrecke.

»Ja«, sagte ich schließlich. »Ich schätze, ja. Aber ...« Ich sah mich stirnrunzelnd um. »Ihre anderen Fotos, die aus *Mors*. Wo sind die?«

Gryffin strich am Schlangenhals der Stehlampe entlang. »Die hat sie vernichtet.«

»Wie bitte?«

»Sie hat sie verbrannt. Oder, keine Ahnung, vielleicht zerrissen und ins Meer geworfen. Das war ein paar Jahre nach meiner Geburt. Ich weiß es nicht mehr, aber ich erinnere mich, dass ich Jahre später davon gehört habe.«

Das war wie ein Tritt in den Magen. »Aber – warum?«

»Das weiß ich nicht. Da ist irgendwas Schlimmes passiert. Haben Sie schon von Oakwind gehört, von der Kommune?«

Ich nickte, und er machte ein grimmiges Gesicht. »Tja, es passierte, nachdem Oakwind sich aufgelöst hatte. Vermutlich hatte es damit zu tun.«

»Aber warum sollte sie deshalb die Fotos vernichten? Sie wurden – wann? – in den Fünfzigern aufgenommen?

Er schüttelte den Kopf. »Cass, ich habe keine Ahnung. An Ihrer Stelle würde ich sie lieber nicht darauf ansprechen. Außer Sie wollen heute Nacht noch nach New York zurück. Haben Sie Hunger?«

»Eigentlich nicht.«

»Also, ich gehe runter zum Inselladen und besorge mir ein Sandwich. Wollen Sie mitkommen?«

Ich wollte eigentlich bleiben, bezweifelte aber, dass er mich allein lassen würde. Und wenn ich auch keinen Hunger hatte, ich brauchte auf jeden Fall etwas zu trinken. Vor allem jetzt.

»Ja, klar«, sagte ich. »In einer Minute.«

Er wartete, während ich einen letzten Rundgang machte und mir jedes Foto ansah. Dann gingen wir nach unten in den Hausflur.

»Meine Mutter wird noch eine Weile mit den Hunden weg sein«, sagte er und zog sich einen schweren Mantel an. »Die tun Ihnen nichts. Meistens schnüffeln die nur herum auf der Suche nach einem weichen Plätzchen zum Schlafen. Aber wenn Sie erwarten, dass Aphrodite zu Mittag kocht oder so was Ähnliches, äh, das tut sie nicht. Sie kocht nicht mal fürs Abendessen. Sie begnügt sich mit Cocktails, Digestifs, Schnäpschen. Vor allem mit Schnäpschen.« Er öffnete die Haustür und blickte zweifelnd auf meine Lederjacke. »Ist Ihnen darin warm genug?«

»Mir wird warm sein, wenn ich wieder in der Stadt bin.« Ich fluchte, weil sich der Reißverschluss in Tobys Pullover verhakte. »Ihr hilfsbereiter Freund hat mir diesen Pulli geliehen.«

Mit einem Ruck bekam ich den Reißverschluss frei, dann öffnete ich meine Tasche, nahm den Fotoapparat und hängte ihn mir um den Hals. »Und wissen Sie was?« Wir gingen über den bemoosten Hof und schlugen den Weg zum Hafen ein. »Ich könnte auch ein Schnäpschen gebrauchen.«

11

Anstatt durch den Wald zu gehen, steuerte Gryffin auf das Ufer zu. Von Aphrodite und den Hunden war nichts zu sehen.

»Das ist nicht der Weg, den Toby genommen hat«, bemerkte ich. Ich trat vorsichtig zwischen die nassen Steine und die Seetangbüschel und kam ins Rutschen, sobald ich über einen Granithaufen kletterte.

»Ich sehe gern aufs Wasser«, sagte Gryffin. Er blieb stehen und hielt mir die Hand hin, um mir über einen Felsbrocken zu helfen. Als ich sie ignorierte, zuckte er mit den Schultern und ging weiter. »Deswegen kommt man doch her, oder? Wegen des Wassers.«

»Wenn Sie meinen. Sind Sie hier zur Schule gegangen?«

»Zur Schule? Nein.« Er wirkte belustigt. »Hier gibt es bloß ein Schulhaus mit einem Klassenzimmer. Unterrichtet wird bis zur achten Klasse. Danach müssen die Kinder aufs Festland und in Machias zur Schule gehen.«

»Waren Sie auch dort?«

Er schüttelte den Kopf. »Ich war auf der Putney School in Vermont.«

Ich merkte mir das, sagte aber nichts. Inzwischen kostet der Unterricht an der Putney fast dreißig Riesen. Selbst in den Siebzigern wird er schon ziemlich teuer gewesen sein.

»Ist da nicht auch der Sohn von Dylan gewesen?«, fragte ich.

»Ja, soweit ich weiß. Aber das war nach meiner Zeit.«

Die Flut kam, überschwemmte den Kiesstrand und hob

Strähnen von schwarzem Seetang von den Felsen. Ich entdeckte ein beinahe faustgroßes Seeigelskelett. Es war an der Unterseite aufgebrochen und hatte sich mit Sand gefüllt. Ich ließ den Sand durch die Finger rinnen und steckte es ein.

Gryffin ging auf eine Birkenreihe zu, die den Hügel hinauf verlief. Als er am untersten Baum angekommen war, blieb er stehen, um zu den Inseln hinüberzusehen. Sein Profil war scharf, seine dunklen Haare waren im Mantelkragen verheddert. Durch das Licht sahen sie grauer aus, als mir bisher aufgefallen war. Sein Gesicht sah, legte man konventionelle Maßstäbe an, nicht gerade schön aus: Die Nase war zu groß, die Augen waren zu klein, das Kinn zu schwach. Trotzdem war es ausdrucksstark, die Augen und der Mund waren ein bisschen zusammengekniffen, als strengte er sich ständig an, nicht die Beherrschung zu verlieren. Nach der steilen Falte zwischen den Brauen zu urteilen, sah sein Gesicht immer so aus.

Wie es aussah, wenn er wirklich mal die Beherrschung verlor, hätte ich gern gewusst. Ich strich über das stachelige Skelett in meiner Jackentasche und überlegte, es nach ihm zu werfen, nur um zu sehen, wie er darauf reagierte. Aber das Skelett war so zart, er würde es kaum spüren. Stattdessen nahm ich den Objektivdeckel ab und machte ein paar Aufnahmen. Gryffin drehte sich um.

»Was tun – hey, lassen Sie das!«

»Was denn? Liegt ein Fluch auf der Familie, dass man keinen von Ihnen fotografieren darf?«

Er antwortete nicht, sondern ging einfach weiter. Ich senkte den Fotoapparat und folgte ihm schweigend den Hügel hinauf, dorthin, wo neben Birken auch größere Eichen und Ahornbäume wuchsen. Einige Birken mussten wirklich alt sein: Sie waren riesig und die Stämme anthrazitgrau. Dort gab es nicht viel Moos, nur zusammengewehtes Laub mit einer dünnen

Schicht Eis darauf und ein paar Schneeflecken. Es knisterte unter den Füßen, als ginge man auf zerknüllten Zeitungen.

»Also kommen sie oft hierher?«, fragte ich.

»Nicht oft. Ein paar Mal im Jahr. Meistens im Sommer oder wenn der Herbst anfängt. Ich musste im Oktober zu einer Ausstellung, sonst wäre ich schon vor ein paar Wochen hier gewesen.«

Er ging nicht besonders schnell, doch weil seine Beine so lang waren, musste ich mich anstrengen, um Schritt zu halten. Er hatte große Füße, und große Hände steckten in den Taschen seines Mantels. Er hielt den Kopf gesenkt, und die Brille saß dicht vor den Augen. Er sah aus wie ein in die Höhe geschossener Teenager, schlaksig und argwöhnisch. »Meistens komme ich einen Freund besuchen, Ray Provenzano. Er wohnt auf der anderen Seite der Insel. Ein unbedeutender Dichter. Er war mit meinem Vater befreundet.«

»Den Namen habe ich schon mal gehört.«

»Ja, das Strand ist der einzige Laden, wo man seine Bücher noch findet. So, wir sind wieder auf der Straße.« Er drängte sich durchs Gebüsch auf den Fahrweg mit den tiefen Furchen. »Bah!«

Er schlug sich Blätter und abgebrochene Zweige aus den Haaren. Ich bahnte mir vorsichtig einen Weg und achtete darauf, dass mein Fotoapparat sich nicht verhakte. Schließlich gelangte ich auch auf den Asphalt.

»Sehen Sie, wo wir sind?«, fragte Gryffin und zeigte auf ein Gebäude. »Da ist der Inselladen.«

Er ging weiter, aber diesmal langsamer, damit ich Schritt halten konnte.

»Wie kommen Sie zu Ihrem Freund auf die andere Seite, wenn es keine Straßen gibt?«

»Keine Straßen? Wer hat Ihnen das denn erzählt?«

»Toby. Er sagt, es gibt keine Straßen und keine Autos.«

Gryffin schnaubte. »Er wollte Sie aufziehen. Es gibt Straßen – zumindest Fahrwege – auf der ganzen Insel. Nicht viele Autos, das ist wahr. Alle benutzen Threewheelers, Quads und Geländewagen. Im Winter Motorschlitten. Hören Sie das?«

Im Wald hinter uns brauste ein Motor auf, der sich nach einer Kettensäge anhörte. »Das ist ein Quad. Ein paar von den Alteingesessenen fahren noch ihre alten Kisten. Ray hat ein Quad. Er selbst benutzt es nicht, das tut nur sein Handlanger Robert. Und auch der fährt nur selten irgendwohin, meistens nur zu dem Laden hier.«

»Wie kommt das?«

»Ray hat sich vor einiger Zeit zur Persona non grata gemacht. Ist vielleicht zehn Jahre her. Er heuerte Jungen aus Burnt Harbor an, die ihm sein Haus streichen sollten. Ich weiß nicht, was da vorgefallen ist, kann es mir aber denken.«

Er seufzte. »Den Eltern der Jungen gefiel das jedenfalls nicht. Beim nächsten Mal, als er nach Burnt Harbor kam, um Lebensmittel einzukaufen, wurde er überfallen und zusammengeschlagen. Den Rest des Sommers musste er im Krankenhaus verbringen. Anzeige hat er nicht erstattet, also ... haben sich die Wogen langsam geglättet. Aber er verlässt die Insel kaum noch.«

»Wie kommt er an seine Lebensmittel?«

»Er hat einen jungen Laufburschen.«

»Das ist nicht Ihr Ernst.«

»Doch. Hey, Ray weiß, dass er ein toter Mann ist, wenn er so was noch mal versucht. Da sind wir.«

Wir standen vor dem Inselladen. Gryffin hielt mir die Tür auf, und wir gingen hinein.

Im Hintergrund plärrte Reggae. Auf dem zerschrammten Holzboden lag ein riesiger Neufundländer und schlief.

»Hey Ben.« Gryffin bückte sich, um den Hund am Kopf zu kraulen. Dessen Augen blieben geschlossen, aber der Schwanz bewegte sich leicht. »Wo ist Suze, hm? Wo ist Suzy?«

Ich sah mich um. Auf einem großen alten Holzofen ohne Kaminanschluss standen etliche Thermoskannen, Styroporbecher und ein Halbliterkarton Kaffeesahne. Es roch nach frischer Pizza und schalem Bier. Es gab Regale mit Konserven und Nudeln, in einem kleineren Anbau standen Kühlschränke mit Bier und Milch. Eine Kühltruhe mit Eiscreme. Hinter der Ladentheke Zigarettenschachteln, auf einem weit oben an der Wand befestigten Regalbrett, für das man eine Trittleiter brauchte, Flaschen mit Rum, Whiskey, Branntwein, Sake. Hinter einem offenen Durchgang lag die Küche.

»Sake?«, fragte ich.

»Für die Sommergäste. Suze hat auch ein ziemlich gutes Weinangebot.«

Misstrauisch sah ich zu dem komatösen Neufundländer. »Was hat es eigentlich mit den vielen Riesenkötern auf sich? Ich dachte, das ist hier Golden-Retriever-Land?«

»Das gilt für den Süden von Maine. Hier ist das wahre Maine, hier hat man Rottweiler und halbzahme Wölfe. Sie können Suze fragen … Hey Suze!«

Eine zierliche Frau kam aus der Küche und wischte sich die Hände an einem Geschirrtuch ab. Ich schätzte sie auf vierzig. Sie hatte blondierte Dreadlocks mit rosa und grünen Strähnen, vom Wind gerötete Wangen, hellblaue Augen und einen angeschlagenen Schneidezahn. Sie trug eine graue Cargohose und eine bunte Strickjacke über einem T-Shirt, auf dem stand: *Wenn es Touristen-Saison heißt, warum dürfen wir sie dann nicht schießen?* Sie hatte ein frisches Gesicht, das offen gewirkt hätte, wären da nicht der zutiefst misstrauische Blick und das Netz aus geplatzten Äderchen rings um die Himmelfahrtsnase gewesen.

»Hey Gryffin. Was gibt's?«

»Warum hat hier jeder einen großen Hund?«

»Weil es hier gruselig ist«, meinte sie grinsend. Sie hatte eine dunkle, heisere Stimme, als müsste sie viel schreien. Als sie mich bemerkte, musterte sie mich übertrieben genau. »Du bist aber nicht von hier.«

»Was du nicht sagst, Sherlock.« Ich ging zu einem Bierkasten und nahm mir eine Flasche Bud. Suze sah mich finster an, dann fing sie an zu lachen.

»Tolle Manieren. Gehört sie zu dir?«, fragte sie Gryffin.

Er zuckte mit den Schultern.

»Ist klar.« Sie warf einen Blick zur Ladentheke, wo ein Schlüsselbund neben einem Stapel Pappteller lag. »Scheiße. Tommy hat wieder seine Schlüssel vergessen. Er wird ganz schön angepisst sein, wenn ihm das erst drüben im Dorf auffällt.«

Gryffin sah aus dem Fenster zum Hafen. »Soll ich hinter ihm herbrüllen?«

»Nö. Er wird es schon noch merken. Was machst du hier, Gryff? Besuchst deine Ma übers Wochenende?«

»Vielleicht für ein paar Tage.«

»Willst du auch zu Ray?«

»Ja. Morgen Abend wahrscheinlich. Wie geht es ihm?«

Ein Schwall kalter Luft wehte herein, als die Tür aufging. Zwei Typen, ungefähr achtzehn oder neunzehn, kamen in den Laden. Sie hatten Carhart-Jacken an und stanken nach Zigarettenrauch und Diesel. Im Anbau klingelte ein Telefon. Suze wandte sich ab, um ranzugehen. Gryffin folgte ihr. Auch der große Hund. Die Neuen gingen mit gesenktem Kopf an mir vorbei zu den Bierkästen. Einer warf einen neugierigen Blick zu meinem Fotoapparat.

»Hey Suze, hast du schon Pizza im Ofen?«, rief er.

Suzes Stimme tönte von hinten. »Ja, ist gleich fertig.«

Ich stellte mein Bier neben die Pappteller. Suzes neue Kunden gingen zum Getränkekühlschrank und starrten durch die Glasscheibe, als wäre es ein Spickzettel für *Halo 2*.

Sonst war keiner zu sehen. Ich nahm mir eine Tüte Fritos und ging an die Theke, ließ meine Jacke noch ein Stück weiter aufklaffen und behielt dabei den hinteren Raum im Auge. Ich ließ den Schlüsselbund in der hohlen Hand verschwinden, steckte ihn in die Tasche zu dem Seeigel und legte die Fritos genau dahin, wo die Schlüssel gelegen hatten. Dann ging ich zum Fenster, wo die Zeitungen lagen, und nahm mir eine Ausgabe des Lokalblatts.

So lokal war es gar nicht: die *Bangor Daily News*. Immerhin stammte sie vom selben Tag. Da es kein Postboot gab, mussten wohl Leute wie Everett Moss oder Toby die Zeitungen aus Burnt Harbor mitbringen. Paswegas war verwahrlost, aber mir gefiel das Heimwerker-Selbstverständnis und auch die Haltung der Bewohner. Hier hieß es nicht »Lebe frei oder stirb«, sondern »Lass mich in Ruhe oder stirb«.

Ich überflog die Schlagzeilen. Es gab hauptsächlich überregionale Nachrichten, die durch die Bank schlecht waren, und einige vorsichtig optimistische Prognosen zur Jagdsaison. Ich blätterte zum Lokalteil. Ein Bohnenessen in Winthrop, ein Fall von Sozialhilfebetrug, schlechte Neuigkeiten für die Lachsfischerei im Atlantik.

Und am Ende der Seite eine kleine Notiz:

Wasserleiche am Seal Cove entdeckt

Die Leiche eines unbekannten Mannes wurde an einem Privatstrand nördlich des Seal Cove in Corea angeschwemmt. Sie wurde knapp oberhalb der Hochwassermarke von einem Gutachter entdeckt, der an einem Nachbarhaus arbeitete. Die Todesursache wird ein staatlicher Rechtsmediziner feststellen.

»Hey Suze.« Einer der Typen schlenderte zur Ladentheke. Er stellte ein Sixpack und eine Schachtel Little Debbie Swiss Rolls darauf. »Ich nehme noch zwei Stücke Pepperoni-Pizza oder was du gerade dahast.«

»Ich auch«, rief sein Freund. Er stellte einen Liter Mountain Dew und eine Tüte Bio-Maischips neben das Sixpack. Ich legte die Zeitung zurück und ging langsam zur Kasse. Ein Glaskasten unter der Theke enthielt lauter Flaschen mit Allen's Coffee Brandy in allen möglichen Größen. Der Typ mit dem Mountain Dew bemerkte mein Interesse an dem Glaskasten und schenkte mir ein verständnisvolles Grinsen.

Ich nickte ihm zu und hoffte, er würde das nicht als Bestandteil der hiesigen Anmachgepflogenheiten werten. Dann ging ich zur anderen Seite des Raumes und tat, als sähe ich mir die Videokassetten und DVDs an, die man sich ausleihen konnte. Ein dunkler Durchgang führte zu einer Treppe, daneben hing ein an den Rändern gewelltes Stück Pappe: Historikerverein Paswegas. Ich spähte die Treppe hinauf, aber es war zu dunkel, um etwas zu erkennen.

Inzwischen waren neue Kunden hereingekommen, die alle zum Anbau gingen. Ich reckte den Kopf, um zu sehen, ob einer davon der schlüssellose Tommy war. Bisher keiner. Nach einigen Minuten tauchte Gryffin wieder auf.

»Ich habe uns beiden ein Putensandwich bestellt. Ist das okay? Suze macht sie frisch.«

»Ja, sicher. Danke.« Ich deutete mit dem Kopf auf die Leute an der Theke. »Der Mittagsandrang?«

»Genau der.«

Wieder öffnete sich die Tür, und eine junge Frau kam mit zwei kleinen Kindern herein. Die Kinder rannten zur Eistruhe und begannen darin zu wühlen. Die Frau ging zu einem der jungen Typen.

»Hey Randy. Hast du MacKenzie gesehen?«

Randy schüttelte den Kopf. »Kenzie Libby? Nein. Was ist denn los? Es heißt, sie wird vermisst oder so.«

»Ihr Vater weiß nicht, wo sie ist. Angeblich ist sie gestern Abend nach Burnt Harbor gegangen.«

»Zum Good Tern?«

»Keine Ahnung.« Sie sah zu ihren Kindern. Die steckten beide mit dem Kopf in der Kühltruhe, während die Füße in der Luft hingen. »Brandon! Zackery! Raus da!«

Sie gehorchten und liefen zu ihrer Mutter. Suze kam aus der Küche mit Sandwiches und Pizzastücken. Die Frau mit den Kindern kaufte eine Schachtel Zigaretten und verließ den Laden. Die anderen Kunden stellten sich an der Kasse an, bezahlten ihr Essen und gingen hinaus. Als sie weg waren, stellte Gryffin eine Flasche Apfelsaft auf den Tresen.

»Sind das deine?«, fragte Suze und hielt die Tüte Fritos hoch.

»Hmhm.«

Sie begann unser Zeug zusammenzurechnen. »Hast du das mitbekommen? MacKenzie Libby wird vermisst.«

»Ja«, sagte Gryffin, als er das Geld für die Sandwiches hinlegte. »Ich habe sie gestern Abend im Lighthouse gesehen. Habe bei ihr eingecheckt.« Er zeigte mit dem Daumen auf mich. »Sie war auch da. Aber nicht mit mir.«

»Du hast sie auch gesehen?«, fragte Suze mich. »Ich glaube, sie ist nach der Schule meistens im Büro.«

»Ja, hab ich. Das Gothic-Mädchen, Typ Suicide Girl?«

»Jep. Das ist Kenzie.« Suze grinste, dann bemerkte sie meinen Fotoapparat. »Bist du von der Presse?«

»Nein.« Ich blickte auf ihr T-Shirt. »Ich bin ein Tourist. Aber außerhalb der Saison.«

»Die kann ich jederzeit eröffnen. Ich hoffe bloß, sie hat sich nicht mit einem von diesen Typen eingelassen, die drüben bei Cutler ein Meth-Labor im Keller haben.«

»Gibt's das hier auch?«, fragte ich.

»Ja. Inzwischen überall in Maine.«

»Und hier?«

»Hier auf der Insel? Oh Gott, ich hoffe, nicht.«

»Hey, man darf doch wohl mal fragen«, sagte ich.

Suze schnaubte. »Nett.« Sie packte unsere Sandwiches, die Apfelsaftflasche, die Chips und mein Bier in eine Tüte. »Also, viel Spaß. Mit Gryffin kann das allerdings in Arbeit ausarten.«

Wir gingen nach draußen. »Was meint sie damit? Kann man mit Ihnen keinen Spaß haben?«, fragte ich.

»Nicht oft.« Die Tür schlug hinter uns zu. Gryffin setzte die Tüte ab und knöpfte sich die Jacke zu. Er zog eine Braue hoch, als ich mir mein Bier herausholte. »Ist es dafür nicht noch ein bisschen früh?«

»Ist nur Bier, also was für's Frühstück.« Ich machte es auf und trank einen Schluck. »Ihre Mutter versteht das.«

»Sie trinkt kein Bier. Cognac ist schon eher ihr Speed. Und Grand Marnier.«

»Sie hat einen teuren Geschmack.«

Wir stapften bergauf. »Was hat es mit dem vielen Coffee Brandy auf sich?«, wollte ich wissen. »Ich habe den Glaskasten unter der Ladentheke gesehen. Suze scheint den zu horten.«

»Das ist Allen's. Den trinkt jeder in Maine. Ein tödliches Zeug, hat siebzig Prozent und viel Vitamin D. Die Leute mixen ihn nämlich mit Milch und bekommen außerdem einen leichten Koffeinrausch. Sie werden bestimmt noch Jugendliche sehen, die mit einem Tetrapack Milch in der Hand herumtorkeln. Da ist dann halb Brandy drin und halb Milch. Das bringt mehr Leute um als Heroin.«

Ich trank von meinem Bier. »Das ist ja abartig.«

»Vorsicht, Glashaus.«

»Ich mag kein süßes Zeug.«

Er bog auf den Weg ab, den ich mit Toby gegangen war. Ich ließ ihn ein paar Schritte vorausgehen und fasste in meine Jackentasche, fand die geklauten Schlüssel und tastete so lange herum, bis ich das Loch in dem Seeigelskelett fühlte. Der Schlüsselbund passte genau hinein, aber ein kleines Stückchen brach ab, als ich ihn hineinschob. Ich zog das Skelett aus der Tasche und hielt es einen Augenblick lang in der Hand, dann legte ich es an den Straßenrand.

Zwischen den Kieselsteinen und den staubigen Moospolstern fiel es kaum auf. »Bye-bye«, sagte ich und eilte hinter Gryffin her.

Zuerst gingen wir schweigend hintereinander an dem Kiefernwäldchen entlang, dann nahmen wir einen anderen Weg zum Wasser hin. Ich trank mein Bier aus und beugte mich zu Gryffin, um die leere Flasche in die Papiertüte zu stecken, die er trug. Ein Anflug von Ekel huschte über sein Gesicht, aber er sagte nichts.

»So«, sagte ich. Jetzt ging es mir besser. Nach dem Bier war mir wärmer, und alles hatte diese freundliche Unschärfe, die sich einstellt, wenn man mitten am Tag trinkt. »Toby hat erzählt, hier hätte es früher mal eine Kommune gegeben. Leben von den Typen noch welche hier?«

»Sie meinen Oakwind?« Gryffin blieb stehen, um sich einen Stein aus dem Schuh zu schütteln. »Eigentlich nicht. Die meisten hatten keine Ahnung, wie man ein Haus baut, deshalb sind die Häuser mit den Jahren verfallen. Nur zwei stehen noch.«

Er zog sich den Schuh wieder an und ging weiter. »Die meisten wurden verkauft, als die Hippies an die Wall Street zurückgingen oder an die Juillard oder wohin auch immer. Ein paar wurden hier heimisch und blieben. Es sind noch drei oder vier in Burnt Harbor. Hier auf Paswegas sind es nur Toby und Ray, soweit ich weiß. Ein oder zwei auf den äußeren Inseln, aber mit denen will man eigentlich nichts zu tun haben. Ich rede von den Leuten, die in alten Schulbussen wohnen und sich von staatlicher Stütze ernähren.«

»Und von Allen's Coffee Brandy.«

»Und von dem. Der alte Toby lebt mittlerweile ein bisschen besser als die anderen. Er wohnt auf seinem Boot, bis das Wetter richtig mies wird, aber er hat auch eine Wohnung unten am Hafen. Er ernährt sich von Rum und Moxie.«

Er duckte sich unter einem Ast durch. »Aphrodite hatte einige Fans unter den Hippies, die ihre Fotos gesehen hatten und hierher pilgerten. Ich war ziemlich jung damals und kann mich kaum noch an etwas erinnern. Ich fand die irgendwie gruselig. Und ein paar von denen waren tatsächlich zum Fürchten.«

Eine Zeit lang sagte er nichts. »Für die meisten waren die Winter zu hart, darum löste sich die Kommune auf. Wer von denen blieb, hatte sein Leben entweder gut im Griff, wie Toby, oder war total chaotisch. Lucien Ryel hatte seins im Griff. Zumindest so weit, dass er gar nicht erst versuchte, das ganze Jahr über hier zu leben. Sie wissen, wer das ist? Ihm gehört eine der Inseln in der Nähe.«

»Ja, ich habe schon gehört, dass er eine lokale Berühmtheit ist.«

Gryffin lachte. »Von wem haben Sie das denn? Von Toby? Hier ist jeder eine Berühmtheit, der einem Arbeit gibt und dessen Scheck sich einlösen lässt. Lucien ist eher eine ehemalige Berühmtheit. Von denen haben wir hier eine Menge, falls Ihnen das noch nicht aufgefallen ist. Aphrodite Kamestos, Ray.«

»Was ist mit Ihnen?«

»Oh nein. Ich habe nie versucht, irgendwer zu sein.«

Wir waren jetzt hoch oben über der Seeseite der Insel, bei einer Reihe verkrüppelter Tannen, die den Wind ein wenig abhielten. Sie lehnten sich vom Wasser weg, das weit unten ans Ufer brandete, als versuchten sie davor zu flüchten. Abseits der Bäume lagen zwei große Felsbrocken. Gryffin ging darauf zu und winkte mir, mitzukommen.

»Sehen Sie das?« Er blieb stehen und zeigte über das Gelände zu einem langen Schatten, der dicht über dem Wasser zu schweben schien. »Das ist Luciens Insel, Tolba Island. Das heißt auf Passamaquoddy *Schildkröte.*«

Ich kniff die Augen zusammen, doch Entfernung und Dunst machten es schwer, irgendetwas genau zu sehen. Ich nahm die Kappe vom Objektiv und machte ein paar Aufnahmen. »Für mich sieht sie nicht aus wie eine Schildkröte.«

»Für mich auch nicht. Vielleicht, wenn man da ist. Keine Ahnung, ich war noch nie da.« Er setzte die Tüte auf den Boden. »Toby sagt, Lucien hat ein riesiges Gelände mit einem Tonstudio, dem Haupthaus, der Einsiedlerhöhle ...«

»Mit einer Höhle? Echt?«

»Nein. Der Ausdruck stammt von Toby. Da wohnt der Hausmeister drin, Denny.«

»Ich dachte, Toby ist der Hausmeister.«

»Toby? Nein. Toby hat für Lucien viele Arbeiten erledigt, aber nie dort gewohnt. Lucien ist immer nur ein, zwei Wochen im Sommer da. Er wollte, dass Toby auf der Insel bleibt und aufpasst, solange er selbst weg ist. Er ist die meiste Zeit in Berlin. Aber Toby wollte nicht. Also hat er Denny dafür genommen.«

»Denny?« Ich erinnerte mich, was Aphrodite gesagt hatte, als ich Phil erwähnte. *Er war einer von Dennys Freunden ...*

»Denny Ahearn.« Er lehnte sich gegen den Felsen und sah zur Insel hinüber, während ich ihn neugierig betrachtete. Sein

Gesichtsausdruck war schwer zu entschlüsseln. Ich sah Verachtung und Angst und vielleicht sogar Sehnsucht, aber er hielt seine Emotionen stark zurück, und ich hatte wieder den leisen Eindruck einer inneren Verletzung. Ich spürte, wie jemand sich nur mühsam zusammenriss. In seinen Augen spiegelten sich die Bäume. Ihre stachligen Silhouetten verschmolzen mit dem smaragdgrünen Fleck und bildeten einen Augenblick lang eine winzige Insel in der dunkleren Iris.

Dann blinzelte er und wandte sich zu mir.

»Ich würde lieber die Rohre einfrieren lassen, als dass Denny Ahearn auf meinem Grundstück wohnt«, sagte er. »Sie wissen, dass im Mittelalter Könige sich zum Spaß einen Irren hielten? Ich denke, Lucien ist auch so. Er lässt Denny da draußen wohnen, damit er auf alles ein Auge hat oder wenigstens so tut, als ob, und wenn Lucien im Sommer hier ist und Freunde aus der Großstadt mitbringt, führt er Denny vor, und alle begaffen das Lokalkolorit. Durch die Stephen-King-Bücher glauben die Leute sowieso alles Mögliche über Maine. Und Denny tut ihnen gern den Gefallen.«

»Ist er wirklich so verrückt?«

»Früher war er nicht verrückter als alle anderen in Maine. Aber vor acht, neun Jahren wurde er paranoid, ein richtiger Einsiedler. Wahrscheinlich durch Drogen. Er hat die Kommune ins Leben gerufen. Als ich klein war, war er oft bei uns zu Hause. Er und meine Mutter hatten was laufen. Soviel ich weiß, endete es übel. Ich hatte Angst vor ihm. Für mich war er so einer wie Charles Manson. Ich erinnere mich an ein Mädchen an der Putney, das viele Drogen genommen hat und an einer Überdosis Heroin gestorben ist. Sie wurde obduziert, und im Bericht stand, ihr Gehirn hätte ausgesehen wie ein Schweizer Käse. Ich dachte noch, Mann, das Gesicht von Denny Ahearn sieht genauso aus, und er lebt noch.«

»Vielleicht ist das die Erklärung für das Verschwinden der Kleinen aus dem Motel.«

»Drogen?« Gryffin schüttelte den Kopf. »Das bezweifle ich. Nicht Kenzie.«

»Die meine ich nicht. Ich meine diesen Denny. Vielleicht hat er sie entführt.«

»Ach was. Denny verlässt die Insel nie, das heißt, ein oder zwei Mal im Jahr kommt er Vorräte kaufen, aber das war's auch schon. Toby bringt ihm alles mit, was er braucht, wenn er Lucien beliefert. Denny ist ein totaler Einsiedler. Er ist krank, aber noch nicht so, dass man ihn zur AMHI bringen müsste.«

»AMHI?«

»Augusta Mental Health Institution, die staatliche Klapsmühle. Würde er in Portland oder irgendwoanders leben, hätte man ihn wahrscheinlich schon eingeliefert oder auf Medikamente gesetzt. Aber hier – tja, hier ist eben manches anders.«

Er schwieg. Ich stand neben ihm und starrte zur Insel hinüber. Dann sah ich ihn von der Seite an.

»Was ist?«, fragte er. »Warum gucken Sie?«

»Wegen des grünen Flecks.« Ich streckte den Finger danach aus. Er zuckte zurück, und ich hielt inne, mein Finger war dicht vor seinem Jochbein. »Da, in Ihrem Auge. Dieser grüne Fleck. So etwas habe ich noch nie gesehen.«

»Eine Pigmentstörung. Zu viel Melanin. Wie eine Sommersprosse in der Iris.«

»Das ist außergewöhnlich. Und irgendwie schön.«

»Da spricht das Bier aus Ihnen. Kommen Sie, ich verhungere.«

Wir gingen zu Aphrodites Haus. Plötzlich kam mir der Tag irgendwie alt vor. Die Sonne stand dicht über dem Horizont, und während wir uns dem Haus näherten, war es schon in tiefe Schatten getaucht. Jetzt hatte ich auch Hunger, und ich war müde.

»Nach dem Essen muss ich erst mal eine Runde pennen«, sagte ich auf dem Weg in die Küche. Es war still im Haus. Keine Spur von Aphrodite oder den Hunden. »Ich habe heute Nacht nicht gut geschlafen.«

»Ich werde Sie dann zu Ihrem Zimmer bringen. Setzen Sie sich.«

Er räumte die Zeitungen vom Tisch am Fenster. Wir aßen, ohne uns zu unterhalten. Gryffin wirkte gedankenverloren. Dachte er über seine Mutter nach? Über meinen unerwünschten Besuch? Überlegte er, wo die Hunde geblieben waren? Als wir fertig waren, räumte er die Teller weg und sagte dann: »Gut, ich bringe Sie jetzt ins Gästezimmer. Danach muss ich telefonieren und einiges erledigen.«

»Was ist mit Ihrer Mutter?«

»Was soll mit ihr sein?« Sein Ton deutete an, dass das mein Problem war, nicht seins. »Sie ist entweder sternhagelvoll oder mit den Hunden im Wald. Irgendwann kommt sie wieder zum Vorschein. Vielleicht können Sie sich nach Ihrem Schläfchen mit ihr darüber austauschen, wie man am besten seinen Kater loswird.«

Er sah verärgert aus, aber dann seufzte er und strich sich durch die Haare. »Sie treibt mich zum Wahnsinn, das ist alles. Das war schon immer so. Wollen Sie die Wahrheit hören? Ich an Ihrer Stelle würde einfach abreisen. Denn es würde mich sehr überraschen, wenn sie überhaupt mit Ihnen spricht. Selbst wenn Sie ein Aufnahmegerät bei sich hätten, würde sie dem Interview irgendwie aus dem Wege gehen. Und der?« Er zeigte auf meinen Fotoapparat. »Den wird sie garantiert nicht dulden.«

Ich starrte auf den Tisch. Ich hatte Toby noch nicht für die Fahrt bezahlt. Es würde nicht viel teurer sein, wenn ich mich von ihm zurück nach Burnt Harbor bringen lassen würde.

Wenn ich am nächsten Morgen früh aufbräche, könnte ich bis zum Abend zu Hause sein. Ich würde wenig Geld und Zeit verlieren und hätte noch den Rest der Woche frei, um …

Um was? Mich in den Schlaf zu trinken oder durch die Clubs zu ziehen, Musik zu hören und jemanden abzuschleppen? Dazu würde es nicht kommen. Im Augenblick hätte ich am Arsch der Welt größere Chancen, einen flachzulegen, als in der Lower East Side. Die Mietkarre hatte ich auch noch bis Ende der Woche, aber nicht mehr genügend Geld, um etwas Interessantes damit zu unternehmen.

Und da war noch die unbedeutende Sache mit Phil Cohen, der mir in den Ohren liegen würde, weil ich wieder mal etwas vergeigt hatte, und er würde mit Sicherheit seinen Teil dazu beitragen, dass jeder im Umkreis von dreitausend Meilen davon erfuhr.

»Scheiße, ich weiß nicht, was ich tun soll.« Ich stützte den Kopf in die Hände, dann sah ich Gryffin an. »Wäre es ein Problem, wenn ich noch bleibe? Es ist so: Dieser Verlagsmensch hat das für mich arrangiert, und ich will eigentlich nicht zurückfahren, ohne dass ich etwas vorweisen kann. Ich werde nicht stören«, versprach ich und schlug einen mitleiderregenden Ton an. »Nur ein oder zwei Tage.«

Gryffin seufzte. »Ja, na gut. Zumindest können wir abwarten, was sie dazu sagt. Aber ich habe einiges zu erledigen. Nehmen Sie Ihre Sachen. Ich zeige Ihnen das Zimmer. Da können Sie schlafen oder lesen oder sonst was machen. Zum Beispiel nachsehen, wie Ihre Nokia-Aktien stehen.«

Er führte mich die Hintertreppe hinauf. Wir gingen an dem Raum mit Aphrodites Inselaufnahmen vorbei und betraten einen schmalen Gang, der zu einem dieser miesen Anbauten mit unebenen Böden und nicht zusammenpassenden Fenstern führte.

»Erinnern Sie sich, was ich über die Leute von Oakwind erzählt habe, die vom Hausbau keine Ahnung hatten? Das hier ist Ausstellungsstück A.« Gryffin deutete angewidert auf die Wände. »Denny hat diesen Teil gebaut – meinen Flügel des Hauses, einschließlich Gästezimmer. Und wenn Sie das schon schlecht gemacht finden, dann hätten Sie das Ganze damals sehen sollen. Der Schnee wehte durch Mauerritzen herein. Nirgendwo ein rechter Winkel. Man hätte eine Bowlingkugel auf den Boden legen können, und sie wäre von allein bis ans andere Ende des Flurs gerollt. Toby musste kommen und praktisch alles neu bauen. Es ist immer noch kurios, aber ...« Er blieb stehen und drückte eine Tür auf. »Sie haben garantiert keinen Schnee im Zimmer.«

Wärme aber auch nicht, soweit ich spürte. Doch ich wollte mein Glück nicht herausfordern, indem ich dazu eine Bemerkung machte. Das Zimmer hatte eine Schräge. Das Bett war mit einer weißen Tagesdecke bezogen. Es gab einen Nachttisch mit einer Lampe, einen Ledersessel, eine kleine Kommode, einen geflochtenen Teppich. Vom Fenster aus blickte man auf Nadelbäume und graue Felsen.

»Es ist in Ordnung«, sagte ich und warf meine Tasche aufs Bett. »Danke.«

Gryffin bückte sich und fühlte an dem Heizungsgitter über der Fußleiste. »Ups. Die ist gar nicht an. Und ich habe das Heizgerät vergessen. Nun ja, fürs Erste werden Sie zurechtkommen. Ich bringe Ihnen das Gerät heute Abend vor dem Schlafengehen. In Ordnung? Aber jetzt muss ich wirklich an die Arbeit. Das Bad ist ein Stück den Flur hinunter. Es hat eine Dusche, und es müsste heißes Wasser geben. Bis später.«

Er ging. Ich nahm mir etwas Frisches zum Anziehen und machte mich auf die Suche nach dem Bad. Auch hier gab es keine passenden Fenster, dafür eine gesprungene Deckenlampe, die ein Friedhof war für Motten und Fliegen, eine frei stehende Wanne und ein rostfleckiges Waschbecken mit Fuß.

Aber es lag ein hübscher Baruch-Teppich auf den Kieferndielen, und es gab teure Handtücher aus ägyptischer Baumwolle und ein Stück Marseille-Seife in einer Messingschale an der Wanne. Gryffin war also ein heimlicher Genussmensch, zumindest solange er sich im Bad aufhielt.

Ich streckte den Kopf zur Tür hinaus und sah den Flur entlang zu dem Zimmer, das er als seins bezeichnet hatte. Die Tür war geschlossen.

Ich nahm ein ausgiebiges Bad. Heißes Wasser war reichlich vorhanden. Zum ersten Mal, seit ich von zu Hause weggefahren war, wurde mir warm. Als ich genug hatte, zog ich mich an. Ich blieb bei den teuren Jeans, zog mir aber ein frisches schwarzes T-Shirt über. Dann ging ich zurück in mein Zimmer, kroch unter die Decke und schlief ein.

Als ich wach wurde, war es nach drei. Das Licht, das von draußen hereinkam, hatte diese zitternde Klarheit, die für den Winteranfang typisch ist, wenn die Bäume kahl sind und die Wolken dieselbe Farbe haben wie der Himmel. Ich hauchte in die Luft und sah meinen Atem kondensieren.

»Scheiße«, stöhnte ich.

Ich schaffte es, aus dem Bett zu kriechen und mir im Bad das Gesicht zu waschen, dann kämmte ich mir die Haare mit den Fingern und stellte mich meinem Spiegelbild.

Ich sah beschissen aus. Früher hatte ich mich auf meine gute Figur und meine guten Zähne verlassen können. Im Augenblick waren die Zähne das Einzige, was für mich sprach. Mit meinen struppigen grau melierten Haaren und den eingefallenen Augen sah ich aus wie ein gefallener Engel, der sich beim Sturz zur Erde versengt hat. Ich zeigte meinem Spiegelbild die Zähne und trat auf den Flur.

Die Tür von Gryffins Zimmer war nach wie vor geschlossen. Ich klopfte sehr leise an. Keine Antwort. Ich ging hinein und zog die Tür hinter mir zu.

Das Zimmer war nicht viel größer als meins, aber nicht ganz so karg eingerichtet. Es hatte einen Teppich mit kunstvollerem Muster, ein breites Bett im traditionellen Missionsstil, auf dem achtlos karierte Decken und ein Haufen Kissen lagen, dunkle Vorhänge, halb zugezogen, einen kleinen Schreibtisch mit dem jetzt leeren Notebook-Koffer, den ich schon in seinem Motelzimmer gesehen hatte. In einem aufgeklappten Koffer lagen Flanellhemden und Jeans. An den Wänden ein paar gerahmte Fotos – ein Angelausflug, Freunde von der Putney, Abschluss auf dem Bowdoin College, Jahrgang 1997. Auf dem Schreibtisch ein schwerer alter Messingleuchter mit einer dicken Kerze und eine Schachtel Gauloises-Streichhölzer, auf der Fensterbank glatte graue Steine und der Panzer einer Dosenschildkröte.

Ich ging zum Bett, zog die Decken zurück und strich über das Laken. Hier gab es keinen Plastiküberzug. Die Bettwäsche war aus feinster Baumwolle und weich wie Velourleder oder wie Haut. Christine hatte teure Bettwäsche geliebt. Sie wollte mal welche für mich kaufen, aber ich ließ sie nicht.

»Warum?«, fragte sie. »Das ist doch verrückt, Cass. Deine Laken sind rau wie Sandpapier! Bei mir schläfst du doch auch auf schönen Laken.«

Ich sagte gar nichts. Sie hätte es nicht verstanden. Es war in der Tat verrückt. Solche Unbequemlichkeiten zeigten mir, dass ich am Leben war. Sie bewahrten mich davor, mich taub zu fühlen. Christine hatte dafür gesorgt, dass ich ein Mensch blieb. Manchmal jedenfalls. Ich wusste das. Als sie noch lebte, machte es mir Angst. Manchmal, wenn sie mich anfasste, fühlte ich mich, als würde ich verbrennen. Es fühlte sich an, als würde ihr

Bett in Flammen stehen. Nach ihrem Tod war mir sowieso egal, worauf ich schlief oder ob ich überhaupt schlief.

Ich bückte mich, berührte mit der Wange das Bettzeug, nahm eines von Gryffins Kissen und drückte es mir ans Gesicht. Es roch nach Kräutershampoo und ganz schwach nach Schweiß. Es war lange her, dass ich einem Mann so nahe gewesen war, dass ich ihn riechen konnte. Einen Augenblick lang blieb ich so stehen. Dann legte ich mich auf das Bett und drückte das Kissen an mich, um den Geruch einzuatmen, und masturbierte. Dabei dachte ich an das Foto von ihm und an sein Auge mit dem grünen Fleck.

Hinterher strich ich die Bettdecken glatt und ging zurück in mein Zimmer. Ich überlegte, ob ich meinen Fotoapparat nehmen sollte, entschied mich aber dagegen. Ich hatte nicht so viele Filme dabei. Ich zog Tobys Pullover über und ging nach unten.

Im Haus herrschte eine sonderbare Spätnachmittagsruhe. Kalte Flure, tote Schmeißfliegen auf den Fensterbänken, der dumpfe Schmerz, der irgendwo zwischen Erwartung und Enttäuschung rangiert, weil es fast schon Abend ist. Im Wohnzimmer ein Hirschhund zusammengerollt auf der Couch, wie ein gigantischer Siebenschläfer schnarchend. Keine anderen Hunde. Keine Aphrodite. Der Ofen gab kaum Wärme ab. Aber hinter der rußigen Scheibe war ein bisschen Glut zu sehen.

Gryffin saß am Tisch in der Küche über den Laptop gebeugt. Er winkte nur kurz, ohne aufzublicken. Ich ging zum Kühlschrank und schaute hinein.

Ein Behälter mit Magermilch, einer mit Multivitaminsaft, Eier und eine Packung Kaffee. In diesem Haus war das Frühstück nicht nur die wichtigste Mahlzeit, es war auch die einzige.

»Ich gehe zum Laden und besorge mir was zu trinken«, sagte ich. »Möchten Sie auch was?«

»Ich? Äh, nein«, antwortete Gryffin geistesabwesend. »Danke.«

Draußen flatterten Meisen in den Bäumen. Im toten Laub einer Eiche raschelte etwas und gab ein lautes Rasseln von sich, als ich vorbeiging. Obwohl es schon dämmerte und der Wind vom Wasser her wehte, kam es mir nicht so kalt vor.

Oder es war, wie meine Großmutter immer gesagt hat: Man gewöhnt sich an alles, sogar ans Hängen. Mir fielen Phils Bemerkungen ein – *Die Trostlosigkeit, auf die du stehst, tja, da oben hast du sie.*

Er hatte recht. Sie gab mir das Gefühl, lebendig zu sein, genau wie die Lower East Side früher, bevor die Boutiquen und Galerien aufmachten, Yuppies und Familien hinzogen und auch dieses Viertel zum Abwasserrohr für amerikanisches Geld und überteuerte Klamotten wurde. Ich mochte es, wie es früher gewesen war, diese Schärfe, das Gefühl, dass der Boden unter mir jederzeit nachgeben und ich in den Abgrund sausen könnte. Ich war abgestürzt, mehr als ein Mal, hatte mich aber immer wieder gefangen, bevor ich ganz unten ankam. Damals war ich natürlich unterwegs gewesen und hatte Leute fotografiert, die nicht dieses Glück gehabt hatten. Es war erschreckend, aber auch anregend.

Inzwischen hatte sich das alles geändert. Jetzt gab es saubere breite Gehwege über dem Abgrund. Dass mein Kleingeld seit zwanzig Jahren Woche für Woche reichte, war nicht länger ein Zeichen für den Überlebenskünstler, sondern nur ein zusätzlicher Beweis dafür, dass ich es vergeigt hatte – nicht dass der noch nötig gewesen wäre.

Natürlich schaffte ich es auch hier, alles zu vergeigen. Doch allmählich gefiel es mir auf Paswegas. Hier schien man gut leben zu können, für den Fall, dass man etwas brauchte, um durch das Narbengewebe zu schneiden, damit man die eigene Haut fühlte. Jetzt gerade besorgte die Kälte das ganz gut. Ich zog den Reißverschluss zu und schob die Hände in die Taschen. Der Wind kam von hinten. Das Bier war gut gewesen. Ein Jack Daniels wäre besser.

Ich ging durch den Wald. Von einem Baum knurrte ein kleines Tier herunter. Ich blieb stehen, weil mir Tobys Fischer einfielen, und sah nach oben. Ein rotes Eichhörnchen starrte mich an. Ich warf einen Kiefernzapfen danach und ging weiter.

Im Inselladen war niemand, nur der große Neufundländer lag vor der Theke. Es roch gut, nach Knoblauch und Tomaten, nicht mehr nur nach Bier und verbranntem Kaffee. In der Küche hämmerte uralte Reggae-Musik. Der Hund stand auf und gähnte, dann folgte er mir in den hinteren Raum, wo ich mir ein Bier aus dem Kühlschrank nahm. Als ich zur Ladentheke zurückkehrte, stand da Suze. Sie schob einen Karton Zigaretten hinter eine Plexiglasscheibe und schloss sie ab.

»Noch mal 'n Einpfünder?« Auf meinen verständnislosen Blick hielt sie mir das Bier vors Gesicht. »Sechzehn Unzen. Einpfünder sagen die Jungs dazu.«

»Aha. Und zwei Pint Jack Daniels.« Sie zog eine Braue hoch, und ich sagte: »Ich mache die Tennessee-Diät.«

»Ist es dir hier zu ruhig?« Sie zog sich die Leiter heran und holte die beiden Flaschen aus dem Regal. »Kommst du aus New York?«

»Scheint mir hier nicht ganz so ruhig zu sein. Ein Mädchen verschwindet, Leichen werden angeschwemmt.«

»Ach, das passiert andauernd. Dass Leichen angeschwemmt werden, meine ich. Jedenfalls oft genug. Das Meer ist gierig, es ist gefährlich.« Sie nahm mein Geld, stellte die Flaschen in eine Papiertüte und schob sie zu mir her. Als ich sie herausnehmen wollte, schüttelte sie den Kopf. »Nicht hier drinnen.«

Bevor ich etwas sagen konnte, zeigte sie auf die Küche. »Aber da hinten ...«

Ich ging mit ihr in die Küche. Sie nahm sich einen Becher Kaffee, dann trat sie eine abgenutzte Holztür auf, sodass ein Schwall kalter Luft hereinwehte und ich auf eine klapprige Treppe blicken konnte. Eines der beiden Geländer war zerbrochen. Sie war gerade so breit, dass zwei Menschen nebeneinander stehen konnten, bot aber eine eindrucksvolle Aussicht auf einen Müllcontainer, einen Propangastank und durch eine zerschlissene graue Kulisse von Steinhäusern auf den Hafen. Suze lehnte sich an das intakte Geländer und überließ mir die Tür, um mich anzulehnen.

»Ja, MacKenzie«, sagte sie und schloss die Hände um ihren Becher. »John Stone hat mich vorhin angerufen. Er ist der County-Sheriff. Ich schätze, sie warten bis morgen, dann ist es offiziell ein Vermisstenfall.«

Ich öffnete mein Bier. »Warten sie da nicht zu lange? Wenn sie sich tatsächlich ernsthaft Sorgen machen?«

»Das habe ich auch gesagt.« Suze nickte vehement. »Ich habe ihn gefragt, wieso sie keine Meldung in den Medien bringen. Dann würden sie die 95 sperren und die Grenze nach Kanada schließen. Aber er meinte, Kenzie ist zu alt. Fünfzehn ist die Grenze. Ab fünfzehn ist man geliefert. Und die hiesige Polizei hat zu wenig Leute. Darum wollen sie nicht sinnlos herumsuchen, und John Stone hält die ganze Sache für sinnlos.« Sie schüttelte empört den Kopf. »Mann, das ist so beknackt. Du bist nicht von hier und weißt wahrscheinlich nicht, aber diese Scheiße kommt andauernd vor. Kinder verschwinden und werden nie wieder gesehen. Oder sie tauchen …«

Ihre rauchige Stimme verebbte.

»Tot am Strand auf?«

»Nein. Meistens tauchen sie quicklebendig in Florida oder South Carolina auf. Irgendwo, wo es warm ist. Aber bis dahin sind alle aufgeregt, und die Bullen halten jeden an, und wenn der auch nur einen kaputten Scheinwerfer hat. Da drüben, meine ich.« Sie zeigte zum Festland. »Wo man tatsächlich Auto fahren kann. Irgendwas Unheimliches geht hier doch ab, oder? Leute verschwinden, man findet die Leiche erst nach zehn Jahren oder auch gar nicht. Und vielleicht erfährt man nie, was wirklich passiert ist. Dann kommt noch die Geschichte mit den Viechern dazu, und man muss Rechtsmediziner aus Augusta herholen ...«

»Was für eine Geschichte mit den Viechern?«

Sie verzog angewidert das Gesicht. »Du weißt schon, die Leichen werden von Tieren angefressen. Ja, ich weiß, eklig. Aber Maine ist nicht Disneyland. Das, was da draußen durch den Wald streift, ist nun mal nicht Bambi. Das vergessen die Leute immer. Sogar die Einheimischen, und die müssten es eigentlich wissen. Genauso wie man im Winter nicht herumalbert auf einem Boot und nicht betrunken auf die Jagd geht.« Sie warf einen Blick auf meine Lederjacke und schüttelte den Kopf. »Genauso wie man nicht vergisst, im November grell orange Sachen zu tragen. Jedenfalls ist die Leiche am Seal Cove nichts Besonderes. Manche ertrinken, manche bringen sich um, und ab und zu stirbt mal einer an einer Überdosis, aber ...«

Sie seufzte und trank ihren Kaffee. Ein leicht medizinischer Geruch wehte herüber, und ich fragte mich, ob sie ihren Kaffee mit Allen's Coffee Brandy verstärkt hatte. »Unsere Polizei ist scheiße.«

»Ich bin überrascht, dass es hier überhaupt Polizisten gibt.«

Sie lachte krächzend. »Viele jedenfalls nicht. Der County-Sheriff muss von Burnt Harbor kommen, wenn was passiert ist. Das kann Stunden dauern, wenn er gerade in Eastport oder sonst wo ist. Wir haben nicht mal eine Ambulanz. Man muss mit dem Boot nach Burnt Harbor gebracht werden. Wenn es wirklich dringend ist, wird man mit dem Hubschrauber ausgeflogen. Das kostet an die dreitausend Dollar, also sollte man besser versichert sein. Was natürlich keiner ist.«

»Und das heißt? Dass hier keiner krank wird?«

»So ungefähr.« Sie lächelte, und mehrere blonde Dreadlocks fielen ihr über ein Auge. Ich streckte die Hand aus, um es wegzustreichen, und rechnete schon damit, dass sie zurückzuckte oder mich anfuhr. Doch sie sah weiter zum Strand.

»Heute ist echt nichts los.« Sie lachte wieder und zeigte auf jemanden in gelben Regenklamotten, der halb gebückt langsam am Strand entlangging. »Sieh dir Tommy Rawlins an! Sucht noch immer seine Schlüssel. Mann, war der sauer. Er kam reingestürmt, aber alle waren weg, und daraufhin schrie er mich an: Wo sind meine gottverdammten Schlüssel, verdammt noch mal, wo hast du sie hingetan?«

Sie trank ihren Kaffee aus und sah mich an. »Ich habe gesagt, da sollte er lieber nicht mich beschuldigen. Du hast sie da liegen sehen, stimmt's? Auf der Ladentheke. Ich hab gesagt, er hätte sie sich wahrscheinlich noch geholt und es bloß wieder vergessen. Er ist immer betrunken. Oder einer seiner Freunde hat die Schlüssel genommen und gibt sie ihm, wenn sie sich über den Weg laufen.«

Ich beobachtete den Mann am Strand. »Ja, ich habe sie da liegen sehen«, sagte ich nachdenklich. »Vielleicht hat eins der Kinder sie mitgenommen.«

Suze runzelte die Stirn. »Möglich. Ich werde Becky fragen, wenn sie nächstes Mal kommt. Oder ich hetze Tom auf sie – dann tun sie es bestimmt nie wieder.«

Sie stieß ein raues Lachen aus und schob sich an mir vorbei ins Haus. »Ich gehe besser wieder nach vorne, bevor noch jemand was liegen lässt. Und du bist eine Freundin von Gryffin? Ist ein komischer Typ.«

Ich trank mein Bier aus, steckte die leere Flasche in die Tüte und folgte Suze in den Laden. »Komisch?«

»Na ja.« Suze strich sich die Dreadlocks aus dem Gesicht und band sie mit einem Haargummi zusammen. Jetzt sah sie noch hübscher aus. »Seine Familie ist irgendwie eigenartig. Weißt du das mit seinem Vater Steve?«

Ich schüttelte den Kopf. Suze warf mir einen komischen Blick zu, als ob sie etwas sagen wollte. Aber dann machte sie sich an der Kasse zu schaffen.

Nur wenig später schaute sie auf. »Steve war ein netter Kerl. Dichter. Er hing mit Allen Ginsburg und solchen Typen rum. Sie sind ein paar Mal hier gewesen, damals, als solche Kommunen eine große Sache waren. Ich war noch ein Kind, kann mich aber gut erinnern. Das war richtig cool. Dadurch ist Ray hier gelandet. Aber mir ist nicht ganz klar, wie das ging mit Steve und Aphrodite. Er war schwul, und sie muss es gewusst haben. Alle in der Kommune rammelten wie die Kaninchen. Aphrodite wurde schwanger, und Steve und Ray lebten immer öfter zusammen. Ray hat Gryffin praktisch großgezogen, nachdem sein Vater gestorben war. Hast du von Ray schon gehört? Er ist ein echter Schatz – das genaue Gegenteil von Aphrodite, die kann ein echtes Miststück sein, wie du vielleicht schon mitgekriegt hast.«

Ich nickte. Ich nahm die zwei Bourbonflaschen aus der Tüte und schob sie mir in die Jackentaschen, drehte mich um und warf die leere Bierflasche in den Abfallkorb.

»Hey!«, rief Suze. »Die werden recycelt!«

»Entschuldigung.«

Reumütig grinsend gab ich ihr die leere Flasche. Sie stellte sie unter den Ladentisch und blickte auf, weil eine Frau hereinkam. Bevor die ein Wort sagen konnte, hatte Suze eine Schachtel Zigaretten und einen Lotterieschein auf die Theke gelegt. Ich sah zu der dunklen Treppe hinüber.

»Hat der Historikerverein geöffnet?«

»Ja, klar.« Suze nickte. »Lichtschalter ist rechts. Da wird es ziemlich miefen. Seit einem halben Jahr ist keiner mehr oben gewesen.«

Ich ging die Treppe hinauf. Eine nackte Glühbirne beleuchtete einen spärlich möblierten Raum, in dem es kalt war und modrig roch. Zwei Sessel mit speckigen Polsterbezügen und Strickdecken. Unter Fenstern voller Spinnweben ein paar selbst gebaute Vitrinen mit Pfeilspitzen, Fischspeeren und rostigen Bauernwerkzeugen. Verblasste Fotografien an den Wänden – Mitglieder der Paswegas Grange um 1932, Hummerboote, der Inselladen in glücklicheren Zeiten, die achte Klasse der Inselschule 1978, sieben strahlende Kinder in Jeans und Batik-T-Shirts. Die sah ich mir näher an, und ich erkannte Suze an den langen blonden Haaren und dem koboldhaften Grinsen, mit dem sie ein ironisches Peace-Zeichen machte.

Das war schon die ganze Ausstellung. Es gab außerdem ein Regalbrett mit der Aufschrift »Bibliothek«, die aus vielen Taschenbüchern der gesammelten Werke von Clive Cussler bestand, und daneben stand ein Pokal für den dritten Platz in der Collinstown Candlepins Bowling League. Neben dem Pokal lag ein faustgroßer schwarz-gelb gefleckter Schildkrötenpanzer.

Etwas war hineingeritzt. Ich nahm ihn herunter und hielt ihn ins Licht, sodass die Inschrift zu erkennen war. Sie bestand aus einem Kürzel und einem Datum, und darunter war ein Auge eingeritzt.

S.P.O.T. 1986

»Spot«, flüsterte ich und strich mit der Fingerspitze darüber. Eine zahme gefleckte Schildkröte. Ich drehte den Panzer um. Am unteren Rand waren Initialen eingeritzt: ICU

Als ich den Panzer wieder an seinen Platz legen wollte, hörte ich darin etwas klappern. Ich schüttelte ihn, drehte ihn hin und her, bis mir etwas in die Hand fiel. Ich nahm es zwischen die Finger und hielt es unter die Glühbirne.

Es war ein Zahn. Kein Milchzahn, sondern der Schneidezahn eines Erwachsenen. Ich betrachtete ihn von allen Seiten. Der obere Teil war glatt und gelblich weiß wie Elfenbein, die lange Wurzel dagegen war fleckig-braun bis schwarz.

Aber nicht wegen Karies. Ich kratzte mit dem Fingernagel daran herum, und kleine Schuppen lösten sich. Angetrocknetes Blut.

Ich setzte mich in einen der Sessel, legte die beiden schaurigen Funde hin und zog eine Bourbonflasche aus der Jacke. Nachdem ich ein paar Schlucke getrunken hatte, nahm ich den Panzer und den Zahn in die Hand und betrachtete beides nachdenklich.

Sie waren mir irgendwie unheimlich. Ich zeichnete das Kürzel nach – S.P.O.T. – und fragte mich, ob es eingeritzt worden war, als die Schildkröte noch lebte. Ich hoffte, nicht. Nach einem neuen Schluck Whiskey fasste ich mir unter den Pullover und fühlte über die Narbe am Unterleib und die erhabenen Linien des Tattoos. Sie fühlten sich rau an, beinahe heiß.

Ich zog den Pullover wieder runter und betrachtete den Panzer. Die Schildkröte hatte wahrscheinlich einem Kind gehört, auch wenn der Zahn kein Milchzahn war.

Doch Schildkröten leben lange, und auf Paswegas schien es nicht viel zu tun zu geben. Vielleicht hatte sie dem unglücklichen Kerl gehört, der seine Schlüssel verloren hatte. Vielleicht war das auch sein Zahn.

Ich runzelte die Stirn, hielt den Panzer ins Licht und spähte hinein. Nichts zu sehen. Ich tastete mit dem Finger darin herum und stieß auf etwas Kratziges.

Ich zog es heraus. Zuerst hielt ich es für einen Stoffbausch, aber als ich es zwischen den Fingern rieb, wurde mir klar, dass es sich um verfilzte menschliche Haare handelte. Sie waren dunkelbraun und bröselig, wie totes Laub. Angewidert schnippte ich sie weg und stand auf. Ich ließ den Zahn wieder im Panzer verschwinden und legte ihn auf das Regal. Dann wischte ich mir die Hände an den Jeans ab, steckte die Flasche ein und ging nach unten.

Es war niemand im Laden außer Suze und ihrem Hund.

»Ich gehe jetzt mal«, sagte ich. »Bis bald.«

Suze lehnte sich an den Ladentisch und grinste. »Wenn dir langweilig wird, weißt du ja, wo du mich findest.«

»Danke. Das merke ich mir.« An der Tür blieb ich stehen. »Weißt du, wo Toby Barrett wohnt?«

»Toby? Klar. Gleich da unten, in dem alten Handelsgebäude.«

Sie zeigte auf einen alten Granitbau am anderen Ende des Piers. »Seine Wohnung ist im Keller. Geh zur Rückseite, da ist die Tür. Du musst dagegenhämmern und hoffen, dass er dich hört. Aber im Moment ist er nicht da«, sagte sie und blickte suchend über das graue Wasser. »Sein Boot ist nicht da. Er muss nach Burnt Harbor gefahren sein. Er bleibt entweder über Nacht dort, oder er kommt spät zurück. Musst du ihn sprechen? Ich kann ihm was ausrichten, wenn ich ihn sehe. Wird aber nicht vor Morgen sein.«

»Schon gut. Ich wollte es nur wissen. Ich wende mich später an ihn.« Ich ging nach draußen und die Straße hinauf. Oben auf dem Hügel machte ich Halt und blickte zurück.

Am Strand suchte Tom Rawlins noch immer seine Schlüssel.

Er bewegte sich jetzt viel weiter oben. Das Wasser musste schon bald den höchsten Stand erreichen. Die Sonne war hinter dem anderen Ende der Insel versunken. Ein paar zerfetzte Wolken klebten am Horizont über einer grünlich grauen See.

Ich wünschte, ich hätte den Fotoapparat mitgenommen. Ein paar Minuten lang beobachtete ich die einsame Gestalt am Ufer, die schiefergrauen Möwen, die über ihr kreisten, wie die schwarze Wolke, die Joe Btfsplk in den alten L'il-Abner-Comics folgte.

Manche Leute schaffen sich ihr Unglück selbst. Bei anderen helfe ich nach.

Schließlich drehte ich mich um. Als ich mich dem Schatten der Tannen näherte, sah ich nach, ob das Seeigelskelett noch an seinem Platz lag. Es lag noch da.

12

Bis ich bei Aphrodites Haus ankam, dämmerte es. Der Wind wehte stärker. Meine Stiefel knirschten auf dem gefrorenen Boden. In der Küche war es spürbar wärmer und heller als vorher. Alle Lampen brannten, und jemand hatte das Feuer im Ofen geschürt.

Aber nicht Aphrodite. Sie war nirgends zu sehen. Auch nicht ihre Hunde. Ich hörte Gryffin im Nebenzimmer sprechen, schaute hinein und sah ihn lebhaft telefonierend auf und ab gehen. Bevor er mich entdecken konnte, zog ich mich an den Ofen zurück, um mich aufzuwärmen. Nach einem Schluck Whiskey holte ich das geklaute Filmdöschen hervor, sah mich verstohlen um und öffnete es.

Ein Film steckte drin. Er war entwickelt. Vor wer weiß wie vielen Jahren, vielleicht vor Jahrzehnten. Ich nahm an, dass Aphrodite die Fotos gemacht hatte, aber das ließ sich nicht sicher sagen. Wer immer der Fotograf war, er hatte sich um die Konservierung nicht viele Gedanken gemacht.

Ein Film ist etwas Lebendiges. Zu viel Wärme, zu viel Feuchtigkeit, zu viel Sonnenlicht bringen ihn um. Zum Glück wirkte Aphrodites Hausflur wie ein Kühlschrank, und das hatte zumindest diese Filmrolle über die Jahre erhalten. Ich drehte mich vom Ofen weg, damit die plötzliche Wärme keine Kondensation verursachte, rollte ihn behutsam zwischen den Fingern auseinander und hielt ihn gegen das Licht.

Es war ein Schwarz-Weiß-Film, Tri-X. Er verströmte den bekannten süßlichen Geruch, irgendwas zwischen Latex und

Laktose. Die Negative waren überbelichtet, vielleicht mit Absicht, und zeigten einen auf dem Rücken liegenden nackten Mann. Der Bildausschnitt war so gewählt, dass der Kopf nicht zu sehen war. Der Torso war eine surreale Verzerrung aus erigiertem Schwanz und Händen. Schlaglichter und Schatten waren natürlich verkehrt herum, sodass sein Schwanz wie ein leuchtender Stab aussah, umgeben von strahlenden Fingern. Den Hintergrund bildeten dunkle Formen, die Gesichter oder Masken sein konnten.

Oder einfach nur Schatten. Ich ließ die Negative weiter durch die Finger gleiten und sah mir jedes einzelne konzentriert an.

»... großartig. Dann bis bald.«

Gryffin war mit Telefonieren fertig. Ich rollte den Film fest auf, steckte ihn in den Behälter und schob ihn genau in dem Augenblick in die Tasche, als Gryffin hereinkam.

»Ich bin gleich weg.« Er ging zur Spüle, um seinen Kaffee wegzuschütten. »Ein Freund von mir wohnt hier auf der Insel. Ich muss etwas Geschäftliches mit ihm besprechen. In ein paar Stunden bin ich wieder zurück.«

»Kein Problem.«

Er wandte sich zum Gehen, lehnte sich dann aber doch noch mal gegen die Spüle und blickte mich an. Ich konnte sehen, wie sich hinter der Brille die Rädchen drehten: Konnte man mich ungestraft einen Abend lang allein lassen? Oder würde ich seine Mutter ausrauben?

Ich erwiderte den Blick und dachte nur: Und wohin sollte ich dann abhauen?

Die Botschaft musste angekommen sein. »Wenn Sie etwas Essbares finden, bedienen Sie sich. Andernfalls hat der Laden von Suze bis sechs oder sieben offen.«

»Ich komme zurecht.«

Er musterte mein Gesicht, dann winkte er mich zum Ofen. »Sehen Sie her.«

Er legte Holz nach, veränderte die Luftzufuhr und zeigte auf die Kiste mit den Holzscheiten neben der Tür. »Wenn ich in zwei, drei Stunden nicht zurück bin, legen Sie noch etwas nach, okay?«

Er verließ das Haus. Als ich ihn nicht mehr sehen konnte, schaute ich ins Wohnzimmer, ob Aphrodite doch da war, dann ging ich in den Keller.

Die Stufen waren tückisch, und die nackte Hundert-Watt-Birne knisterte bedrohlich, als ich den Lichtschalter drückte. Der Putz an den Wänden war stellenweise abgeplatzt, sodass die darunterliegenden Holzlatten und Rosshaarballen hervorschauten. In den dunklen Ecken scharrten kleine Füße, während ich hin und her ging. Festgestampfter Erdboden, Steinfundament, wurmstichige Deckenbalken. Regale mit alten Flaschen und rostigen Werkzeugen waren von Spinnenweben überzogen. Eine Öltonne diente als Abfalleimer.

Nichts deutete darauf hin, dass der Keller als Dunkelkammer genutzt wurde. Kein Waschbecken, keine Dunkelkammerleuchte. Ich fragte mich schon, ob Gryffin gelogen hatte, da entdeckte ich in der hinteren Ecke eine Tür. Ich probierte den Türknauf.

Gryffin hatte recht. Es war abgeschlossen.

Ich versuchte, sie aufzuhebeln, aber ohne Erfolg.

Zeit für Plan B.

Nachdenklich ging ich hinauf in mein Zimmer. Ein paar Minuten lang saß ich auf dem Bett und beobachtete, wie der Himmel sich von Lavendelgrau zu Indigo und Schwarz verfärbte. Das Licht schaltete ich nicht ein. Stattdessen holte ich den Jack Daniels heraus und trank, bis die Dunkelheit nicht mehr bedrohlich erschien, sondern weich und diffus, als wäre ein schwarzer Vorhang durch grauen Mull ersetzt worden. Durch die Bäume schimmerten ein paar Sterne, verschwanden dann aber. Nebel zog auf.

Schließlich stand ich auf. Ich fand mein Portemonnaie und zog die Kreditkarte heraus. Damit machte ich mich auf den Weg in den Keller.

Im Flur war es dunkel. Aber am Ende fiel Licht durch eine offene Tür. Ich schlich über die knarrenden Dielen, bis ich erkennen konnte, dass das Licht aus einem Schlafzimmer kam. Drinnen lief ein Fernseher mit abgeschaltetem Ton. Ich räusperte mich und trat laut auf, um zu sehen, ob jemand reagierte.

Es blieb still. Ich steckte den Kopf ins Zimmer.

Es war chaotisch. Kleiderhaufen auf dem Boden, Bücher und Papierstapel auf einem Ofen, der offensichtlich längere Zeit nicht benutzt worden war. Ein kleines Heizgerät brummte laut. Überall hingen Schwarz-Weiß-Aufnahmen. Ein Doppelbett war an die hintere Wand geschoben. Es war mit dicken Fellüberwürfen bedeckt – die drei Hunde. Die kleine schwarze Gestalt in der Mitte des Bettes war kaum zu erkennen.

Aphrodite. Sie lag auf dem Bauch. Ihre grauen Haare waren mit einem schwarzen Band zusammengebunden, die dünnen Beine in der schwarzen Strumpfhose lugten unter einem der Hunde hervor, als hätte jemand eine Geishapuppe zusammen mit ein paar Stofftieren achtlos aufs Bett geworfen.

Ausgerechnet jetzt hatte ich den Fotoapparat nicht bei mir.

Aber ich verzichtete darauf, ihn holen zu gehen. Der entscheidende Augenblick, das war der Titel von Cartier-Bressons berühmtestem Buch. Und ich hatte diesen Augenblick verpasst, denn schon regte sich einer der Hunde. Ich drehte mich um und eilte hinunter in den Keller.

Es dauerte dreißig Sekunden, bis ich das Schloss mit der Kreditkarte aufgehebelt hatte. Ich ging hinein. Der kleine Raum war aus Gipskarton und Kanthölzern gebaut. Unwillkürlich griff ich zum Schalter. Eine Dunkelkammerlampe ging an.

Rotes Licht umgab mich zusammen mit feuchtem Modergeruch und dem sauren Gestank von Essigsäure. Während ich mich an das Licht gewöhnte, spürte ich ein Kribbeln im Nacken.

Es war zwanzig Jahre her, seit ich zum letzten Mal in einer Dunkelkammer gestanden hatte. Ich lehnte mich gegen die Unterschrankzeile, weil ein Sturm von Gefühlen mich überfiel und ich glaubte, ohnmächtig zu werden. Ich atmete tief durch und sah mich um.

Ein Sperrholztisch mit Plastikschalen für Entwickler, Stoppbad und Fixierlösung, Regale aus Schlackenbetonsteinen, ein Edelstahlbecken, Schachteln mit verschimmeltem Fotopapier, Schraubgläser mit Entwickler, ein Stahlschrank, voll mit eingerollten, feucht gewordenen Abzügen, die schwarz vor lauter Schimmel waren, Plastikhüllen für Negative, alle leer, ein Vergrößerungsgerät. Über dem Tisch eine Wäscheleine zum Trocknen von Abzügen, daran hing ein Paar dicker Gummihandschuhe. Ich zog sie an und war froh, dass ich die feuchtkalte Luft nicht mehr so stark spürte. Als ich ein Schraubglas mit Entwickler anhob, stieg eine graue Sporenwolke auf.

Schon vor dreißig Jahren war das hier keine Spitzenausstattung gewesen. Aber die brauchte ich auch nicht, um das zu erledigen, wozu ich hergekommen war. Ich schaltete die Deckenlampe ein, denn die Glühbirne war durchgebrannt. Also würden die düsteren fünfzehn Watt der Dunkelkammerleuchte genügen müssen.

In der Hoffnung, dass die Leitung nicht zugefroren war, drehte ich den Wasserhahn auf. Er gurgelte und zischte, dann spuckte er einen dünnen Strahl bräunliches Wasser aus. Ich wartete, bis klares kam, spülte die Plastikschalen, dann begann ich den Entwickler, das Stoppbad und das Fixierbad zu mischen. Ob die Chemikalien noch wirksam waren, wusste ich nicht, doch einen Versuch war es wert. Ich setzte jedes Bad direkt in der Schale an und reihte sie auf dem Sperrholztisch auf. Dann sah ich mich nach Pinzetten um.

Es gab keine. Ich würde das Papier mit der Hand bewegen, die Schalen schwenken müssen. Schwierig, aber machbar. Es fand sich aber eine Schere und auch die schwere Glasscheibe, die nötig war, um die Negative flach zu drücken. Ich wusch sie ab und trocknete sie mit meinem T-Shirt ab, dann zog ich die Filmrolle aus dem Döschen. Ich rollte sie aus und schnitt sie behutsam in vier Teile. Die Plastikhüllen für Negative waren zu schmutzig, um sie zu benutzen. Auch hier würde ich mich behelfen müssen. Ich untersuchte den Vergrößerer.

Es war ein Bloomfield, ein britisches Fabrikat von 1974, schätzte ich. Ein teures Stück mit kippbarer Filmbühne und einer senkrechten Säule, die den eigentlichen Vergrößerer trug. Der konnte nach oben und unten bewegt und das Objektiv eingestellt werden, je nachdem, wie groß der Abzug werden sollte. Er war eingestaubt, aber er funktionierte. Ich säuberte die Fläche, wo die Negative aufgelegt wurden, blies den Staub von der Vergrößerungslinse, schaltete dann die matte Glühbirne ein und betete, dass sie nicht durchgebrannt war.

War sie nicht. Ich schaltete sie wieder aus und suchte, bis ich eine verschlossene Schachtel Kodakpapier fand. Die Schachtel selbst war eingedrückt und schimmelig, aber das Papier in der Folienverpackung war unversehrt. Ich nahm ein Blatt heraus und machte mich an die Arbeit.

Ich beeilte mich, die Negative auf die Filmbühne zu legen und mit der Glasplatte anzudrücken, dann belichtete ich sie acht Sekunden lang, ein grob geschätzter Wert, aber ich konnte mich nicht lange aufhalten mit der Suche nach Präzision. Ich legte das Blatt in das Stoppbad, schwenkte es, während ich bis dreißig zählte, legte es in den Schnellfixierer und tat das Gleiche noch mal.

Meine Finger waren taub, als ich das Blatt endlich unter laufendes Wasser hielt, aber das war mir egal. Ich hatte die geisterhaften Bilder schon hervorkommen sehen, jedes wie ein Auge, das sich langsam und unwiderruflich zu einer anderen Welt öffnet. Als ich den Hahn zudrehte, zitterten mir die Hände vor Kälte und vor Aufregung. Doch das Licht war so düster, dass ich den Abzug kaum erkennen konnte. Ich brauchte eine Lupe.

In dem rostigen Stahlschrank lag eine. Das Okular war stark verkratzt. Es war, als blickte ich durch ein Bullauge unter Wasser, aber ich wollte sehen, ob eins von den Bildern es wert war, eine Vergrößerung davon zu machen. Wenn ja, hätte ich ein Mitbringsel für Phil oder für mich selbst – ein Souvenir aus dem gruseligen Ferienparadies. Angestrengt betrachtete ich die Kontaktabzüge und fluchte leise.

Das war nicht *Blow Up*. Da war keine Leiche zu sehen. Die Nacktaufnahmen waren lausig, ganz abgesehen davon, dass sie überbelichtet und unscharf waren. Ein Schwanz ist ein Schwanz ist ein Schwanz – und für diesen würde sich kein Mensch interessieren.

Nur drei Bilder zeigten etwas anderes. Eine junge Frau, auch nackt. Sie hatte dunkle Haare, ihr Kopf war zur Seite geneigt, sie lächelte in die Kamera. In jeder Hand hielt sie etwas vor ihre Brüste, Kokosnüsse vielleicht oder Ballons.

Rein technisch waren diese Aufnahmen nur ein bisschen besser als die anderen. Sie waren scharf, und die Belichtung stimmte. Aber der Gesichtsausdruck der Frau zog meinen Blick immer wieder an. Sie wirkte unschuldig und sexy und ein bisschen blöd; Betty Boop als langhaariges Hippiemädchen.

Eine Zeit lang versuchte ich zu entscheiden, welches der drei das Beste war. Schließlich wählte ich eins aus, fand das passende Negativ und machte hastig eine 8x10-Vergrößerung. Dann griff ich nur so zum Spaß wahllos ein anderes Negativ heraus und machte auch davon einen Abzug.

Ich arbeitete schlampig. Der Whiskeyrausch ließ nach. Meine freudige Erregung schlug in Angst um, erwischt zu werden. Ich hängte den Kontaktabzug und die Abzüge zum Trockenen an die Leine, goss die Schalen aus und räumte alles wieder weg. Die Negative wanderten zurück in das Döschen und in meine Jackentasche. Ich zog die Handschuhe aus und warf sie auf die Schrankzeile, nahm die noch feuchten Abzüge von der Leine, schaltete den Vergrößerer und das Licht aus, dann zog ich die Tür hinter mir zu und haute ab.

Niemand war im Keller. Ich wedelte mit den Abzügen hin und her. Als sie mir trocken vorkamen, rollte ich sie eng zusammen und steckte sie mir vorne in die Jacke. Ich griff in die Taschen, ob ich die Lupe bei mir hatte, zog die zerknitterte Tüte hervor, in denen ich die Bourbonflaschen bekommen hatte, und warf sie in die Öltonne.

Der Wurf ging daneben. Ich hob die Tüte auf, um sie in die Tonne segeln zu lassen, da fiel mir etwas ins Auge. Stirnrunzelnd griff ich hinein und nahm einen Packen Papier heraus.

Die Blätter waren fleckig und zerrissen, aber noch lesbar. Es waren Kopien des allgegenwärtigen Flugblatts: *Wer hat Martin Graves gesehen?* Sie sahen alle aus, als hätten sie längere Zeit irgendwo gehangen und wären dann abgerissen worden.

Warum? Ich sah in die Tonne, da war nur noch ein Haufen Drahtkleiderbügel. Ich warf die Flugblätter wieder hinein und ging nach oben.

Nach dem Keller kam mir die Küche vor wie eine Sauna. Nur das Knacken der brennenden Scheite und die Brandung am Kiesstrand waren zu hören. Ich zog einen Stuhl vor den Ofen und sah mich um, ob Aphrodite oder ihre Hunde irgendwo herumlungerten. Aber die waren wohl noch weggetreten.

Ich gähnte. Ich fühlte mich beinahe genauso. Als mein Magen knurrte, entschied ich mich gegen einen Schluck Bourbon und taumelte zum Kühlschrank.

Die Vorräte waren immer noch mager. Ich nahm mir zwei Eier und den Multivitaminsaft. Ich spülte einen Kaffeebecher und schlug die Eier hinein, füllte mit dem Saft auf und kippte alles in einem Zug hinunter. Dann schleppte ich mich in mein Zimmer und ließ mich aufs Bett fallen.

Ich dachte noch, dass es für Salmonellen bestimmt zu kalt war. Und hey, mit Salmonellenvergiftung würden sie mich wahrscheinlich umso schneller zum Festland rüberschaffen, oder?

13

Ich erwachte aus einem Traum, in dem ein kalter Finger mich an der Stirn berührte und immer fester zudrückte, bis es sich anfühlte, als würde man mir einen Nagel in den Kopf treiben. Stöhnend machte ich die Augen auf und erschrak, weil mich ein riesiges braunes Auge anstarrte.

Ich erstarrte. Dann erkannte ich, dass das Auge zu einem grauen Kopf gehörte, der nur wenige Zentimeter von meinem Gesicht entfernt war, und richtete mich abrupt auf. Ich fluchte. Der Hirschhund hörte auf, mich zu beschnuppern, und wich scheu zurück. Kaltes graues Licht kam von draußen herein. Der Hund setzte sich und blickte mich mit schräg gelegtem Kopf an. Ich starrte zurück, dann schwang ich die Beine aus dem Bett. Schwerer Fehler.

Mein Magen drehte sich um, und ich erbrach mich auf den Boden. Zitternd saß ich auf der Bettkante. Schließlich brachte ich die Kraft auf, um aufzustehen, und taumelte durch den Flur zum Bad. Als ich geduscht zurückkam, hatte der Hund für mich sauber gemacht.

»Fein gemacht«, sagte ich und schob ihn aus dem Zimmer.

Ich zog mich an, öffnete das Fenster und lehnte mich hinaus, damit der eisige Wind mir über die Wangen fegte. Ich schloss die Augen und blieb so, bis die feuchten Haarsträhnen gefroren, erst dann zog ich mich ins Warme zurück.

Ich hatte keine Ahnung, wie spät es war. Vormittag vielleicht. Mir war schwindlig, und ich hatte diese trügerische Klarheit, die man nur durch einen richtig üblen Kater bekommt – dieses

Gefühl, dass man sich endlich von allem gereinigt hat, das einen überhaupt erst dazu gebracht hat, dass man sich betrinkt.

Ein weiteres Aufwallen von Übelkeit kurierte mich davon. Ich blieb auf dem Bett sitzen, bis es vorbei war, und mir fielen die Abzüge ein, die ich am vergangenen Abend gemacht hatte.

Sie waren noch in meiner Jacke. Ich zog mir den Stuhl ans Fenster und strich die Fotos auf den Knien glatt. Das von dem Mädchen war so viel besser als das andere, dass ich mich fragte, wie sie vom selben Fotografen stammen konnten. Ursprünglich hatte ich sie für Arbeiten von Aphrodite gehalten.

Doch je länger ich sie betrachtete, desto sicherer wurde ich mir, dass sie von zwei verschiedenen Fotografen stammten.

Das erste Bild – die Nahaufnahme des Schwanzes, der von winkenden Händen umgeben war wie ein Ätherophon –, dieses Foto zeigte die typischen Merkmale von Aphrodites Arbeit. Die beunruhigende Überlagerung von Vertrautem und Befremdlichem war auf einen banalen Versuch mit Hardcore im Stil der sechziger Jahre reduziert, aber hinter der Kamera war dasselbe Auge gewesen. Ich erkannte das, so wie man jemanden durch die Augenlöcher seines Halloween-Kostüms erkennt.

Wie gesagt, das Foto war unscharf und ganz falsch ausgeleuchtet. Die Tiefenschärfe stimmte nicht. Doch selbst wenn man es mit mehr Zeit in der Dunkelkammer hätte verbessern können, was hätte man damit erreicht? Das Foto war an sich primitiv und erbärmlich.

Was für eine beschissene Vergeudung.

Ich betrachtete das andere Foto, das mit dem großäugigen, sommersprossigen jungen Mädchen, das in die Kamera grinste und sich etwas vor die nackten Brüste hielt. Das hätte kitschig sein können.

Doch das Foto funktionierte. Nicht nur weil die Kleine süß

war und hübsche Titten hatte, soweit ich das sehen konnte jedenfalls, sondern auch weil der Fotograf und auch das Mädchen seinen Instinkten vertraut hatte. Und nicht nur das, sie hatte sogar ihm vertraut.

Und genauso, wie mir sofort klar gewesen war, dass das erste Foto von Aphrodite stammte, wusste ich, dass dieses von einem Mann stammte. Phil hatte sich immer über mich lustig gemacht, weil ich behauptete, ich könnte einen Fotografen an seinen Bildern erkennen, egal, wie unbedeutend er war. Er lachte noch lauter, als ich einmal im betrunkenen Zustand behauptete, ich könnte das Geschlecht von mehreren Unbekannten bestimmen, deren Bilder in einer kleinen Galerie in DUMBO hingen.

Aber es gelang mir. Bei jedem einzelnen Foto.

»Das ist erstaunlich, Cass«, sagte Phil hinterher, als wir den Weg in eine Spelunke in der Nähe gefunden hatten. »Noch eine bemerkenswerte, aber total nutzlose Fähigkeit.«

Bis heute kann ich nicht erklären, wie ich das mache. Vielleicht spüre ich die innere Verletzung, genauso wie ich einen Geruch oder einen schwachen Geschmack spüre. Und man könnte meinen, das wäre bei diesem Foto eine leichte Sache, weil es eindeutig nach Pin-up-Girl aussah.

Aber das Foto war viel sonderbarer. Als ich die Kontaktabzüge zum ersten Mal unter der Dunkelkammerlampe gesehen hatte, dachte ich, es wären Kokosnüsse, die dieses Hippiemädchen sich vor die Brüste hielt. Das hätte zu der kitschigen Daisy-Duke-Assoziation gepasst, die es auslöste.

Jetzt, bei genauerem Hinsehen, war ich mir nicht mehr so sicher. Sogar als ich die Dinger durch die Lupe betrachtete, konnte ich nicht erkennen, was es war. Sie hielt etwas, und nach dem frechen Grinsen zu urteilen, war es etwas Lustiges. Aber was?

Ich hatte keine Ahnung. Doch was es auch war, ich hatte ein

mulmiges Gefühl dabei. Sie hatte dem Fotografen vertraut. Das kam durch, in ihrem Lächeln und in der Art, wie sie ihm das Becken entgegenschob, was nicht so sehr eine Anmache war, sondern eher einem Willkommen glich. Sie sah aus wie neunzehn oder zwanzig. Neben den Mundwinkeln hatten sich Lachfalten eingegraben, und ich entdeckte winzige Fältchen an den Augenwinkeln.

Und auch der Fotograf hatte etwas Schlaues gemacht. Man konnte es in dem Bildausschnitt nicht sehen, aber er hatte eine brennende Kerze vor das Modell gestellt und es so positioniert, dass die Flamme sich in den Augen spiegelte und sie zum Funkeln brachte. Ein simpler Effekt, aber ein guter.

Ein paar Minuten lang saß ich noch da und betrachtete das Foto. Schließlich legte ich die Lupe weg. Ich rieb mir die Augen und legte die Abzüge in meinen Fotoband. Ich brauchte dringend einen Kaffee und etwas anderes zu essen als Jack Daniels.

Unten war es eisig. Der Ofen im Wohnzimmer war kalt, und in dem in der Küche war das Feuer fast heruntergebrannt. Ich zerknüllte Zeitungspapier, warf es zusammen mit ein paar Holzscheiten hinein und hoffte das Beste. Dann kochte ich Kaffee und redete mir dabei ein, dass mir die Hände vor Kälte zitterten und nicht, weil ich einen Entzug durchmachte. Die drei Hunde hörten mich und kamen hereingestürmt. Sie sahen hungrig aus. Also gab ich ihnen Wasser und füllte ihre Näpfe aus einem der Futtersäcke im Flur. Sie fraßen gierig und trotteten hinterher zum Fenster, wohin ich mich mit meinem Kaffee und einer trocknen Scheibe Toast setzte.

»Ihr armen alten Hunde«, sagte ich und streichelte ihnen die graue Schnauze. Ihre Köpfe waren genauso hoch wie meiner. »Werdet ihr denn nie gefüttert?«

»Diese Rasse sieht immer so aus.«

In der Tür stand Aphrodite. Beim Klang ihrer Stimme hetzten die Hunde zu ihr. Sie stützte sich an der Wand ab und blickte über die wuselnden grauen Körper hinweg zu mir.

Ich stand unbeholfen auf und deutete auf meinen Stuhl. »Wollen Sie sich setzen?«

»In meinem eigenen Haus? Ich setze mich dahin, wo ich will.«

Sie ging zur Spüle. In dem fahlen Morgenlicht sah sie alt aus, ihre Haut grau, und die Haare waren ungepflegt. Die Augen hinter der Drahtbrille waren blutunterlaufen. Ich spürte einen Stich, weil ich sie so alt und zerbrechlich sah. Unmöglich, dass diese runzlige Puppe die Fotos in dem Zimmer da oben gemacht hatte, ganz zu schweigen von den grimmigen, halluzinatorischen Bildern in *Mors*. Mit zitternden Händen nahm sie sich einen Kaffeebecher vom Regal.

»Ich hab Kaffee gekocht«, sagte ich.

Sie blickte zur Kanne. »Das sehe ich.«

Sie griff in einen Schrank und holte eine Flasche heraus. Wenig später setzte sie sich zu mir an den Tisch am Fenster. Von ihrem Becher stieg Dampf auf und der Geruch von Brandy.

Eine Weile saßen wir schweigend da. Ich starrte nach draußen und versuchte den Mut aufzubringen, um ein Gespräch anzufangen.

»Gryffin hat mir Ihre Fotos gezeigt«, sagte ich schließlich. »Die Inselaufnahmen. Sie sind ... Es hat mich umgehauen, als ich sie in echt gesehen habe. Ich habe mein ganzes Leben lang darauf gewartet, und dann, gestern Abend ...«

Mir gingen die Worte aus. »Sie sind einfach unglaublich«, sagte ich dann.

»Ich war nie zufrieden mit dem Transferprozess.« Ihre Brillengläser beschlugen, als sie von ihrem Kaffee trank. »Dieses ganze Buch. Ich war nie zufrieden damit. Die Farben waren schmutzig. Heute könnte man das vielleicht besser. Aber damals?«

Sie schüttelte nachdrücklich den Kopf. Einer der Hunde winselte und stieß mit der Schnauze zu ihr hin. Sie streichelte sie. Die Adern auf ihrem Handrücken sahen aus wie Grünspan. »Die haben es verhunzt.«

Ich sagte nichts dazu, aß meinen Toast auf und stand auf, um mir Kaffee nachzuschenken.

»Möchten Sie noch welchen?«, fragte ich.

Sie blickte nach draußen zu den Nebelschwaden, die übers Wasser zogen.

»Seerauch«, sagte sie. »Wenn das Wasser wärmer ist als die Luft.« Sie trank ihren Becher leer und schob ihn zu mir. »Danke.«

Ich füllte beide Becher und gab ihr ihren zurück.

»Die anderen Bilder«, begann ich zaghaft, als ich mich wieder hinsetzte, »die aus *Mors*, die habe ich da oben gar nicht gesehen. Haben Sie ... sind die hier?«

Sie starrte mich reglos an. Sie wirkte wie ein Raubvogel, nicht wie ein Adler oder ein Habicht, aber still und todbringend, etwa wie ein Fischreiher, der sein kraftloses Opfer mit dem Schnabel aufspießt.

»Die gibt es nicht mehr«, sagte sie.

»Oh.« Ich sah weg. »Ich ... Die haben mich ungeheuer beeindruckt.«

»Ich habe sie gesehen, Ihre Bilder, damals. War das vor zwanzig Jahren?«

»Eher vor dreißig.«

»Dreißig. Ja. Ein paar davon ... Sie hatten ein gutes Auge. An ein oder zwei kann ich mich erinnern. Aber die anderen ...«

Sie machte eine wegwerfende Geste. »Nichts Neues. Und viel zu spät. Sie waren nicht die Einzige, die *Mors* gesehen hat. Das wissen Sie.«

Ich starrte in meinen Kaffee und konnte mich nur mit Mühe

zurückhalten, ihn ihr nicht ins Gesicht zu schütten. Dann erst fiel mir auf, dass sie nicht aufgehört hatte zu reden.

»... seine waren grotesk. Futter für die Sensationspresse. Er hat bei mir abgekupfert wie die anderen auch, und es war alles Scheiße. Einfach nur Scheiße«, zischte sie, und Hass leuchtete aus ihren Augen. »Sie!« Sie zeigte mit dem Finger auf mich. Der Fingernagel sah aus wie eine Klinge. »Cassandra Neary. Sie waren die Unbedeutendste von allen.«

Ich war so fassungslos, dass ich nichts sagen konnte. Einer der Hunde bellte. Ich blickte auf und sah Gryffin in der Tür stehen.

»Ist das der Frühstücksclub?«, fragte er gähnend.

Ich stieß meinen Stuhl zurück und stürmte hinaus.

Erst am Strand blieb ich stehen. Ich ging an der Wasserlinie entlang und trat wütend gegen Steine. Der eisige Wind riss an mir, aber ich nahm kaum Notiz davon. Ich ging bis zu der Stelle, wo der Strand schmaler wurde und an verkrüppelte Bäume und Felsbrocken grenzte. An den Felsbrocken hatte sich Treibholz gesammelt. Ich nahm ein oberschenkeldickes Aststück und schmetterte es gegen einen der Felsbrocken, immer wieder, bis es nur noch Splitter waren. Atemlos lehnte ich mich gegen einen kahlen Baum. Meine Hände waren zerkratzt, und mein Herz schlug heftig.

»Wenn wir diese Kraft doch nur für Gutes aufbringen könnten.« Gryffin kam zögerlich über den steinigen Strand näher. »Ich komme in friedlicher Absicht«, fügte er hinzu und hob die Hände.

Ich atmete tief durch. »Meinetwegen.«

»Hier.« Er hielt mir etwas hin, das in ein Papierhandtuch eingewickelt war. »Das hat Ray gestern Abend zum Nachtisch gemacht. Mein Freund, bei dem ich zum Essen war. Ich habe etwas davon mitgenommen.«

Nach kurzem Zögern nahm ich es. Es war ein Stück Apfelkuchen.

»Er ist ein guter Koch«, sagte Gryffin. »Das sind eigene Äpfel. Fletcher Sweets heißen sie. Die wachsen nur hier auf der Insel.«

»Danke.«

»Wer Pie zum Frühstück isst, ist ein Yankee. Das sagt Toby immer.«

Gryffin sah mir zu, wie ich aß. Mit diesem Gesichtsausdruck wirkte er wie ein aufgeschossener, vorzeitig ergrauter Junge, nicht mehr defensiv, sondern eifrig darum bemüht, einen guten Eindruck zu machen.

»Sie haben tatsächlich geheult an dem Baum«, bemerkte er. »Was hat sie zu Ihnen gesagt?«

»Nichts.«

»Sie ist ein Ungeheuer. Aber das haben Sie gewusst. Deshalb sind Sie ja hergekommen.«

»Ich bin hergekommen, weil ich einen Auftrag brauchte und Phil das Interview vereinbart hatte, was gelogen war.« Ich aß den Kuchen auf und ging am Strand entlang. »Und weil ich die Bilder sehen wollte. Von denen sie die meisten vernichtet hat, wie ich höre. Anstatt dass mir dieser blöde Trip Geld einbringt, kostet er mich welches.« Ich hob einen Stein auf und schleuderte ihn mit Wucht in die Wellen. »Das ich nicht habe.«

»Na, jedenfalls ist sie jetzt für eine Weile weg. Mit den Hunden.«

»Was macht sie den ganzen Tag?«

»Fragen Sie mich was Leichteres. Gewöhnlich macht sie einen Rundgang über die Insel.« Er deutete mit dem Arm einen großen Kreis an. »Am Ufer entlang. Sie sammelt Strandgut. Sie ist bestimmt einige Zeit unterwegs, außer das Wetter wird sehr schlecht.«

Wir kamen zu dem langen Hang, über den man zu ihrem Haus gelangte. Ein Rabe hüpfte über das tote Gras und stieß uns einen rauen Schrei entgegen.

»Ich will zum Inselladen«, sagte Gryffin. »Kommen Sie mit?«

»Nein. Jetzt jedenfalls nicht.« Ich seufzte. »Meinen Sie, jemand kann mich im Laufe des Tages nach Burnt Harbor bringen?«

»Im Laufe des Tages? Tja, Sie haben alle verpasst, die heute morgen gefahren sind. Aber wahrscheinlich wird am Nachmittag jemand zurückwollen.«

»Was ist mit Ihrem Freund Toby? Würde der mich bringen?«

»Wahrscheinlich. Wenn ich ihn sehe, sage ich es ihm.«

»Das wäre nett.«

Er blickte den Hang hinauf. Sein misstrauischer Blick passte nicht zu dem wehmütigen Mund, so als würde er unaufhörlich versuchen herauszubekommen, ob jemand einen Witz gemacht hatte oder nicht. Schließlich grüßte er und ging davon.

Ich schob frierend die Hände in die Taschen und sah hinter ihm her. Das harte Licht schmerzte in den Augen, und von der Kälte taten mir die Füße weh. Doch der Gedanke, Aphrodite wiederzusehen, war mir unerträglich. Ich wartete, bis ich Gryffin nicht mehr sehen konnte, dann stieg ich den Hügel hinauf.

Bei den Kiefern gabelte sich der Weg. Einer bog nach links ab und führte bergab zum Dorf, der andere wand sich bergauf durch Bäume und schroffe Felsen. Ich nahm den rechten und stapfte über einen Teppich aus Fichtennadeln und Schnee, der durch die Zweige gerieselt war.

In dem Licht, das durch die Bäume drang, leuchtete alles wie auf einem Hochglanzfoto, Kiefernzweige und Himmelsfetzen, umgestürzte Baumstämme mit ihrer Reifschicht. Es war ein steiler Aufstieg. Nach ein paar Minuten kam ich ins Schwitzen. Meine Wut legte sich, wurde weggeätzt von der Kälte. Während der vergangenen Jahre hatte ich immer wieder in Gedanken Gespräche geführt, alle mit Christine. Genauer gesagt, Streitgespräche. Jetzt verstummten die Stimmen. Ich war plötzlich auf Dinge konzentriert, die ich normalerweise gar nicht bemerkte, wie den Dunst, der sich bei jedem Atemstoß vor meinem Gesicht bildete, und die Geräusche, die aus der Ferne herangetragen wurden. Möwen, ein Dieselmotor, Wellen, die weit unten an den Kieseln saugten.

Als ich mich der Hügelkuppe näherte, entdeckte ich eine Granitkuppel, die von Eichen umgeben war. Braune Blätter hingen an den Zweigen und säuselten im Wind. Als ich auf die Lichtung trat, bemerkte ich ein verwittertes Schild, das an einem kahlen Ast baumelte.

OAKWIND gegr. 1973

Zwischen Felsbrocken und Klettensträuchern ragten graue Bretter und aufgequollenes Sperrholz auf. Mehr war von der Kommune nicht geblieben. Ich bahnte mir einen Weg über Metallschrott, zerbrochene Flaschen, eine alte Feuerstelle. Steine einer zerfallenen Mauer waren neben einen Haufen alter Autoreifen gekollert. In der Nähe ragte ein einzelner Felsen auf, fast so groß wie ich, bedeckt von vertrockneten Stauden und jungen Bäumen.

Neugierig ging ich hin. Am Granit klebten Splitter aus weißer Farbe. Ich hockte mich davor und schob totes Gras zur Seite, um es mir näher anzusehen.

Mitten auf die Steinfläche waren drei verschieden große Kreise konzentrisch gemalt, wie bei einer Zielscheibe. Der kleinste in der Mitte war mit weißer Farbe ausgemalt, und innerhalb des zweiten Rings entdeckte ich einen metallischgrünen Schmierfleck. Ich drückte die Handfläche darauf.

Der Stein war rau und ein bisschen warm von der Sonne. Ich zog die Hand zurück. Weiße Farbsplitter und Flechtenkrümel klebten daran, dazu der braune Abdruck eines Blattgerippes. Plötzlich wurde mir schwindlig. Ich hatte das Übelkeit erregende Gefühl, dass der Boden unter mir aufweichte und nachgab.

Taumelnd kam ich aus der Hocke hoch und wich zurück, dabei blieb ich mit der Stiefelspitze an irgendwelchen Steinen hängen. Ich beschattete die Augen, dann stampfte ich hart mit dem Absatz auf.

Der Boden war fest. Ich bückte mich und fing an, mit den Fingern zu graben. Eine dünne Grasnarbe löste sich. Darunter war Gestein, harter Fels. Ich richtete mich auf und ging um den Stein herum, stampfte dabei immer wieder auf und trat Erde los.

Nachdem ich einige Male um ihn herumgegangen war, blieb ich stehen und betrachtete die Zielscheibe. Von der anderen Seite des Hügels krächzte ein Rabe. Eine späte Grille klammerte sich an den Felsbrocken, rieb die Hinterbeine aneinander, dann kroch sie hinunter zur Erde.

Nichts war darunter vergraben, es sei denn, die Hippies hatten die Granitkuppel mit Presslufthämmern aufgebrochen. Der Stein war nur ein Stein. Die Hippies hatten ihn wahrscheinlich für Zielübungen benutzt. Ich warf ein Stück Grasnarbe dagegen und ging zurück den Hang hinunter. Doch schon nach ein paar Schritten blieb ich stehen.

Am Rand der Lichtung, unter den Eichen, war ein großes geflecktes Fahrzeug verborgen, ein alter Schulbus mit Tarnmuster in Bonbonfarben – Rosa, Gelbgrün und Orange –, der mit der Zeit schmutzig und eklig geworden war. Durch die zerbrochenen Scheiben waren Zweige gewachsen. Was wie gelbgrüne Farbe aussah, klebte auch am Fensterglas, und als ich näher heranging, entpuppte sie sich als eine Art Schimmel, der an den Rändern gewellt und schwarz war.

Ich schob mich durch das Unterholz bis zur Fahrerkabine. Über einem Holzbrett, das als Stufe diente, hing die Tür, die in zwei Teile zerbrochen war. Ich drückte sie auf.

Drinnen sah es aus wie in einem Aquarium, in dem es kein Leben mehr gab. Wässriges grünes Licht fiel durch die Fenster, an denen verrottete Vorhänge hingen. Die Sitze waren entfernt worden. Stattdessen lagen da wattierte Stoffläufer, die nistende Eichhörnchen zu Flaum zerrissen hatten, Bierdosen, Flaschen und ein Kondom als Zeichen, dass später mal jemand hier gewesen war, zerbrochene Stühle, ein Plastikeimer, eine aufgerissene Futonmatratze.

Von der Decke hing ein grob gemachtes hohlwangiges Gesicht mit großen leeren Augen. Eine Maske wie auf der *Northern Sky*, grün, mit schnabelförmigem Mund und einem steifen gezahnten Nackenschild, wie bei einem dieser Dinosaurier mit Hörnern, nur dass dieses Wesen keine Hörner hatte. Stellenweise war die glänzende Farbe abgeblättert, und graues Pappmaché kam zum Vorschein. Ich berührte es. Es fühlte sich breiig an und entließ einen Sporennebel wie ein Bovist.

Ich ging ins Hintere des Busses. Dort waren die Scheiben intakt. Auf einem Sperrholzpodest lag eine Schaumstoffmatratze, darauf eine indisch gemusterte Bettdecke, zerrissen und ausgefranst. Über dem Bett füllten aufgequollene Taschenbücher ein schmales Regalbrett.

What the Trees Said von Elisabeth Cohen, über das Leben auf einer New-Age-Farm, *The Making of a Counter Culture* von Theodore Roszak, *The Forgotten Art of Building a Stone*

Wall von Curtis P. Fields, dann ein Buch über den Bau von Trockenmauern und *Walden Two* von Thoreau. Ein zerfledderter Pornoroman mit dem Titel *Blue Alice*. Das einzige gebundene Buch war eine alte Ausgabe von *The Sacred and Profane*, die auf dem Frontispiz den Stempel der Harvard Divinity School trug. Da stand auch ein New-Directions-Paperback von Stephen Haseltons Gedichten mit einem kleinen Foto von ihm auf der Rückseite. Ein hagerer Typ, blond, rasiert, auf langweilige Art gut aussehend. Fotonachweis: Aphrodite Kamestos.

Ich blätterte es durch, fand aber nichts. Keinen Namen auf dem Frontispiz. Keine Randkritzeleien. Ich warf es zurück auf das Regalbrett und ging wieder nach vorn. In dem Bus sah es aus, als wäre alles Verwertbare oder Interessante entfernt worden. Von einem Grateful-Dead-Poster gab es nur noch Reste. So viel zur Gegenkultur.

Ich ging nach draußen. Graubraune Wolken waren aufgezogen. Der Wind fuhr durch die Klettensträucher und vertrockneten Goldruten, während ich bergab ging in Richtung des Weges zum Dorf. Als ich in das Wäldchen gelangte, zögerte ich, weil ich das Gefühl hatte, ich würde beobachtet. Ich drehte mich um und blickte zurück zur Lichtung.

Ein einzelner grauer Felsbrocken ragte zwischen Schutt und vertrockneten Farnen auf. Das war alles.

14

Als ich zurückkam, waren Aphrodite und ihre Hundemonster nicht im Haus. Auch Gryffin nicht. Ich ging zwischen Küche und Wohnzimmer hin und her in der bangen Hoffnung, er möge aufkreuzen und sagen, dass ich eine Mitfahrgelegenheit zum Festland hätte. Ich schlug die Zeit tot, indem ich die zweite Flasche Jack Daniels austrank. Ich überlegte, ob ich Phil anrufen und zusammenscheißen sollte, weil er mich belogen hatte, aber ich konnte seine Handynummer nicht finden.

Schließlich beschloss ich, mir Aphrodites Inselfotos noch mal anzusehen. Mein Leben lang hatte ich mir das erträumt. Vielleicht könnte ich mich noch ein kleines bisschen länger so fühlen, als wäre das mein Privatmuseum und die Fotos gehörten alle mir.

Im oberen Flur war es kalt, und es roch nach Asche. Draußen wurde das Licht schon schwächer. Ich holte meinen Fotoapparat, ging in das Zimmer und schaltete das Licht ein. Ich lehnte mich gegen die Wand und betrachtete die Fotos. Dazwischen war durch die beiden Fenster die wirkliche Insel zu sehen, als schwarze Silhouette in der immer weiter vordringenden Dämmerung.

In meinen Augen waren die imaginären Inseln viel schöner.

Es war auch nicht annähernd hell genug, trotzdem machte ich ein paar Aufnahmen. Es war ein gutes Gefühl, den Fotoapparat zu benutzen, ohne dass mich jemand anschrie, ich solle ihn wegstecken, obwohl es gar nichts Lohnendes zu fotografieren gab. Hier hatte ich mit allem zu kämpfen, mit der Dämmerung, der Erschöpfung, mit Jack Daniels auf nüchternen Magen, doch ich stolperte herum und bemühte mich, genug Abstand, genug Licht, genug Schärfentiefe zu bekommen.

Das Geräusch des Auslösers hörte sich an, wie wenn ein Nachtfalter gegen eine Scheibe fliegt. Ich machte ein Dutzend Aufnahmen, dann ließ ich mich zu Boden sinken. Ich fing an zu weinen.

Ihre Fotos ... sie waren dermaßen erstaunlich. Als hätte sie bei jedem ein Fenster zu einer fantastischen Welt aufgestoßen, zu der schönsten, die man sich vorstellen kann, und man konnte nicht hinein. Egal, was ich täte, ich würde niemals etwas so Gutes hervorbringen. Mir würde niemals etwas Großartiges gelingen. Selbst in meiner besten Zeit, in den fünfzehn Sekunden vor dreißig Jahren, war ich dazu nicht fähig gewesen.

Diese Erkenntnis, und die war nicht mal neu, brannte in mir wie der schlimmste Amphetamin-Crash. Ich fühlte mich, als wäre mein Körper verschwunden, und übrig geblieben wäre diese entsetzliche verzweifelte Wahrheit, dass ich ein Nichts war.

Ich bekam Sodbrennen, und der Bourbon stieß mir sauer auf. Ich taumelte aus dem Zimmer, schlug auf den Schalter, um das Licht auszumachen, und stieß mit Gryffin zusammen.

»Herrgott noch mal!« Er blickte auf mich herunter und schüttelte den Kopf. »Können Sie nicht ein Mal durch eine Tür kommen, ohne mich über den Haufen zu rennen?«

»Nein.« Ich drängte mich an ihm vorbei.

»He, warten Sie!«

Er kam bis zu meinem Zimmer hinter mir her. Ich stopfte den Fotoapparat in meine Tasche, ohne ihn anzusehen.

»Ist was passiert?«, fragte er. »Ist Aphrodite zurück?«

»Nein.« Ich starrte aus dem Fenster und bekam mit Mühe und Not einen gleichmütigen Ton hin. »Haben Sie Toby gesehen? Ich muss unbedingt weg von hier.«

»Er war nicht da. Suze hat gesagt, er hat einen Auftrag in Collinstown und bleibt über Nacht.«

Fluchend drehte ich mich um. »Ich muss weg! Gibt es keinen anderen? Den Hafenmeister, die Küstenwache … Ist mir egal, wer. Ich will nur zu meinem Wagen!«

»Hey, ich würde Ihnen ja gern helfen, okay? Aber es gibt niemanden. Merrill Libbys Tochter ist gestern Abend nicht nach Hause gekommen. Alle sind drüben und warten auf das Okay, dass sie einen Suchtrupp bilden können.«

»Es überrascht mich, dass sie nicht schon ihre Mistgabeln schwingen und irgendjemandem das Haus anzünden.«

Er lehnte sich gegen die Tür. »Jedenfalls bin ich gekommen, um zu sehen, ob Sie in Feierlaune sind.« Er grinste mich an und sah plötzlich genauso aus wie auf dem Schnappschuss. »Ich habe gerade fünfzehn Riesen verdient.«

Ich schnaubte. »An der Börse?«

»Nein. Ich habe eine Erstausgabe von *Northern Lights* an einen Typen in L. A. verkauft. Dafür habe ich so lange gebraucht. Suze hat in ihrem Laden eine bessere Internetverbindung, darum habe ich von dort aus gearbeitet. Ich habe ziemlich lange gewartet, bis die richtige Nachfrage da war. Ich habe mal zehn Pfund dafür bezahlt, ungefähr fünfzehn Dollar, in einem Laden in Suffolk vor ein paar Jahren.«

»Netter Umschwung. Was für ein Buch ist das?«

»*Northern Lights*, so hieß *The Golden Compass* im Original.« Er fuhr sich durch die federnden Haare. »Mann, das ist so toll.«

»Was ist *The Golden Compass?*«

»Ich dachte, Sie arbeiten im Strand?«

»Nicht im Magazin. Im Lager.«

»Im Lager?« Ich sah ihm an, was er dachte – welche Frau mittleren Alters arbeitet im Lager eines Antiquariats? Doch er sagte nur: »Es ist ein Kinderbuch. Damit machen Sammler das große Geld. Die englische Ausgabe kam vor der amerikanischen heraus, und darum ...«

»Ist es ein gutes Buch?«

»Wen interessiert das? Glauben Sie, ich habe Zeit, die alle zu lesen? Sie haben mir noch nicht geantwortet – wollen Sie mit mir feiern?«

»Wie denn? Wo wollen Sie denn hier fünfzehn Riesen ausgeben?«

Er drehte sich um und ging den Flur hinunter. »Ich will noch mal bei meinem Freund Ray essen. Ich habe ihm gestern Abend angekündigt, dass ich beim nächsten Mal einen Gast mitbringe. Ich dachte mir, wenn Sie noch da sind, könnten Sie einen Tapetenwechsel gebrauchen. Er ist ein guter Koch. Er hat einen passablen Weinvorrat. Ich mache mich jetzt auf den Weg. Also ...«

Ich folgte ihm nach unten in die Küche.

»Entweder Sie kommen jetzt mit, oder Sie sind auf sich allein gestellt, was das Abendessen angeht. Wie Sie schon festgestellt haben, gibt es hier nicht viel zu holen.«

Er ging an die Garderobe, zog sich den Mantel an und nahm sich eine große Taschenlampe, dann verschwand er kurz in die Küche und kam mit einem kleinen Buch zurück, das er sich in die Tasche steckte.

»Für Ray«, erklärte er. »Ich will los, bevor es noch dunkler wird. Kommen Sie mit oder nicht?«

Er stand ungeduldig an der Tür.

»Meinetwegen.« Ich schaute an mir hinunter auf das T-Shirt. »Ich bin nicht passend angezogen.«

»Für Paswegas sind Sie overdressed.«

»Wie weit ist es?«

»Nicht besonders weit. Kommen Sie.«

Er ging nach draußen und schlug den Weg zum Wasser ein, dann bog er an der Stelle ab, wo eine Reihe weißer Birken geisterhaft in der frühen Dunkelheit leuchtete. »Keine Meile. Es gibt einen Pfad, aber passen Sie auf, wo Sie hintreten.«

Er schaltete die Taschenlampe ein. Die Birken leuchteten wie angestrahlt, und Gryffin verschwand in einem Dickicht. Mit seinen langen Beinen kam er schnell voran.

»Ist Ray auch Buchsammler?«, fragte ich, nachdem ich möglichst schnell aufgeholt hatte.

»Eigentlich nicht. Er ist nur ... ein Sammler eben. Er sammelt alles Mögliche. Bücher, Trödel, Zeug, das er auf der Müllhalde findet. Volkskunst. Er steht auf Volkskunst. Auf primitive Kunst.«

»Wie Cohen Finster?«

»Zu nobel für ihn. Ray hat es gern niedrig und schmutzig. Nicht pornografisch – also nicht notwendigerweise pornografisch. Aber er mag den Künstler mit Dreck unter den Fingernägeln. Zum Beispiel Kerle, die ein Modell der Sixtinischen Kapelle aus alten Vergaserteilen bauen. Lebensgroße Kühe aus einem Stück Seife gemeißelt. Solches Zeug. Und er mag Dinge, die einzigartig sind, weshalb viele Bücher schon mal ausscheiden. Ein echter Büchersammler will alles, je mehr desto besser.«

Er blieb stehen, um einen Zweig zur Seite zu halten. »Aber sein Haus wird Ihnen gefallen. Toby hat ihm beim Bau geholfen. Ray ist einer der ursprünglichen Kliffbewohner.«

»Wieso hat Toby sich hier kein Haus gebaut?«

»Toby lässt sich nicht gern festlegen. Er hat die Wohnung im Hafen gemietet, aber meistens lebt er auf seinem Boot.«

»Hat er eine Freundin? Oder einen Freund?«

»Nicht dass ich wüsste.«

Ich holte meine Flasche heraus, trank einen Schluck und bot sie ihm an. Er schüttelte den Kopf.

Wir unterhielten uns nicht weiter. Mehr als ein Mal stolperte ich. Wahrscheinlich war der Jack Daniels keine große Hilfe. Genauso wenig wie meine Stiefel. Nach ungefähr zehn Minuten wurde der Pfad steiler, und ich stützte mich immer wieder an Bäumen ab. Vom Meer wehte ein stürmischer Wind, der bitterkalt war und uns totes Laub um die Ohren wirbelte. Gryffin ging voraus, bis wir den felsigen Hang überwunden hatten. Irgendwo auf der anderen Seite des Abhangs lag die Lichtung mit dem Bus.

»Da ist es.« Gryffin blieb stehen. Wo man hintrat, wuchsen knöchelhohe struppige Büsche. Er richtete den Taschenlampenstrahl auf den Rand eines Abgrunds. »Sehen Sie das? Gehen Sie nicht dort entlang.«

Unten donnerte die Brandung, und der Wind pfiff. »Hier wachsen überall Heidelbeeren«, sagte Gryffin. »Ich bin sehr gern hier oben. Es erinnert mich an die Moore in den Brontë-Romanen. Und das da draußen ist der Atlantik …« Er schwenkte den Lampenstrahl dorthin, der sich jedoch in der dunstigen Dunkelheit verlor.

Bei Sonnenschein war das bestimmt eine spektakuläre Aussicht. Aber in diesem Augenblick schien es mir der düsterste Ort überhaupt zu sein. In Anbetracht dessen, wo ich die letzten vierundzwanzig Stunden verbracht hatte, sagt das eine Menge. Ich drehte mich um und sah Lichter durch den Dunst scheinen.

»Was ist das da?«, fragte ich.

»Rays Haus.«

Es war ganz aus Altmaterial gebaut, Verschalungsbrettern, Scheunenwänden, Schindeln, einem Material, das wie Plastik aussah, das aber genauso gut Alligatorleder sein konnte, Motorhauben und Stoßstangen, Waschmaschinentüren und großen Satellitenschüsseln, aber auch Schlackenbetonsteinen, leeren

Flaschen, rostigen Blechen und blauen Dämmstoffplatten. Das Haus hatte Dutzende Fenster, alle verschieden. Das Dach war mit Solarzellen bedeckt. An einer Wand standen Propangasbehälter aufgereiht, und es gab eine Rube-Goldberg-Maschine, die vielleicht irgendwas mit der Wasserversorgung zu tun hatte.

Das Sonderbarste von allem war, dass das Ganze wie eine Burg aussah. Es gab einen Graben voller Laub, einen Brückensteg aus Vierkanthölzern und einen Turm. Graue Plastikplanen flatterten von mehreren Bauteilen, sodass es aussah, als würde der Bau seine tote Haut abstreifen, wie eine Schlange.

»Junge, Junge, Sauron ist wohl ziemlich auf den Hund gekommen«, meinte ich.

»Er hat das alles zusammengetragen, und es hat ihn keinen Cent gekostet«, sagte Gryffin. Er ging über die Brücke zu einer Stahltür, die mal zu einem Kühlraum gehört haben musste. »Hey Ray! Du hast Besuch.«

Die Stahltür schwang auf, und vor uns stand ein stämmiger Junge von siebzehn oder achtzehn Jahren. Er war ein bisschen größer als ich, hatte rotblonde Haare, schöne mandelförmige Augen und Wangen voller Aknenarben. Gryffin schenkte er ein flüchtiges Lächeln, aber als er mich sah, verschwand es.

»Gryffin, hey.« Der Junge hob grüßend das Kinn und trat zur Seite. Er trug eine Kette aus Seeglas und Aluminiumplättchen, genau wie Kenzie. »Was ist los?«

Ich folgte Gryffin hinein. Der Junge blickte mich feindselig an und öffnete den Mund, sodass ich den schwarzen Knopf an seiner Zungenspitze sehen konnte. Er sah aus wie ein kleiner Blutschwamm.

»Hübsch«, sagte ich. »Das solltest du mal einem Arzt zeigen.«

Wir gingen in einen großen Raum, der durch freistehende Regale in Sitzecken unterteilt war. Von der Decke hingen vergilbende Segeltuchbanner, zusammengenäht aus alten Segeln und mit Sprüchen drauf, geschrieben in den gleichen grellen Farben wie bei dem alten Schulbus.

VENCEREMOS!
DIE MILCH DER MENSCHENLIEBE HAT KEIN
VERFALLSDATUM
TEMPIS FUCKIT

Ich schaute an den Buchrücken in den Regalen entlang. Die Beatgeneration war stark vertreten. Da standen zerlesene Exemplare von *On the Road* und *Junkie und The Dharma Bums*, aber auch Bücher, die vielleicht sogar wertvoll waren, wenn Gryffin recht hatte und dieser Typ ein Sammler war. Es gab auch Kunstwerke, falls man sie so bezeichnen konnte: zwei Venus-Bilder in Malen-nach-Zahlen-Manier, die in selbst gebastelten Rahmen steckten, ein paar Gemälde mit fantasievollen Luftschiffen auf kleiner ovaler Leinwand, ein Gedicht, dessen Wörter und Satzteile aus Zeitungen ausgeschnitten und auf Pappe aufgeklebt waren, signiert von Brion Gysin und William Burroughs. Das war mehr wert als das ganze Haus einschließlich eines kleinen Honorars für Lurch an der Vordertür.

Es hingen auch gerahmte Fotos an der Wand neben dem Bereich, den ich für die Küche hielt. Die sah eigentlich aus wie ein Badezimmer mit einem alten Day-Glo-Duschvorhang, mit dem sie vom übrigen Raum abgetrennt war. Hinter dem Vorhang hörte ich einen Freudenschrei, dann zog Gryffin ihn zur Seite.

»Na, da bin ich aber froh, dass du dich freust«, sagte er zu seinem für mich unsichtbaren Gastgeber. »Ich hatte ja angekündigt, dass ich vielleicht jemanden mitbringe. Hier ist sie. Cass, das ist Ray.«

Ray hetzte auf mich zu, ein untersetzter Mann in einer grünen Hose mit einer Vorhangschnur als Gürtel und einem riesigen violetten T-Shirt. Seine grauen Haare waren lang und zerzaust, die Augen funkelten hinter einer Brille mit violettem Rahmen, der mit Isolierband geklebt war. Sein Gesicht sah aus, als wäre es mal runtergefallen und von jemandem, der das noch nie gemacht hatte, wieder zusammengesetzt worden. An der Hand, die er mir entgegenstreckte, fehlte der Mittelfinger.

»Hallo, hallo!«, rief er mit einem heiseren Brooklyn-Akzent. »Schön, dass wir noch einen Besucher haben. Ray Provenzano.«

Er schüttelte mir eifrig die Hand. »Du hast bestimmt nichts gegen ein Abendessen, oder? Aphrodite ist eine miserable Köchin. Robert! Robert!«

Er brüllte den Namen, und der Junge, der uns hereingelassen hatte, kam angetrabt. Ray legte ihm eine Hand auf die Schulter und sah mich an. »Was möchtest du trinken, Cassandra? Wein? Ich habe gerade einen sehr guten Medoc aufgemacht.«

»Klingt gut.«

»Robert, sei so gut und hol noch eine Flasche, ja?«

Ray verschwand wieder hinter dem Vorhang. Man hörte ihn hantieren, und aromatische Kochdämpfe stiegen zischend auf, dann kam er zurück mit zwei vollen Weingläsern in der Hand.

»Shalom«, sagte er und drückte mir eines in die Hand. »Ich weiß, wer du bist: die Fotografin, die Tote fotografiert. Ich hab dich gegoogelt. Will mal sehen, ob ich von deinen Arbeiten was kriegen kann. Dein Buch vielleicht. Fotografierst du noch?«

Er redete weiter, während er sich in der Küche zu schaffen machte. »Du siehst, ich bin ein eifriger Sammler. Ich sammle alles Mögliche. Hätte ich gewusst, dass du kommst, hätte ich mir dein Buch besorgt. Wie schmeckt dir der Wein?«

»Gut«, sagte ich.

»Magst du Cassoulet?« Er zeigte mit einem Holzlöffel auf mich. »Hey, nicht in die Küche kommen! Gryffin, bring sie raus. Geht und setzt euch doch. Ich hab hier zu tun, Mann.«

Ich ging zurück in den Hauptraum. Robert saß auf einem Sofa, über das eine alte Decke gebreitet lag, und hörte Musik von einem iPod. Gryffin nahm die Bücherregale unter die Lupe. Ich kippte fleißig meinen Wein und betrachtete die Fotografien.

Er hatte ein Auge für gute Sachen, Gryffins Freund. Da hing ein signierter früher Caponigro, ein Blaudruck von Bobbi Carey, ein Motiv aus Kamestos' Insel-Serie, das ich noch nicht kannte.

Beim nächsten Foto blieb mir die Luft weg.

Es erinnerte mich an Aphrodites Sachen. Fäden und Fusseln stachen aus der gehärteten Emulsion hervor, und ein Gemisch aus Farbstoffen drang durch das Motiv. Farben, die man normalerweise nicht in ein und demselben Bild sieht: Magenta, Karmesinrot, ein eklig psychedelisches Orange, Giftgrün, Spritzer von Violett und Braun. Der Ansturm der Farben war verwirrend, aber auch absichtsvoll, wie die Kooning-Gemälde ohne Titel, die sich dem Verständnis immer zu entziehen scheinen.

Der Fotograf wusste genau, was er tat. Doch ich konnte ums Verrecken nicht erkennen, worauf ich da blickte.

Und um es noch schlimmer zu machen – das Bild war nach dem Entwickeln verändert worden. Es waren Pinselstriche zu erkennen und Druckstellen von der Spitze eines Zeichenstifts oder einer Nadel, und Fragmente von Blättern oder Federn steckten dicht unter der Emulsionsoberfläche. Das alles lenkte vom eigentlichen Motiv ab, einer abstrakten Masse aus Farbe und Struktur. Und obwohl die Verwendung von Farbe und Pinsel malerische Eigenschaft hatte, war es definitiv eine Fotografie und kein Gemälde. Die Nachbearbeitung, die Pinselstriche, die Verunreinigungen, all das machte es unmöglich, das ursprüngliche Motiv zu erkennen.

Komischerweise fiel es mir gerade deshalb so schwer, mich von dem Anblick zu lösen. Ich hatte permanent das Gefühl, im nächsten Augenblick zu erfassen, was es war – ein Gesicht, ein Hund, ein Ast –, oder sogar zu wissen, was es war, weil ich es schon mal irgendwo gesehen hatte.

Hatte ich aber nicht. Allerdings hätte ich einen Haufen Geld darauf gesetzt, dass der Fotograf sich sehr lange *Mors* angesehen hatte. Zu lange vielleicht.

Das Sonderbarste war aber nicht das Aussehen oder die Machart, sondern der Geruch.

Man musste nah herangehen, um ihn wahrzunehmen, aber er war da, ein stechender, eindeutig übler Geruch, der mir noch nie untergekommen war. Es roch wie ein Stinktier, nur schlimmer, viel schlimmer, nach Moschus und zugleich fischig. Es roch entsetzlich, scharf, aber nicht nach Verwesung – was immer es war, es roch nach etwas Lebendigem. Leichengeruch kannte ich. Ich war einmal dabei gewesen, als eine aus dem East River gezogen wurde, und ich hatte mal einen abgetrennten Arm fotografiert.

Beides hatte gestunken, aber nicht so wie dieses Foto.

Gryffin trat hinter mich. »Was siehst du dir an?«

»Das Foto. Wer hat es gemacht?«

Gryffin musterte es kurz. »Keine Ahnung. Frag Ray.«

»Das ist nicht von Aphrodite, stimmt's?«

»Eindeutig nicht. Obwohl …« Er betrachtete eine Ecke des Abzugs und tippte darauf. »Sieh dir das an.«

Zuerst sah ich gar nichts, aber dann erkannte ich ein ganz kleines Wort, geschrieben mit schwarzem Tintenroller in kindlichen Buchstaben: S.P.O.T.

»Spot? Was ist das?« In diesem Augenblick fiel mir der Schildkrötenpanzer im Inselladen ein. »Ein Haustier?«

»Das ist ein Scherz. Muss von Denny sein.«

»Denny Ahearn?«

»Ja. Ray weiß es bestimmt. Möchtest du noch Wein?«

Wir gingen und setzten uns an einen kleinen Tisch, der mit Kerzen und schwerem altem Silberbesteck gedeckt war, dazu mit zwei Flaschen Wein. Ich füllte mein Glas und fragte: »Dieser Denny war auch Fotograf?«

»Ganz bestimmt.« Gryffins Miene wurde hart. »Drogen, Sex, Fotografie – Denny ist ein typischer Renaissancemensch, in jeder Hinsicht unmäßig.«

»Robert!« Rays wütende Stimme gellte aus der Küche. »Komm her, ich brauche dich. Sofort!«

Robert stand auf, ohne die Ohrstöpsel herauszunehmen, zog den Hosenbund hoch und verschwand in die Küche. Ich beugte mich über den Tisch zu Gryffin. »Was ist mit dem Jungen los? Lässt er sich gern von den Einheimischen herumschubsen?«

Gryffin zuckte mit den Schultern. »Robert ist achtzehn. Ray bezahlt ihn, damit er ihm hilft. Ich glaube nicht, dass sie miteinander schlafen. Ray hat nur gern jemanden um sich, den er herumkommandieren kann.«

»Wobei hilft er?« Ich musterte die Staubfäden, die von den Plastikbahnen an den Wänden herunterhingen. »Ist er verantwortlich für das Klebeband?«

»Voilà!« Robert hielt den Vorhang zur Seite für Rays Auftritt, der eine Terrine aus Majolika hereintrug. »Cassoulet!«

Dazu gab es Rucolasalat, selbst gebackenes Brot und eingelegte grüne Bohnen. Der Wein war erstklassig.

Und davon gab es reichlich. Der chaotische Raum bekam einen freundlichen Glanz. Wenn ich nicht so genau hinsah, konnte ich mir sogar fast vorstellen, was unser Gastgeber in Robert sah, dem die Ohrstöpsel um den Hals hingen und der schweigend vor sich hin aß.

Die meiste Zeit sah ich jedoch Gryffin an. Er trank viel und wurde anscheinend trotzdem nicht betrunken. Nur seine Bewegungen wurden schneller, er griff zu hastig nach der Weinflasche, drehte den Kopf ruckartig, wenn Ray auf etwas zeigte. Er hatte nichts Besonderes an sich. Er war überhaupt nicht mein Typ, außer man betrachtete den Pigmentfleck in der Iris als Merkmal für einen bestimmten Typ.

Trotzdem konnte ich kaum den Blick von ihm lösen. Ich wartete andauernd darauf, dass er so aussah wie auf dem geklauten Foto.

Aber das passierte nicht. Ab und zu sah er mich mit gesenktem Kopf an. Es war ein seltsam lauernder Blick. Nach dem Essen räumte Robert den Tisch ab, brachte neue Gläser und eine Flasche Calvados, danach ließ er sich gleich wieder auf die Couch fallen. Nicht lange, und man hörte ihn leise schnarchen.

»Ray«, Gryffin zeigte auf das Foto, das ich vor dem Essen eingehend betrachtet hatte. »Das Foto da drüben, wer hat es gemacht?«

»Das da?« Rays kaputtes Gesicht verzog sich zu einem Stirnrunzeln. »Deine Mutter.«

»Nein«, sagte ich. »Das daneben.«

»Dieses?« Ray taumelte hin und nahm das Foto von der Wand. »Das ist eins von Dennys.«

Er pustete darüber und wirbelte eine Staubwolke auf, sodass er husten musste. »Robert! Du vernachlässigst deine Pflichten! Um Himmels willen.«

Ray nahm seine Serviette und wischte damit die Glasscheibe ab. »Ja. Das ist eins von Dennys. Ich habe viel Geld dafür gezahlt.«

Gryffin schnaubte. Ray blickte ihn gereizt an und drehte den Rahmen um. Auf der Rückseite des Fotos war eine Stück fleckige Pappe.

»An der Präsentation muss er noch arbeiten«, meinte Ray. »Das habe ich ihm gesagt. Aber er hört nie zu.«

»Denny kann nicht zuhören, außer dem Satellitenradio in seinem Kopf«, sagte Gryffin. »Darf ich?«

Ray gab ihm das Foto. Gryffin betrachtete es und verkündete schließlich: »Ich halte es immer noch für Mist.«

»Du Philister«, stöhnte Ray. »Es ist schön.«

»Was hältst du davon?«, fragte Gryffin mich.

Ray goss uns Calvados ein. »Ich finde es gut«, sagte ich. »Aber was stellt es dar?«

Ray reichte mir ein Glas. »Wer weiß? Mir gefällt es.«

»Ja, mir auch.« Ich trank einen Schluck von meinem Calvados, während ich das Foto betrachtete. »Macht er viele Fotos dieser Art?«

Ray lehnte sich auf seinem Stuhl zurück und strich sich über den Bart. »Bin mir nicht sicher. Nicht allzu viele, glaube ich. Sie hat ihn darauf gebracht, Aphrodite.« Er deutete auf Gryffin. »Er hört das nicht gern.«

Gryffin stand auf. »Nein, überhaupt nicht. Entschuldigt mich für einen Moment.«

Er ging hinaus. Ray verdrehte die Augen. »Nimm es ihm nicht übel. Aphrodite und Denny hatten mal was miteinander, damals, in den alten Zeiten. Das war noch vor Gryffins Geburt, aber zwischen ihm und Denny gab es immer böses Blut. Denny vögelte alles. Alles, was einen Rock anhatte.«

Er überlegte, und einen Augenblick lang sah es so aus, als

würde er mehr sagen, doch dann schüttelte er nur den Kopf. »Gryffins Vater, du weißt schon, Steve, er war die Liebe meines Lebens. Wir waren siebzehn Jahre lang zusammen. Steve wohnte hier, und Gryffin war andauernd da. Das heißt, wenn er nicht in der Schule war. Aphrodite war keine richtige Mutter. Eigentlich war Steve auch kein richtiger Vater«, sagte er. »Ich dagegen liebe Kinder – sieh mich nicht so an! Ich habe ihn niemals angefasst. Niemals.«

Seufzend blickte er zum Sofa hinüber, wo Robert schlief. »Den übrigens auch nicht. Aber ich schaue ihn an«, fügte er hinzu und lachte wieder. »Aber du weißt ja, wie das ist, nicht wahr? Ihr Fotografen. Ihr schaut gerne, fasst aber nicht an. So sind die Voyeure.«

»Nein. Voyeure wollen sich geschützt fühlen. Ich fühle mich gern bedroht.«

»Dann könntest du im Augenblick viel Arbeit finden.«

»Hat sich nicht so ergeben. Wieso hat Denny keine Signatur angebracht?«

Ray zog die Brauen zusammen. »Hat er nicht?«

»Da.« Ich zeigte auf die Ecke. »Da steht *Spot*.«

»Ach ja. Das ist sein Zeichen.«

»Was bedeutet Spot? Gryffin sagt, das ist ein Scherz.«

»Ein Scherz?« Ray streckte die Hand nach dem Foto aus, und ich gab es ihm. Er schaute kurz darauf, dann hängte er es an seinen Platz zurück und setzte sich wieder. »Könnte sein. Ehrlich gesagt kann ich mich nicht mehr erinnern. Auf jeden Fall war es etwas Verrücktes. Denny stand mal auf Esoterik und solches Zeug. Seine Kommune hat sich auf allen möglichen religiösen Scheiß eingelassen. Sie nannten es Religion. Ich nannte es Diebstahl an den Indianern. Amerikanischen Ureinwohnern, wollte ich sagen. Diese Hippies waren verrückt nach solchem Mist. Nachdem sie mit dem Buddhismus und dem

Hinduismus und so weiter fertig waren. Mit den großen Religionen. Dabei waren sie genauso wenig Ureinwohner, wie ich einer bin.« Er seufzte. »Denny fuhr richtig darauf ab. Er war intelligent – er ist aus Harvard rausgeflogen. Er studierte Vergleichende Religionswissenschaft oder so was. Er war ein schöner junger Mann. Das sieht man ihm jetzt nicht mehr an. Seien wir mal ehrlich: Das Leben hier kostet dich mehrere Jahre. Darum säuft hier jeder wie ein Loch. Das liegt am Winter. Man wärmt sich mit Wein. Sieh mich an! Vor der Zeit gealtert.«

Er kippte ein Gläschen Calvados. »Aber das Foto – was meinst du? Seine Sachen sind allmählich gefragt. Lucien Ryel hat welche gekauft. Für das da habe ich vor einem Jahr drei Riesen gezahlt. Inzwischen ist es wahrscheinlich mehr wert.«

»Drei Riesen?« Ich warf ihm einen skeptischen Blick zu. »Das ist viel Geld für einen total unbekannten Namen.«

Ray zuckte mit den Schultern. »Du weißt doch, wie das läuft. Jeder hat auf den künftigen gefeierten Nachwuchskünstler eine Wette laufen. Selbst wenn er ein alter Nachwuchskünstler ist. Der Markt für Fotografien ist verrückt, das weißt du. Ich glaube nicht, dass Denny sich einen feuchten Kehricht schert um solchen Scheiß, aber Lucien hat den Blick des Kapitalanlegers. Er hat seine Rockstar-Freunde angesprochen, und Pete Townsend hat ein paar von Dennys Sachen gekauft. Townsend steht auf Outsider-Art. Ich finde, das kann man als Outsider-Fotografie bezeichnen.«

»Ziemlich gut für jemanden, der in einem Bus gelebt hat.«

»Hat Gryffin dir das erzählt?« Ray lachte schallend. »He, mach das nicht runter! Das hier ist der letzte Ort im Land, wo man sich seine Nische schaffen kann.«

Mir kam es nicht so vor, als käme Ray mit einer Nische aus. Aber ich hielt den Mund und ließ ihn reden.

»Alle seine Sachen sind einmalig. Du fragst, ob er viele davon macht. Ich weiß es nicht. Ich war noch nie bei ihm. Aber er verwendet viel Zeit darauf. Wie Aphrodite früher. Die hat ihr Papier und alles selbst hergestellt.«

»Und die Emulsion«, sagte ich. »Er macht anscheinend die Emulsionen selbst. So sieht es meines Erachtens aus. Wenn das wirklich Einzelstücke sind, dann produziert er eine Art Monotypie. Oder Monoprint, falls er das Negativ mehr als ein Mal benutzt. Interessant.«

»Hast du so was auch gemacht?«

»Nein. Ich habe versucht, Abzüge zu verkaufen. Aber …« Ich deutete auf das Foto. »Das bedeutet jedenfalls, dass es ein Original ist. Das heißt, wenn er Robert Mapplethorpe wäre, wäre das Foto Unsummen wert. Das ist dir wahrscheinlich schon klar, oder?«

»Dass es viel Geld wert ist?«

»Dass er kein Robert Mapplethorpe ist.« Ich trank meinen Calvados aus. »Aber was ist mit Aphrodite los? Warum hat sie aufgehört zu fotografieren?«

Ray strich über seine narbige Wange. »Schwer zu sagen. Sie hat nie wieder so einen Erfolg gehabt wie mit ihren frühen Fotos. Das lag wohl zum Teil daran, dass sie für jedes so lange gebraucht hat. Und damals gab es noch keinen Markt dafür, im Gegensatz zu heute. Sie konnte damit kein Geld verdienen. Sie weigerte sich, kommerzielles Zeug zu machen, wie man von ihr verlangte, und nach einer Weile war keiner mehr interessiert an ihren Sachen. Und ihre Trinkerei – das geht schon lange so. Als sie und Steve eine Beziehung anfingen – weißt du, sie hat ihn wirklich geliebt. Und er liebte sie auch, auf seine Weise. Aber damals war das noch anders. Er konnte sich lange Zeit nicht eingestehen, dass er schwul war. Im Gegensatz zu mir. Ich hatte nie ein Problem damit.«

Er lachte.

»Die beiden müssen es mindestens ein Mal hingekriegt haben«, sagte ich. Ray sah mich verwirrt an. »Schließlich haben sie Gryffin.«

Ray verzog das Gesicht. »Oh ja, Gryffin. Das Wunderkind. Das war Dennys Idee. Wie gesagt, Aphrodite hat nie Gefallen daran gefunden, am Muttersein und so weiter. Inzwischen verbringt sie ihre Zeit fast nur noch mit Trinken und diesen blöden knochigen Hunden.«

»Seid ihr zwei fertig?« Gryffin stand im Flur und sah uns an.

»Schätze, ja«, sagte ich. »Zum Bad geht's da entlang?«

Er nickte. Ich stand auf. Gryffin wartete, bis ich an ihm vorbei war, dann ging er zurück zum Tisch.

Verglichen mit dem Rest von Rays zusammengeschustertem Palast war das Bad luxuriös. Mexikanische Fliesen, Whirlpool, schickes Flachspül-Klo, Eichenschrank.

Und das Beste von allem: ein gut gefüllter Medizinschrank.

Ich schloss die Tür ab, dann kramte ich darin herum: Percocet, Hydrocodone, Adderall. Die Schmerzmittel waren für Ray, das Adderall war für Roberts ADHS. Ich steckte ein paar Percocets ein, war aber mehr an Adderall interessiert. Fünfundzwanzig Milligramm würden für einen hübschen kleinen Dexedrin-Rush sorgen. Ich schluckte eine und steckte noch eine Hand voll zu den anderen in die Tasche. Robert würde sie nicht vermissen.

Als ich zurückkam, blickte Gryffin wie versteinert aus dem Fenster. Ray sah mich an.

»Ich dachte schon, du wärst in den Whirlpool gestiegen«, sagte er. »Darfst du gern tun, wenn du möchtest.«

»Nein, danke.« Ich setzte mich. In diesem Augenblick klingelte ein Telefon. Ray drehte sich um und blaffte Robert an, der noch immer tief und fest schlief.

»Robert. Robert! Hol das verdammte Telefon!«

Robert bewegte sich und stand benommen auf. Ich sah zu Gryffin. Er zog die Brauen hoch und deutete stumm eine Frage an: Abhauen? Ich nickte.

»Hey Ray.« Robert streckte den Kopf aus der Küche. »Es ist John Stone.«

»John Stone, John Stone«, murmelte Ray. »Was ist denn jetzt los?«

Er schlurfte zum Telefon. Robert kam und setzte sich zu uns an den Tisch.

»Sie hat nach Ihnen gesucht.« Er strich über seine Seeglaskette.

»Wer?«, fragte ich.

»Vorgestern Abend im Good Tern. Kenzie hat nach Ihnen gesucht.«

»Die Kleine aus dem Motel?« Ich runzelte die Stirn. »Ich kenne sie nicht mal. Warum sollte sie nach mir suchen?«

»Keine Ahnung.« Er starrte auf seine Füße. »Aber sie hat's mir gesagt. Sie hat gesagt, im Motel übernachtet eine Dame aus New York City. Sie hat gemeint, dass Sie nett sind.«

Er warf mir einen bösen Blick zu. Gryffin sah mich an, dann beugte er sich über den Tisch und fragte: »Du hast sie also gesehen, Robert?«

»Nein. Wir haben gechattet. Ich wollte mich später mit ihr treffen, aber sie ist nicht gekommen. Sie hat gemeint, Sie wollten sie im Auto mitnehmen.«

»Im Auto? Wohin denn?«

»Nach New York, glaube ich.«

Ich sah ihn ungläubig an, dann lachte ich. »Oh Mann, die Ärmste. Sie muss wirklich schlimm dran sein.«

»Das habe ich auch gesagt.«

Ich sah ihn an, ob das ein Witz sein sollte, aber er machte

schon wieder ein nichtssagendes Gesicht. Aus der Küche hörte man Ray ins Telefon brummen.

»Hast du sie gekannt?«, fragte ich Robert.

»Ja. Wir haben zusammen rumgehangen. Sie hat mir CDs zum Kopieren geliehen.«

Er sagte nichts mehr, weil Ray zurückkam und verkündete: »Das war John Stone. Er will mit euch reden – nicht mit dir, Robert, ich habe ihm gesagt, dass du vorgestern Nacht hier warst. Du hast ein Alibi. Er hat gemeint, er würde trotzdem mit dir reden müssen, wenn sie nicht wieder auftaucht. Aber mit euch beiden.«

Ray zeigte auf Gryffin und mich. »Vor allem mit dir.« Er setzte sich auf seinen Stuhl. »Er will dich befragen.«

»Mich?« Ich spürte ein heißes Aufflackern im Kopf, die Eröffnungssalve der Adderall. »Wieso das denn?«

Ray fing an zu singen. »Sheriff John Stone, why don't you leave me alone ...? Vielleicht, weil er der Sheriff ist?«

»Hey Cass«, sagte Gryffin. »Entspann dich. John ist ein guter Kerl. Er nimmt dich schon nicht in die Mangel. Was hat er gesagt, Ray?«

»Dass er anfängt, Leute zu befragen. Ihr Vater hat vor ein paar Stunden eine Vermisstenanzeige aufgegeben, und jetzt müssen sie der Sache nachgehen. Obwohl mir John lang und breit erklärt hat, dass das kleine Fräulein wahrscheinlich nach Lubec oder Bangor abgehauen ist, mit einem Freund, von dem keiner was weiß, was ich persönlich auch für wahrscheinlich halte, aber John muss halt seine Arbeit machen. Es muss aber nicht mehr heute Abend sein«, fügte er hinzu und lachte wieder. »Er will nämlich nicht extra von Collinstown rüberkommen, außer jemand hat etwas Wichtiges auszusagen. Und danach soll ich fragen. Also, hat einer von euch etwas Wichtiges auszusagen?«

Gryffin schüttelte den Kopf. »Nicht dass ich wüsste.«

»Ich habe ihm schon erzählt, dass ich gestern mit ihr gechattet habe«, sagte Robert.

Alle Augen richteten sich auf mich. Das kleine rote Leuchtsignal in meinem Kopf explodierte zu einem grellweißen Feuerwerk. »Nicht ohne einen Anwalt.«

Ray schlug sich auf die Schenkel. »Das ist die richtige Einstellung! Gib's ihm!«

»Halt die Klappe, Ray.« Gryffin sah ihn verärgert an. »Du übertreibst, Cass. Wenn du ihm nichts zu erzählen hast, sag es morgen einfach. Du brauchst nicht paranoid zu werden. Keiner wirft dir etwas vor. Außerdem habe ich dich im Good Tern gesehen.«

Ich konnte sehen, wie Robert mich mit diesen ausdruckslosen kalten Augen beobachtete. Er erinnerte mich an einen Pitbull, den ich mal am Times Square in einem Massenzuchtbetrieb gesehen hatte. Er lag still auf dem Betonboden seines Drahtkäfigs. Später hat er einem Kind die Hand abgebissen, wie ich erfuhr.

Mir kam ein Lied in den Sinn: *I was just gonna hit him, but I'm gonna kill him now.* »Ich muss gehen«, sagte ich und stand auf.

»Ja«, sagte Gryffin. »Wir gehen jetzt besser.«

Als ich an der Couch vorbeikam, sah ich mehrere CDs auf dem Polster liegen: Green Day, Blue Mosque und noch eine. Ich hielt sie hoch und fragte Robert: »Sind das deine?«

»Nö. Kenzies. Ich hab ja schon gesagt, sie hat mir welche zum Kopieren gegeben.«

»Sie hat einen guten Geschmack.« Es war *Marquee Moon* von Television.

Robert zuckte mit den Schultern. »Sie mag das alte Zeug.«

Ich warf die CDs auf die Couch zurück und folgte Ray und Gryffin zur Tür.

»Also, war nett, dich kennenzulernen, Cass. Vielleicht besorge ich mir dein Buch.« Er umarmte Gryffin. »Kommst du morgen noch mal?«

»Wahrscheinlich nicht. Muss zurück nach Chicago.«

Robert blieb, wo er war. Er nickte heftig mit dem Kopf zu seiner Musik und fixierte mich dabei. Ich starrte zurück, dann drehte ich mich um und ging mit Gryffin in die Nacht hinaus.

15

Den größten Teil des Weges legten wir schweigend zurück. Wir waren beide ziemlich voll und mussten uns konzentrieren, damit wir in dem eisigen Nebel nicht hinfielen. Durch die Adderall ging es mir glänzend, und schon bald warf ich eine zweite ein, damit es mir noch besser ging.

Doch immer wieder kratzte etwas an dem Glanz: die Erinnerung an MacKenzie Libbys weißes Gesicht im Kegel der Scheinwerfer.

Sie hat nach Ihnen gesucht. Sie hat gemeint, Sie wollten sie im Auto mitnehmen.

Eine Wunschvorstellung. Aber warum nicht? Ich war wahrscheinlich der erste Mensch für sie, der vielleicht schon mal Marquee Moon gehört hatte. Ich dachte an die erste Single von Patti Smith, *Piss Factory*: *Sixteen and time to piss off*. Das Zuhause verlassen, in der Gosse schlafen, eine Stadt finden, in der man leben möchte.

Ich hätte sie mitnehmen sollen. Andererseits wären dann jetzt die Einheimischen mit Mistgabeln hinter mir her.

»Sei vorsichtig«, warnte Gryffin, als der Weg schmal wurde. »Es ist rutschig.«

Mir war alles egal, außer ich bekäme eine Kugel in den Kopf. Auf dem letzten Stück vor dem Haus begann ich zu rennen. Ich stolperte und stürzte.

»Verdammt!« Gryffin eilte zu mir. »Ich habe doch gesagt, sei vorsichtig! Bist du verletzt?«

Er ging neben mir in die Hocke. Ich stieß ihn weg, doch

er packte meine Hand und richtete die Taschenlampe darauf.

»Ach du je. Tut das nicht ...«

»Weh? Ja.« Die Handfläche war voller Blut. »Scheiße.«

Taumelnd stand ich auf, holte den Jack Daniels aus der Tasche und trank einen Schluck. Dann sah ich Gryffin an.

Er beobachtete mich fasziniert, aber auch voller Abscheu. Ich lachte.

»Was ist denn?«, fragte er ungehalten.

Ich konnte nicht sprechen, nur lachen, während ich mir das Blut an der Hose abwischte. Gryffin drehte sich um und ging weiter. Ich rannte hinter ihm her. Eine Amphetaminwelle drückte hinter meinen Augäpfeln, sodass der Nebel Funken schlug.

»Hey, geh nicht im Zorn«, rief ich, doch er ignorierte mich.

»Ich gehe schlafen«, sagte Gryffin, als wir im Haus waren. Er hängte seinen Mantel auf und ging zur Küche. »Du kannst ja mit meiner Mutter aufbleiben und Wackelpudding mit Schnaps kippen, wenn du willst.«

»Warte«, sagte ich.

Er blieb stehen. Ich fasste ihn am Kinn und küsste ihn. Er wich nicht zurück. Er war unrasiert und schmeckte nach Calvados. Ich wanderte mit den Fingern an seinem Hals hinunter bis zu der Kuhle unter dem Adamsapfel. Ich spürte seinen Puls, dann glitt ich mit dem Mund bis zu seiner Kehle und küsste sie.

»Gryffin«, flüsterte ich. »Was ist das für ein Name? Gryffin.«

Er entzog sich mir und ging aus dem Raum. Nachdem er weg war, brach ich in unkontrolliertes Lachen aus.

Die Adderalls drehten voll auf. Ich liebe Speed und das schwarze Licht, das man nur um drei Uhr morgens sieht, wenn Flaschen schimmern wie geschliffenes Glas und alles an einen Song erinnert, den man mal toll fand. Das ist die Zeit, wenn alles eine besondere Schärfe bekommt, wenn das, was in meinem Kopf ist, und das, was außerhalb ist, ein und dasselbe werden.

Was soll ich sagen? Trostlos ist schön. Ich starrte auf mein Spiegelbild in einem dunklen Fenster und drückte die Handfläche an die kalte Scheibe. Mein Fotoapparat fiel mir ein, der im Gästezimmer lag.

»Kaa geht auf die Jagd«, sagte ich.

Es war totenstill im Haus, der Ofen war kaum noch warm. Zwei der Hunde lagen auf der Couch, bewegten sich aber nicht, als ich an ihnen vorbeiging. Aphrodite glänzte immer noch durch Abwesenheit, hatte aber das Radio laufen lassen. Ein DJ quatschte in einen John-Coltrane-Song rein. Ich schaltete es aus, suchte mir ein leeres Filmdöschen und tat die geklauten Pillen hinein. Dann ging ich nach oben.

Die Tür zu Gryffins Zimmer war geschlossen. Meine stand offen. Ich ging hinein und setzte mich ein paar Minuten lang aufs Bett. Meine Beine zuckten. Um das Speed zu dämpfen, trank ich einen Schluck Jack Daniels. Die zweite Flasche war fast leer, deshalb trank ich sie aus, nahm meinen Fotoapparat und prüfte den Blitz.

Er funktionierte nicht. Eine Ersatzbatterie hatte ich nicht eingesteckt – ich konnte mich nicht erinnern, wann ich zuletzt eine gebraucht hatte. Phil Cohen fragte immer wieder, warum ich nicht einfach auf Digital wechselte.

»Die sind inzwischen billig, Cass. Und Blitzlicht brauchst du nicht so oft. Du kannst sie überall benutzen.«

»Das heißt, ich kann sie auch überall verlieren. Außerdem macht es Stress, was Neues zu lernen.«

»Die sind einfach zu benutzen«, beharrte er. »Damit kann jeder astreine Fotos machen. Sei doch nicht so technikfeindlich.«

»Das sind keine echten Fotoapparate«, erwiderte ich. »Das ist degradierte Kunst, die ist nicht mehr authentisch.«

Er sah mich angewidert an. »Oh, klar! Die letzten Worte über degradierte Kunst von Ms. Authentisch 1976. Weißt du, was dein Problem ist? Du bist ein verdammter Dinosaurier, Cass. Du führst einen Kulturkampf, der schon vor dreißig Jahren zu Ende war. Und weißt du was? Deine Seite hat verloren.«

Ich hörte, dass jemand redete, und begriff, dass ich ein Selbstgespräch führte. Das kommt vor. Einmal machte ich den Fehler und erwähnte das Phil gegenüber. Er schlug mir vor, ich sollte es mit Ecstasy versuchen.

»Immer machst du zu, das weißt du, oder?«, sagte er. »Du brauchst was, das dir hilft, mit deinen Gefühlen klarzukommen. Das dir ein bisschen emotionalen Widerhall verschafft. Damit du nicht mehr so gottverdammt gleichgültig bist.«

»Wenn ich nur ein bisschen mehr mit meinen Gefühlen klarkäme, Phil, dann wärst du jetzt tot. Schon mal daran gedacht? Ich mag Gleichgültigkeit. Darum trage ich einen Fotoapparat mit mir rum.«

Ich drückte mir die alte Konica an die Brust. Es war noch gar nicht so spät – erst kurz nach Mitternacht. Das Speed aus dem Drugstore würde dafür sorgen, dass ich noch ein paar Stunden lang durchhielt.

Ich fühlte mich großartig, obwohl sich ab und zu die Paranoia in meine Gedanken schlich: Kenzie Libbys Gesicht, das Geräusch eines Außenbordmotors, in den sich Stimmen mischten, die meinen Namen flüsterten. Ich fragte mich, was Kenzie im Chat mit Robert über mich gesagt hatte. Mir fiel eine Bemerkung von Toby über die Insulaner ein.

Draußen auf den Inseln kommt es alle paar Jahre zu einer Hexenjagd.

Ich schob den Gedanken weg. Höchste Zeit, loszuziehen.

»Hey ho«, krächzte ich.

Ich ging ins Badezimmer und trank Wasser aus der Leitung. Der Fotoapparat schlug gegen den Waschbeckenrand. Danach starrte ich mich im Spiegel an.

Ich sah aus, als wäre ich auf allen vieren von der Stadt hierher gekrochen. Ich nahm den Deckel des Objektivs ab und machte eine Aufnahme von mir. Ein erstklassiger Fotograf konnte aus allem etwas machen, aus der Nacht und dem Speed, aus dem groben Gesicht im Spiegel, aus den zittrigen Händen, die einen billigen Fotoapparat hielten, aus dem schwarzen T-Shirt, das hochgerutscht war, sodass ein verblasstes Tattoo zu sehen war. Ein erstklassiger Fotograf würde daran vorbeisehen, würde ganz weit zurücksehen, bis zu den Schatten in einer Gasse und einem Autounfall im Wald.

Ich dachte an Aphrodite.

Alle Dinge verändern sich im Auge des Betrachters.

Ich musste sie wiedersehen. Ich musste sie zwingen, mich zu sehen, ich musste ihr sagen, wie sehr ihre Fotos mich damals verändert hatten. Sie sollte verstehen, dass ich gekommen war, weil ich hoffte, sie könnte die Veränderung rückgängig machen.

Ich ging aus dem Bad und den Flur hinunter. Die Tür zu ihrem Zimmer stand offen, und das Licht brannte. Ich blieb stehen, horchte, ob der Fernseher lief, ob jemand redete, ob die Hunde herumliefen.

Aber der Fernseher war nicht an. Die Hunde, wenn sie überhaupt da waren, würden wahrscheinlich schlafen.

Und Aphrodite? Ich nahm meinen Fotoapparat in die Hand. Wenn sie noch bewusstlos auf dem Bett lag, würde ich ein Foto machen können. Ich spähte ins Zimmer.

Keine Hunde, keine Aphrodite. Das zerwühlte Bett war leer. Eine Lampe warf pissgelbes Licht auf den Boden. Ich blieb horchend in der Tür stehen, für den Fall, dass Aphrodite doch in der Nähe war, in einem Schrank vielleicht oder am Ende des Flurs.

Alles war still. Ich ging hinein, stieg über Bücher, eine schwarze Strumpfhose und Unterwäsche, eine Strickjacke voller Hundehaare. Unter den Bücherregalen lagen noch mehr Strumpfhosen und eine leere Flasche Courvoisier. Der schmiedeeiserne Ofen war kalt, aber das Heizgerät machte Überstunden und kochte aus den Gerüchen des Zimmers einen Eintopf aus Hund, Brandy und schmutziger Wäsche.

Ich ging um mehrere Kleiderhaufen herum zu einer Wand voller Fotos. Aphrodite, als sie noch jung und schön war, eine Kreuzung aus Lizzy Mercier Descloux und Liz Taylor. Ein verblasstes Foto von einem großen, sehr gut aussehenden Typen mit Bart, der durch gesenkte Wimpern in die Kamera blickte. Er hatte einen kleinen Jungen auf den Knien, der den Kopf abgewandt hielt: Gryffin und sein Vater.

Steve Haselton sah anders aus als auf dem Foto auf dem New-Directions-Paperback: kantiger, besser. Vermutlich lag das an den langen Haaren, dem Bart und dem leicht manischen Lächeln. Er sah ein bisschen aus wie Hunter Thompson, kurz bevor oder kurz nachdem der Stoff zu wirken anfing. Da hing auch ein Foto von Gryffin. Er stand auf den Felsen am Meer, war ungefähr zehn Jahre alt, schlaksig und verstrubbelt, und hielt einen Seestern hoch. Ohne zu lächeln. Ein ernstes Kind.

Und es gab Fotos von der Oakwind-Kommune bei einem Muschelessen. Es sah allerdings mehr aus wie ein LSD-Trip. Langhaarige Leute in Zigeunerklamotten tollten am Strand herum. Es regnete. Von einem Steinhaufen mit schwarzem Zeug darauf – Seetang? Pilze? – stieg Rauch auf. Auf einem Foto stocherte ein kleiner nackter Junge grimmig mit einem Stock darin herum. Gryffin.

Das sah nicht gerade nach *My Summer of Love* aus, eher nach *Lord of the Flies*. Die Aufnahmen waren entweder über- oder unterbelichtet und unscharf, wie die Negative, die ich im Keller entwickelt hatte. Wie das pseudokünstlerische Zeug, das ein ehrgeiziger Highschool-Schüler macht.

Aber jede war in der unteren rechten Ecke von Aphrodite signiert. Kopfschüttelnd wandte ich mich ab.

Sie hatte ihre Begabung tatsächlich verloren. Sie hatte sie gehabt, und sie hatte sie verloren.

Ich stieß mit dem Fuß an die leere Flasche Courvoisier. Sie rollte unter das Bett. Ein Stapel übergroßer Fotomappen fiel mir ins Auge. Ich holte sie darunter hervor. Es waren teure schwarze Bokara-Mappen, die Art, die Fotografen und Models zu Galerien und Agenturen schleppen.

Diese waren offenbar eine ganze Zeit lang nicht bewegt worden. Das Leder war mit mattgrünem Schimmel überzogen. Mit spitzen Fingern hob ich die oberste auf, setzte mich aufs Bett und öffnete sie.

Sie enthielt Klarsichtfolien. Keine, die ein ernsthafter Künstler heute noch benutzen würde, weil das PVC Chlor freisetzt und dadurch die Fotos gelb macht.

Aber die Fotos darin waren alt. Noch mehr herumtollende Mittelklasse-Hippies, eine traurige Aphrodite, die ihren jüngeren Mann in den Armen hielt, der den Kopf weggedreht hatte und hinter langen Haaren verbarg. Ich schob die Mappe wieder unters Bett und zog die nächste hervor.

Die war schon interessanter. In den Hüllen steckten farbige Landschaftsaufnahmen, nicht die handgemachten von *Deceptio Visus* oder *Mors*, sondern schlichte Ansichten von Inseln in der Ferne. Mit diesen Fotos war sie näher dran, aber die Bilder waren zu plakativ: das Meer bei Sturm, zerklüftete Felsen, unheildrohende Wolken. Sie hatten nichts Bedrohliches, wie ihre früheren Arbeiten, sie erzeugten nicht den Eindruck, als hätte sie etwas Unheimliches, Schreckliches und Schönes mit angesehen, etwas, das sich für eine Hundertstelsekunde offenbart hatte und nie wieder zu sehen sein würde, außer hier in diesem Bild. Die zweite Mappe war vollgestopft mit Abzügen, Kontaktabzügen, Negativen, sogar mit verblassten Polaroids. Ich konnte fast die Verzweiflung spüren, mit der sie Hunderte Bilder schoss, in der Hoffnung, dass das eine geniale darunter war.

Nach allem, was ich sah, war ihr das nicht geglückt. Ich schob die Mappe an ihren Platz zurück und holte die dritte hervor.

Die Fotos darin waren anders.

Erst einmal waren sie alle mit einem SX-70 aufgenommen, dem berühmten Integralfilm, den Polaroid in den frühen Siebzigern entwickelt hatte. Der Fotoapparat dazu war eine enorme technische Neuerung, und das erste Modell, der Alpha, war sehr teuer – dreihundert Dollar, was damals so viel war wie vierzehnhundert heute. Der SX-Film kam in einzelnen Bildträgern, die die nötigen Entwicklerschichten enthielten und mit einem transparenten Deckblatt versehen waren. Nach der Belichtung wurde der Bildträger ausgeworfen, und dabei verteilten zwei Walzen im Gerät eine Paste auf der Negativschicht, was die Entwicklung in Gang setzte. In der Hand hielt man dann das sogenannte Sofortbild.

Der SX-70-Film hatte etwas, mit dem die Leute bei Polaroid nicht gerechnet hatten. Da das belichtete Bild eine Weile brauchte, um sich zu entwickeln, konnte man mit dem Finger oder einem nicht zu spitzen Werkzeug die Emulsion unter dem Deckblatt verschieben, was tolle, wenn auch simple Effekte erzeugte: Halos, silberne und schwarze Punkte, Halbschatten, die wie Sonneneruptionen aussahen. Wenn man mit einem Motiv richtig arbeiten wollte, konnte man die Entwicklungszeit durch Erhitzen und Abkühlen mehrmals ausdehnen.

Das war wie eine primitive Vorstufe von PhotoShop. Manche Fotografen spielten damit und erklärten das Ergebnis zu einer neuen Kunstform. Die meisten Leute erzielten solche Effekte allerdings unabsichtlich, sie verdarben sich ihre Schnappschüsse und beschwerten sich. Kurze Zeit später brachte Polaroid eine billigere Version des Alpha heraus, einen »verbesserten« Film mit dem Namen Time-Zero, sodass das Problem bei späteren Kameramodellen nicht mehr auftrat.

Manche Künstler benutzen heute noch SX-70-Filme, die es jetzt bei Fuji zu kaufen gibt. Doch die Fotos in dieser Mappe waren nicht neu. Ich schätzte, dass sie in den frühen siebziger Jahren aufgenommen worden waren, ungefähr zu der Zeit des Muschelessens am Strand. Ich erkannte mehrere Gesichter, Mitglieder der Kommune vermutlich: hagere Typen in Overall und Flanellhemd, Aphrodite, viel zu autoritär für einen Haufen von Langhaarigen, die zehn Jahre jünger waren, und den kleinen Gryffin.

Dann entdeckte ich eine Reihe von Bildern, bei denen sich mir die Nackenhaare aufrichteten. Sie zeigten eine hübsche junge Frau mit Sommersprossen und langen dunklen Haaren. Es war dieselbe wie auf dem 8x10, das ich in der Dunkelkammer entwickelt hatte. Auf den Sofortbildern schlief sie oder tat zumindest so. Es waren extreme Nahaufnahmen, und sie waren manipuliert worden, sodass kleine schlangenförmige Schatten über ihr Gesicht liefen und das Motiv etwas Gruseliges bekam, als läge sie unter Wasser. Ich konnte nicht erkennen, ob ihre Augen offen oder geschlossen waren. Der Fotograf war mit einem spitzen Gegenstand darübergegangen, und auf manchen Bildern sah es aus, als lägen silbriggrüne Münzen auf den

Augen. Auf anderen waren sie weit aufgerissen vor Verwunderung.

Genauso war es mit dem Mund. Die Chemikalien waren so verschoben worden, dass ihre Lippen verzerrt und verfärbt wirkten. Es sah aus, als ob dazwischen etwas hervorragte, ein Schlangenkopf oder vielleicht ein Finger.

Das könnte sich anhören, als wären die Bilder grotesk, und das waren sie tatsächlich. Aber nicht nur. Obwohl sie klein waren, wirkten sie überdimensional und in gewisser Weise lustig, wie die Zeichnungen von R. Crumb, wo die Dreistigkeit das Gruselige überlagert. Aber warum sollte das jemand mit Polaroids tun?

Der Fotograf hatte es jedenfalls so gewollt. Von diesen Fotos gab es Dutzende. Die meisten zeigten dieselbe junge Frau, aber mit verändertem Gesicht. Sie glich einer zerbrochenen Statue mit grünen und schwarzen Flecken. Einige Aufnahmen schienen ungeschickte Selbstporträts zu sein. Auf einer waren ein Spiegel und das Blitzlicht des Fotografen zu sehen, der die Sofortbildkamera hielt, auf anderen waren nur Ausschnitte eines Gesichts, aber ganz unscharf: ein Haaransatz, eine Nase oder ein Ohr, ein breites Grinsen. Einer hatte sich die Mühe gemacht, die Fotos zu schießen, ein anderer hatte sich die Mühe gemacht, sie aufzubewahren.

Wer war der Fotograf?

Nicht Aphrodite, das wusste ich. Ich dachte an Denny Ahearn, der das bizarre Foto in Rays Haus gemacht und mit S.P.O.T. signiert hatte.

Von diesen Fotos war keines signiert. Ich wusste trotzdem, dass es seine waren.

Sie verströmten eine innere Verletzung, genauso wie der kleine Heizlüfter Wärme verströmte. Ich konnte sie schmecken. Sie hinterließ einen Geschmack auf der Zunge wie ein alter Penny oder wie Speed, das nicht lange genug oder zu lange gekocht worden ist. Ich fühlte mich abgestoßen und angezogen zugleich. Ich sah mir eins nach dem anderen an, getrieben von dem Auge hinter der Polaroidkamera, das so präsent wirkte, als wäre der Fotograf bei mir im Raum.

Und dann starrte mich tatsächlich ein Auge an. Es war das einzige Foto, das nicht manipuliert worden war. Ein einzelnes hellbraunes, stark glänzendes Auge. Die Hornhaut war gelblich und von roten Äderchen durchzogen. In der Iris war das Spiegelbild eines Fotoapparats zu erkennen.

Das allein war schon unheimlich genug. Noch unheimlicher war ein grüner Pigmentfleck, wie Gryffin ihn auch hatte, nur war dieser größer und an einer anderen Stelle, dicht unterhalb der Pupille.

Ich konnte nicht wegsehen. Es kam mir vor wie ein Gemälde mit einem Riss, unter dem ein anderes, das eigentliche Gemälde, zum Vorschein käme, wenn man nur das obere wegriss. Mich befiel dasselbe schwindelerregende Entsetzen, das ich als Mädchen empfunden hatte, als die Wolken am Himmel einen Wirbel bildeten, ein grausiges Auge, das mich aus einem farblosen Himmel anblickte.

Jetzt kam es mir vor, als wäre der Pigmentfleck das eigentliche Auge, ein realeres Auge hatte ich noch nie gesehen in meinem Leben. Ich hielt mir das Foto näher vors Gesicht und rümpfte die Nase.

Es stank. Es dünstete nicht den staubigen Hundegeruch von Aphrodites Zimmer aus, sondern roch wie das Foto bei Ray Provenzano, so als läge ein verwesender Fisch auf einem toten Stinktier.

Der Geruch war nur schwach, aber unverwechselbar, und er kam von dem Polaroid. Ich hielt es mir an die Nase und roch daran.

»Was tun Sie da?«, flüsterte jemand, und einen Augenblick lang glaubte ich an eine Einbildung.

»Was tun Sie da?«

Ich blickte auf.

Aphrodite stand mitten im Zimmer. Sie hatte die Hunde bei sich. An ihrer Strumpfhose war ein Stück von einem dünnen Zweig hängen geblieben. Ihr Lippenstift war ganz blass geworden, und ihre grauen Haare lagen platt am Kopf an, als wäre sie gerade erst aufgewacht.

Doch sie schwankte mit blutunterlaufenen Augen hin und her, also war sie wohl schon eine Weile auf und hatte die Gesellschaft einer Flasche gesucht. Sie sah aus wie eine dürre Vogelscheuche.

»Aphrodite.« Ich blinzelte. »Äh ...«

Bevor ich mich bewegen konnte, stürzte sie sich auf mich. Ich fiel nach hinten aufs Bett, während sie die Mappe von meinem Schoß riss und sie mir an den Kopf hauen wollte. Der Hieb ging daneben. Ich rollte mich zur Seite und sah ihr weißes Gesicht über mir, die aufgerissenen Augen, die Mappe in ihrer Hand, die mir wie ein schwarzer Flügel vorkam.

»Hey!«, rief ich. »Hey, ich wollte doch nur ...«

Sie packte die Mappe mit beiden Händen und holte aus. Ich trat nach ihr und traf sie an der Schulter. Während sie rückwärtstaumelte, sprangen die Hunde winselnd zum Bett. Sie wirkten nicht bedrohlich, sondern freudig erregt, als wäre das ein Spiel, das sie kannten.

»Raus – hier –« Die Mappe fiel ihr aus der Hand, und Aphrodite hieb ins Leere, als wäre ein unsichtbarer Angreifer zwischen uns. »Raus – hier – raus – hier –«

Ich kauerte am Fußende des Bettes und sah ungläubig zu, wie die Hunde winselnd miteinander spielten. Aphrodite keuchte weiter »Raus hier, raus hier!« und hieb wütend in die Luft, wie ein frustrierter Schattenboxer. Warum auch immer sie das tat, es hatte nichts mit mir zu tun. Sie schien vergessen zu haben, dass ich da war.

Ich hatte schon mal Alkis im Delirium gesehen, aber noch nicht aus der Nähe. Ganz langsam schob ich mich an der Bettkante entlang in Richtung Tür.

»Raus hier!« Ihre Rufe wurden zu einem erstickten Schrei. Plötzlich verstummte sie, ließ die Hände sinken und blickte sich um.

Und dann sah sie mich.

Nein, nicht mich, sondern meinen Fotoapparat. Sie starrte ihn an, als wäre er etwas Widerliches, das ihre Hunde von der Müllkippe mitgebracht hatten. Dann hob sie den Kopf und blickte mir in die Augen. Als sie zu sprechen anfing, klang ihre Stimme wieder ruhig.

»Amateur.« Sie lächelte, ein entsetzliches, gebrochenes, starres Lächeln. »Sie sind nichts weiter als ein kleiner Amateur. Alle beide – nichts. Sie denken, ich wusste das nicht? Sie dachten, ich würde nicht wissen, wer Sie sind? Sie ...« Unvermittelt sprang sie auf mich zu und griff nach meinem Fotoapparat. »Sie sind *nichts* ...«

Ich überlegte keine Sekunde lang, sondern schützte die Konica mit dem Arm, mit dem anderen schlug ich zu und traf sie genau am Solarplexus. Sie taumelte rückwärts. Die Hunde sprangen um sie herum, als gehörte auch das zum Spiel, und dann sprang einer an ihr hoch und streifte sie mit den Vorderpfoten an den Schultern. Keuchend wich sie zurück, schlug dabei wieder auf jenen unsichtbaren Gegner ein und stürzte.

Mir blieb keine Zeit, um sie aufzufangen oder etwas anderes zu tun, ich konnte nur zusehen, wie sie mit dem Kopf gegen die Ecke des Ofens prallte. Ich hörte es knacken. Nicht wie von einem trocknen Zweig, mehr wie von einem noch grünen Zweig, der nicht brechen will.

Sie hatte sich das Genick gebrochen. Laut polternd schlug ihr Körper auf dem Boden auf. Einer der Hunde wich zurück und schlich zum Bett. Die beiden anderen liefen schwanzwedelnd zu ihr und schoben die Schnauze in ihren Schritt.

Den Fotoapparat an mich gedrückt, blickte ich zur Tür. Das Blut pochte mir in den Schläfen.

Oh Scheiße Scheiße Scheiße ...

Mit angehaltenem Atem horchte ich auf Schritte und Gryffins Stimme, auf Polizeisirenen, Schreie, auf Gott weiß was.

Aber es blieb still. Nichts war zu hören außer dem Geschnupper der Hunde und dem Brummen des Heizlüfters. Ich holte zitternd Luft und strich schützend über meinen Fotoapparat. Dann stand ich auf.

»Weg da«, flüsterte ich und gab den Hunden einen Klaps. »Weg da, los ...«

Mit gebleckten Zähnen wichen sie zurück.

»Platz«, befahl ich so laut, wie ich es wagen konnte. Ich zeigte auf das Bett. »Los! Platz!«

Sie schlichen hin und her, bis endlich einer aufs Bett sprang. Dann folgten ihm die anderen leise stöhnend, tappten über die Bettdecke und legten sich hin. Die langen grauen Schnauzen auf den Pfoten, blickten sie mich ruhig mit ihren gelbbraunen Augen an.

Ich lauschte, ob auf dem Flur niemand war, dann stieg ich über die Tote hinweg.

Ihr Kopf war zur Seite geneigt. Speichel rann aus dem Mundwinkel auf den Boden und mischte sich mit dem Blut, das aus der Platzwunde an der Schläfe tropfte. Die Wunde hatte die Form einer auf dem Kopf stehenden Pyramide, an den Rändern glänzend rosa, an der tiefsten Stelle dunkelindigo. Ich blickte zu dem Ofen. An der Ecke klebte ein rosa Stück Fleisch mit ein paar Haaren daran. Sie ragten auf wie die Beine eines gefangenen Weberknechts aus einem Papiertaschentuch.

Ich verzog das Gesicht und sah zu der Toten. Aphrodites Augen waren auf mich gerichtet. Ein rötlicher Glanz lag auf der Hornhaut, es sah aus wie eine hervorquellende Träne. Während ich sie betrachtete, senkte sich ein Lid herab, dann hob es sich langsam wieder, und die Träne dunkelte nach zu Blutrot, dann rollte sie über die Wange. In einem Nasenloch bildete sich eine rote Blase und platzte. Kleine rote Flecke erschienen auf den Wangen. Sie errötete.

Aphrodite war noch am Leben. Heftig zitternd wich ich einen Schritt zurück und rannte zur Tür.

Und blieb stehen.

Mein Fotoapparat hing mir um den Hals, sein vertrautes Gewicht zog an mir. Ich machte kehrt. Am Ofen, wo sie lag, ließ ich mich auf ein Knie nieder, nahm den Deckel vom Objektiv und fotografierte.

Das Licht war beschissen, aber das war mir egal. Für die Belichtung reichte es, und mehr brauchte ich nicht. Ein Tri-X nimmt nicht so viele Details im Graubereich auf wie ein T-Max. Er hat nicht so eine feine Körnung. Er ist ein kälterer Film, und er kann grob sein, aber er war für das, was ich tat, genau der Richtige. In diesem Augenblick war er perfekt. Den Rest würde ich später machen, in einer Dunkelkammer in New York.

Was in diesem Moment zählte, hatte ich vor mir: den matten Korpus des Ofens, Asche auf dem Holzfußboden, die makabre Puppe mit dem verdrehten Kopf, als versuchte sie, hinter sich zu blicken. Sie war schön, alles war schön, die hingeflossenen grauen Haare und das Spiel des Blutes unter ihrer Haut.

Während ich mich um sie herumbewegte, machte ich eine

Reihe von Nahaufnahmen. Einmal fürchtete ich, die Linse könnte von ihrem Atem beschlagen, doch inzwischen atmete sie wohl doch nicht mehr.

Ich weiß nicht, wann genau sie starb. Das würden die Fotos nach dem Entwickeln zeigen. Doch nach und nach bekam das Rot der Wangen einen Stich ins Violette. Die übrige Haut war weiß, so weiß, dass es beim Entwickeln knifflig werden würde, da der schwarze Ofen einen zu starken Kontrast bildete. Eine Haarsträhne fiel ihr übers Gesicht und verdeckte ein Auge. Ich schob sie zur Seite, machte noch zwei Aufnahmen, dann sah ich auf die Bildanzeige.

Es waren nur noch vier übrig. Ich hielt inne, weil mir plötzlich bewusst wurde, dass mein Körper schweißnass war. Nervös sah ich zur Tür, dann kam ich aus der Hocke hoch.

Auf dem Bett schliefen die Hunde. Am Boden lag eine Leiche, daneben eine Fotomappe.

Davon abgesehen war alles an seinem Platz. Es sah aus wie ein Unglücksfall. Für meine Begriffe jedenfalls. Alles in allem wie ein natürlicher Tod.

Nur die Mappe musste an ihren Platz zurück. Ich zog mir den T-Shirt-Saum über die Finger und schob sie behutsam unters Bett.

Würde das reichen? Wenn sich jemand die Mühe machte, alles auf Fingerabdrücke zu untersuchen, würde er meine auf sämtlichen Abzügen finden. Die alte Plastikfolie war wie Glas, man brauchte es nur gegen das Licht zu halten und sah den Schmutz.

Aber ich musste hoffen, dass niemand sich die Mühe machte. Denn ich durfte jetzt keine Zeit mit Abwischen vergeuden. Ich schaute nach Fußabdrücken, nach irgendetwas, das verraten könnte, dass ich hier gewesen war.

Das Zimmer sah so unordentlich und hoffnungslos aus wie

in dem Augenblick, als ich hereingekommen war. Auf Zehenspitzen und den Fotoapparat an die Brust gedrückt, ging ich auf den Flur und blieb stehen.

Wenigstens die Türknäufe sollte ich abwischen. Ich rieb beide mit dem T-Shirt blank, dann strich ich damit für alle Fälle auch über den Türrahmen. Ich war überraschend ruhig, so würde ich für eine bevorstehende Party oder vor einer längeren Reise putzen. Ich blickte ein letztes Mal durch das Zimmer und überlegte, was ich sonst noch angefasst haben könnte.

Nada.

Damit war ich auf der sicheren Seite. Vielleicht. Noch sicherer wäre es, wenn ich mit einem Alibi aufwarten könnte.

Und dann fiel mir eins ein.

16

»Zum Verlieren geboren«, so könnte, wenn es nach Phil ginge, mein Motto lauten. »Nichts zu verlieren«, fand ich in diesem Augenblick genauso passend. Ich schraubte den Deckel aufs Objektiv und blickte noch einmal durch Aphrodites Zimmer. Hätte sie die Tür angelehnt gelassen? Das Licht brennen lassen?

Ja, klar, entschied ich, denn sie wusste ja nicht, dass sie sterben würde. Ich ging zu Gryffins Zimmer.

Die Tür war geschlossen. Ich lehnte mich dagegen, um zu horchen, aber auch um meinen ganzen Mut zusammenzunehmen.

Ich war vielleicht kaputt, aber nicht blöd. Mir war selbst nicht so ganz klar, was sich in Aphrodites Zimmer abgespielt hatte – war sie gefallen oder gestoßen worden? –, aber dass es nicht gut für mich aussah, wusste ich.

Darum musste ich mich absichern. Den voll geknipsten Film loszuwerden wäre das Erste, doch das wollte ich nicht. Die Aufnahmen ... wenn sie auch sonst niemand sehen durfte, ich selbst wollte sie ansehen können. Ich *musste* sie ansehen können, um zu beweisen, dass ich nicht war wie sie. Noch nicht. Um zu beweisen, dass ich mein Talent nicht verloren hatte.

Auf dem Flur war es stockfinster. Doch allmählich gewöhnten sich meine Augen daran. Es gibt meistens Graustufen, selbst wenn man denkt, es herrscht völlige Dunkelheit. Ich ging hinein und schloss die Tür.

In Gryffins Zimmer war es warm. Ich konnte ihn tief atmen

hören. Aber er schnarchte nicht, und das war gut. Ich schlafe nämlich schlecht, wenn noch jemand im Raum ist.

Nicht dass ich vorhatte, schon zu schlafen. Ich ging zur hinteren Wand. Durch das Heizungsgitter kam warme Luft. Die Vorhänge waren nicht ganz zugezogen, sodass es hell genug war, um etwas zu erkennen. Gryffin lag auf dem Rücken, ein Arm ruhte auf der Stirn, der Kopf war zur Seite geneigt. Sein T-Shirt-Ärmel hatte sich hochgeschoben und die graue Achselhöhle entblößt.

Er sah schön aus. Wie aus einer anderen Welt, würde ich sagen. Das Schöne an ihm war das ganz Gewöhnliche, dass er im selben Raum mit mir war, dieselbe Luft atmen konnte, ohne etwas von mir zu ahnen. Als wäre ich ein Geist. Als hätte Aphrodite recht gehabt und ich wäre tatsächlich nichts.

Solange ich einfach nur dastand und er nicht aufwachte, nahmen unsere beiden Welten denselben Raum ein, so wie eine Fotografie eine sekundäre Welt erschaffen kann, die innerhalb der realen existiert. Es kam mir vor, als wäre ich in ein Foto getreten – nicht in eins von meinen, sondern in einen Ort der Ruhe, einen Ort zwischen Schlafen und Wachen, zwischen dem Realen und dem Idealen. In einen Ort, wo meine Arbeit nicht hingehörte, so wenig wie ich selbst.

Gryffin gehörte dorthin. Da es dunkel war, konnte ich mir einbilden, er schliefe woanders, beschienen von der Sonne.

An einem Strand, in einer grünen Waldgegend. Sonne, ein lächelnder Mann: für mich immer außer Reichweite. Ich würde ihn nie berühren können.

In diesem Augenblick überfielen mich Trauer, das Bild von Aphrodites traurigem kleinen Körper neben dem Ofen und das Grauen vor der Dunkelheit. Ich drehte mich um und tappte vorsichtig durchs Zimmer zu Gryffins Schreibtisch, auf dem ich den Kerzenständer und die Streichhölzer ertastete. Ohne

Rücksicht darauf, dass er schlief, riss ich eins an, zündete die Kerze an und löschte das Streichholz mit den Fingerspitzen.

Die kleine Flamme kam mir blendend hell vor, doch er bewegte sich nicht. Mit der Kerze ging ich an sein Bett und betrachtete ihn. Sein Mund war leicht geöffnet, als wollte er gerade anfangen, im Traum zu sprechen. Seine Augen bewegten sich unter den Lidern. Sein Atem war warm und roch nach Zahnpasta und Alkohol. Schön.

Alles ist Zufall. Davon war ich immer überzeugt. Nichts passiert aus einem bestimmten Grund, nichts passiert, weil wir es wollen. Ich hatte nie an Götter geglaubt, doch jetzt glaube ich an das Böse. Ich glaube an die Erinnyen, die Rachegöttinnen.

Und das ist vielleicht das Einzige im Universum, was kein Zufall ist.

Ich glaube, es gibt Wesen, Menschen, die von der Macht der Zerstörung angetrieben werden. Manchmal ist der Impuls nur vorübergehend. Manchmal ist er vielleicht ewig. Als ich vergewaltigt wurde, lief ich einer Rachegöttin in die Arme. Im Lauf der Jahre wurde ich selbst eine.

Wenn es ein Gegenteil gab von mir, dann lag es dort vor mir – Gryffin. Während ich ihn anstarrte, wurde mir etwas klar: Was ich vor dem Motelzimmer an ihm wahrgenommen hatte, diese schwarze Woge einer inneren Verletzung, die hatte nichts mit Gryffin Haselton zu tun, überhaupt nichts. Er hatte mich angesehen, und ich hatte durch seine Augen einen flüchtigen Blick auf mich selbst gehabt. Meine eigene Wut und Angst hatten mich getroffen wie Querschläger.

Nichts anderes.

Mir tränten die Augen, als ich die letzten vier Bilder verschoss. Dabei stellte ich den Fotoapparat auf die Schreibtischkante, damit die Aufnahmen durch meine zitternden Hände nicht verwackelten. Trotzdem würden sie unscharf sein. Wie wenn man den Mond ohne Stativ fotografiert – egal, wie sehr man sich auch bemüht, stillzuhalten, man bewegt sich dennoch, und der Mond bewegt sich auch und die Erde auch. Und der Fotoapparat fängt alles ein.

In Gryffins Zimmer schien sich sehr wenig zu bewegen, aber ich wusste, die Fotos würden zeigen, dass es sich anders verhielt. Sie würden zeigen, wie sich in Abständen von Sekundenbruchteilen alles veränderte. »Der Tod ist das *eidos* dieser Photographie vor meinen Augen«, schrieb Roland Barthes. Aber der Tod ist nicht statisch wie ein Bild. Wenn man eine Leiche lange genug betrachtet, sieht man, dass sich unter der Haut etwas bewegt, so real und fließend wie das Blut in unseren Adern.

Hier sah ich einen schlafenden Mann, der sich nicht bewegte. Auf den Abzügen würden Mund und Augen unscharf sein. Vier Bilder. Als ich fertig war, spulte ich den Film zurück und nahm ihn heraus. Er musste versteckt werden.

In einer Schublade oder unter der Matratze würde Gryffin ihn finden. Mein Blick blieb an dem Schildkrötenpanzer auf dem Fensterbrett hängen, und der Raum über dem Inselladen kam mir in den Sinn. Ich nahm den Panzer und drückte ihn an der Kopföffnung so weit auseinander, bis die Filmrolle hindurchpasste. Sie saß fest zwischen Bauch- und Rückenschild.

Ich schüttelte den Panzer. Nichts klapperte. Dann setzte ich ihn zurück aufs Fensterbrett.

Ich drehte mich um. Ein paar Augenblicke lang beobachtete ich Gryffin, wie er schlief.

Alle Dinge verändern sich im Auge des Betrachters …

Ich wollte aber nicht, dass mein Blick ihn verändert. Aber natürlich war das schon längst passiert. Ich löschte die Kerze mit den Fingern, zog Stiefel und Lederjacke aus, wickelte den Fotoapparat in die Jacke und legte das Bündel auf den Boden.

Ich trat an das Bett, zögerte kurz, dann hob ich die Decke an und legte mich zu ihm. Gryffin brummte fragend und drehte sich auf die Seite.

»Ich bin's«, flüsterte ich. »Mir ist kalt.«

»Was?«, murmelte er. »Was ist?«

»Cass. Mein Zimmer ist nicht geheizt. Ich friere.«

Das stimmte wirklich. Ich zitterte heftig trotz Kleidung und Decken und dem Mann neben mir. Ich sah ihn die Stirn runzeln. Dann schloss er die Augen.

»Meinetwegen«, sagte er und legte die Arme um mich. »Schlaf einfach.«

Nach und nach wurde mir warm. Und allmählich wurde es hell. Ich lauschte meinem brummenden Schädel und Gryffins Atem.

Schließlich schlief ich ein. Es war nicht gerade der Schlaf der Gerechten. Doch für die paar Stunden war er gut genug.

Zweiter Teil

Schattenpunkt

17

»Steh auf.«

Stöhnend vergrub ich das Gesicht im Kopfkissen.

»Steh auf!«, sagte die Stimme lauter. Das Bett wackelte. Im nächsten Augenblick begriff ich, dass jemand dagegentrat, im übernächsten, dass dieser Jemand Gryffin war. Ich drehte mich auf den Rücken und schaute ihn blinzelnd an.

»Was ist?«

»Meine Mutter.« Er war angezogen und sah schrecklich aus: unrasiert, blutunterlaufene Augen, starr vor Trauer. »Du musst aufstehen. Meine Mutter ist tot.«

»Was?« Ich fuhr hoch. Sofort hatte ich das Gefühl, als hätte mir jemand eine Stahlstange durch den Kopf gestoßen. »Oh, Scheiße.«

»Um Himmels willen.« Er setzte sich aufs Bett. »Ihr ist was passiert. Sie muss hingefallen sein. Sie …«

Er schlug sich die Hände vors Gesicht und fing an zu zittern.

»Deine Mutter?« Ich brauchte mein Entsetzen nicht vorzuspielen, denn die Erinnerung überwältigte mich. Ich sah ihre bleiche Haut, die roten Bläschen zwischen den Lippen genau vor mir. »Gryffin …«

Er blickte nicht auf. Ich schloss die Augen, dann fasste ich ihn an der Schulter. »Es tut mir leid«, flüsterte ich. Ich war mir nicht sicher, ob er es gehört hatte. Er drehte sich zu mir, und ich lehnte mich unbeholfen gegen ihn. Er zitterte am ganzen Körper, während ich über seinen Arm strich.

Schließlich rückte er von mir ab. Er nahm die Brille ab und wischte sich über die Augen. »Es ist entsetzlich.« Er klang heiser. Ich fragte mich, wie lange er schon auf war. »Ich habe die Hunde da drinnen winseln hören. Sie ... Es sieht aus, als wäre sie gestürzt. Gegen den gottverdammten Ofen, den sie nicht mal benutzte ...«

Er schluckte mühsam und stand unsicher auf. »Du ziehst dich besser an und kommst nach unten. Der Sheriff ist auf dem Weg hierher. Sie müssen uns Fragen stellen.«

»Wieso?«

Aber er war schon auf dem Flur.

Ich zog mich an. Für »Kater« habe ich so viele Wörter wie die Inuit für Schnee. Aber keines beschrieb ausreichend, wie ich mich fühlte. Ich taumelte ins Bad und versuchte, mich vorzeigbar zu machen. Ich hätte nicht gedacht, dass ich mich noch schlechter fühlen könnte, aber der Gedanke, von einem Bullen befragt zu werden, brachte mich an den Rand der Panik. Ich warf eine Adderall ein und hoffte, sie tat ihre Wirkung, bevor der Sheriff eintraf.

Dann ging ich nach unten. Die Tür zu Aphrodites Zimmer war geschlossen.

Gryffin war in der Küche. Die Hunde kamen angelaufen, um mich winselnd zu begrüßen. Ich streichelte sie am Kopf und sah zu Gryffin.

Er saß am Fenster, den Blick nach draußen gerichtet. Der Himmel war bedeckt mit schnell ziehenden hohen Wolken, aber es war nicht neblig. Bis zum Horizont sah man stahlgraues Wasser und Himmel. Am Strand bearbeitete ein Rabe etwas mit dem Schnabel. In der Ferne lag ein schwarzer Schatten, Tolba Island.

»Da steht Kaffee«, sagte Gryffin. Er deutete auf die Kanne, ohne mich anzusehen. Ich goss mir welchen ein und setzte mich an den Ofen. Wenig später drehte er sich zu mir um.

»Ich bin nach oben gegangen, um die Hunde rauszulassen. Gewöhnlich kommen sie nach unten, wenn sie nicht aufsteht. Es sieht aus, als wäre sie mit dem Kopf gegen den Ofen geschlagen.« Seine Stimme überschlug sich. Er trank einen großen Schluck Kaffee. »Ich ... ich vermute, sie war betrunken und ist gestolpert. Immer wenn ich hierherkomme, rechne ich damit, dass ich sie so vorfinde. Und jetzt ...«

Er kniff die Augen zu und stöhnte. »Oh Gott. Weißt du noch, wie spät es war, als wir zurückgekommen sind? War das gegen Mitternacht?«

»Ja, ungefähr.«

»Und du hast sie nicht mehr gesehen, oder? Bevor du ... bevor du gekommen bist, um dich aufzuwärmen.«

»Nein.« Ich schloss die Hände um meinen Becher und blickte zu Boden. »Ich wäre nicht mal reingegangen, wenn ...«

»Vergiss es.«

Tränen tropften auf sein Hemd. Er rieb sich die Augen. Einer der Hunde lief bellend in den Flur. Die anderen folgten ihm. Gryffin strich sich übers Gesicht.

»Das wird er sein.« Er ging zur Haustür.

Ich blieb in der Küche. Ich musste an die Tage nach Christines Tod denken. Dass wir uns nicht mehr verstanden und nicht mal mehr miteinander gesprochen hatten, machte damals alles noch schlimmer. Dieses unterschwellige Gefühl, es könnte noch eine Chance geben, den Bruch eines Tages wieder zu kitten, gab es plötzlich nicht mehr, es war weggebrochen, wie eine Sanddüne bei Sturmflut.

Ich schob die Erinnerung weg und versuchte mich auf meine unmittelbare Umgebung zu konzentrieren und nicht daran zu denken, wer im oberen Stockwerk lag. Ich hörte die Haustür aufgehen. Das Gebell wurde zuerst noch lauter, dann aber immer leiser. Die Hunde waren draußen. Fremde Männerstimmen brummten Beileidsbekundungen. Gryffin kam zurück und brachte einen uniformierten Polizisten und Everett Moss mit. Der sah mich überrascht an.

»Ich habe vergessen, dass du Besuch hast«, sagte er zu Gryffin. »Na ja, ich habe nur den Sheriff herbegleitet. Die Wasserpolizei wird sich wohl darum kümmern, falls du zurück musst. Und andere Vereinbarungen …« Er schüttelte den Kopf. »Die wird die Behörde übernehmen. Es tut mir leid für dich, Gryffin. Sag mir, wenn ich etwas für dich tun kann.«

Er ging. Gryffin strich sich über die Stirn und immer wieder durch die Haare. Er sah jung und verletzlich aus, erschrocken.

»Das alles tut mir sehr leid, Gryffin«, sagte der Sheriff. Er nickte mir zu. »Ich bin John Stone, County-Sheriff von Paswegas.«

Er war klein, hatte graublonde Haare, ein bisschen Bauch und ein erschöpftes Gesicht, das gewohnheitsmäßig freundlich aussah. Er gehörte zu den Cops, die nach der Pensionierung einen Schulbus fahren und niemandes Geburtstag vergessen.

»Ich weiß, das ist nicht der beste Moment, um Fragen zu stellen«, sagte er, »aber ich muss das tun.«

Er holte ein Notizbuch und einen Stift hervor und stellte eine Kamera auf den Tisch.

»Legen Sie los«, sagte Gryffin leise.

»Es wird nicht allzu lange dauern. Ich wäre sowieso gekommen, um wegen Merrill Libbys Tochter zu ermitteln. Das werde ich danach tun.«

Er seufzte. »Der Tod deiner Mutter ist schon weitergemeldet worden. Sie schicken jemanden aus Machias, aber das wird eine Weile dauern, bis der hier ist. Also werde ich versuchen, hier so schnell wie möglich fertig zu werden.«

»Wer kommt aus Machias?«, fragte Gryffin.

»Ein Kriminalbeamter. Mordkommission. Es tut mir leid, aber das gehört zur Routine, Gryffin, glauben Sie mir. Wir haben es hier mit einem sogenannten ungeklärten Todesfall zu tun. Darum müssen wir das machen. Es tut mir wirklich leid. Es gibt ein paar Fragen. Ich fange mit Ihnen an, dann spreche ich mit Ihrer Freundin.«

Er setzte sich an den Tisch und begann ein Formular auszufüllen. Ich setzte mich dazu, trank meinen Kaffee und versuchte, ruhig zu bleiben, während er seine Liste abarbeitete: Wer im Haus gewesen war, wo Gryffin die Leiche gefunden hatte, um welche Uhrzeit, ob ihr Arzt verständigt wurde.

»Gibt es Anzeichen für ein gewaltsames Eindringen?«

»Nein.«

»Fehlt das Portemonnaie? Geld? Irgendetwas von Wert?«

»Nein. Nein. Nein.«

»Sind Schlüssel verschwunden?«

»Sheriff, ich habe in diesem Haus noch nie Schlüssel gesehen.«

John Stone lehnte sich zurück. »Tja, wissen Sie, gestern ist der Schlüsselbund von Tommy Rawlins unten am Inselladen verschwunden. So etwas kommt also vor.« Er blickte wieder auf sein Klemmbrett. »Sie haben gesagt, Sie waren vergangene Nacht im Haus.«

»Ja.«

»Haben Sie Ihre Mutter gesehen?«

»Nein. Nicht mehr seit dem Nachmittag.«

»Sehen Sie sie regelmäßig?«

»Nein. Meistens geht sie mit den Hunden raus und ist den ganzen Tag weg. Wir stehen uns nicht sehr nahe. Ich bin nur geschäftlich hier. Sie wissen ja, dass sie trinkt, Sheriff.«

Der Sheriff nickte knapp. »Aber Sie waren gestern Abend hier?«

»Nein. Wir waren bei Ray Provenzano zum Essen.«

»Ihre Mutter auch?«

»Nein. Nur ich und sie.« Gryffin deutete auf mich. »Das können Sie sich von Ray bestätigen lassen.«

»Oh, das werde ich. Was war, als Sie nach Hause gekommen sind? Haben Sie noch etwas getan? Sind Sie sofort ins Bett gegangen?«

»Ja.«

»Ihr Schlafzimmer ist oben? Haben Sie etwas Ungewöhnliches gehört? Bevor Sie ins Bett gegangen sind. Oder später. Haben Sie ins Zimmer ihrer Mutter geschaut?«

»Nein. Ich komme nicht oft hierher. Ich ...«

Er stockte. John Stone schrieb irgendetwas auf, dann fragte er: »Waren Sie allein? Als Sie ins Bett gegangen sind?«

Zum ersten Mal zögerte Gryffin mit der Antwort. »Nein.« Er wurde rot. »Ich war ... Sie war bei mir.«

Er zeigte auf mich. John Stone saugte an der Oberlippe, während er wieder etwas notierte. »Gut. Fällt Ihnen noch etwas ein? Etwas Ungewöhnliches? Die Hunde ...«

Er sah durchs Fenster zum Strand, wo die Hunde herumtollten. »Haben sie gebellt?«

»Nein.« Gryffin wurde plötzlich blass. »Entschuldigen Sie mich, mir ist nicht gut. Ich ...«

Er schoss aus der Küche. John Stone holte tief Luft, dann sah er mich an. »Mann, das ist mir wirklich unangenehm. Jetzt muss ich Sie befragen.«

Er spannte ein neues Blatt auf das Klemmbrett. »Könnten Sie bitte Ihren Namen buchstabieren?«

Heiße Angst stieg in mir auf. Doch nach ein paar Minuten wurde ich zuversichtlicher. Die Wirkung des Adderall setzte ein mit dem typischen Feuer der Unbesiegbarkeit, und ich musste mir immer wieder sagen, dass dies eine polizeiliche

Befragung war und kein Vorstellungsgespräch. Draußen machten die Hunde Jagd auf Möwen. John Stones Funkgerät knisterte. Er legte den Stift hin, ging mit dem Gerät nach draußen und kam zurück.

»Warum sind Sie hier?« Er klang wirklich neugierig.

»Um Aphrodite Kamestos zu interviewen. Für eine Zeitschrift.«

»Richtig, sie soll mal berühmt gewesen sein, nicht wahr? Das wusste ich noch gar nicht.« Er runzelte die Stirn. »Demnach haben Sie sie gekannt?«

»Nein. Nicht persönlich. Nicht bevor ich gestern angekommen bin. Das Interview hat jemand anderer arrangiert, ein Redakteur. Bei der Zeitschrift.«

»Wie steht es mit Gryffin? Kennen Sie ihn? Sind Sie befreundet?«

»Nein. Wir sind uns vorher noch nie begegnet. Gestern zum ersten Mal.«

»Was ist mit Mrs. Kamestos? Kam sie Ihnen krank vor? Ist Ihnen etwas Ungewöhnliches aufgefallen?«

»Ich habe sie gestern zum ersten Mal gesehen. Es schien ihr gut zu gehen. Sie ... wirkte betrunken.«

»Das habe ich gehört. Es wird einen toxikologischen Bericht geben. Dann sehen wir mal, was drinsteht.« Er machte sich eine Notiz auf dem Klemmbrett und legte den Stift hin. »Das wird wohl genügen. Es sei denn, Ihnen fällt noch etwas ein.«

Ich schüttelte den Kopf.

»Bleiben Sie in der Nähe«, sagte der Sheriff. »Ich habe noch Fragen wegen der anderen Sache. Das Mädchen aus dem Motel, in dem Sie vorgestern übernachtet haben, wurde vom Vater als vermisst gemeldet. Aber zuerst muss ich diese Sache abschließen.«

Ein Schatten fiel auf den Tisch, und als ich den Kopf hob, sah ich Gryffin. Seine Haare waren nass, er hatte sich rasiert und ein weißes Oxfordhemd, eine Cordhose und ein braunes Cordjackett angezogen.

»Sind Sie fertig?« Er glitt auf den Stuhl neben mir.

»So gut wie«, sagte John Stone. Wieder knackte das Funkgerät. Er ging in den Flur und sprach kurz hinein, dann kam er zu uns zurück. »Die Küstenwache hat gerade Burnt Harbor verlassen. In ein paar Minuten sollte sie hier sein.«

Gryffin spielte mit seinem Kaffeebecher. »Was dann?«

»Man wird Ihnen ein paar Fragen stellen und sich umsehen. Dann wird veranlasst, dass die Verstorbene zu einem Beerdigungsinstitut gebracht wird, und dann ist der Rechtsmediziner an der Reihe.«

»Du lieber Himmel.« Gryffin schloss die Augen.

Stone sah auf seine Notizen. »Gut. Jetzt muss ich mir die Verstorbene ansehen.«

Sie gingen nach oben. Ich goss mir den restlichen Kaffee ein und trank ihn aus, hängte mir die Jacke um und ging nach draußen. Die Hunde kamen hechelnd angelaufen, dann rannten sie in den Kiefernwald.

»Schöne Art zu trauern«, sagte ich und warf ihnen einen Stock hinterher.

Der Himmel war grau und unruhig, nicht drohend dunkel, es war vielmehr ein leuchtend hellgrauer Dunst, der mir in den Augen wehtat. Ich machte sie zu, worauf grelle Blitze hinter den Lidern zuckten, Flecke wurden zu einem Gesicht, verfangen in verästelten Knoten, Zweigen, Blutgefäßen, Kenzie Libby allein auf der Straße.

Ich machte die Augen auf. Kalter Wind rauschte durch die toten Blätter, es klang wie ein Eisregen. Ein paar winzige weiße Flocken flogen an mir vorbei.

Wer könnte hier leben?, fragte ich mich.

Ich dachte an Kenzie, an die tote Aphrodite und die Flugblätter, die ich überall hatte hängen sehen und von denen ein Stapel im Keller in der Tonne lag. Verschwundene Jugendliche, tote Katzen. Und jetzt gab es ein neues Opfer.

Wer hat Kenzie Libby gesehen?

Ich schauderte. Vielleicht war das hier eine Gegend, die einfach nicht bestimmt war für Menschen, wie Love Canal oder der Spirit Lake.

Doch es war so schön hier. Nicht nur die Bäume und das Wasser und der Himmel, all diese Dinge, die man für schön hält, sondern auch alles andere – holzverschalte Häuser mit eingeschlagenen Fenstern und Fertighäuser voller Fliegendreck, Bierflaschen im trocknen Gras, aus Schrott zusammengebastelte Häuser, ein Licht, das aus einer anderen Welt zu sickern schien.

Ich könnte hier leben, das wurde mir klar. Nicht gerade ein tröstlicher Gedanke.

Wahrscheinlich kann man eine Story nicht wirkungsvoller platzen lassen, als ich es getan hatte. Es ist so, als würde man Paswegas fotografieren und sich dann fragen: Was stört an dem Bild? Die Antwort wäre ziemlich klar. Ich durfte unmöglich bleiben, schon gar nicht, nachdem Toby gesagt hatte, dass die Einheimischen auf Hexenjagd standen.

Diese Gegend war mir unheimlich. Ich dachte an die Filmrolle im Schildkrötenpanzer und an das geklaute Foto in meinem Fotoband. Ich dachte an Aphrodite und stellte mir vor, wie ein Spitzenteam von Ermittlern nach Fingerabdrücken unter dem Bett suchte und dabei meine entdeckte.

Ich vermutete, John Stone würde sich diese Mühe nicht machen. Aphrodite war bei unserer letzten Begegnung sternhagelvoll gewesen. Das würde auch in dem toxikologischen Bericht stehen. Ende der Geschichte. Außer ich versuchte, irgendwas für *Mojo* zu schreiben.

Aber ich dachte immer wieder an Kenzie Libby, die Schmuck aus Glasscherben und Bierdosen machte, ein junges Mädchen am Arsch der Welt, das den Text von *Marquee Moon* kannte. Wie wäre es wohl, wenn man diese Gitarren zum ersten Mal hören würde, hier, auf einem Felsen im Winter, wo alles ringsherum schwarz und weiß ist und die Musik wie eine Flaschenpost aus einer fünfhundert Meilen entfernten Großstadt kommt?

Wie würde es sich anfühlen, wenn man so verzweifelt war, dass man abhaute, dass jemand wie ich wie ein Ausweg aussah anstatt wie ein Weg in den Abgrund?

Fluchend zog ich die Schultern hoch und wünschte, ich hätte noch eine Flasche Jack Daniels. Die Idee, mit einem Bullen zum Festland rüberzufahren, oder mit einer Leiche, fand ich nicht gerade prickelnd. Ich würde warten, bis alle weg waren, dann zum Hafen gehen und sehen, ob Toby zu finden war. Ich schuldete ihm sowieso noch das Geld für die Überfahrt. Ich würde eine Hin- und Rückfahrt daraus machen, bezahlen und ein für alle Mal verschwinden.

Ich sah zum Fenster, ob Gryffin und John Stone schon heruntergekommen waren. Die Küche war noch leer. Ich schob die Hände in die Taschen. Meine Füße waren schon Eisklumpen. Ich ging auf den Waldrand zu, um warm zu werden.

Auch eine schlechte Idee. Der Wind zerrte an mir, und die Bäume boten wenig Schutz, weil der Schnee von den Zweigen gewirbelt wurde. Ich hatte Ohrenschmerzen, als stäche jemand einen Bleistift hinein. Ich fluchte laut.

Über mir hörte ich ein leises Knurren. Ich erstarrte und blickte nach oben.

Auf dem Ast einer Kiefer kauerte ein Tier – katzengroß, schwarzbraunes Fell, funkelnde Augen, kleines rotes Maul, geschmeidiger, buschiger Schwanz. Es blickte mich mit gefletschten Zähnen an und fauchte. Ich starrte zurück, zu verblüfft, um wegzulaufen. Schon als Kind war ich im Wald Füchsen und Kojoten begegnet und einmal sogar einem Luchs, aber so einem Tier noch nicht. Es sah aus wie der Tasmanische Teufel in den alten Cartoons. Es kroch bis zum Ende des Astes und schien zum Sprung anzusetzen. Einen Augenblick lang war es still, dann knurrte es wieder.

So ein Geräusch hatte ich noch nie gehört. Es klang gar nicht nach einem Tier. Es klang menschlich, nach einem rasenden Irren. Das Knurren wurde lauter, das Fell am Kopf sträubte sich zu einem goldbraunen Halo. Das Tier kroch weiter auf die Astspitze zu, und ich wusste, gleich würde es springen.

Stolpernd wich ich zurück, hörte lautes Gebell und drehte mich um.

Aphrodites Hunde kamen jenseits der Bäume über die Hügelkuppe gerannt. Hinter ihnen näherte sich ein großer Mann in einem Polizeiparka. Als die Hunde mich sahen, löste sich einer aus der Gruppe und jagte den Hang hinunter zu mir. Ich blickte zu dem Kiefernast hoch, aber das Tier war verschwunden.

Der Mann kam auf mich zu. »Sind das Ihre Hunde?« Er klang sauer.

»Nein. Sie gehören zu dem Haus.« Ich zeigte dorthin. »Zu ihr. Zu der Frau da.«

Die Hunde stürmten an uns vorbei, beschnüffelten hoffnungsvoll die Tür, dann sprangen sie hinunter zum Strand.

»Gehören Sie zur Familie?«

»Der Sohn ist im Haus.«

Der Mann nickte und nahm das Haus in Augenschein. Er war groß und breitschultrig, hatte ein eckiges, gut aussehendes Gesicht und blaue Augen, kurze blonde Haare und eine kleine rote Schnittwunde am Kinn vom Rasieren. Tom's of Maine trifft Tom of Finland. Auf seinem Namensschild stand Jeff Hakkala.

»Ich leite die Ermittlung«, sagte er. »Sie sagen, der nächste Angehörige ist da drinnen? Und der Sheriff?«

»Der auch.«

Er ging auf das Haus zu. Ich folgte ihm mit ein paar Schritten Abstand.

Gryffin öffnete ihm. Der Mann stellte sich vor, er hieß Hakkala, dann ging er in die Küche, um sich mit John Stone zu besprechen. Gryffin blieb bei mir im Flur.

»Dir ging es wohl ziemlich dreckig«, sagte ich.

»Tut es noch immer. Es ist entsetzlich.«

Ich zögerte, dann fragte ich: »Haben die schon eine Ahnung, was passiert ist?«

»Die? Wer ist die?« Er spähte in die Küche. »Es gibt kein *die*. Da ist John Stone, und jetzt ist da dieser Kerl. Er wird den Rechtsmediziner einschalten, der wird eine Autopsie vornehmen. Ich werde mich um das Begräbnis kümmern müssen ...«

Er stützte den Kopf in die Hände.

»Es tut mir leid.« Auf einmal wurde ich traurig, nicht wegen Aphrodite, sondern wegen ihm. Unbeholfen stand ich da, dann fasste ich ihm an die Schulter. »Wirklich. Es ist ... Es tut mir echt leid.«

Er nickte und legte einen Augenblick lang seine Hand auf meine.

»Ja«, sagte er schließlich und blickte weg. »Mir wäre lieber, der Kerl stellt uns endlich seine Fragen und erledigt dann, was er am Tatort zu erledigen hat.«

Mir wurde schlagartig kalt. »Tatort?«

»So nennen sie es. Es ist ein ungeklärter Todesfall, den behandeln sie wie einen Mord. Dabei glaubt Stone auch, dass sie nur gestürzt ist. Drei Durchschläge für nichts, wie üblich. Das wird ihnen die Autopsie sagen. Ich schätze, es dauert ein paar Wochen, dann legen sie den Fall zu den Akten.«

»Muss ich so lange bleiben?«

Er warf mir einen grimmigen Blick zu. »Nein. Der Neue wird dir Fragen stellen, und der Sheriff will uns dann noch wegen dem Mädchen aus dem Motel befragen. Dann kannst du abreisen, nehme ich an.«

Eine Zeit lang standen wir schweigend da. »Mein Besuch hier ... hat wohl alles noch schlimmer gemacht«, meinte ich.

»Nein, Cass«, sagte Gryffin und ging zur Küche. »Durch dich ist es nur irgendwie unheimlich geworden.«

18

Der Ermittler hielt sich mit mir nicht lange auf. Ich beantwortete seine Fragen, er schrieb alles auf. Dann befragte er Gryffin im Wohnzimmer. Ich blieb bei John Stone in der Küche und beobachtete, wie er im Ofen Holz nachlegte.

»Waren Sie schon mal hier in der Gegend?« Er schloss die Ofentür mit dem Fuß.

»Nein.«

»Wahrscheinlich werden Sie es auch nicht eilig haben, noch mal herzukommen.«

Ich zuckte mit den Schultern. »Weiß nicht. Mir gefällt es hier, bis auf die Kälte.«

»Außer der gibt es hier nicht viel. Jedenfalls in den nächsten sechs Monaten.«

Er blickte auf, weil Gryffin hereinkam.

»Er telefoniert«, sagte Gryffin. »Das könnte eine Weile dauern.«

John Stone sah uns an. »Was dagegen, wenn ich Ihnen jetzt ein paar Fragen stelle wegen des Libby-Mädchens?«

Gryffin setzte sich auf einen Stuhl. »Nur zu.«

»Hat jemand von Ihnen sie neulich Abend gesehen? Sie, soweit ich weiß. Everett sagt, seine Tochter hat sich online mit Merrills Tochter unterhalten. Sie hat gesagt, sie hätte Sie im Lighthouse gesehen.« Er wandte den Kopf zu mir. »Und dieser Robert Stanley, der für Mr. Provenzano arbeitet, sagt, sie hätten mit Merrills Tochter gesprochen. Das hätte sie ihm jedenfalls erzählt.«

»MacKenzie«, sagte ich. Der Sheriff sah verwirrt aus. »Libbys Tochter hat einen Namen. Sie heißt MacKenzie.«

John Stone blinzelte. »Ja, natürlich heißt sie so. Aber sie … Haben Sie sie gesehen?«

»Ich habe bei ihr eingecheckt.« Ich überlegte kurz, dann sagte ich: »Hinterher kam sie zu meinem Zimmer. Ich hatte ihren Vater gefragt, ob man irgendwo was zu essen bekommt. Er sagte Nein, aber sie wollte mir sagen, dass es das Restaurant im Hafen gibt. Das Good Tern.«

»Hat sie Ihr Zimmer betreten?«

»Ja. Aber nicht lange. Es war eisig draußen. Ich wollte sie nicht in der Kälte stehen lassen. Sie nannte mir das Restaurant, dann ging sie wieder. Ende der Geschichte.«

»Ein paar von den jungen Leuten, na ja, einer von denen, Robert, hat gesagt, das Mädchen, also MacKenzie, hätte erzählt, Sie wollten sie irgendwohin mit dem Auto mitnehmen.«

Blöder Kerl, dachte ich, und mir wurde heiß. »Davon war nicht die Rede. Ich habe gar nichts zu ihr gesagt, höchstens fünf Worte mit ihr gesprochen, und das war's.«

John Stone lächelte trocken. »Fünf Worte, hm? Also, Miss Neary, wir haben so allerhand gehört. Teenager reden viel, wissen Sie? Wir werden vielleicht ihren Computer mitnehmen und sehen, was darauf zu finden ist.«

Der Mund wurde mir trocken. »Was wollen Sie damit sagen?«

»Voriges Jahr hatten wir einen Fall, da hat eine Jugendliche jemanden übers Internet kennengelernt und ist dann entführt worden. Er hat sie unten in Portsmouth in sein Auto steigen lassen.«

Er schüttelte den Kopf. »Wenigstens war sie noch am Leben. Ich würde meinen Kindern das nicht erlauben. Da können sie ja an wer weiß wen geraten. Sie waren dann später im Good Tern? Haben Sie sie dort gesehen?«

»Nein.«

Stone blickte nachdenklich aus dem Fenster. »Gestern Abend habe ich mit Toby Barrett gesprochen. Er meinte, Sie wären dort mit ihm und Gryffin gesehen worden.«

Er blickte Gryffin an. »Sie waren auch im Motel, ja? Sie und Miss Neary hatten zwei aneinandergrenzende Zimmer? Und Toby sagt, Sie wären hinterher im Good Tern gewesen. Aber Sie, Miss Neary, sagen, Sie haben ihn gestern erst kennengelernt.«

Ich starrte den Sheriff an. Gryffin auch.

»Das hatte ich vergessen«, sagte ich schließlich. »Ich habe ihn am Motel gesehen, da bin ich mit ihm zusammengestoßen.«

»Im wahrsten Sinne des Wortes«, sagte Gryffin. »Vor meinem Zimmer.«

»Was hat das mit MacKenzie Libby zu tun?«, fragte ich. »Mein Vater hat nämlich einen Anwalt, und wenn das hier ein Verhör werden soll, werde ich ihn sofort anrufen.«

John Stone hob beschwichtigend die Hand. »Nein, nein. Merrill Libby sagt, dass sie beide nicht zusammen eingecheckt haben. Er sagt, er vermietet im Winter immer diese beiden Zimmer. Hat mit der Heizung zu tun. ... Er ist wahrscheinlich in Sorge wegen der jungen Dame, MacKenzie. Sie sieht wild aus mit diesen Dingern im Gesicht, aber er meint, sie wäre ein braves Kind. Ein braves Mädchen.« Er seufzte. »Diese Jugendlichen ... Ich habe eine Enkelin in dem Alter. Man möchte sich lieber gar nicht vorstellen, was ihnen zustoßen könnte. Im Augenblick lassen sie den Jagdaufseher nach ihr suchen.«

»Den Jagdaufseher?« Ich fiel ihm ins Wort. »Eine alte Dame stirbt eines natürlichen Todes, und Sie schicken einen Ermittler der Mordkommission. Aber eine Jugendliche verschwindet, und nach ihr sucht nur ein Jagdaufseher? Als wäre sie ein Hund?«

John Stone sah betroffen aus. »Tja, das ist das übliche Vorgehen. Sie stellen gerade eine Suchmannschaft zusammen. Merrill Libby wird das ganze Dorf mobilisieren. Aber ich sag Ihnen was, Miss Neary: Wenn Sie sich hier im Wald verlaufen, sind Sie besser dran, wenn der Jagdaufseher mit seinen ausgebildeten Hunden nach Ihnen sucht. Er kennt die Wälder besser als jeder andere.«

»Aber gerade haben Sie gesagt, sie könnte mit jemandem weggefahren sein, und nicht, sie könnte sich im Wald verirrt haben.«

John Stone zuckte mit den Schultern. »Na ja, mehr ist wahrscheinlich nicht passiert. Sie hat sich über ihren Dad geärgert und ist abgehauen. Dann wurde es kalt, es wurde dunkel, sie ist umgekehrt und hat sich verlaufen. Ich hoffe nur, sie ist nicht irgendwo gestürzt, zum Beispiel in Burnt Harbor auf dem Pier. Aber wahrscheinlich ist es nicht so kalt, dass man erfriert, nicht ein so junger, gesunder Mensch jedenfalls. Höchstens wenn man ins Wasser fällt. Aber wenn sie noch mal eine Nacht lang da draußen ist ...«

Er blickte zu Hakkala, der gerade sein Telefon wegsteckte. »So, ich glaube, das genügt. Es wird Zeit, dass Everett mich zurückbringt. Wenn Ihnen zu dem Libby-Mädchen noch was einfällt, geben Sie mir Bescheid, okay?«

»Kenzie«, sagte ich, aber John Stone hörte nicht mehr zu. Er legte sein Klemmbrett hin und ging nach nebenan. Gryffin begleitete ihn.

Ich sah auf den Tisch. Stones Kugelschreiber lag auf den ausgefüllten Formularen. Es war ein schöner dunkelblauer Stift mit goldener Beschriftung. Ich nahm ihn und las: Paswegas County Police Department – Unser Stolz ist es zu dienen.

Ich sah zu den Männern. Sie unterhielten sich und standen mit dem Rücken zu mir. Dann steckte ich den Kuli ein.

»Nochmals herzliches Beileid«, sagte der Sheriff. Er schüttelte Gryffin die Hand und wechselte noch ein paar Worte mit Hakkala. Gryffin kam zu mir zurück.

»So«, sagte er.

»Ich sollte jetzt besser auch los.« Ich schob die Hände in die Taschen und starrte auf meine Füße. »Weißt du, ich ...«

»Warte.« Er drehte sich zum Fenster hin und blinzelte Tränen weg, dann sah er mich wieder an. »Wie kommst du nach Burnt Harbor zurück?«

»Mit Toby wahrscheinlich. Falls er dazu bereit ist.«

»Doch, doch, das macht er. Falls du ihn findest. Weißt du, wo er wohnt?«

»Ja.«

Ich starrte ihn an, den grünen Fleck in seinem Auge, und unerklärlicherweise dachte ich an Christine. Es machte mich traurig, dass ich ihn unwiderruflich zum letzten Mal sah und ich es niemals würde wiedergutmachen können.

Ich sah weg. »Ich hole jetzt meine Sachen«, sagte ich und hatte Mühe zu sprechen. »Darf ich überhaupt nach oben gehen?«

»Ich habe deine Sachen mitgebracht.« Er huschte nach nebenan und kam mit meiner Tasche und dem Fotoapparat zurück. Die Lederjacke hatte ich schon bei mir. »Hoffe, du kommst gut nach Hause.«

»Es tut mir leid.« Als ich mich umdrehte, um zu gehen, hielt er mich zurück und zog mich an sich. Nur einen Augenblick lang hielt er mich im Arm, sein Kinn streifte meinen Kopf. Dann ließ er mich los und ging ins Wohnzimmer.

Froh darüber, dass ich Tobys Pullover anhatte, zog ich die Jacke zu und hängte mir die Tasche über die Schulter. Als ich aufblickte, sah ich, dass Hakkala mich beobachtete.

»Sie verlassen die Insel?«

Ich zuckte mit den Schultern. »Falls Sie mich nicht mehr brauchen.«

»Kann man Sie telefonisch erreichen? Handy, Festnetz?«

»Ich habe kein Handy. Ich lasse mich nach Burnt Harbor bringen, steige in meinen Wagen und fahre nach New York zurück. Die Nummer haben Sie.«

Er nickte. »Danke für Ihre Hilfe«, sagte er und ging zu den anderen.

Das war's. Ich wurde genauso abrupt stehen gelassen wie von Aphrodite bei unserem gescheiterten Interview. Ich konnte tatsächlich gehen.

Ich hätte erleichtert sein müssen. Stattdessen empfand ich eine Hoffnungslosigkeit, die nicht mal das Speed dämpfen konnte. Ich holte tief Luft, verließ das Haus und machte mich, geduckt gegen den eisigen Wind, auf den Weg. Ich würde Toby suchen und mir im Inselladen eine Flasche Jack Daniels kaufen. In dem Kiefernwäldchen hielt ich Ausschau nach dem Tier, aber es war nicht da.

19

Im Inselladen standen fünf junge Typen vor dem Getränkekühlschrank und unterhielten sich. Als die Tür hinter mir zufiel, sahen sie mich an. Einer von ihnen war Robert.

»Hey«, rief Suze und kam zu mir an die Ladentheke. »Was ist denn da oben los? Es heißt, Gryffins Mutter ist tot.«

»Ja, und sie hat sie wahrscheinlich umgebracht«, brummte Robert.

Suze blickte ihn drohend an. »Es ist Sonntag! Kein Bier vor zwölf!«

»Ist der denn nicht minderjährig?« Ich zeigte mit dem Daumen auf Robert.

»Was? Nur weil er noch zur Highschool geht?« Sie schüttelte ihre blonden Dreadlocks, dann senkte sie die Stimme. »Die sind auf Ärger aus. Eigentlich haben sie auf dich gewartet. Also bleib noch eine Weile, wenn sie gegangen sind, okay? Seid ihr Jungs so weit?«, rief sie.

Sie kamen angeschlurft. Alle waren gebaut wie Robert, stämmig, erste Muskeln, sie hatten kalte, provozierende Augen und sahen nicht weg, wenn ich ihren Blick erwiderte. Sie kauften Zigaretten, Slim Jims und ein paar Flaschen Mountain Dew und nahmen ihr Wechselgeld. Beim Hinausgehen rempelten sie mich leicht an. Als sie weg waren, kam Suzes großer schwarzer Hund hinter der Ladentheke hervor, um mich zu beschnüffeln, und fegte dabei schwanzwedelnd den Boden.

»Die hast du ja richtig gut verjagt, Ben.« Ich kraulte ihm die Ohren und sah Suze an. Sie trug einen gelbgrünen Kapuzenpulli und eine weite graue Cargohose, dazu silberne Eidechsen-Ohrklemmen. »Du weißt es also schon. Sie ist wohl in der Nacht gestorben. Gryffin hat sie gefunden, als er aufgestanden war. Anscheinend ist sie unglücklich gestürzt.«

»Der arme Gryffin. Ich habe sie nie richtig kennengelernt. Sie kam selten hierher, und sie war auch nicht gerade freundlich. Willst du einen Kaffee?«

Sie ging zu dem kaputten Ofen und goss mir einen Styroporbecher voll. »Geht auf's Haus. Du siehst aus, als könntest du ihn brauchen.«

»Danke.«

»Ja, ich habe John Stone nach oben gehen sehen und den anderen Bullen auch. Das ist keine Überraschung, das weißt du, oder? Sie war eine üble Trinkerin. Ein paar Mal im Jahr ist sie wegen Trunkenheit am Steuer angehalten worden, immer wenn sie nach Burnt Harbor rübergefahren war. Schließlich hat man ihr der Führerschein entzogen. Ich glaube, Gryff hat ihren Wagen bekommen.«

Sie ging in die Küche. Einen Augenblick später hörte ich PIL aus dem Ghettoblaster.

»So«, sagte sie, als sie wieder hervorkam. »Dir zu Ehren.«

Ich fragte mich, wie sie hier Spaß haben konnte. Indem sie auf Leute wie mich wartete? Ich trank meinen Kaffee und schaute über den Hafen. Robert und seine Kumpel standen qualmend neben einem verlassenen Gebäude.

»Was für ein Problem hat er eigentlich?«, fragte ich.

»Robert? Er denkt, du hast was mit Kenzies Verschwinden zu tun.«

»Wie bitte?«

Sie hob die Hände. »Ich weiß. Aber so ist Robert. Er ist in Ordnung, aber nicht der Hellste.«

»Ist sie seine Freundin?«

»Nein, die sind nur einfach befreundet. Alle Jugendlichen hier, weißt du … Sie sind wie Hund und Katze, aber sie passen aufeinander auf. Nichts gegen dich, aber Leute von woanders her sind hier nicht gern gesehen. Die Sache ist die: Beim Hummerfang gibt's Probleme wegen der Schalenkrankheit. Letztes Jahr gab's eine Algenblüte, die hat die Muschelsaison verdorben. Die Grand Banks sind überfischt. Ich habe Unterwasseraufnahmen von einem Taucher gesehen. Der Meeresboden ist abgeräumt, sieht aus wie eine Wüste – nichts mehr da. Das kommt durch die Kammmuschel-Trawler. Die Fische sind also weg, und die Papierfabriken haben dichtgemacht, und jeder kauft sein Bauholz jetzt in Kanada, weil es da billiger ist. Die Langholzlaster, die du nach Süden fahren siehst, sind nicht von hier. Vor zehn Jahren kam die MBNA, stellte Leute als Telefonverkäufer ein, und alle dachten, das wäre das Beste, was uns je passiert ist. Dann zog die MBNA wieder weg, und alle waren wieder arbeitslos, nur dass sie jetzt Kreditkartenschulden haben bis über beide Ohren. Das ist eine ziemliche Scheiße, Mann. Inzwischen kommen die Touristen und denken, das ist hier Disneyland. Ob man hier oder in Burnt Harbor Land besitzt, spielt keine Rolle, auch wenn es schon seit hundert Jahren der Familie gehört. Die Steuern gingen rauf von ein- oder zweittausend Dollar pro Jahr auf zehn-, zwölftausend. Viele Leute nehmen so viel gar nicht ein. Also müssen sie ihr Haus oder ihr Land verkaufen. Und plötzlich hat man lauter reiche Arschlöcher hier, die sich beschweren, dass sie keinen Moccachino kriegen.«

Ich trank meinen Kaffee aus und warf den Becher in den Abfalleimer. »Und das soll heißen?«

»Wir mögen keine fremden Leute.«

»Was ist mit dir?« Ich lehnte mich gegen die Ladentheke. »Kannst du mich auch nicht leiden?«

Suze stützte die Ellbogen auf und beugte sich vor, bis sie mit der Stirn an meine stieß. Ich fasste sie ans Kinn und küsste sie. Das Speed perlte in mir wie guter Champagner. Ihr Mund war klein und warm.

»Dich kann ich gut leiden«, sagte sie leise. »Ich hatte gehofft, du würdest noch eine Weile bleiben. Aber jetzt ...«

Sie richtete sich auf, sah aus dem Fenster und schüttelte den Kopf. »Die Jungs würden dich nur schikanieren. Und mich auch. Und wenn Kenzie nicht wohlbehalten auftaucht, könnte es übel werden. Ich an deiner Stelle würde abhauen.«

Ich schnaubte. »Du meinst Selbstjustiz?«

»Genau das meine ich. Spielt keine Rolle, was die Bullen sagen. Wenn die Kenzie nicht finden, suchen die sich einen Schuldigen.«

»Meiner Meinung nach gibt es da ein paar geeignete Kandidaten, ohne dass man abseits vom Genpool suchen müsste.«

»Könnte man meinen. Aber wie gesagt, die Leute halten zusammen. Sie schlagen ihre Frauen und Kinder und so was, aber fremde Leute mögen sie trotzdem nicht.«

»Was ist mit den verschwundenen Leuten auf den Flugblättern und mit den Toten, die am Strand angeschwemmt werden? Sind die alle einem Fremden über den Weg gelaufen?«

»Du meinst den Kerl oben am Seal Cove?« Suze zuckte mit den Schultern. »Das ist drüben auf dem Festland. Hier auf den Inseln ist es anders.«

Sie drehte sich um und stieg die Trittleiter hoch. Sie hatte einen süßen Hintern, soweit das in der Cargohose zu sehen war. »Wenn du schon mal da oben bist, kannst du mir eine Flasche Jack Daniels mitbringen.«

»Klar.« Sie kam wieder herunter und ging zur Kasse. »Alles?«

»Ja. Hey, ich habe in der Nähe von Gryffins Haus was gesehen. In dem Kiefernwäldchen. Da war ein Tier auf einem Ast.«

»Sah es aus wie Robert?«

»Nein, wirklich, so eins habe ich noch nie gesehen. Es war so groß«, ich zeigte es mit den Händen, »hatte dunkelbraunes Fell und einen langen buschigen Schwanz. Es war Furcht erregend. Ich dachte, es fällt mich an. Es hat geknurrt, und ich konnte die Zähne sehen, weiße, scharfe Zähne – es war gefährlich.«

Suze runzelte die Stirn. »Seltsam.«

»Ich glaube, es war ein Fischer. Toby hat mir von denen erzählt. Die fressen angeblich Katzen.«

»Ein Fischer?« Sie steckte meinen Jack Daniels in eine Tüte und gab sie mir. »Drüben in Burnt Harbor, ja, aber nicht hier. Fischer verlassen nie das Festland.«

»Toby sagt, sie können schwimmen.«

»Theoretisch vielleicht. Aber sie sind ziemlich groß, und ihr Fell ist so schwer, das würde sie unter Wasser ziehen. Ich weiß das, weil einer meiner Onkel sie früher gefangen hat. Man nimmt einen Hahn, schneidet ihm die Kehle durch und hängt ihn an einen Baum, daneben legt man ein Tellereisen. Inzwischen ist das verboten. Mein Onkel hat mal einen gesehen, und der ist über sechs Meter weit gesprungen, von hier«, sie zeigte zur anderen Seite des Ladens, »bis da. Zack, aus dem Stand. Ist in den Baum gesprungen. Die Viecher sind bösartig, wie Vielfraße. Was du gesehen hast, war vermutlich eine Katze. War sie grau? Vielleicht war es Smoky.«

»Das Tier war groß, und es war keine Katze.«

Suze verzog das Gesicht. »Ja, vielleicht. Aber ich bezweifle, dass es ein Fischer war. Ich lebe hier seit siebenundzwanzig Jahren und habe noch nie gehört, dass auf der Insel ein Fischer gesehen wurde. Die fänden gar nichts zu fressen – keine Kaninchen, keine Stachelschweine, nichts.«

»Deswegen hat es Smoky gefressen.« Ich nahm meine Tasche. Allmählich wurde ich sauer. Ich brauchte endlich was zur Beruhigung. »Ist Toby da? Ich muss mit ihm reden wegen der Rückfahrt nach Burnt Harbor.«

»Der schläft wahrscheinlich noch.« Sie blickte über den Hafen. »Ja, sein Boot liegt da. Du weißt, wo er wohnt, ja? Du musst hintenherum gehen und laut klopfen. Es kann ein bisschen dauern, bis er dich hört. Er wird depri sein wegen Aphrodite. Nicht ihretwegen, sondern wegen Gryff. Sie sind gute Freunde.«

Ich steckte den Bourbon in die Jackentasche und ging zur Tür, dann blieb ich noch einmal stehen. In meinem Kopf machte es klick. Ich hatte eine typische Speed-Eingebung.

»Dieser Denny Ahearn, der scheint mir sonderbar zu sein, nach allem, was ich gehört habe. Eigentlich müsste man ihm Fragen stellen wegen Kenzie und nicht mir.«

Suze schüttelte den Kopf. »Denny? Der ist ein bisschen verrückt. So war er aber nicht immer. Er war ziemlich intelligent, musst du wissen. Ich glaube, er hat einfach nur zu viel LSD genommen. Und als er noch jung war, hatte er eine große Ausstrahlung. Aber dann passierte etwas Trauriges: Seine Freundin kam ums Leben. Er ist nie drüber weggekommen.«

»Wie ist es passiert?«

»Bei einem Autounfall.«

Die Tür sprang auf, und die Frau mit den zwei kleinen Kindern platzte herein.

»Hör zu«, sagte ich rasch zu Suze. »Hast du ein Handy, das ich mir leihen könnte? Für ein Ferngespräch. Ich muss in New York anrufen …«

Ich griff nach meinem Portemonnaie, aber Suze legte mir die Hand auf den Arm.

»Lass das.« Die Kinder stürmten zur Eistruhe, während Suze mir ein Handy gab. »Hier, geh damit nach oben, da ist es ruhiger.«

Ich schaltete das Licht ein und eilte in den oberen Stock, fand Phils Nummer im Portemonnaie und wählte. Es klingelte. Ich hörte den Lärm der Innenstadt, dann seine Stimme.

»Phil Cohen Enterprises.«

»Phil, hier Cass...«

»Hey hey! Cassandra Android! Wie läuft's denn da oben?«

»Nicht gut.« Ich ging auf und ab zwischen dem Müll des Historikervereins. »Du hast mich hierher geschickt. Warum?«

»Warum?« Seine Stimme stieg um eine Oktave. »Was meinst du damit, Cassie?«

»Ich meine, du hast mir gesagt, Aphrodite hätte speziell nach mir verlangt. Angeblich wollte sie nur von mir interviewt werden. Und als ich ankam, hatte sie noch nie von mir gehört.«

»Sag bloß.« Der Verkehrslärm wurde lauter. Phil rief jemandem etwas zu, dann sagte er: »Tja, Mensch, Cass, ich...«

»Verarsch mich nicht, Phil.« Ich lehnte mich an die Wand und wischte mir kalten Schweiß vom Gesicht. »Sie hatte keine Ahnung, dass ich komme. Sie wusste nicht mal was von einem Interview.«

»Ich...«

»Du hast gesagt, du hättest hier oben mit jemandem gesprochen, der mich dafür haben wollte. Wer war das?«

Stille. Verkehrslärm und das Basswummern eines Radios.

»Phil! Wer war das?«

»Der Kerl, mit dem ich früher mal geschäftlich zu tun hatte«, sagte er schließlich. »Er heißt Denny Ahearn.«

»Denny Ahearn.« Ich blickte zur Tür. »Warum? Warum wollte er ausgerechnet mich?«

»Hey!«, rief Phil gekränkt. »Ich hätte dich gar nicht vorgeschlagen...«

»Das interessiert mich nicht! Ich weiß nicht mal, wer das

ist – warum sollte er extra nach mir fragen? Was hat er gesagt?«

Phil seufzte. »Na gut, lass mich nachdenken. Er hat gesagt, ihm gefällt dein Fotoband. Du wärst mit ihm auf einer Wellenlänge. Ich hab ihm früher öfter mal was besorgt, aber inzwischen ist er wohl ein Künstler. Und er kennt Aphrodite. Er wollte dich, das ist alles. Als wollte er dir einen Gefallen tun. Er wollte auch, dass du dir seine Arbeiten ansiehst. Er meinte, du würdest total mit ihm übereinstimmen.«

Mit ihm übereinstimmen.

»Scheiße«, zischte ich und legte auf.

»Hey Cass?« Ich drehte mich um und sah Suze in der Tür stehen. »Alles in Ordnung? Ich, äh, brauche das Telefon ...«

»Ja klar«, murmelte ich und gab es ihr. »Ich komme gleich nach unten.«

Sie ging. Ich fuhr mir durch die Haare, holte den Jack Daniels heraus und trank hektisch einen Schluck. Mein Blick fiel auf das Regal gegenüber, auf den Bowling-Pokal und den Schildkrötenpanzer.

Ich nahm ihn herunter und betrachtete ihn.

S.P.O.T. Und das eingeritzte Auge.

Und auf der anderen Seite die Buchstaben ICU.

Keine Initialen. Keine Abkürzung für Intensivstation. I see you, ich sehe ich.

»Ich sehe dich auch«, flüsterte ich und legte den Panzer wieder hin.

Ich ging nach unten. Suze war wieder allein.

»Warum verlässt dieser Denny die Insel denn nicht?« Ich klang aufgedreht, aber das war mir egal. »Und wie kann überhaupt irgendjemand wissen, ob er es nicht doch tut?«

Suzanne zuckte mit den Schultern. »Ich sehe ihn kaum. Ein oder zwei Mal im Jahr vielleicht, wenn er Vorräte kauft. Toby nimmt ihn jedes Mal mit. Toby meint, dass er mittlerweile, na ja, seltsam ist. Er scheint Platzangst zu haben. Aber ich glaube nicht, dass er jemandem was tun würde.«

»Klar! Ich sag nur eins, Suze: Unabomber.«

Sie runzelte die Stirn. »Glaub mir, so ist Denny nicht. Er ist mehr wie ...«

»Charles Manson? John Lee Gacy?«

»Nein! Er ist mehr ... na ja, vergeistigt. Bei der Kommune ging es nicht bloß ums Kiffen und so was. Er hat alle für die Spiritualität der amerikanischen Ureinwohner begeistert. Ich war damals sechzehn. Denny gründete ein Guerilla-Straßentheater, mit dem sind wir rumgezogen und haben protestiert. Zu den Bath Iron Works, wo sie Kriegsschiffe gebaut haben. Die haben wir mit Schweineblut beworfen und sind deswegen sogar ins Fernsehen gekommen. Danach hat sich Denny erst richtig in das spirituelle Zeug reingesteigert – ein paar Wochen lang war er mit einem Mädchen aus dem Passamaquoddy-Reservat zusammen, und als sie ihn abserviert hat, da hat er gedacht, er hätte eine Vision gehabt. Eine Vision gesucht, genauer gesagt. Er hat tatsächlich viel LSD geschluckt.«

Sie drehte sich um und schob eine Stange Zigaretten auf ein Regal. »Daraufhin musste jeder von uns einen Geistführer haben. Ein Totemtier. Wir haben schöne Masken aus Pappmaché gebastelt. Die waren wirklich toll. Ich hab meine noch da oben ...«

Sie sah zur Decke. »In meiner Wohnung. Willst du sie sehen?«

»Vielleicht ein andermal.« Ich ging zur Tür. »Ich muss unbedingt Toby finden.«

»Mann, hast du es plötzlich eilig.« Sie legte den Kopf schräg und fixierte mich mit ihren Kornblumenaugen. »Glaubst du, du kommst noch mal wieder?«

»Wahrscheinlich nicht.« Ich rang mir ein Lächeln ab. »Könnte mir die Steuern hier nicht leisten.«

»Zu zweit ist es billiger«, meinte sie grinsend.

Ich zog die Tür auf und blieb stehen. »Welches war dein Totemtier?«

»Der Delfin. Spaß in der Sonne, endloser Sommer. Hast du auch eins?«

»DeeDee Ramone«, sagte ich und ging.

Ich ging ein paar Schritte Richtung Hafen, dann machte ich plötzlich kehrt und suchte hastig den Straßenrand ab, bis ich das Seeigelskelett gefunden hatte. Ich sah mich um, ob keiner mich beobachtete, stellte den Fuß darauf und drückte zu, bis es knackte. Die Schlüssel lagen glänzend im grauen Tageslicht. Ich stieß sie mit der Stiefelspitze an, dann kickte ich sie zur Treppe vor dem Inselladen.

»Pass nächstes Mal besser auf, Tommy«, sagte ich und schlug den Weg Richtung Wasser ein.

20

Es war spät, schon zwölf Uhr durch. Ich musste Toby möglichst schnell finden.

Über der Küstenlinie des Festlands hing eine lange Wolkenbank. Der Wind drehte und roch stärker nach Rauch als nach Meer. Ich eilte zum Hafen und bog in die Gasse ein, die zu dem alten Handelsgebäude führte.

Direkt am Wasser standen drei verlassene Holzhäuser, die dem Verfall preisgegeben waren. An jedem war ein Schild mit der Nummer eines Maklers in Machias angebracht, der sie zum Verkauf anbot. Ein langer Holzbau, mit grauen Schindeln, die herunterfielen wie Fischschuppen, war an die drei Häuser angebaut. Er war genauso heruntergekommen, wurde aber nicht zum Verkauf angeboten. In kaum noch lesbaren Buchstaben an der Giebelwand stand, dass er einem Schiffsausrüster gehört hatte. Der Holzbau hatte hohe schmale Fenster mit vielen zerbrochenen Scheiben und Eingänge ohne Türen, durch die man in finstere Räume sehen konnte. Ein schwacher Terpentin- und Schimmelgeruch wehte heraus. Einen Steinwurf davon entfernt stand das Handelsgebäude.

Man kam sich vor wie in einer Geisterstadt. Nicht einmal totes Laub oder eine zerbrochene Flasche lagen herum, nichts, was auf ein früheres Leben hindeutete. Den Kopf gegen den Wind gebeugt, die Tasche an mich gedrückt, ging ich zügig die Gasse entlang. Sie war schmal, und ich hatte das Gefühl, das Gebäude könnte auf mich drauffallen, wenn ihm nur jemand einen kräftigen Schubs gab.

»Junkieschlampe.«

Ich drehte mich um. In einem der leeren Hauseingänge standen Roberts Kumpel. Einer zog an seiner Zigarette, dann schnippte er sie in meine Richtung. Ich zuckte zusammen, als sie mich am Arm traf.

»Du gehst in die falsche Richtung«, sagte er. »Falls du wegwillst.«

Mir blieb keine Zeit mehr zum Abhauen. Sie nahmen mich in die Mitte.

»Hast du gehört?«, sagte der Wortführer. »Du gehst in die falsche Richtung.«

Sie waren nicht viel größer als ich, aber massiger. Und sie waren zu zweit. Der größere, der eine fleckige Carhart-Jacke mit der Aufschrift Dewey's Garage anhatte, zeigte auf meine Tasche.

»Ist da dein Vorrat drin?« Er griff danach und lachte. »Junkieschlampe.«

Ich sah ihm fest in die Augen, dann holte ich mit dem Fuß aus und trat ihm mit voller Wucht vors Schienbein. Ich spürte deutlich, wie die Stahlkappe auf Knochen traf. Er sackte schreiend zusammen. »Scheiße, Scheiße, Scheiße.«

»Verdammt, was soll das?«, brüllte sein Freund und beugte sich über ihn.

»Ich bin kein Junkie«, sagte ich.

Ich ging weiter auf das Handelsgebäude zu. Es stand an der Hafenmauer, aber der Hintereingang war in der Gasse. Fenster hatte es nur im Obergeschoss. Eine vergilbte Karteikarte mit Tobys Namen darauf war an die Hauswand geheftet.

Ich hämmerte gegen die Tür und brüllte aus vollem Hals nach ihm. Der Typ, den ich getreten hatte, war inzwischen wieder auf den Beinen. Er klammerte sich an seinen Freund, beide starrten auf sein Bein. Unterhalb des Knies war ein dunkler Fleck zu sehen.

Durch einen gezielten Tritt mit einem Stahlkappenstiefel lässt sich ganz schön was anrichten.

»Toby!«, schrie ich. »Mach die Tür auf!« Meine Fingerknöchel waren vom vielen Klopfen schon wund.

Vielleicht könnte ich schneller rennen als die beiden Typen, aber ob ich dem ganzen Dorf entwischen könnte, wenn sie ihre Freunde mobilisierten, wusste ich nicht. »Toby, verdammt noch mal ...«

Die Tür schwang auf. Ich drängte mich an dem verschlafenen Toby vorbei und stieß sie zu.

»Gerade haben mich zwei Typen angegriffen.« Ich sah mich um, ob es wirklich keine Fenster gab, durch die sie eindringen könnten. »Können Sie die abschließen?«

Toby legte zwei Riegel vor und sah mich an. Er trug ein Motorola-T-Shirt, eine schwarze Wollhose und Hauslatschen.

»Guten Morgen.« Er rieb sich gähnend die Augen. »Ist es noch früh am Tag?«

Das war bei geschlossener Tür tatsächlich nicht zu sehen. Wir hätten ebenso gut in einer Höhle oder in einem U-Bahn-Tunnel sein können. Nirgendwo entdeckte ich ein Fenster. Nur durch Stapel von Kisten, aufgerollten Teppichen und Segeltuchballen, Holzlatten und alten Möbeln drang ein bisschen Licht herein.

»Eigentlich nicht«, sagte ich. »Es ist zwölf Uhr durch. Danke fürs Reinlassen.«

»Keine Ursache.« Er ging zwischen den Stapeln entlang. Von draußen war nichts zu hören. Es war geradezu unheimlich still. Nur aus dem Keller drang leise Musik herauf. »Da wollte Sie also jemand zusammenschlagen?«

»Ja.«

»Haben Sie irgendwas getan, was die geärgert hat?«

»Außer über die Straße gehen? Nein.«

»Das ist ungewöhnlich. Kannten Sie die?«

»Eigentlich nicht. Ich habe sie vorhin im Inselladen gesehen. Sie scheinen zu glauben, ich hätte das Mädchen entführt.«

Toby zog eine Braue hoch. »Wirklich? Warum sollten sie das glauben?«

»Was weiß ich? Hier sind alle paranoid. Ich inzwischen auch.«

Er zupfte an seinem Bart. »Na gut, meine Wohnung liegt unten neben dem Heizungskeller.« Er deutete auf die Treppe. »Hier oben ist nur das Lager.«

Ich wunderte mich, wie er etwas erkennen konnte. Auf der Treppe war es dunkel. Der Raum, in den sie führte, war noch dunkler, bis Toby an einer Strippe zog und eine Glühbirne an der Decke aufleuchtete.

»Heizungskeller«, sagte er mit Blick auf ein riesiges Gerät, das mit lauter Handrädern bestückt war und aussah wie eine Requisite aus *Metropolis*. »Meine Wohnung ist da.« Hinter einer Tür mit einer Piratenflagge. »Herzlich willkommen.«

Es dauerte eine bisschen, bis mir klar wurde, was an dem Raum so anders war. Es war warm hier, geradezu heiß. Ich zog den Reißverschluss meiner Jacke auf. »Mensch, da kann ich Ihnen den Pullover wohl zurückgeben.«

»Das ist der große Vorteil, wenn man neben dem Heizungskeller wohnt. Im Sommer schalte ich den Kessel aus, dann ist es hier so kühl, Sie würden es nicht glauben. Die Ziegelmauern sind ungefähr dreißig Zentimeter dick. Das ist wie mit den Frauen in Maine.«

»Was heißt das?«

»Hier will man eine Dicke mit Tätowierungen. Da hat man

im Sommer Schatten, im Winter Wärme und das ganze Jahr über was zu gucken.«

Ich ging in die Wohnung. Aus einem Radio dröhnte Musik. Toby schaltete eine Lampe mit einem Glasschirm ein. Sie verbreitete ein kaltes grünes Licht.

»Wow«, sagte ich.

Das war halb Maschinenhalle, halb Minimuseum. Überall standen Holzkisten mit Gläsern voller Schrauben, Muttern, Nägeln, Bohrspitzen, Dingen, die ich nicht kannte, für irgendwelche Zwecke, die ich mir nicht vorstellen konnte. Regale mit Werkzeugen und Segeltuchballen hingen von der Decke. Es gab deckenhohe Bücherregale voller Handbücher, eine komplette Ausgabe von *Popular Mechanics* bis zurück zum ersten Band von 1902. Ein altes Triumph-Motorrad lugte unter einer Flagge der Naval Academy Sailing Squadron hervor. Auf einer Staffelei lehnte eine Karte der Paswegas-Bucht, darüber, auf einem Birkenbrett, stand ein ausgestopfter Fuchs mit einem Fasan im Maul, der nur noch einen Flügel hatte.

Toby war schon weiter in das Labyrinth vorgedrungen und rief nach mir. »Kommen Sie, ich zeige Ihnen was.«

Benommen folgte ich ihm zu seinem Schlafbereich, einem Etagenbett, das in einer dunklen Ecke aufgebaut war. Ich kam mir vor wie in einem U-Boot unter Pee Wee Herman. Signalflaggen hingen von der Decke. Es gab eine Messingwasserpfeife und eine Kiste mit Walzen für alte Phonographen, einen Haufen alter Macintosh-Computer und leere Bacardi- und Captain-Morgan's-Flaschen. Alles verbreitete einen muffig süßlichen Geruch.

»He, das ist fantastisch.« Ich bückte mich unter einem Plakat des Fillmore-Theaters in New York durch.

»Danke.« Toby drehte sich lächelnd zu mir um. »Sehen Sie sich das an.«

Auf einem niedrigen Tisch stand ein altes schwarzes Telefon

mit Wählscheibe. Ein billiges RadioShack-Mikrofon war am Hörer befestigt, eins dieser kleinen Plastikdinger mit Gummisauger, die man benutzt, um Telefongespräche aufzunehmen. Das schwache Mondlandungs-Ping einer Satellitenverbindung kam aus dem Lautsprecher. Dahinter waren drei graue Computer durch ein Kabelgewirr miteinander verbunden. Ein alter Laserdrucker spuckte Papier aus. Toby beugte sich vor, um auf einen der Macs zu sehen, und winkte mich heran.

»Sehen Sie das?« Er zeigte auf ein Gitter mit Zahlen, tippte an den zweiten Monitor, auf dem eine Reihe von Sinuskurven zu sehen war, und schließlich auf den dritten mit einem grauweißen Wirbel, der sich bei näherem Hinsehen als Satellitenkarte des Atlantiks und der Ostküste entpuppte. »Das ist ein Nordoststurm.«

Er nahm eine der ausgedruckten Seiten und gab sie mir. Es war eine höher aufgelöste Version der Bildschirmansicht, in weißen Buchstaben stand GEHEIM darüber.

»Wettersatelliten der Marine«, erklärte er. »Vorhin hatte ich den Arabischen Golf.«

»Sie haben sich mit einem Wählscheibentelefon da reingehackt?«

»Das ist gar nicht so schwer. Möchten Sie Kaffee?«

»Ein Glas Wasser.« Ich lehnte mich an das Doppelstockbett, während er sich eine Zigarette anzündete und sich wie selbstverständlich durch den Raum bewegte, um Becher, Kanne und Kessel zusammenzusuchen. Es musste einen Herd geben, auch wenn ich keinen sah. Ich bekam ein Gefühl, als würde sich über meinen Augen allmählich die Kopfhaut ablösen. Als Toby wieder zum Vorschein kam, erschrak ich.

»Alles in Ordnung? Bitte.« Er legte eine Rolle mit Karten zur Seite, machte mir einen Stuhl frei und gab mir ein Glas Wasser. »Setzen Sie sich.«

»Danke.« Ich trank es aus und stellte das leere Glas auf den Tisch.

Toby zeigte auf meinen Stiefel. »Sie haben da Farbe am Stiefel.« Er warf mir ein Blatt von der Küchenrolle zu, dann schraubte er eine Flasche Bacardi auf und goss sich einen Schuss in seine Tasse. »Auch welchen?«

»Nein danke.« Ich wischte das Blut von der Stahlkappe und warf das Tuch in einen Papierkorb, dann rieb ich mir die Stirn. »Hören Sie. Die Lage ist nicht mehr ganz so entspannt. Aphrodite, Gryffins Mutter, ist heute Nacht gestorben.«

»Ach du Scheiße.« Toby sah mich geschockt an. »Was ist passiert?«

»Ich weiß es nicht genau.« Ich drehte mich ein Stück zur Seite, damit er meine Augen nicht sehen konnte. »Sie war betrunken und ist gestürzt und mit dem Kopf aufgeschlagen.«

»Oh Mann. Wie geht es Gryffin?«

»Den Umständen entsprechend.«

»Ich rufe ihn besser mal an.«

Er eilte in den vorderen Teil der Wohnung. Unbehaglich rutschte ich auf dem Stuhl hin und her. Ich hatte immer wieder dieselben Gesichter vor Augen, wie Bildkarten in einem gezinkten Stapel: Gryffin, Aphrodite, Kenzie Libby. Ich kämpfte mithilfe der Flasche Bourbon gegen meine Angst. Es nützte nicht viel, aber immerhin ein bisschen.

»Er klingt nicht besonders gut.« Toby kam zurück, drückte seine Zigarette aus und setzte sich mir gegenüber. »Der Leichenbeschauer ist unterwegs hierher. Die Leiche wird nach Augusta gebracht. Gryffin muss sich um die Trauerfeier und die Einäscherung kümmern. So ein Jammer.«

Er wirkte aufgebracht, aber nicht überrascht. »Sie hatte schon lange ein Alkoholproblem. Wie gesagt, ich kannte sie nicht so gut, aber … die ganze Clique von damals, eine Zeit lang waren wir ziemlich eng befreundet. Wirklich ein Jammer.«

Er starrte auf die grauen Monitore und trank seinen Kaffee. Ich rieb mir die Hände an den Jeans und fragte: »Werden Sie ihm helfen?«

Toby seufzte. »Ich wünschte, ich könnte. Aber der Nordoststurm ... Ich muss zu Luciens Haus rüber und dafür sorgen, dass alles dicht ist. Denny sollte es eigentlich winterfest gemacht haben, aber Lucien hat es gern, wenn ich das nachprüfe.«

»Ich brauche eine Überfahrt nach Burnt Harbor. Können Sie mich vorher noch hinbringen?«

»Tut mir leid. Ich hätte schon vorige Woche zu Luciens Haus gemusst, aber dann kam ein anderer Auftrag dazwischen. Und jetzt sollen die Temperaturen fallen. Ich darf die Leitungen nicht einfrieren lassen.«

»Sie können mich nicht vorher mal eben rüberbringen? Das geht doch schnell.«

»Nein, tut mir leid.« Er sah mich an, seine Augen schimmerten dunkel. »An jedem anderen Tag gern. Ich darf das nicht schleifen lassen. Aber gleich morgen früh stehe ich zur Verfügung.«

»Scheiße.« Ich hoffte, ich würde nicht so verzweifelt klingen, wie ich mich fühlte. »Könnte mich ein anderer bringen? Everett zum Beispiel? Kann ich ihn anrufen?«

Toby saugte an der Unterlippe. »Tja, da sitzen Sie in der Tinte. Ich weiß nicht, ob sie heute jemanden auftreiben können. Die sind alle mit der Suche nach Kenzie Libby beschäftigt.«

»Warum sollte mich nicht einer von denen rüberbringen?«

Toby trank seinen Kaffee aus. »Tja, ich weiß nicht, ob ich die fragen würde. Wenn ich Sie wäre, meine ich. Vielleicht sollten Sie sich bis morgen früh bedeckt halten. Bis dahin ist Kenzie bestimmt wieder da, und der ganze Ärger wird sich gegen sie richten, weil sich alle Sorgen gemacht haben. Danach werden sich alle überschlagen, um Ihnen zu helfen. Falls das Wetter nicht zu schlimm ist. Das ist der erste große Nordoststurm in diesem Jahr.«

»Das ist mir egal. Ich muss dringend weg.«

Toby zuckte mit den Schultern. »Sie können ja ins Good Tern gehen und Ihr Glück versuchen. Aber ich würde es lassen. Die Stimmung ist ohnehin schon gereizt, und dann noch das mit Aphrodite ... Außerdem ist es ein logistisches Problem, Leute hin und her zu bringen. Sie können in meiner Wohnung bleiben, wenn Sie möchten. Da drüben ist ein Futon ...«

Er deutete in eine Ecke.

»Ich muss aber weg«, sagte ich.

Sein Telefon klingelte. »Entschuldigen Sie mich.« Er verzog sich woandershin.

Wütend starrte ich die grauen Monitore an. Ich hörte Toby mit jemandem reden. Mit Gryffin wahrscheinlich. Die Bacardi-Flasche stand neben einem der Macs. Ich goss mir einen Fingerbreit ein, trank und schenkte nach – auf diese Weise würde mein Jack Daniels länger reichen. Ich lehnte mich zurück und sah weiter auf die Monitore. Jetzt zeigten sie atmosphärische Störungen irgendwo östlich von Subar.

Ich stand auf und ging herum auf der Suche nach einem Spiegel. Ich wollte wissen, ob ich so irre aussah, wie ich mich fühlte. Doch es war keiner zu finden, nicht mal eine spiegelnde Glasscheibe. Im Bad gab es nur eine Duschkabine und einen Medizinschrank, wie es sie in jedem Krankenhaus gab.

Kein Spiegel. Ich war hier nicht der einzige Irre.

Ich fand die winzige Küche und goss mir noch ein Glas Wasser ein. Toby stand mit dem Telefon am Ohr in der Tür und starrte in den dunklen Heizungskeller. Er winkte mir zu und wandte sich wieder ab.

»Ich darf jetzt nicht negativ denken«, sagte ich und merkte, dass ich wieder mit mir selbst redete.

Ich klatschte mir kaltes Wasser ins Gesicht und ging zurück zu den Computern.

Unter einem Tisch, auf dem ein Haufen Müll lag, lugte eine Maske hervor. Ich zog sie behutsam heraus. Sie bestand aus feinem Maschendraht, Pappmaché und leuchtender Acrylfarbe. Es war ein Froschgesicht, genau wie das auf der *Northern Sky*. Aber dieses wirkte nicht so lebendig, sondern schaurig, wie ein Totem. Außerdem war sie ungewöhnlich schwer. Als ich sie hochnahm und mir vors Gesicht hielt, riss ich etwas anderes vom Tisch. Die Innenseite roch nach Klebstoff und Haschisch. Die Augen bestanden aus zwei großen Halbkugeln mit je einem Loch, so groß wie eine Vierteldollarmünze, sodass man gut hindurchsehen konnte.

Ich nahm sie vorsichtig wieder ab, fing eine Flasche Moxie auf, bevor sie auf dem Boden aufschlug, und legte die Maske an ihren Platz zurück. Ich bückte mich nach dem anderen, was vom Tisch gefallen war, ein Carlos Castaneda, *Die Lehren des Don Juan*, und legte es auch wieder hin. Dann sprang mir etwas ins Auge.

Ein kleiner Bilderrahmen aus Kunststoff lag auf dem Tisch. Er war umgekippt. Ich nahm ihn und drehte ihn um. Ein Polaroid steckte drin, das Porträt einer auf dem Rücken liegenden jungen Frau, die die Hände neben die Ohren gelegt hat und die Finger spreizt. Die Emulsion des Fotos war bearbeitet worden, vermutlich mit einer Nadel. Perlende Linien, die am Rand entlang zu Blitzen explodierten. Auf jede Handfläche war ein Auge gezeichnet, und die Haare waren zu einem dunklen Fächer um den Kopf ausgebreitet.

Das Gesicht war leider nicht zu erkennen. Es war abgedeckt mit einem Schildkrötenpanzer, auf den zwei stilisierte Augen gemalt waren. Sie glichen denen am Bug antiker Schiffe. In eines der Augen war ein kleiner vielzackiger grüner Stern hineingemalt.

»Scheiße ...«

»Was haben Sie da?« Toby trat neben mich.

Ich hielt ihm das Foto hin. »Wer hat das gemacht?«

Er nahm es mir aus der Hand und hielt es ins Licht. »Das? Das war eins von Dennys, damals als er oben in der Kommune den Anführer spielte. Aphrodite hat ihn fürs Fotografieren begeistert. Irgendwie experimentell, hm?« Er gab es mir zurück und zog nachdenklich an seinem Zopf.

»Wer ist die Frau?«

»Sie hieß Hannah Meadows. *Hanner* – sie hatte einen starken Maine-Dialekt. Auf dem Foto ist es nicht zu erkennen, aber sie sah sehr gut aus.«

»Hier ist nicht mal zu erkennen, ob sie noch am Leben war.«

Toby schmunzelte. »Oh, das war sie. Sie war eine von Dennys Freundinnen. Er hatte damals eine ganze Menge. Eine ganze Menge Frauen und Kinder. Er war voll auf dieses Stammeszeug abgefahren.«

Er sah die Maske unter dem Tisch liegen. »So was gehörte auch dazu. Für die Maske habe ich ewig gebraucht, und dann habe ich höllisch darin geschwitzt.«

»Sie haben die gemacht?«

»Klar. Jeder musste sich eine machen, das gehörte dazu. Man suchte sich sein Totemtier aus und machte sich eine passende Maske, und dann hielten wir ein Ritual ab, und man wurde mit der Energie der Maske erfüllt. Das war jedenfalls die Theorie«, sagte er lachend. »Hannah war so was wie eine Krankenschwester. Sie hatte immer Nachtschicht in der Klinik oben bei Collinstown. Sie war schön und hatte etwas an sich, das ... Na ja, viele der Mädchen waren niedlich, aber Denny fotografierte am liebsten Hannah. Sie hat andauernd für ihn Modell gestanden. Er hat sogar davon gesprochen, sie zu heiraten.«

Er schüttelte den Kopf. »Aphrodite war nicht glücklich darüber. Und es gefiel ihr überhaupt nicht, dass er diese Fotos machte.«

»Was ist aus Hannah geworden?«

»Oh, das war schrecklich. Wirklich traurig. Nachts auf dem Heimweg hatte sie einen Autounfall. Es war im Sommer, nach irgendeiner Nachtschicht. Mit den Bremsen stimmte etwas nicht. Das Auto durchbrach die Leitplanke und stürzte in einen See. Sie konnte sich noch aus dem Auto befreien, ist dann aber ertrunken. Das Wetter war schlecht. Es dauerte Tage, bis die Leiche gefunden wurde. Denny war es, er war bei der Suchmannschaft. Die Leiche war ins Ufergebüsch gespült worden. Ich glaube, es war ziemlich übel. Die Leiche war von Tieren angefressen. Danach ist Denny ausgerastet. Er beschuldigte Aphrodite, sie hätte die Bremsen manipuliert. Aber ich glaube, es wurde kein Beweis gefunden. Schlimme Sache.«

»Du meine Güte.« Ich legte das Foto wieder hin.

»Geht's Ihnen nicht gut?« Er fasste mich an der Schulter. »Hey, kommen Sie, Sie sehen aus, als ob Sie gleich in Ohnmacht fallen.«

Er schob mich zu einem Stuhl und setzte mich darauf. »Beugen Sie den Kopf, und lassen Sie ihn bis zwischen die Knie hinunterhängen. So ist's gut. Dadurch werden Sie nicht ohnmächtig. Bleiben Sie so. Ich bin gleich wieder da.«

Er ging und kam mit einem kalten Waschlappen zurück. »So.« Er drückte ihn mir an die Stirn. »Mann, Sie sehen schlimm aus. Vielleicht sollten Sie sich hinlegen und ein bisschen schlafen. Das war wohl ganz schön aufregend da oben mit der Polizei und allem.«

Ich nickte und hielt den Waschlappen fest. Ganz langsam hob ich den Kopf. »Ich habe noch nichts gegessen«, sagte ich, obwohl mir überhaupt nicht nach Essen war. »Haben Sie ein paar Kräcker oder irgendetwas Ähnliches?«

Er gab mir ein paar alte Uneeda Biscuits, dazu ein Glas mit einem kalten braunen Getränk. »Bitte, vielleicht tut Ihnen das gut.«

Ich aß einen Kräcker und probierte einen winzigen Schluck. »Mann, schmeckt das widerlich! Was ist das?«

»Moxie.«

»Das schmeckt wie Dr. Pepper mit Rattengift.«

»Das liegt an der Enzianwurzel. Der Geschmack ist gewöhnungsbedürftig.«

Ich gab ihm das Glas zurück und aß die Kräcker. Toby sah mir dabei zu, dann zog er eine Braue hoch. »Besser?«

»Ja. Danke.«

Er ging in die Küche, und als er kurz darauf zurückkam, brachte er etwas mit. »Das hat Denny mir neulich mal gegeben, kurz vor Labor Day, als ich seine Vorräte zu Luciens Haus brachte. Solche Bilder macht er im Augenblick.«

Es war ein 12x24-Abzug in einem selbst gemachten Rahmen ohne Glas, wie bei Ray Provenzano. Aus einer senkrechten schwarzen Form, es konnte ein Felsen oder ein Baum sein, ragte etwas hervor. Ein gestutzter Ast oder ein Arm. Er war von Laub umgeben, das graugrün aussah, als hätte es während der Aufnahme geregnet. Ich konnte unmöglich erkennen, ob das real war oder entstanden durch Bearbeiten der Emulsion.

An anderen Stellen war das Foto eindeutig mit Nadeln, Pinseln, vielleicht mit einem Fingernagel bearbeitet worden, sodass die Pigmentschichten wie durchblutet aussahen. Jede Wette, die Farbseparation war handgemacht: ein brillantes Giftgrün, ein schmutzigeres bräunliches Jadegrün, leuchtendes

Rot, mattes Orange, Porzellanweiß, ein gedecktes, schuppiges Rostbraun wie auf altem Eisen.

Ich strich mit dem Finger darüber, spürte zahllose kleine Windungen und Höcker und Kratzer, dann hielt ich das Foto unter die Lampe.

»Er hat Blätter eingearbeitet. Und Insekten«, sagte ich. »In die Farbe ... Da ist eins eingeschlossen. Sieht aus wie eine winzige Libelle.«

»Wo? Oh, ja, Sie haben recht.« Toby tastete über den Insektenkörper mit den winzigen ruderförmigen Flügeln. »Das ist eine sogenannte Seejungfer. Wir nannten sie Stopfnadel, als ich noch klein war. Angeblich kamen sie nachts ins Zimmer und nähten Lippen und Augen zu, während man schlief. Denny hatte Angst vor ihnen.«

Ich betrachtete die Seejungfer. Daneben entdeckte ich zwei übereinandergeklebte Papierfetzen. Auf beiden stand in Druckschrift:

St 29

Von einer Adresse vielleicht. Ich hielt mir das Foto näher an die Augen. »Das ist wie das andere.« Ich sah Toby überrascht an. »Es stinkt.«

»Denny ist nicht gerade eine Hausfrau.«

»Es stinkt wie fauler Fisch, nur noch schlimmer. Wie Stinktier.«

»Na ja, er fängt ab und zu Hummer. Und im Winter geht er Eisfischen.«

Ich wollte gerade fragen, wie man auf dem Meer Eisfischen kann, als mir am Rand des Fotos etwas auffiel, ein paar handgeschriebene Wörter und eine Signatur.

Some Rays pass right Through. S.P.O.T.

»Some rays pass right through.« Ich sah Toby an. »Das ist aus einem Song von den Talking Heads.«

Er nickte. »Denny steht auf Musik. Ich kenne das Lied nicht.«

»Es handelt davon, wie man eine Fotografie belichtet ... und genau das passiert: Man setzt das Emulsionspapier dem Licht aus, und einige Strahlen gehen hindurch.«

Ich tippte gegen den Rand. Winzige Partikel rieselten hinunter. Toby begann sich eine Zigarette zu drehen.

»Ray meinte, diese Bilder sind eine Menge Geld wert«, sagte ich. »Denny hat es Ihnen einfach geschenkt?«

»Er hat es mir als Bezahlung gegeben. Ich habe ihm eine neue Dunkelkammer gebaut. Ich arbeite oft für Naturalien. Ich wohne hier umsonst und passe dafür auf. Apropos ...«

Er zündete sich die Zigarette an und sammelte ein paar Dinge vom Schreibtisch zusammen. »Ich muss mich jetzt auf den Weg machen.«

Ich blieb noch eine Zeit lang sitzen, um das Foto zu untersuchen. Ein daumennagelgroßes Stück rostbraune Farbe löste sich und klebte an meiner Hand.

Sie haben da Farbe am Stiefel.

Ich starrte auf die abgeplatzte Farbschicht, dann roch ich daran. Sie dünstete denselben widerlichen Geruch aus. Ich schloss schützend die Hand darum, ging zum Papierkorb, fischte das Blatt von der Küchenrolle heraus und strich es glatt.

Der Blutfleck darauf hatte nicht genau denselben Farbton wie die abgeplatzte Farbe, aber fast.

Ich hatte das intensive Gefühl, dass mein Gehirn schon etwas begriffen hatte und die schlechte Nachricht bei mir noch nicht angekommen war. Ich wickelte die Farbflocke in das Blatt von der Küchenrolle und steckte es ein, dann ging ich zu Toby in die Küche, der gerade einen Kanister mit Wasser füllte.

»Hören Sie«, begann ich. »Wenn Sie mit der Arbeit auf der

anderen Insel fertig sind, kommen Sie wieder hierher? Oder fahren Sie direkt nach Burnt Harbor?«

Toby drehte den Wasserhahn zu. »Das hängt vom Wetter ab. Wahrscheinlich komme ich hierher. Wenn es stürmt, gehe ich dort vor Anker und bleibe im Boot oder in Luciens Haus. Warum?«

»Vielleicht könnte ich mitkommen. Wenn Sie doch nach Burnt Harbor fahren, können Sie mich dort absetzen, andernfalls kehre ich mit Ihnen hierher zurück.«

»Sie wollen tatsächlich weg, oder?«

»Allerdings. Ich habe keine Lust, den ganzen Tag hier rumzuhängen. Nichts für ungut.«

»Kein Problem.« Er zögerte, dann zuckte er mit den Schultern. »Also gut, falls Sie nichts dagegen haben, zu frieren und nass zu werden. Ich dachte nur, Sie würden vielleicht ein bisschen schlafen wollen. Sie sehen ziemlich mitgenommen aus, ehrlich gesagt. Ist nicht kränkend gemeint.«

»Ich kann nicht schlafen.« Ich trank ein paar Schlucke Wasser. Meine Gedanken rasten. »Wenn ich jetzt einschlafe, wache ich nie wieder auf.«

»Das will ich natürlich nicht.« Er nahm den Kanister und ging damit zur Tür. »Haben Sie viel zu tragen?«

»Nein.« Ich hängte mir meine Tasche über die Schulter. »Nur die und meinen Fotoapparat.«

»Gut. Dann können Sie mir tragen helfen, und wir brauchen nicht zweimal zu gehen.«

Er nahm eine Segeltuchtasche voller Werkzeuge, Seile und Klamotten, einen Werkzeugkasten und zwei Wasserkanister. An der Tür blieb er stehen und zog eine dicke Jacke an.

»Es ist schweinekalt da draußen.« Er musterte meine Lederjacke und die Cowboystiefel. »Sie sind nicht warm genug angezogen.«

»Ich habe noch Ihren Pullover.« Als ich zum Beweis die Jacke hochzog, rutschte der Pulli mit hoch und entblößte ein Stück Bauch.

Toby zog die Brauen hoch. »Ist das eine Tätowierung?«

Er beugte sich neugierig vor. »Nicht totzukriegen«, las er. Er warf mir einen seltsamen Blick zu und blickte noch einmal auf das Schriftband, das sich um die Narbe schlang. »Das haben Sie sich wohl hart verdient.«

Ich sagte nichts. Ich dachte an eine junge Frau, die unter einer kaputten Straßenlaterne auf ein Auto zuging, und an eine andere, die eine dunkle Hafenmauer entlanggging, wo ein Boot mit abgeschaltetem Motor und ohne Positionslichter herantrieb. Ich zitterte.

»Hat das wehgetan?«, fragte Toby sanft.

»Alles tut weh«, sagte ich und wandte mich ab.

Einen Augenblick lang war er still.

»Hier, nehmen Sie das«, sagte er.

Er öffnete einen Schrank und warf mir eine leuchtend orange Wollmütze zu. »Neunzig Prozent der Körperwärme verliert man über den Kopf. Sie nützt Ihnen allerdings nichts, wenn Sie über Bord gehen.«

Er nahm den Werkzeugkasten und die Segeltuchtasche und deutete auf die Kanister. »Können Sie die tragen?«

Ich setzte mir die Mütze auf und hob die Kanister an. »Ja.«

»Und die auch?«

Er griff in die Ecke neben der Tür und zog eine Holzstange hervor, ungefähr ein Meter achtzig lang, die an einem Ende einen todbringenden Haken aus Bronze hatte. Er sah sie sich kurz an, dann gab er sie mir.

»Was ist das? Eine Harpune?«

»Ein Bootshaken. Damit fischt man Zeug aus dem Wasser, das über Bord gefallen ist. Er taugt aber auch für andere Sachen.

Zum Beispiel wenn wir Ihren Freunden draußen in die Arme laufen. Sie wissen, wie man einen Bootshaken benutzt? Sie pressen einfach die Lippen zusammen und ...«

Er ahmte nach, wie er jemandem den Werkzeugkasten an den Kopf knallte. »... nehmen die Beine in die Hand. Kommen Sie.«

Mit dem Bootshaken fest in der Faust folgte ich ihm nach draußen, aber die Gasse war leer.

»Wir gehen hier lang.« Toby bog um die Ecke. »Das ist kürzer.«

Dadurch mieden wir auch die schäbige Hauptstraße. Am hinteren Ende vom Strand hatten sich ein paar Leute versammelt. Ich erkannte Everett Moss und ein paar Männer, die ich bei meiner Ankunft gesehen hatte, aber Roberts Kumpel waren nicht dabei. Hunde spielten zwischen den großen Steinen. Es lagen mehr Motorboote im Hafen als am Tag zuvor, darunter eins von der Küstenwache am Ende des Piers.

»Ich schätze, damit bringen sie Aphrodite weg«, sagte Toby, als wir auf den Pier zugingen. Bisher schien uns keiner bemerkt zu haben. Die Männer standen dicht beieinander und steckten die Köpfe zusammen. Ab und zu blickte einer zum Festland hinüber. »Anscheinend warten sie auf das Boot von der Ambulanz.«

»Ein bisschen spät für die Ambulanz. Sie ist tot.« Ich hatte Mühe, auf den rutschigen Steinen das Gleichgewicht zu halten.

Der Himmel war dunkler geworden und wirkte unheildrohend. Es wehte ein kalter Wind, der gleichzeitig aus allen Richtungen zu kommen schien. Wolken und Meer hatten dasselbe dunkle Grau. Die Hunde waren so schwarz wie der Seetang, mit dem sie spielten. Die Möwen wirkten wie weiße Löcher am Himmel. Alles schien Teil eines Ganzen zu sein, sogar die Männer in ihren graublauen Overalls und graubraunen Jacken mit den orangen Westen darüber: Sie sahen alle aus wie abgebrochene Teile der Insel, die sich aber wieder anfügen ließen, wenn man wusste, welches wohin gehörte.

Ich benutzte den Bootshaken als Spazierstock und versuchte, nicht allzu weit zurückzufallen. Als uns einer der Hunde entdeckte, rannte er kläffend über den Strand. Die Männer drehten sich um und beobachteten uns. Schon rechnete ich damit, dass einer uns etwas zubrüllte – oder mir –, aber sie blieben stumm. Ihr Schweigen machte mich nervös. Nach kurzer Zeit wandten sie sich ab, und die Hunde sprangen um sie herum und schnappten nacheinander.

»Geht's?« Toby stand auf der Hafenmauer und wartete auf mich.

»Ganz gut«, sagte ich.

Er hielt mir die Hand hin, um mir die Granitstufen hinaufzuhelfen, dann gingen wir zu seinem Dingi. Auf der Hafenmauer fühlte ich mich schutzlos, und so ging ich so schnell, wie die rutschigen Stiefel es zuließen. Beim Dingi angekommen, stiegen wir hinein.

Toby ruderte zur *Northern Sky*, stieg aufs Deck und stellte die Sachen ab. Nachdem ich ihm die Kanister angereicht hatte, half er mir an Bord.

»Verstauen Sie alles unter Deck, während ich das Dingi festmache. Wir müssen es schleppen. Das wird uns ein bisschen bremsen. Die Kanister gehören unter die Spüle in der Kombüse. Das Übrige stellen Sie einfach so hin, dass man nicht darüberfällt.«

Ich ging zur Kajütenleiter, dann blieb ich stehen.

»Hey. Ich möchte hier draußen vielleicht ein paar Aufnahmen machen. Lassen Sie mich den Fotoapparat diesmal benutzen?«

Toby wickelte ein Seil von einer Klampe. »Ich habe kein Problem damit.«

»Und warum vorgestern?«

»Da wusste ich noch nicht, ob Sie nicht vielleicht zu einem Problem werden könnten.« Er blickte auf. »Sie haben aber keinen Spiegel bei sich, oder?«

»Nein.«

Ich dachte lieber nicht daran, wie ich aussah. Ich fand einen sicheren Platz für den Bootshaken, klemmte mir die Kanister unter den Arm und stieg nach unten. Wenig später kam Toby hinterher.

»Ich habe Schlechtwetterkleidung, die Ihnen passen könnte.« Er kramte in einer der Bänke und gab mir das, was er fand. »Das Salzwasser wird Ihnen sonst die Cowboystiefel ruinieren, und Sie rutschen damit nur aus. Versuchen Sie mal, ob die passen.«

Der Anorak passte, aber die Gummistiefel waren viel zu groß. »Ich behalte meine Stiefel an.«

Toby nickte. »Seien Sie bloß vorsichtig.«

Ich musste ein paar Mal rauf und runter, bis ich alles in der Kajüte hatte. Toby bewegte sich flink und geübt übers Deck.

»Sie können mir das Seil da aufrollen«, rief er vom Bug.

Während ich mich mit dem Seil abmühte, kam er zu mir.

»So geht das ...« Er nahm meine Hände und zeigte es mir. »Wenn Sie fertig sind, legen Sie es dorthin.« Leichtfüßig ging er zum Bug zurück.

Ich tat mein Bestes. Meine Finger brannten von dem nassen Seil und der Kälte. Schon bald hatte ich wunde Stellen an den Handflächen.

Toby schien von Kälte und Nässe nichts zu spüren. Nachdem er das Dingi festgemacht hatte, deutete er zur Kajütenleiter.

»Wir werden mit Motor fahren, wahrscheinlich die ganze

Strecke. Bei dem Wind bräuchten wir mit dem Segel drei Mal so lange. Wenn der Wind dreht, können wir vielleicht beides benutzen.«

Er kniff die Augen zusammen, weil eisige Gischt übers Deck geweht wurde. »Die Fahrt wird unruhig. Kommen Sie damit klar?«

»Wird schon gehen.« Ich wollte nicht erwähnen, dass ich bisher erst ein Mal auf dem Meer gewesen war, nämlich mit ihm zusammen bei der Überfahrt nach Paswegas.

»Ganz sicher?« Er taxierte mich. »Wenn Ihnen schlecht wird, können Sie unter Deck gehen. Ich glaube aber nicht, dass das viel hilft. An Deck ist man besser dran, weil man den Wind im Gesicht hat. Da sind die Schwimmwesten ...«

Er zeigte mit dem Daumen darauf. Daneben hing ein Rettungsring. »In dieser Jahreszeit nützen die nicht viel. Im Sommer eigentlich auch nicht, wenn man keinen Neoprenanzug anhat. Das Wasser hat nur sieben Grad. Wenn Sie über Bord fallen, haben Sie acht Minuten, dann setzt die Unterkühlung ein. Darauf trainieren sie die Jugendlichen im Jachtclub, wenn die segeln lernen. Mit der Stoppuhr. Sie stoßen sie ins Hafenbecken, und dann werfen sie ihnen einen Rettungsring oder eine Schwimmweste zu. Schafft man es nicht innerhalb von acht Minuten hinein, ist man verloren.«

»Meine Güte. Die holen sie aber wieder raus, oder?«

»Dafür ist der Bootshaken da.«

Ich kauerte mich mit hochgezogenen Schultern ans Heck, während Toby nach unten ging. Irgendwann hörte ich, wie der Motor ansprang. Die Abgasfahne wehte übers Wasser. Toby kam aufs Deck gesprungen und stellte sich zu mir ans Ruder. Die *Northern Sky* fuhr aus dem Hafen. Ich zog mir die Mütze über die Ohren und blickte zum Strand.

Die Männer standen noch da. Ein paar von ihnen sahen uns

nach, die anderen hatten sich zu vier dunklen Gestalten umgedreht, die langsam die Straße herunterkamen, die zu dem Kiefernwäldchen auf der Hügelkuppe führte. Zwei von ihnen trugen eine Bahre. Hinter John Stone und Tom Hakkala gingen ein untersetzter Mann im schwarzen Mantel, Ray Provenzano, und ein großer schlaksiger.

Gryffin.

»Sehen Sie, da drüben«, sagte ich.

Toby drehte sich um. Er hielt sich die Hand über die Augen, dann winkte er.

Der große Schlaksige blieb stehen. Er sah zu uns herüber und hob langsam die Hand. Ein Ruf drang zu uns, verstümmelt vom Wind und vom Tuckern des Motors.

»Was sagt er?«, fragte ich Toby. Ich hatte Mühe, Gryffin durch die Gischt im Auge zu behalten.

»Sei vorsichtig.«

Die Leute am Strand wurden kleiner, irgendwann waren sie nicht mehr von den Felsen zu unterscheiden, und schließlich verschwanden sie, als wir um die Landspitze bogen.

21

Man gewöhnt sich an alles. Trotzdem dachte ich sehnsüchtig an den kleinen Ofen in der Kajüte. Als ich Toby darauf ansprach, sah er mich unschlüssig an.

»Meinen Sie, Sie können ein Feuer in Gang bringen? Das ist nicht ganz einfach. Bis Sie das geschafft haben, sind wir bestimmt schon da.«

Widerstrebend gab ich ihm recht. Wir hatten die Landspitze hinter uns gelassen. Ihr schwarzer Kamm hob sich gegen den eisigen Dunst ab. Paswegas war jetzt ein grünschwarzer Buckel in der Ferne, wie ein Wal, der aus dem Wasser hervorbricht. Der Seegang war nicht stark, aber es gab viele lange Wellen. Mir wurde nicht übel, ich fühlte mich aber unbehaglich, wie in einem schlechten Traum, aus dem ich nicht aufwachen konnte. Ab und zu traf uns eine hohe Welle von der Seite und goss eiskaltes Wasser über den Bug. Ich fing an zu zählen, um herauszubekommen, ob sich ein Muster ergab, und ja, jede dritte Welle war hoch und jede zwölfte richtig hoch. Ich musste Toby helfen, eine ausziehbare Plane über das Cockpit zu ziehen, das Brückenkleid, erklärte er gerade, als eine neue Welle über das Boot schwappte. Es brachte nicht viel, aber es schützte uns vor der schlimmsten Gischt und ein bisschen auch vor dem Wind. Meine Füße waren klitschnass und geschwollen, und ich hatte das Gefühl, als wäre mein Gesicht aus Zement. Wenn ich unter der Plane hervorlugte oder auch nur durch ihre zerkratzten Plastikfenster spähte, fing ich an zu zittern.

Die schäumende See stieß an einen aufgewühlten Himmel,

und der drückte aufs Meer. Wir kämpften gegen beides, zusammen mit ein paar Möwen, die kraftlos gegen die Wolken schlugen. Ich holte meinen Fotoapparat von unten, ging damit unter die Plane zurück und bemühte mich, das Gleichgewicht zu halten, während ich die irgendwie unirdische grauweiße und kränklich-grüne Weite fotografierte. Kleine Inseln tauchten aus dem Wasser auf, manche nicht größer als ein Felsbrocken, andere gekrönt von verkümmerten Fichten oder Birken. An steinigen Stränden entdeckte ich lose Knäuel von knochenbleichem Treibholz, tote Vögel, schwarze Pfähle, die von wer weiß woher angeschwemmt worden waren. Ich dachte an Fotos von Island, die ich mal gesehen hatte, mit aus dem Eis ragenden Vulkaninseln und einem einsamen Boot, das daran entlangfuhr.

Wer könnte hier leben?, dachte ich. Und antwortete: ich.

Toby rief mich. Ich verschloss das Objektiv und steckte den Fotoapparat unter den Anorak. »Ich zeige Ihnen jetzt, wie Sie Kurs halten«, sagte er. »Im Augenblick ist die Strömung okay.«

Er erklärte mir, wie man den Kompass las und die Ruderpinne ruhig hielt.

»Ich muss kurz nach unten«, rief er gegen den Wind und zeigte in eine bestimmte Richtung. »Da müssen wir hin …« Eine lange schwarze Silhouette ragte über den Wellen auf. »Das ist Tolba. Wir halten in Sichtlinie darauf zu. Sie brauchen nur die Richtung beizubehalten, okay?«

Ich stellte mich an die Ruderpinne, während er unter Deck ging. Es war, als kämpfte ich mit einem lebendigen Stock, aber ich dachte, Toby würde es mir nicht anvertrauen, wenn ich es nicht schaffen könnte. Er kam tatsächlich schon bald zurück und brachte zwei Kaffeebecher, einen Liter Moxie und eine Flasche Rum mit.

»Mal sehen, ob Sie das aufwärmt.«

Er goss Moxie in die Becher, gab einen Schuss Rum dazu und hielt mir einen hin. Ich nippte nur und musste beinahe würgen.

»Toby, das ist widerlich.«

Er trank einen großen Schluck. »Das schmeckt Ihnen nicht?«

»Es schmeckt wie Benzin. Jeder Hustensaft schmeckt besser.«

Toby sah mich gekränkt an. »Sie sollten es mit einem Spritzer Zitrone probieren – schmeckt erstklassig.«

Mit einem Griff unter den Anorak holte ich meinen Jack Daniels hervor. Toby trank seinen Becher leer und stellte ihn ab. Das Deck war glatt, aber er bewegte sich immer noch leichtfüßig und hielt das Ruder in Position. Der eisige Dunst hatte sich in einen gleichmäßigen Nieselregen verwandelt. Irgendwann schüttelte Toby den Kopf.

»Wir sind zu langsam«, schrie er gegen den Wind. »Das Dingi bremst uns. Hier, Sie müssen noch mal übernehmen.«

Er klappte eine Kiste auf und holte eine aufgeschnittene Bleichmittelflasche heraus, die sich zum Wasserschöpfen eignete, drehte sich zu mir um und drückte meine Hände an die Ruderpinne. »Wir fahren jetzt gegen den Wind. Das wird uns bremsen, solange ich Wasser schöpfe. Behalten Sie die Richtung bei.«

Er ging zum Heck. Dort ließ er sich in das Dingi hinunter und fing an, Wasser zu schöpfen.

Tolba Island tauchte vor dem fleckigen Himmel auf. Es war, als würde sich ein Foto vor meinen Augen entwickeln, ein Detail nach dem anderen schälte sich heraus, die Spitzen von Fichten auf den höchsten Punkten der Insel, weiße Stämme von alten Birken, ein Bogen aus blutrotem Gestein, darunter ein bleicher, rot gesprenkelter Strand und ein Kai aus Granit, der ins Meer hinausragte.

Der Kai war groß, viel größer als der von Paswegas.

Ich wandte den Kopf und sah zu Toby. Er stand im Dingi und schaffte es, trotz der Wellen das Gleichgewicht zu halten und dabei Wasser zu schöpfen und über Bord zu schütten. Als er mich sah, rief er: »Kommen Sie klar?«

»Ja, ganz gut.«

»Bin fast fertig! Halten Sie durch ...«

Ich wandte mich wieder dem Ruder zu. Der Wind trug den Geruch von Fichten heran. Ich trank noch einen Schluck Whiskey.

Erschöpfung machte sich bemerkbar wie eine Droge, und meine Eingeweide schmerzten von Kaffee, Speed und Alkohol. Wenn ich jetzt einschliefe, würde ich für acht oder zehn Stunden total weg sein. Ich tastete in der Jackentasche nach dem Filmdöschen mit den geklauten Pillen. Ich hatte noch genug Speed für ein oder zwei Tage, wenn ich sparsam damit umging. Ich hatte die Percocet, falls ich unbedingt schlafen wollte. Wenn ich bis Burnt Harbor darauf verzichtete, würde ich losfahren können und käme bis hinter Bangor, dann könnte ich mir ein Motel 6 suchen und dort pennen. Kein Luxusquartier, aber besser als das Lighthouse.

Das Lighthouse ...

Ich dachte an den ersten Abend in Burnt Harbor, an Kenzies weißes Gesicht, das in der Dunkelheit verschwand wie ein Nachtfalter.

Sie hat nach Ihnen gesucht. Sie hat gemeint, dass Sie nett sind, hatte Robert gesagt. Tja, das war ihr erster Fehler. *Sie hat gemeint, Sie wollten sie im Auto mitnehmen.*

Mein Magen revoltierte, aber nicht wegen der Wellen. Ich griff nach der Whiskeyflasche.

Sie war nicht abgehauen. Das wusste ich. Robert wusste das auch. Sie hatte nach mir gesucht und war jemand anderem begegnet. Wem? Ich dachte an das Boot, das ich an dem Abend in Burnt Harbor hatte fahren sehen, die schwach leuchtenden Positionslichter, die plötzlich ausgingen, als auch das Motorgeräusch erstarb. Ich musste an das Tier im Baum denken, an die wütenden Augen.

Fischer verlassen nie das Festland.

Außer sie finden leichte Beute auf den Inseln, dachte ich.

»Puh! Schweinekalt da draußen.« Toby kam unter die Plane und schüttelte sich Graupelkörnchen vom Anorak, verstaute die Schöpfflasche in der Kiste und klopfte mir auf die Schulter. »Gut gemacht.«

Er übernahm das Ruder und zog es ein wenig zur Seite. Die *Northern Sky* nahm Kurs auf das äußerste Ende des Strandes. »Jetzt fahren wir nicht mehr gegen den Wind, deswegen sind wir schneller. Wenn Sie noch mal kurz übernehmen könnten, ich gehe nach unten und zünde im Ofen Feuer an, dann mache ich uns einen heißen Kaffee. Was halten Sie davon?«

»Klingt großartig.« Ich biss die Zähne zusammen, damit sie nicht klapperten.

Er verschwand mit den Bechern unter Deck. Ich stand nachdenklich am Ruder und sah die Insel näherkommen. Große rötliche Felsbrocken lagen über den steinigen Strand verstreut. Auf den steilen Felsen über dem Strand wuchsen dürre Nadelbäume und Birken. Ein schwaches Schimmern unter den Bäumen deutete auf ein Haus oder ein Nebengebäude hin.

Toby kam mit zwei dampfenden Bechern zurück. »Bitte.«

Ich nahm einen und sah wieder zur Insel. »Die ist sehr groß.«

»Da hat mal ein ganzes Dorf gestanden. Ein paar Hundert Leute haben da gelebt.«

Ich drückte mir den Becher an die Wange, bis es brannte. »Ich kann nicht glauben, dass Sie andauernd hin und her fahren.«

Er zuckte mit den Schultern. »Nicht oft. Fischer tun das tagein, tagaus.«

»Und frieren sich den Arsch ab für ihr Geld.«

»Glauben Sie, uns bleibt eine andere Wahl? Orte wie Paswegas kämpfen auf verlorenem Posten. Und die Leute, die von woanders herkommen, geben uns den Rest. Sie ziehen von New Jersey und New York hierher und wollen uns auf unserem eigenen Land nicht mehr jagen lassen. Die Fischer können keine Fische mehr fangen. Wir haben Algenblüten, die die Muscheln töten, und Lyme-Borreliose-Zecken und Mücken mit West-Nil-Virus … Alles Schlechte, vor dem wir hierher geflohen sind, holt uns jetzt ein. Es gibt kein Woanders mehr, das Woanders ist jetzt hier.«

Er klang nicht wütend, genauso wenig wie man ihm ansah, ob er fror. Er klang nur resigniert und traurig. Ich trank einen Schluck Kaffee und verbrannte mir die Zunge, was ich nicht mal als unangenehm empfand.

»Ich habe was gesehen«, sagte ich. Ich stellte mich mit dem Rücken gegen die Plane, sodass der Wind mich nicht packen konnte. »In Paswegas. Ein Tier auf einer Kiefer bei Aphrodites Haus. Ich glaube, es war ein Fischer.«

»Tatsächlich? Wie sah das Tier aus?«

»Es war groß. Ziemlich groß jedenfalls. Schwarzbraun, wie ein kleiner Bär mit einem langen Schwanz. Dichtes Fell. Es hat mich angefaucht.«

»War es auf dem Boden?«

»Es saß im Baum. Als Aphrodites Hunde angerannt kamen, ist es verschwunden. Ich bin sicher, das war ein Fischer.«

»Hm.« Toby nippte an seinem Kaffee und steuerte das Boot

auf den langen Kai zu, der aussah wie verrostet. Als wir näher kamen, sah ich aber, dass er aus Stein war, aus demselben blutroten Gestein, das am Strand lag. »Klingt ganz danach.«

»Als ich es Suze erzählt habe, hat sie mich für verrückt gehalten. Sie hat gemeint, ein Fischer könnte nie und nimmer auf eine Insel kommen.«

»Tja, das ist wahr. Aber wenn Sie ihn gesehen haben ... Die Leute sehen andauernd alles Mögliche. Wölfe, Berglöwen. Nicht auf den Inseln, aber da hinten.«

Er deutete mit dem Kopf zum Festland. »Die Leute melden das der Naturschutzbehörde, aber die will nicht zugeben, dass es wieder solche Tiere in Maine gibt. Wenn man Pumas und Wölfe in der Gegend hat, bekommt man eine Menge Probleme wegen gefährdeter Tierarten. Und auch viele aufgebrachte Farmer und Jäger, weil die Wölfe und Pumas Vieh reißen und die Bestände an Hochwild verringern. Trotzdem haben wir sie.«

Mir kribbelte es im Nacken. »Es ist also theoretisch möglich, dass ein Fischer auf Paswegas ist, auch wenn noch nie einer gesichtet wurde?«

»Klar. Elche sind auch auf die Inseln geschwommen, Kojoten und Füchse. Vor hundert Jahren gab es ein oder zwei Winter, wo das Meer in Küstennähe zugefroren war und Tiere auf die Inseln laufen konnten. Menschen auch. Es war schon lange nicht mehr so kalt, aber es kann vorkommen. Eigentlich gibt es keine hohen Kiefern mehr auf den Inseln. Die wurden alle geschlagen, für Bauholz oder zum Heizen oder für Masten. Außerdem vertragen sie die salzige Luft nicht gut. Aber auf Paswegas gibt es ein paar hohe Kiefern und auf Tolba sogar sehr große. Es kann also Stachelschweine geben und vielleicht auch einen Fischer. Alles ist möglich.«

Ich trank meinen Kaffee aus. »Haben Sie in der Kajüte etwas zu essen?«

»Ja, in der Kombüse, da werden Sie was finden.«

Ich ging nach unten. Es war nicht richtig warm dort, aber wenigstens trocken. Und still. Na ja, nicht wirklich still, aber die Geräuschkulisse war anders. Prasseln gegen die Bullaugen, unheildrohendes Knacken, Brummen des Motors. Ich setzte mich und zog mir eine Decke um die Schultern. Dann sah ich in der Kombüse nach, was es zu essen gab.

Viel Rum und Moxie als alternative Energiequelle, aber nicht viel, was man Essen nennen konnte. Keimende Zwiebeln, eine Tube Knoblauchpaste, Tomatensauce in Dosen und Nudeln. Dazu noch ein halb voller Sack mit grünen Äpfeln, die okay zu sein schienen, und eine Schachtel Blaubeer-Pop-Tarts. Ich aß einen Apfel, danach mehrere Pop Tarts. Währenddessen kramte ich in den Schränken, um zu sehen, was es sonst noch gab.

Kordeln, Flaschenöffner, Korkenzieher, billiges Besteck, Küchenrolle, Gewürzdöschen, Konservendosen, getrocknete Bohnen und Tütensuppen. In einer Schublade lagen ein Verbandskasten, Angelschnur, Angelhaken, eine wasserdichte Streichholzschachtel, Müllbeutel, Aspirin, Ipecac, Benadryl. Ich schob alles zur Seite und entdeckte noch etwas.

Eine Pistole.

Ich blickte über die Schulter, dann nahm ich sie in die Hand. Sie war aus Plastik, hatte einen schwarzen Lauf und einen orange Abzug. Eine Signalpistole. Ich schaute nach: Eine rote Patrone steckte im Lauf. Einen Augenblick lang überlegte ich, dann legte ich sie in die Schublade zurück und ging an Deck.

»Was gefunden?«

»Pop Tarts.«

»Wirklich? Ich hoffe, sie waren genießbar. Die hatte ich für den Jahrtausendwechsel gekauft.«

Ich stand neben ihm an der Ruderpinne und beobachtete,

wie das schwarze Wasser gegen den Kai schwappte. »Waren in Ordnung. Was für rote Felsen sind das?«

»Tolba-Granit. Der wurde für Häuser in Connecticut und New York abgebaut, für die Kathedrale, von der ich erzählt habe. Um 1875 fing man an, Häuser aus Beton zu bauen. Das war viel billiger, als Steinbrucharbeiter auf den Inseln zu bezahlen. Die zogen damals von hier weg.«

Ich starrte auf den Kai: Quader aus rosarotem Gestein mit Streifen, die wie Rost aussahen oder wie getrocknetes Blut. Durch den Regendunst war es schwer zu sagen, wo der Kai endete und der Strand anfing. Granitquader gingen in Felsbrocken über, Felsbrocken verschwammen mit rötlichem Sand, der wiederum kaum zu unterscheiden war von abgestorbenen rostroten Bäumen. Eine Reihe hoher Fichten weit oberhalb der Wasserlinie leuchtete dunkelgrün bis schwarz. Dazwischen war noch mehr von dem blutroten Gestein mit den braunen Streifen zu sehen. Hier und da schauten schwarz glänzende Flecken durch die Bäume, sie sahen aus wie Augen. Die Fenster eines Hauses.

»Zu dem müssen wir hin?«, fragte ich.

»Das ist es, Mr. Ryels Traumhaus.«

Ich dachte, wir würden bis an den Kai fahren. Stattdessen schwenkte die *Northern Sky* zu ein paar runden Schwimmkörpern. In der Nähe schaukelte eine Hummerboje auf dem Wasser.

»Übernehmen Sie noch mal«, sagte Toby und überließ mir das Steuer. »Ich stelle den Motor ab. Steuern Sie gegen, wenn wir abtreiben.«

Er ging unter Deck. Das Tuckern des Motors brach ab. Ich hörte nur noch den Wind und die Brandung.

»Das ist ein guter Platz zum Festmachen«, rief Toby, nachdem er wieder heraufgekommen war, auf dem Weg zum Heck. Er griff nach dem Schwimmkörper, zog daran und holte ein Seil aufs Boot. »Wir machen hier fest und rudern ans Ufer. Wenn das Wetter schlechter wird, liegt das Boot hier sicherer.«

»Es wird noch stürmischer?«

»Weiß ich nicht. Im Augenblick wird es ruhiger, aber das könnte auch das Auge des Sturms sein. Holen Sie Ihr Zeug von unten. Falls wir bei Lucien übernachten müssen, haben Sie es bei sich.«

Er machte das Boot fest. Ich stieg in die Kajüte hinunter und holte meine Tasche. Als ich den Fotoapparat einpackte, vergewisserte ich mich, dass mein Fotoband gut verstaut war.

Nachdenklich strich ich über den Einband, setzte mich auf eine Bank und klappte das Buch auf. Hinter mir schlug der Regen gegen das kleine Fenster, während ich blätterte, bis ich das geklaute Foto von Gryffin Haselton gefunden hatte.

Ich betrachtete es eine Weile. Alles darauf – die Sonnenstrahlen, die durch das grüne Laub fielen, das Stückchen blauer Himmel, die Blüten der Bougainvillea auf dem weißen Tischtuch –, das alles schien zu einer Welt zu gehören, die für mich so weit weg war wie der Mond.

Auch Gryffin war so weit weg. Sein Lächeln, die Art, wie er die Hand hob, um zu grüßen oder zu winken, schien nicht zu dem Mann zu gehören, von dem ich mich am Morgen in dem Haus auf Paswegas verabschiedet hatte. Er hätte eine ganz andere Person sein können.

Alle Dinge verändern sich im Auge des Betrachters.

Ich versuchte, mir sein Gesicht in Erinnerung zu rufen, wie ich es bei unserer ersten Begegnung gesehen hatte, den Eindruck, den der grüne Fleck in der Iris auf mich gemacht hatte. Ich dachte wieder an das Foto in Aphrodites Zimmer, auf dem ein anderes Auge mit einem grünen Fleck zu sehen war, und an das Bild von Hannah Meadows in Tobys Wohnung. Zwei gemalte Augen, eins mit einem grünen Stern darin.

Ich konnte mir keinen Reim darauf machen. Es gab keinen, außer für den, der die beiden Fotos geschossen hatte. Ich habe Alkoholiker sagen hören, sie könnten andere Alkoholiker auf Anhieb erkennen, sie könnten ein Buch lesen oder ein Lied hören und wüssten, dass der Schreiber betrunken gewesen ist. Ich bin nicht rund um die Uhr verrückt, aber meine Erfahrung damit reicht aus, um andere Irre zu erkennen.

Vor allem unter Fotografen. Wie Aphrodite Kamestos. Oder Diane Arbus. Sie war ein Genie. Ich nicht.

Aber ich weiß, was sie da draußen gesehen hat. Und ich weiß, was sie gesehen hat, als sie sich umgebracht hat. Genauso weiß ich, was ich gesehen habe, als Aphrodite starb, was ich wahrgenommen habe: den Gestank einer inneren Verletzung, wie meinen eigenen Schweiß und das Spiegelbild meines Gesichts, wie einen Fehler in ihrer Iris. Vielleicht bin ich verrückter, als ich glaube.

Ich schloss die Augen und schwamm auf einer Woge von Trauer, die nur Leere zurückließ, keine Erinnerung, keine Reue, keine Wut. Als es vorbei war, versuchte ich mich zu erinnern, wo ich war, blickte nach unten und sah mich das Foto von Gryffin in der Hand halten. Ich legte es wieder zwischen die Seiten und steckte das Buch zum Fotoapparat in die Tasche. Ich ging zur Kombüse, nahm die Signalpistole aus der Schublade und steckte sie mir unterm Anorak in die Tasche der Lederjacke.

So ging ich an Deck.

»Wir sind so weit«, sagte Toby. Er wischte sich das Regenwasser von den Wangen. Sie waren weiß vor Kälte. »Haben Sie alles? Ich hole nur schnell meine Sachen. Nehmen Sie eine von den Schwimmwesten.«

Es regnete kaum noch, aber der Himmel blieb grau, voll von dicken Wolken. Ich fischte mir eine Adderall aus der Tasche und spülte sie mit einem Schluck Whiskey hinunter. Hinter den Wolken war etwas, hinter der drohenden schwarzen Masse aus Granit und den verkrüppelten Bäumen, etwas, das ich noch nicht sehen konnte.

Doch ich wusste, es war da. Es wartete auf mich. Und ich wollte ihm nicht nüchtern entgegentreten. Ich nahm die Schwimmweste und ging damit zum Heck. Toby kam zurück, er trug eine Schwimmweste, die Segeltuchtasche und den Werkzeugkasten.

»Ich denke, das ist alles. Ich werde als Erster ins Boot steigen, dann reichen Sie mir die Sachen an. Sind Sie sicher, dass es Ihnen gut geht?« Er zog die Stirn kraus. »Sie können auch gerne hierbleiben und in einer der Kojen schlafen.«

Ich sah zu dem dunklen Horizont. »Nein, lieber nicht.« Ich ging zu der Stelle, wo ich den Bootshaken hingelegt hatte. »Was ist damit? Kommt der mit?«

»Normalerweise nicht. Aber ja, bringen Sie ihn her. Sie dürfen ihn nur nicht irgendwo vergessen.«

Wir beluden das Dingi, dann ruderten wir zum Ufer. Der Seegang war hoch, aber ich hatte keine Angst. Oder ich hatte mich schon daran gewöhnt. Ich blickte zurück und suchte das Meer nach anderen Booten ab, entdeckte aber nur ein paar Bojen. Keine Flugzeuge am Himmel, kein Streifen Festland, nur ein paar schwarze Formen, die über dem dunklen Wasser hervorlugten. Fische, dachte ich, oder Delfine oder Robben, aber Toby sagte, das wären Felsen.

»Auch ein Grund, weshalb Denny die Insel nicht verlässt«, sagte er, während er ruderte. »Im Sommer ist es nicht so schwierig, aber im Winter können Sie's vergessen.«

Wir gelangten ans Ufer. Toby sprang aus dem Boot und zog es auf die Steine. Auch ich stieg aus. Meine Stiefel waren durchnässt. Als die Stahlkappen trockneten, blieb ein weißer Salzbelag zurück. Ich half Toby, das Boot bis über die Flutgrenze zu ziehen. Dabei trat ich durch Seetanghaufen voller toter Krabben und zerbrochener Stabmuscheln. Nachdem wir das geschafft hatten, hob Toby die Hand über die Augen und schaute übers Meer.

»Ich sehe Luciens Boot gar nicht«, sagte er stirnrunzelnd. »Hm. Denny muss es woanders hingebracht haben.«

Ich nahm meine Tasche und den Bootshaken. Toby holte sich eine Zigarette heraus und sah mich an. »Und? Was sagen Sie dazu?«

Es war mehr als trostlos: Es war der Ort, wo die Trostlosigkeit hingeht, um allein zu sein. Aus dem Wasser ragten Steinhaufen, die Reste eines Kais. Luciens Haus war nicht zu sehen. Auf dem Strand lagen Steine zwischen Strängen von Seetang und schwarz gewordenem Treibholz. Weiter oben bildeten die riesigen blutroten Granitblöcke die einzigen Farbflecke in einer gewaschenen grauen Welt. Mir tat alles weh vor Kälte und vor Müdigkeit, doch mir schien, hier konnte man sich gar nicht anders fühlen: Dies hier war ein Ort, dem das Fleisch von den Knochen gerissen worden war. Unmittelbar über der Uferlinie ragte eine Gruppe toter Bäume auf – Weißfichten, sagte Toby. Die Stämme waren ausgebleicht, die Zweige hatten die Nadeln verloren. Drumherum lagen umgedrehte Baumstümpfe mit den Wurzeln nach oben, der Flügel eines Wasservogels war darin hängen geblieben, die Federn fehlten schon, sodass er wie ein aufgeklappter papierloser Fächer aussah.

Und überall roter Granit. Keine natürlichen Brocken, sondern Quader und Pfeiler, griechische Säulen, die mit giftgrünen, orange und weißen Flechten bewachsen waren, halb fertige Engelfiguren und ein Pferd mit Reiter.

»Das ist ja unglaublich.« Ich ging zu einem Engel, dessen

Gesicht durch schwarzen Schimmel verschleiert war, und berührte die Augen. »Dass das nicht verwittert ist…«

»Darum heißt es: hart wie Granit«, sagte Toby. Er zog an seiner Zigarette. »Vor hundert, hundertdreißig Jahren, als die Leute gezwungen waren, hier alles aufzugeben, packten sie nur das ein, was sie tragen konnten. Anscheinend wollte man den Granit nicht abtransportieren. Als Lucien sein Haus baute, fand ich Sägeblätter und Bohrer, vieles, das nicht verrottet war. Man glaubt ja gar nicht, was die Menschen zurückgelassen haben, lauter schöne Dinge. Ein paar davon habe ich bei mir zu Hause. Die werde ich Ihnen bei Gelegenheit mal zeigen. Ganz zu schweigen von den Steinmetzarbeiten.

Ein paar Hundert Arbeiter bauten das Zeug hier draußen ab, aber es gab auch Steinmetze – die meisten Italiener –, die in den Schuppen blieben und den Stein meißelten. Sie kennen ja die ganzen Denkmäler und dieses alte Zeug. Eine ganze Menge davon wurde hier behauen und dann mit dem Schiff nach Boston, New York oder D. C. gefahren. Diese Kathedrale, von der ich Ihnen erzählt habe, für die wurde hier alles Mögliche gehauen, Engel, Wasserspeier. Wenn mal ein Stück fehlerhaft war, dann behielten sie es einfach hier.«

»Erstaunlich.«

»Warten Sie, bis Sie sehen, wo Lucien wohnt.«

Wir gingen durch eine schmale Schlucht. Ich war froh, dass ich den Bootshaken hatte, mit dem ich mich auf den glatten Steinen abstützen konnte. Während wir bergan stiegen, wurde die Schlucht breiter und mündete auf eine Straße aus Bruchstein. »Diese Geschichte, die Sie mir erzählt haben«, sagte ich, »über Dennys Freundin, die gestorben ist. Wie hieß sie noch mal?«

»Hanner.«

»Richtig, Hannah.« Es wurde stürmischer. Ich sah zur *Nor-*

thern Sky, die auf dem Wasser schaukelte, wie eine Möwe, die sich ausruht. »Hatte sie sich auch so eine Maske gebastelt wie alle anderen? Hatte sie ein Totem?«

»Das glaube ich nicht. Sie war einfach nur bei allem dabei, was Denny so trieb.«

»Und Ihr Totemtier war ein Frosch?«

»Ja. Weil es Amphibien sind. Sie leben auf dem Land und im Wasser. Wie ich.«

Ich hängte mir die Tasche über die andere Schulter. »Was ist mit Denny Ahearn? Was war sein Totem?«

»Dennys?« Toby zog nachdenklich an seiner Zigarette und runzelte die Stirn. »Gute Frage. Es ist lange her, aber ...«

Er drückte die Zigarette zwischen den Fingern aus und warf den Stummel auf die glatten Steine, auf denen wir gingen. »Ich glaube, es war eine Schnappschildkröte.«

22

Lucien Ryels Haus zeigte, was man mit Ray Provenzanos Schrottverwertungsethik und ein paar Millionen Dollar für Architekt und Bauunternehmer zustande bringen konnte. Es sah aus wie ein antiker Tempel, in dem die Überreste einer Mondlandefähre verbaut waren. Es war im Windschatten einer Granitkuppe errichtet und hatte Meerblick. Ringsum standen hohe Fichten und verblühte Rosenbüsche. Es ruhte auf Betonpfeilern und Granitsäulen, und eine frei schwebende Veranda aus stählernen T-Trägern verlief über die gesamte Front. Zwischen Glas und angelaufenem Metall waren lauter Granitskulpturen eingebaut: riesige Vogelschwingen, ein kolossaler Arm, der verwitterte Rest eines riesigen, ungewöhnlich ruhigen Gesichts. Auf dem Dach waren Dutzende Solarzellen und ein Wald von Antennen und kleinen Satellitenschüsseln montiert. Die Glaswände waren mit schwarzen Vogelsilhouetten beklebt.

»Im ersten Sommer, den Lucien hier verbrachte, hatten wir so viele tote Vögel, dass wir sie mit der Schaufel wegschaffen mussten.« Toby blieb stehen, um durchzuatmen. Sein Atem bildete weiße Wolken. »Andauernd prallten sie gegen die Fenster. Deshalb hat er diese Aufkleber draufgemacht. Verdirbt zwar irgendwie die Sicht, aber …«

Wir gingen weiter bergan. Die Straße verlief im Bogen bis hinter das Haus, wo eine breite Granittreppe zum Eingang führte, zu einer Tür aus patinierter Bronze und Holz. An der Hauswand standen zwei große Propangastanks.

Ich blickte zu den Antennen hoch. »Sieht so aus, als möchte er keine einzige Folge von *The Real World* verpassen.«

»Das ist noch gar nichts. Er hat eine digitale Vermittlungsstelle, damit er hier draußen schnelles Internet hat. Hat der Telefongesellschaft einen Haufen Kohle dafür gezahlt. Das Ding läuft auf Batterie, und ich muss darauf achten, dass es abgeschaltet ist, wenn er nicht da ist.«

Auf dem Weg zur Treppe blieb er stirnrunzelnd stehen und blickte zu einem Werkzeugschuppen zwischen den Bäumen. Die offenen Türen schlugen im Wind hin und her.

»Der sollte nicht offen sein«, sagte Toby. Er ging hinüber und sah hinein. »Hm. Den Traktor hat er auch rausgeholt.« Er schloss die Türen, versperrte sie mit einem Schnappschloss und kam zu mir zurück. »Jetzt können wir reingehen. Vielleicht kriegen wir Sie ja wieder warm.«

Er zog einen Schlüsselring mit mehreren Dutzend Schlüsseln hervor und schloss auf. »Da wären wir.«

Nach dem Brausen von Wind und Brandung war es auf einmal gespenstisch still, bis auf ein gleichmäßiges leises Ticken.

»Solarbatterien«, sagte Toby und zog seine Regenkleidung aus. »Wir sind hier nicht ans Stromnetz angeschlossen. Um diese Jahreszeit sind sie nie voll aufgeladen.«

Wir standen in einem langen, offenen Raum mit Gewölbedecke und Stahlträgern. Der Holzboden schimmerte wie Bronze. Das Mobiliar war aus den Achtzigern, dieses Zeug aus verschweißtem Kupfer, Stahl und Glas, das man beim Marquis de Sade im Esszimmer erwarten würde. Keine Teppiche, keine Kissen. Die Stehlampen erinnerten an fleischfressende Insekten. Ein Viking-Herd versteckte sich hinter einer Wand aus Industrieglas, zusammen mit einer Spüle, einem schlanken kupferfarbenen Kühlschrank und einem frei stehenden Weinschrank. Blickte man durch die riesigen Fenster auf die schäumende graue See, kam man sich vor wie auf dem Panzerkreuzer Potemkin.

»So.« Ich stellte meine Tasche und den Bootshaken ab und ging zum Fenster. »Hat er das wirklich alles selbst gebaut? Oder hat er es sich aus dem Gulag liefern lassen?«

Toby stellte seinen Werkzeugkasten auf den Boden. »Sie können sich nicht vorstellen, was das alles gekostet hat.«

»Doch, kann ich. Bei einem so schlechten Geschmack muss man ziemlich reich sein, damit einem keiner widerspricht.«

»Das Haus ist total energieeffizient. Sehen Sie das Fenster da nach Süden? Es liefert enorm viel passive Solarwärme.«

»Wann? Am 4. Juli?«

»Nein, wirklich – es bleibt hier drin schön warm, relativ gesehen. Apropos, ich muss die Wassertanks leeren. Sie wärmen sich in der Zwischenzeit ein bisschen auf, ich bin gleich wieder da.« Er nahm einen Schraubenschlüssel und ein paar andere Werkzeuge. »Hier.« Er drehte einen Regler an der Wand. Ich hörte ein leises Rauschen, und er hob triumphierend den Schraubenschlüssel. »So geht's schneller.«

Er ging nach unten. Ich zog den Anorak aus, setzte mich auf die Kante eines von Luciens Foltersesseln und zog die Stiefel und die nassen Socken aus. Meine Füße fühlten sich an wie Eisklumpen. Ich wärmte sie mit den Händen, so gut ich konnte, fand in meiner Tasche zwei Paar saubere Socken und zog sie an. Nachdem ich meine Stiefel auf die Heizung gestellt hatte, machte ich einen schnellen Rundgang durch das Haus.

Es war nicht gerade eine Partyhöhle, eher eine Mönchsklause. Die Stille fand ich unheimlich. Ich musste daran denken, wie ich im Dunkeln durch Aphrodites Haus getappt war, und zögerte, bevor ich die Türen der Einbauschränke öffnete und hineinsah.

Ich fand nichts außer Dosenfutter, ungeöffneten Flaschen

mit Balsamicoessig und weißem Trüffelöl, Büchsen mit Anchovis und geräucherten Miesmuscheln. Der propangasbetriebene Kühlschrank war abgestellt. Und der Weinschrank war abgeschlossen. In den anderen Zimmern standen minimalistische Möbel aus den Achtzigern, ein Plasmafernseher und ein DVD-Player, und es gab ein Heimstudio mit, wie es aussah, allerneusten Aufnahmegeräten.

In einem Badezimmer – ohne Medizinschrank – versuchte ich mich zu waschen. Das Wasser war brackig, aber warm. In diesem Augenblick hätte ich für heißes Wasser sogar auf den besten Sex und die besten Drogen verzichtet.

Als ich wieder hinausging, fühlte ich mich wieder wie ein Mensch, auch wenn ich nicht so aussah. Aus dem Badezimmerspiegel hatte mir die gruseligste Scary Neary der letzten zwanzig Jahre entgegengeblickt. Guter Körperbau und gute Zähne reichen irgendwann doch nicht mehr aus. Ich sah aus wie mein eigenes Skelett, gestylt mit blutunterlaufenen Augen, wirrem Haar und windgegerbter Haut.

Ich schlenderte in das Schlafzimmer, das wie ein großer Flügel frei schwebend vom Haupthaus abzweigte, sodass es zwischen den Kiefern zu treiben schien. Lucien Ryel hatte Unsummen darauf verwendet, das Haus zu bauen und im Winter zu heizen. Jetzt wusste ich auch, wieso.

Hier hing ein kleines Vermögen an den Wänden. Und nicht der übliche Mist, den alternde Rockstars so sammeln, wie Warhols, Schnabels, Koons' und Curtins.

Ryels Kunstgeschmack entsprach in der Kunstszene etwa dem, was im Miteinander der Geschlechter brutaler Sex war oder was man bis vor ungefähr zehn Jahren als brutalen Sex bezeichnet hätte, bevor nicht nur Bondage-Accessoires, sondern auch Art brut zu Mainstream wurde. Dort hingen jedenfalls zwei Gemälde von Chris Mars, ein Joe Coleman und Bilder von Künstlern, die ich nicht kannte, die aber genauso für Albträume sorgen konnten, wenn man für so was empfänglich ist.

Ich bin es nicht. Das Zeug war erstaunlich. Einige Bilder, wie eine Lori-Field-Collage von Frauen mit Tierköpfen und bleistiftdünnen Beinen, waren auf unirdische Weise schön. Andere, wie eine Nick-Blinko-Zeichnung von einem Skelett, das seinen eigenen Schädel verschlang, waren Furcht einflößend. Zwischen Irrsinn und Kitsch gibt es nur eine feine Trennlinie, doch soweit ich sah, wusste Ryel ganz genau, wo sie verlief. Er besaß auch Fotografien. Ein paar gespenstische Fred-Ressler-Aufnahmen, auf denen man ein Gesicht in den Bäumen sah. Ein frühes Mapplethorpe-Porträt von Patti Smith. Ein leeres Grundstück von Lee Friedlander. Arbeiten von Brian Belott, Branka Jukie. Ich hätte gern alles mitgenommen, was in meine Tasche passte, wenn ich zu Hause den entsprechenden Raum dafür gehabt hätte.

Bei den Fotos neben seinem Bett stellten sich mir die Haare auf.

Drei waren es, übergroße Farbabzüge in handgefertigten glaslosen Rahmen, Monotypien wie die beiden, die ich bei Ray Provenzano und bei Toby gesehen hatte, und alle drei trugen die gleiche Signatur: S.P.O.T.

Sonst gab es keine Kennzeichnung, kein Namenskürzel, keinen Titel, keine Zeile aus einem Songtext.

Trotzdem wusste ich sofort, dass sie zu einer Serie gehörten, zusammen mit dem unheimlichen 12 x 24-Abzug, der Toby gehörte und bei dem getrocknetes Blut von geisterhaften Ästen abblätterte. Und obwohl ich nicht sagen konnte, was auf diesen Fotos zu sehen war, wusste ich, dass es auch eine Verbindung zu den älteren Fotos in Aphrodites Zimmer gab, mit diesen simpel manipulierten Polaroids und mit dem Bild von

Hannah Meadows, das Toby mir vor ein paar Stunden gezeigt hatte.

Aber ich konnte nicht genau sagen, wie sie zusammenhingen. Das Muster war da, aber weil es nicht meiner eigenen Verrücktheit entsprungen war, konnte ich nicht erfassen, was sie miteinander verband. Alle waren merkwürdig abstrakte, entwurzelte Konterfeis ein und derselben Sache. Aber von welcher?

Je nachdem, aus welchem Blickwinkel man sie betrachtete, erinnerten sie an einen Körper oder an eine Insel oder an die bucklige Gestalt irgendeines Tieres. Die Farben waren schmutzige Braun- und Grüntöne und Varianten von schmierigem Blau, durchsetzt mit Rot und Orange. Wie bei den anderen Fotos war selbst hergestelltes Emulsionspapier verwendet und mit einer Nadel oder einem Fingernagel bearbeitet worden. Irgendwelche Dinge waren in die Pigmentschichten eingebettet – ein Flügel einer Fliege, Haare, ein Blatt, Fetzen von Buch- oder Zeitungsseiten. Richtig chaotisch. Doch es verlieh den Abzügen eine seltsame Tiefe, als hätten sie einen Teil der wirklichen Welt eingefangen, die das Foto festhalten wollte.

Sie erinnerten mich an Daguerreotypien. Wenn man so eine betrachtet, werfen selbst die dunkelsten Stellen Licht zurück, und man bekommt ein invertiertes Bild. Es ist wie ein Fotonegativ und ein Fotopositiv in einem. Aber wenn man eine Daguerreotypie im richtigen Winkel hält und Licht und Schatten an die richtigen Stellen fallen, ist es, als blickte man auf ein 3-D-Bild. In einem Buch oder einem Druck lässt sich dieser Effekt nicht erzielen, auch nicht mit Computertechniken. Das ist die reinste Form von Kopierverlust, die mir einfällt. Ich hatte immer den Eindruck, dass eine Person, die schon vor anderthalb Jahrhunderten gestorben ist, auf einer Daguerreotypie am lebendigsten aussieht, sie der Wirklichkeit am nächsten kommt. Diese Bilder von Lucien – sie konnten sogar mir Albträume bereiten.

Ich konnte nicht aufhören, sie anzusehen oder die Zeitungsausschnitte zusammenzupuzzeln, die zwischen Birkenrindenstückchen und Insektenflügeln zu treiben schienen.

US T2 SEE
EN

Die Buchstaben erinnerten mich an die besondere Art von Erpressungsbriefen, die es in den Siebzigern auf Plattencovern und Bandpostern gab, und auch an das Foto in Tobys Zimmer.

ST 29

Strect 29? Sankt 29? Vielleicht war es keine Adresse. Vielleicht hatte es eine bizarre religiöse Bedeutung.

Ich bekam eine Gänsehaut.

Dann tat ich etwas, das es nur noch schlimmer machen konnte. Ich nahm das erste Foto von der Wand und hielt es mir vor die Nase.

Ich musste würgen. Der gleiche widerliche Gestank von verwesendem Fisch und dem schlimmsten toten Stinktier, das man sich vorstellen kann. Aber was zum Teufel war das? Ich zwang mich, noch einmal daran zu riechen.

»Äh, Cass?« Toby stand in der Tür. Er hatte die Augenbrauen hochgezogen. »Was tun Sie da?«

Ich hielt das Foto hoch. »Kommen Sie her. Ich möchte, dass Sie daran riechen.«

»Was?«

»Hier ...«

Ich gab ihm das Foto und ging zu den beiden anderen.

»Mein lieber Schwan!« Toby warf mir das Foto zu. »Stinkt wie die Pest!«

»Kann man wohl sagen. Die hier auch.«

»Ich glaub's Ihnen.« Er zupfte an seinem Zopf. »Sind die schlecht geworden oder so was? Kann ein Foto verderben?«

»Das glaube ich kaum.« Ich hängte sie wieder an die Wand. »Das muss mit den Farbstoffen zu tun haben, mit denen er die Emulsion gemacht hat.«

»Nimmt man dafür solches Zeug? Zeug, das fault?«

»Normalerweise nicht. Jedenfalls kein Fotolabor, in dem ich mich rumgetrieben habe.«

Toby musterte die Abzüge und rümpfte die Nase. »Das stinkt nach ... Ich weiß nicht ... nach Dorschlebertran. Nur schlimmer. Wie ein Stinktier.«

»Daran hatte ich auch schon gedacht.«

»Gibt es einen Fisch, der wie ein Stinktier stinkt?«

»Da kennen Sie sich besser aus als ich.«

Er ging an der Wand entlang und sah sich die Gemälde an. »Ich hatte ganz vergessen, dass er das Zeug hat. Ein bisschen finster für meinen Geschmack.«

Am Fenster blieb er stehen und blickte aufs Meer. Dann sah er auf die Uhr. »Es wird ganz schön spät. Wir schaffen es heute Abend nicht mehr zurück, außer wir beeilen uns. Ich muss hier noch ein paar Sachen überprüfen. Und wir müssen zu Denny.« Er seufzte. »Ich reiße mich nicht gerade darum, ihm das mit Aphrodite zu sagen, aber ich werde es wohl tun müssen.«

»Standen die beiden sich noch nahe?«

»Nein. Aber ich glaube, das macht es noch schlimmer. Gryffin ...«

Er brach ab, kniff sich in den Nasenrücken und sah weg.

»Also los«, sagte er schließlich.

Er ging. Ich wartete so lange, bis ich sicher war, dass er nicht wiederkam, dann setzte ich mich an einen Tisch am Fenster, von wo aus ich die Tür im Auge behalten konnte. Ich holte die Filmdose mit den gestohlenen Tabletten aus der Tasche, nahm vier Percocet heraus und danach das Blatt von der Küchenrolle, in das ich den abgeblätterten Farbstoff von Tobys Abzug eingewickelt hatte. Vorsichtig riss ich die sauberere Hälfte ab, faltete den Rest zusammen und steckte ihn zu den anderen Pillen in die Filmdose. Ich schlug die Percocet in das Blatt von der Küchenrolle ein und holte John Stones Kugelschreiber heraus.

STOLZ ZU DIENEN stand darauf, und das konnte er jetzt auch sein. Ich rollte ihn auf den Tabletten hin und her, presste dabei mit dem Handballen und zerdrückte sie zu Pulver. Als ich fertig war, faltete ich das Blatt von der Küchenrolle zusammen und steckte sie in meine Hosentasche.

Ich verließ Luciens Schlafzimmer, ohne mir die Fotos noch einmal anzusehen. Mir reichte es, ein für alle Mal.

23

Ich fand Toby in der Küche. Er packte sein Werkzeug ein. Ich lehnte mich an die Theke und beobachtete ihn. Nach einer Weile fragte ich: »Was dagegen, wenn ich noch mal Rum mit Moxie probiere?«

»Nur zu.« Er sah auf und lächelte müde. »Bedienen Sie sich.«

»Möchten Sie auch einen?«

»Danke, ja. Aber nicht zu viel Rum.« Er stand auf und rieb sich die Stirn. »Ich geh nach draußen, eine rauchen. Lucien will nicht, dass ich im Haus rauche. Bin gleich wieder da.«

Ich wartete, bis er draußen war, nahm ein Glas aus dem Schrank und schüttete die zermahlenen Tabletten hinein. Durch das Fenster konnte ich Toby auf der Treppe rauchen sehen. Ich goss einen kleinen Schluck Rum ins Glas und rührte mit Stones Kugelschreiber um, damit das Percocet sich auflöste, dann füllte ich mit Moxie auf. Ich roch daran, steckte den Finger hinein und probierte. Das Zeug schmeckte ohnehin miserabel, die Percocet-Beigabe änderte nichts daran. Um sicherzugehen, goss ich noch etwas mehr Rum ins Glas. Wenn es funktionieren sollte, musste es schnell gehen, und ich wollte ihn ganz bestimmt nicht umbringen. Besonders gut fühlte ich mich dabei nicht. Toby war fast ein Freund für mich. Außerdem war er meine einzige Rückfahrkarte nach Burnt Harbor.

Jemand hat mir mal gesagt, dass es so etwas wie Glück nicht gibt: Vielmehr trifft man die ganze Zeit Entscheidungen, ohne sich dessen bewusst zu sein. Man bewegt sich, bevor einem klar ist, dass man damit einem Laster aus dem Weg springt, aber diese Bewegung oder das versehentliche Stolpern vor einen Wagen, das sind keine Unfälle, sondern Entscheidungen. Alles, was danach passiert – die benommene Erleichterung, wenn der Truck vorbeirauscht, das taube Entsetzen, wenn man aus dem Albtraum aufwacht und sich erinnert, dass es kein Albtraum war –, das wird Teil derselben Ereigniskette.

Und sie hört nie auf. Es ist immer vier Uhr morgens unter einer defekten Straßenlaterne. Und danach flüstert jeder Schritt, jeder Drink und jeder Mensch dir das Gleiche zu: Du hast dich nicht gewehrt.

Bis jetzt.

Ich beobachtete Toby durchs Fenster. Als er seine Zigarette wegschnippte, nahm ich noch ein Glas, goss ein bisschen Rum hinein und gab ein kleines bisschen Moxie dazu.

»Hey«, sagte ich, als er hereinkam. »Hier ...«

Ich gab ihm das volle Glas. Er blickte anerkennend auf meins, das fast leer war.

»Sehen Sie? Man gewöhnt sich dran«, sagte er.

Ich versuchte, ihn nicht anzustarren, als er einen Schluck trank.

»Gut.« Er prostete mir zu. »Wissen Sie, es wird ein, zwei Stunden dauern, bis ich von Denny zurück bin. Wenn ich besser nachgedacht hätte, dann hätte ich den Heißwassertank nicht leer gemacht, und Sie könnten eine Dusche nehmen.«

»Sehe ich so schlimm aus?«

Er lächelte und trank wieder. »Nein, nein. Ich dachte nur, Sie müssen müde sein. Und Ihnen ist kalt.«

»Es geht mir schon besser.« Ich sah mich um und überlegte, welches der Stacheldrahtmöbelstücke am bequemsten war für jemanden, der darauf bewusstlos werden würde. Ich entschied mich für eine Chaiselongue, die aussah wie ein Frontalzusammenstoß, stellte einen Sessel daneben und setzte mich darauf. »Wo wohnt dieser Denny eigentlich?«

Tony kam zur Chaiselongue und setzte sich neben mich. Das Glas klemmte er sich zwischen die Knie. »Am anderen Ende der Insel, hinter dem kleinen Steinbruch. Der liegt neben dem größten. Ungefähr eine Meile von hier. Es gibt eine alte Straße, auf der haben sie früher den Granit zum Hafen geschafft, auf diesen riesigen Karren mit drei Meter hohen Eisenrädern. Sie wurden von Ochsengespannen gezogen.« Er zeigte auf den Strand. »Heute schwer vorstellbar.«

»Mm.«

Ich wartete und versuchte, nicht mit dem Fuß auf den Boden zu tappen. Das war schwer. Ich war so aufgedreht, dass ich am liebsten durch die schönen großen Fenster gesprungen wäre. Das hätte bestimmt gut zu Ryels Wohnästhetik gepasst.

Stattdessen würgte ich den letzten Schluck Moxie hinunter und schenkte mir einen Jack Daniels ein. »Cheers«, sagte ich und trank. »Alte Gewohnheiten sind die besten.«

Toby trank seinen Cocktail aus. »Sind Sie sicher, dass Sie kein Nickerchen machen wollen?«

»Toby. Zum letzten Mal: Ich möchte kein Nickerchen machen.«

Ich betete, dass die Percocet den Wirkstoff nicht erst verzögert freigaben. Im Idealfall würde Toby sich schon bald sehr müde fühlen. Ich setzte darauf, dass der Alkohol die Wirkung beschleunigte.

»Sie sind es doch, der die ganze Arbeit macht«, fuhr ich fort. »Das Rudern und so. Wieso ruhen Sie sich nicht ein bisschen aus? Ich wecke Sie.«

Toby lehnte sich zurück. »Zu viel zu tun, wenn wir heute Abend noch in Paswegas sein wollen …«

Er gähnte.

»Na los, nur fünf Minuten«, redete ich ihm zu. »Wenn Sie schlafen, schlafe ich auch.«

»Na ja, okay, vielleicht.« Er sah mich benommen an. Irgendwie schien es ihm zu dämmern. »Hey. Das ist doch ...«

Er versuchte aufzustehen, sank zurück und stierte mich mit glasigem Blick an. »Sie ...«

»Schon gut, Toby.« Ich goss mir noch einen Jack Daniels ein. »Ich kann warten.«

Er schloss die Augen. Ich wartete. Lange dauerte es nicht. Als ich glaubte, dass er bewusstlos war, ging ich zu ihm und hockte mich neben ihn.

»Hey Toby«, flüsterte ich, dann sagte ich laut: »Toby, Mensch, aufwachen.«

Ich schüttelte ihn sanft. Er schnaubte, und ich ließ ihn auf die Chaiselongue sinken.

Erledigt. Ich nahm meinen Anorak, faltete ihn zusammen und schob ihn Toby unter den Kopf. Seine Lider öffneten sich flatternd. Ich erstarrte, als er mich mit leerem Blick ansah, dann begann er zu schnarchen.

Ich sah nach draußen. Es war fast drei. In einer Stunde würde die Sonne untergehen. Ich hatte neunzig Minuten bis zum Einbruch der Dunkelheit, höchstens. Ich ging in die Küche und öffnete Schubladen und Schränke, irgendwann fand ich eine Taschenlampe. Ich steckte sie ein, trank ein bisschen Wasser und nahm noch eine Adderall.

Zwei waren noch übrig. Je nachdem, was ich bei Denny Ahearn finden würde, brauchte ich vielleicht gar nicht viel, um wach zu bleiben. Aber man weiß nie. Ich holte die Signalpistole aus der Tasche, dann zögerte ich.

Es drängte mich, die Konica mitzunehmen. Andererseits hatte ich Angst, sie zu verlieren. Wenn ich es wohlbehalten zurückschaffte, würde ich sie mir zusammen mit der Tasche holen können. Wenn nicht …

Ich zog den Reißverschluss meiner Lederjacke hoch, dann setzte ich die orange Rollmütze auf, nahm den Bootshaken und ging zur Tür. Mein Blick fiel auf mein Spiegelbild in einem dunklen Fenster: eine hagere, alternde Postpunk-Walküre mit einem Speer, der länger war als sie, die Zähne gefletscht wie eine Volltrunkene und die Augen blutunterlaufen von den ADHS-Pillen eines Hinterwäldler-Teenagers.

»Hey ho, let's go«, sang ich und ging.

24

Als ich entlassen wurde, weil ich Christine verprügelt hatte, zeigte sie mir ein Nietzsche-Zitat: *Fürchterliche Erlebnisse geben zu raten, ob der, welcher sie erlebt, nicht etwas Fürchterliches ist.*

»Das bist du.« Sie schob mir das Buch zu. »Was auch immer dir in dieser Nacht in der Bowery zugestoßen ist…«

»Halt's Maul«, sagte ich.

»Ich habe recht! Du weißt, dass ich recht habe! Du kannst nicht loslassen, du kannst nicht mal daran denken, loszulassen oder zu trauern oder sonst was zu tun, was dir helfen könnte! Du solltest lieber hoffen, dass dir nie wieder so was Schlimmes passiert. Denn weißt du was, Cass?« Sie stach mit dem Finger auf die Mappe auf dem Tisch: *Es ist schwer, wieder ein Mensch zu sein.* »Du hast so viel Wut in dir, du bist gar kein Mensch mehr.«

Natürlich wusste sie nicht, wie viel Schlimmes noch kam. Aber sie hatte recht. Ich konnte mit menschlichen Kontakten noch nie viel anfangen. Sobald ich über das Grundlegende hinaus war – das meist aus Sex und Fotografieren bestand –, war mein emotionales Spektrum erschöpft. Abgesehen von einer besonderen Emotion, und Christine hatte sie genau benannt.

Wut.

Und so viel kann ich Ihnen schon mal sagen: Nach ihrem Tod ist es nicht besser geworden. Und seit ich in Paswegas County angekommen war, hatte es sich noch einmal stark verschlimmert.

Ich ging hin und her, bis ich die Straße fand, von der Toby gesprochen hatte. Es war ein breiter Schotterweg. Weit unten toste der Wind über den grauen Atlantik und peitschte die Weißfichten am Wegrand, dass sie stöhnten, als wären sie lebendig.

Wegen dem Speed fror ich noch stärker. Meine Finger, die den Bootshaken umklammerten, waren fast taub. Ich rutschte auf dem nassen Schotter aus und musste mich immer wieder abfangen. Der Himmel wurde immer dunkler. Es fiel mir schwer zu glauben, dass hier jemals die Sonne geschienen hatte. Die Narbe an meinem Unterleib brannte wie ein frisches Brandzeichen. Ich steckte die Hand unter die Jacke, schob Tobys Pullover, meinen eigenen und mein T-Shirt weg, schließlich spürte ich den vertrauten Narbenkamm und die leicht erhabenen Linien des Tattoos.

Nicht totzukriegen. Nur ich wusste, was darunter war: die blutigen Initialen, die sich in ein rasendes Geschmiere verwandelten, während ich – zu spät – versuchte, das Messer zu packen.

Ich dachte an Kenzie Libby. An die Stifte an Kinn und Ohren, an die Halskette aus Seeglas und Aluminium. An das kindliche Gesicht und die Piercings und die schlecht gefärbten kurz geschnittenen Haare.

Menschen legen sich aus einem bestimmten Grund Stacheln an. Vielleicht reichte es schon, wenn man in Burnt Harbor festsaß und zusah, wie das Rinnsal aus reichen Fremden zu einem Sturzbach anschwillt, der die bekannte Welt wegspült, ohne dass auf etwas anderes Hoffnung besteht als auf einen Job bei WalMart – oder vielleicht, wenn man Glück hat, auf die flüchtige Bekanntschaft mit einem Fremden, der einen mitnimmt, wenn er abreist, Stacheln hin oder her.

Doch diese Stacheln und Stifte beschützen einen kein bisschen. Ich erinnerte mich an das, was Toby über die Fischer gesagt hatte – wie sie ein Stachelschwein auf den Rücken drehen und ihm den Bauch aufreißen.

Die denken, keiner kann ihnen was anhaben.

Fischer kamen nie auf die Inseln, aber ich hatte einen gesehen.

Denny verlässt die Insel nie.

Und wenn doch?

Ich ging weiter. Es war seltsam, und es zerrte ein bisschen an den Nerven, wenn man einer Straße folgte, an der es keine Häuser oder Telefonmasten oder Stromleitungen gab. An großen Bäumen kam ich nicht mehr vorbei. Struppige niedrige Büsche bedeckten den dünnen Boden, dazu toter Farn, einzelne Birken und Ahorne. Aus Rissen in moosbedeckten Steinkuppen wuchs Gestrüpp. Eine Krähe flatterte kreischend von einem Baum auf und verschwand im Dunkeln.

Doch nach einer Weile entdeckte ich immer mehr Anzeichen für eine menschliche Besiedlung. Bröckelnde Steinfundamente, eingestürzte gemauerte Kamine, klaffende Kellerlöcher, gefüllt mit Schutt und gelbem Farn. Kurze Zeit später erreichte ich den ersten Steinbruch.

Er lag ein Stück abseits der alten Straße. Zwischen den steilen Granitwänden, die in die Hügelflanke geschnitten waren, war ein kleiner See entstanden. Birken und Fichten wuchsen, wo immer sie an der Böschung Halt gefunden hatten. Das Wasser wirkte so fest und kalt wie Obsidian. Ein paar Blätter trieben auf der Oberfläche, sonst hätte man glauben können, man blickte auf schwarzes Glas. Dürre, kahle Bäume standen am Ufer.

Auf den Bootshaken gestützt, um auf dem losen Geröll nicht wegzurutschen, trat ich mit einem Fuß auf die Böschung, streckte den Arm aus, packte einen Baum und bog ihn zu mir. Er hatte eine glatte silbrig-braune Borke voller winziger Buckel, die wie Insekten aussahen. Aus seinem Stamm sprossen Dutzende blutroter Triebe, wie bei einer Hydra. Er sah boshaft aus und lebendiger als alles andere in dieser frostigen Landschaft.

Ich kletterte die Böschung hoch. Kurz darauf kam ich an zwei anderen kleinen Steinbrüchen vorbei und an noch mehr Häuserruinen, aber in denen hätte auch ein Eremit nicht wohnen können.

Schließlich machte die Straße eine Biegung. Von dort aus blickte ich auf die Wipfel von Weißfichten und Birken hinunter und auf eine zerfurchte Fläche aus rosarotem Fels, die an einem schlammigen Strand endete, auf dem Granitblöcke verstreut lagen. In der Mitte des Strandes gab es einen baufälligen Anleger. Am Ende war ein Motorboot vertäut: Lucien Ryels Boston Whaler.

»Scheiße«, flüsterte ich.

Ich sah keine anderen menschlichen Spuren, nur das Boot. Ich trank einen Schluck Jack Daniels und merkte, wie meine Stirn klamm wurde. Ich steckte die Flasche wieder ein und ging weiter. Wenig später entdeckte ich den großen Steinbruch.

Er hatte ungefähr die Größe eines Baseballfelds. Steile Felswände erhoben sich zehn, fünfzehn Meter über die Wasserlinie. Ich wollte lieber nicht daran denken, wie tief es war. Während ich hinsah, segelte eine Krähe herab, flog krächzend über die glatte schwarze Oberfläche und landete in einem toten Baum am gegenüberliegenden Ufer. Stirnrunzelnd starrte ich hinüber.

In dem Baum war etwas, eine ausgefranste Masse, wie ein Eichhörnchennest, in dem aber irgendetwas eingeflochten war, etwas Blau-Weißes. Vielleicht eine Plastiktüte oder ein Luftballon. Aus der Entfernung ließ sich das unmöglich sagen. Doch wenn ich das genauer sehen wollte, musste ich hinunter in den Steinbruch steigen und mir einen Weg durchs Unterholz bahnen. Das hatte ich nicht vor.

Ich folgte weiter der alten Straße und gab mir Mühe, leiser zu gehen und meine Umgebung genau im Auge zu behalten.

Das war schwierig, denn es wurde allmählich dunkel. Jenseits des Steinbruchs konnte ich gerade noch die Ruinen mehrerer großer Gebäude erkennen. Für Wohnhäuser waren sie zu groß. Vielleicht waren es Werkstattschuppen oder Bürogebäude gewesen, oder man hatte dort die Ochsen untergebracht. Jedenfalls sah keines der Gebäude nach einem Haus aus, in dem heute jemand wohnen könnte. Ein eisiger Nebel wehte vom Ufer herauf. Die Luft wurde dunstig, die Ruinen sahen so unwirklich aus, als wären sie aus Papier geschnitten. Ich fror wie ein Schneider. Wenig später stand ich auf der Kuppe des Hügels.

Ringsum fiel die Insel zum Meer hin ab. Nebel wogte über dem Wasser und kroch die Böschungen herauf. Ich konnte gerade noch den Boston Whaler erkennen, der auf dem schwarzen Wasser schaukelte. Ich drehte mich um und blickte zu der Stelle, wo die Straße abschüssig wurde.

Lichter schimmerten durch die Düsternis. Eine Gruppe kleiner Gebäude stand hinter dem Steinbruch, zwischen Fichten und Hinterlassenschaften des aufgegebenen Granitabbaus von Tolba: großen umgestürzten Säulen und Schutthalden, auf die ein schwacher gelber Schein fiel. Der kam von einem kleinen Steinhaus, aus dessen Kamin Rauch hervorringelte.

Beim Anblick der hellen Fenster wurde mir übel. Ich packte den Bootshaken fester, beugte mich vor und spuckte einen dünnen Faden Galle aus. Ich wartete, dass die Übelkeit wieder verging.

Sie verging nicht. Ich trank noch einen Schluck Jack Daniels.

Angst und Whiskey, dachte ich. *Lauf, Cass, lauf!* Licht ergoss sich aus einer gesprungenen Straßenlaterne. *Sie sind wirklich aus New York, hm? Das muss ja richtig toll sein.*

Ich konnte sie sehen, wie sie durch Dunkelheit und Kälte auf Burnt Harbor zutaumelte, dann zum Strand, die Hände in die Taschen ihres Hoodies geschoben. Wie sie versuchte, ihren ganzen Mut zusammenzunehmen, um ins Good Tern zu gehen und eine Fremde aus der Großstadt anzusprechen.

Ich würde gern nach New York gehen.

Na ja, vielleicht kann ich dich auf dem Rückweg in den Kofferraum packen.

Wessen Stimme hatte sie zu hören geglaubt, als sie beim Good Tern an den Strand ging?

Meine Finger schlossen sich fester um den Bootshaken. Ich machte ein paar Schritte auf die Lichter zu, da hörte ich die Krähe wieder. Ich sah hoch.

Ein kleines Stück von der Straße entfernt ragte eine einzelne Kiefer aus einem schwarzen Dickicht. Die Krähe saß in den obersten Zweigen. Sie starrte mich an, stieß noch ein raues Krächzen aus, breitete die Flügel aus und flog hinunter zum Strand.

Ich blickte ihr nach, dann sah ich blinzelnd zu den tieferen Ästen, wo ich ein dunkles Gewirr aus Stöcken entdeckte. Es ähnelte dem in dem anderen Baum am Steinbruch und erinnerte an ein Eichhörnchennest.

Nur dass es dafür viel zu groß war. Ich zog den Reißverschluss bis zum Hals zu und ging auf den Baum zu. In dem schwachen Licht und durch das Dickicht hindurch war es fast unmöglich, etwas zu erkennen. Der Stamm schien einen riesigen Umfang zu haben. Ein kleines Stück von dem Dickicht entfernt war eine Fläche freigemacht worden, bis auf ein paar Stöcke, Moos und flechtenüberzogene Steine. Und noch etwas.

Mehrere kleine, flache Gegenstände waren zu einem Kreis ausgelegt, der ungefähr dem Durchmesser des Baumstamms entsprach, vielleicht eineinhalb Meter. Ich bückte mich und schaltete die Taschenlampe ein.

Zuerst glaubte ich, es wären Steine, alle gleich groß und gleich geformt – in etwa so groß wie meine Hand. Doch als ich den Lichtkegel darauf richtete, sah ich, dass es keine Steine waren. Es waren Schildkrötenpanzer.

Es waren andere als der in Gryffins Zimmer und der in dem Raum über dem Inselladen. Sie hatten viele kleine stachlige Auswüchse, wie die Panzerung eines Dinosauriers. Zögernd hob ich einen auf und verzog das Gesicht.

Er stammte von einer Schnappschildkröte. In Kamensic habe ich, als ich noch Kind war, solche Viecher oft gefunden. Sie fielen in die Swimmingpools, und man musste sie mit einem Schaumlöffel herausholen. Es waren die boshaftesten kleinen Dreckskerle, die ich je gesehen habe – kaum hatte man sie gerettet, schossen sie mit aufgesperrtem Maul fauchend auf einen zu.

Seit der hier jemanden angegriffen hatte, war allerdings ziemlich viel Zeit vergangen. Ich neigte den Panzer hin und her. Er schien leer zu sein. Aber mir stieg ein Geruch in die Nase, der sattsam bekannte Gestank nach verwesendem Fisch und Stinktier.

Ich beugte mich vor, legte den Panzer zurück und sah mir die anderen an: Es waren ein Dutzend, alle von Schnappschildkröten. Ob der Kreis für ein Ritual benutzt wurde? In seiner Mitte bildeten vier kleine Löcher ein Quadrat. Sie sahen aus, als hätten dort Zeltheringe gesteckt. Die Fläche war allerdings zu klein für ein Zelt. Sie reichte allenfalls für eine Campingtoilette. Ich richtete mich wieder auf, und dabei bemerkte ich neben einem Schildkrötenpanzer etwas Weißes.

Ich hob es auf. Ein Kerzenstumpf. Ich rollte ihn zwischen den Fingern, dann schob ich ihn in die Tasche.

Der Himmel über mir war fast schwarz geworden. Eisiger Regen klatschte mir ins Gesicht, während ich mit dem Lampenstrahl über den Kreis strich. Kleine Gegenstände glänzten blassbraun und weiß im Moos, sie sahen aus wie Porzellanscherben. Ich hob einen auf. Es war ein Stück Eierschale. Nicht von einem Schildkrötenei oder etwas Exotischem, nur die Schale von einem braunen Ei. Ich warf sie weg. Ich suchte den Boden noch weiter ab, schließlich fiel mir ein schwacher Schimmer auf, wie von einer Glasscherbe.

Es dauerte eine Weile, bis ich den Gegenstand gefunden hatte. Auf allen vieren schob ich totes Laub zur Seite, dann stieß ich auf etwas, das aussah wie graues Metall. Ein Nagelkopf, dachte ich, doch als ich ihn in die Hand nehmen wollte, griff ich ins Leere.

Was war das denn?

Ich richtete den Lampenstrahl auf die Stelle. Der Schimmer war verschwunden.

Als ich auf meine Fingerspitzen blickte, sah ich, dass ein gräulicher Schmier daran haftete. Keine Erde, eher so etwas wie der Rest von einem zertretenen Silberfisch, etwas Dunkles, Öliges. Ich wischte mir die Hand an der Jeans ab und leuchtete mit der Taschenlampe in den Baum.

Das sonderbare Nest befand sich ungefähr drei Meter über dem Boden in der Gabel von zwei dicken Ästen, die sich weiterverzweigten und mit ihren steifen Nadeln im Wind zitterten. In dem Baum hingen noch andere Dinge, ein zerrissener Beutel, lange tote Grasbüschel.

Ich verließ den Kreis der Schildkrötenpanzer und ging darauf zu. Dabei knackte etwas unter meiner Sohle. Ich bückte mich und tastete im Moos, schließlich fand ich es. Es war ein Geweih, fleckig-weiß, dünn und hart und leicht gebogen, mit kleinen Wulsten entlang einer Kante, die wahrscheinlich von Tierbissen stammten. Ich strich mit dem Finger darüber und spürte verhärtete Gewebefetzen. Sie fühlten sich an wie Holzsplitter. Ich leuchtete sie an.

Mein Mund wurde trocken. Vor dreißig Jahren hatte ich ziemlich viel Zeit damit verbracht, mich selbst mit dem lebensgroßen Modell eines menschlichen Skeletts zu fotografieren, und so wusste ich sofort, dass dies kein Geweih war.

Es war eine Rippe.

Ich drehte den Knochen hin und her, sah die Bissspuren am Ende und schleuderte ihn in die Dunkelheit, spuckte mir auf die Finger und rieb sie hektisch an der Hose ab. Dann ging ich mit dem Bootshaken die letzten Schritte auf die Kiefer zu und fuhr mit dem Lampenstrahl langsam immer höher. Schließlich sah ich, was da war.

Es war eine Leiche. Oder vielmehr die Überreste einer Leiche, die in sich zusammengesackt in der Astgabel lag, wie ein geplatzter Müllsack. Sie trug noch ein T-Shirt und zerrissene Jeans. Das T-Shirt baumelte hin und her, sodass ich auf der Brust ein ausgebleichtes Nike-Emblem erkennen konnte. Was ich für Stöcke gehalten hatte, waren Schenkelknochen, Rippen und Schlüsselbeine mit vertrockneten Sehnensträngen. Der Brustkorb ragte zum Teil durch das T-Shirt. Was ich für tote Grasbüschel gehalten hatte, waren verfilzte Haare, in denen Blätter und kleine Zweige steckten, und sie hingen an etwas, das aussah wie ein schlaffer Fußball.

Langsam wich ich zurück, und bei jedem Schritt rutschte ich auf den nassen Steinen und Moospolstern.

Ich hatte gerade Martin Graves gesehen.

25

Es gibt immer diesen Augenblick, in dem sich alles verändert. Diesen Augenblick, in dem man durch den Sucher blickt und weiß, man sieht genau richtig, und die Welt schaltet von Farbe auf Schwarz-Weiß. Und obwohl es Stunden oder Tage oder sogar Jahre dauert, bis man das fertige Foto in der Hand hält, hat man vom ersten Augenblick an das Gefühl, etwas eingefangen zu haben – vielleicht nicht etwas Schönes, aber etwas Unumstößliches, etwas, das nicht nur einen selbst verändert, sondern auch alles um einen herum verändern könnte. *Der Tod ist das* eidos *dieser Photographie vor meinen Augen.*

Jene Nacht auf der Bowery vor sechsundzwanzig Jahren hat für mich alles verändert. Martin Graves' Augenblick war damals im August gekommen. Es war keine Fotografie, und darum konnte ich an dem Bild nichts ändern.

Aber Kenzie Libbys Augenblick war erst vorgestern Abend gekommen.

Und daran ließ sich vielleicht noch etwas ändern.

Ich taumelte zur Straße zurück. Ich kämpfte gegen einen trockenen Brechreiz und versuchte, mich zusammenzureißen. Schließlich war das nicht meine erste Leiche. Früher war ich auf der Suche nach Leichen durch die Gassen gestreift. Aber so eine hatte ich noch nicht gesehen.

Ein Tier konnte den Toten nicht in die Astgabel geschleppt haben. Das hatte Denny Ahearn getan – aber warum?

Der Wind kam in Böen vom Meer her und schlug mir den Regen ins Gesicht. Ich holte ein paar Mal tief Luft, dann schluckte ich und schmeckte Salz und Blut. Ich spuckte aus und stützte mich auf den Bootshaken, bis das Pochen im Kopf nachgelassen hatte.

Obwohl es fast dunkel war, fühlte ich mich wie auf einem Präsentierteller. Mehrere Hundert Meter unter mir beschrieb die Straße eine weite Kurve und endete auf dem Steinbruchgelände. Die Gebäude waren nur kleine schwarze Buckel in der hereinbrechenden Nacht. Alle – bis auf das Steinhaus mit den bösartig gelb leuchtenden Fenstern.

Wie viel Zeit war vergangen, seit ich Toby zurückgelassen hatte? Eine Dreiviertelstunde, schätzte ich. Ich könnte den ganzen Weg zurücklaufen, doch es würde Stunden dauern, bis die Wirkung der Percocet nachließ. Da wäre ein verdammt starker Kaffee nötig, um ihn wieder auf Touren zu bringen.

Und was dann? Toby hatte ein Funkgerät auf der *Northern Sky*. Wir könnten Hilfe rufen, und die würde sogar kommen. Aber wie lange würde das bei diesem Wetter dauern? Und außerdem suchten die wenigen Polizisten von Paswegas County schon auf dem Festland nach MacKenzie Libby.

Ich dachte daran, was ich gerade entdeckt hatte, und an das andere Gewirr in der Kiefer am Rand des Steinbruchs. Ich betete im Stillen, dass es nicht Kenzie war.

Mein Rachen fühlte sich an wie wund geschabt. Ich trank den letzten Schluck Whiskey und nahm damit eine Adderall.

Ich konnte es mir nicht leisten, dass ich nüchtern wurde. Jeder nüchterne, gesunde Mensch wäre schreiend davongerannt. Ich wog den Bootshaken in der Hand und tastete nach der Signalpistole, die in meiner Jackentasche steckte. Ich hatte keinen Plan, aber den hatte ich sonst auch nicht.

Ich schlug den Weg zu dem Haus mit den Lichtern ein.

Inzwischen war es ganz dunkel geworden. Soviel ich sehen konnte, gab es auf Dennys Gelände mehrere Nebengebäude, die zwischen verkrüppelten Fichten und kahlen Bäumen standen. Einige waren mit Sperrholz oder Treibholz geflickt. Andere waren nur Verschläge aus Gipskartonplatten und Plastikplanen mit einem Dach aus blauem Styropor.

Eine alte Scheune war sorgfältiger renoviert worden. Die Türen standen offen. Ich leuchtete hinein und sah einen kleinen Traktor und ordentlich aufgestapelte Kartons, Plastikboxen und eine Kettensäge.

Ich lief weiter. Bei dem starken Wind waren meine Schritte höchstwahrscheinlich nicht zu hören. Auf den Strahl der Taschenlampe konnte ich nicht verzichten.

Das Gelände war tückisch. Der Boden war schlüpfrig, überall lag Schutt; Baumstümpfe und Schösslinge ragten aus dem Boden. Granitblöcke ragten in der Dunkelheit auf. Obelisken, zerbrochene Säulen, Grabplatten, ein Arm so lang wie ein Mann. Engel und trauernde Frauenfiguren für Friedhöfe. Überall war dasselbe Zeichen aufgemalt: zwei konzentrische Kreise mit einem Punkt in der Mitte. Mein Magen rebellierte, als mir einfiel, wo ich das schon einmal gesehen hatte: an dem Felsen bei dem alten Schulbus.

Das war keine Zielscheibe.

Das war ein Auge. Und jedes hatte einen grünen Fleck.

Graupelschleier prasselten gegen die Wände der Nebengebäude. Ich lief geduckt an einem niedrigen Schuppen entlang, der von einem Maschendrahtzaun umgeben war. Durch die mit blauen Planen abgedeckten Fenster war schwaches Licht zu erkennen, und ich hörte ein leises Gurren. Ein Hühnerstall.

Das Haupthaus war etwa fünfzehn Meter weit entfernt, die Holzverschalung war schwarz von Schimmel. An der Rückseite war sie durch Holzschindeln ersetzt worden. Mir fiel ein, dass Toby erzählt hatte, er hätte eine Dunkelkammer gebaut.

Das Dach hatte Solarzellen, und es gab ein notdürftiges Wasserleitungssystem aus Plastikrohren, Ölfässern und einem großen Vorratstank. Ich kauerte mich an den Zaun des Hühnerhofs. Schließlich wagte ich mich aufs offene Gelände und lief zur Rückseite des Hauses.

Musik war zu hören. Der Geruch von Rauch, der aus dem Kamin drang, wehte durch den Graupelregen. Ich lief zu einem dunklen Fenster, schlich weiter zum nächsten und versuchte, ins Innere zu spähen.

Es war hoffnungslos. Von innen waren lichtundurchlässige Plastikplanen davorgeheftet, und die Räume dahinter waren dunkel. Es stank nach Urin und, etwas schwächer, nach dem inzwischen vertrauten Moschus und Fisch.

Ich schlich weiter an der Hauswand und an dunklen Fenstern entlang, erreichte einen großen Flüssiggastank und schließlich einen Holzschuppen. Eine Zeit lang stand ich unter dem Dachvorsprung, wo ich vor dem eisigen Regen geschützt war, dann eilte ich zur anderen Seite des Hauses.

Fenster waren mit Sperrholz zugenagelt, dazwischen wehten Plastikfetzen. Unter meinen Stiefeln knackte es. Ich war in Eierschalen getreten. Ich schob sie zur Seite, ging ein paar Schritte weiter und blieb an einer großen Holzkiste stehen, die ungefähr eineinhalb Meter hoch war und keinen Deckel hatte. Ich leuchtete hinein und kniff geblendet die Augen zusammen. Die Kiste war voller zerbrochener Glasscheiben.

Ich schaltete die Taschenlampe aus und ging zur Vorderseite des Hauses. Der Bootshaken lag nass von Schweiß und Regen in meiner Hand. Ich hielt ihn fest gepackt, als ich mich der Vordertreppe näherte.

An der offenen Tür stand jemand im gelben Licht.

»Hallo«, flüsterte er.

Er war fast einen Kopf größer als ich, breitschultrig und

muskulös, sein Gesicht hager und sauber rasiert. Er trug ein braunes Tweedjackett mit ausgefransten Ärmeln, eine Wollhose, die in Gummistiefeln steckte, und ein weißes Baumwollhemd, das winzige Löcher hatte. Seine weißen Haare hingen in zwei langen Zöpfen auf die Brust herunter. Um den Hals trug er eine schwere Silberscheibe mit eingelegten Türkisen, sie hing an einem Lederband.

»Suchen Sie jemanden?«, fragte er.

Er war schön. Er hatte das Gesicht eines alternden protestantischen weißen Angelsachsen mit markanten Wangenknochen, tief liegenden Augen, einem breiten Mund und einer schmalen Nase. Es traf mich wie ein unerwarteter Schlag, nicht nur sein Aussehen, sondern auch das plötzliche traumähnliche Gefühl, dass ich ihn kannte, dass ich die Szene schon einmal erlebt und das Offensichtliche nicht gesehen hatte, weil ich durch Drogen benebelt gewesen war oder weil meine Entwicklung zur boshaften Irren zu viel Zeit gebraucht hatte.

Dann trat er einen Schritt zurück. Er hob den Kopf, sodass das Licht auf ihn fiel, und da wusste ich es.

Er hatte Augen wie zwei Rauchtopase. Im linken, dicht unter der Iris, war ein winziger sternförmiger grüner Fleck.

Das ist ein ehrbarer Hippiename ...

Nicht Stephen Haselton war Gryffins Vater sondern Denny Ahearn.

Niemand hatte das mir gegenüber erwähnt. Und natürlich hatte ich auch nicht danach gefragt.

»Ich ... ja«, stammelte ich. »Ich bin, äh ... Sind Sie Denny Ahearn? Ich bin eine Freundin von Toby Barrett.«

»Toby.« Flüsternd wiederholte er den Namen. Er klang kultiviert, weniger nach Maine, mehr nach den dünkelhaften Intellektuellen aus Boston. Seine großen Hände zeigten eine leichte Schüttellähmung. Er sah an mir vorbei in den Regen. »Ist er hier?«

»Er kommt gleich. Er hatte was zu erledigen in Luciens Haus.« Ich dachte an Aphrodite, und meine Übelkeit löste sich auf in plötzlicher Erregung. »Wir ... ich ... soll Ihnen etwas ausrichten.«

»Kommen Sie ins Haus.« Er hob eine Hand. »Aber Ihren Stock müssen Sie draußen lassen.« Er zeigte auf den Bootshaken.

Zögernd lehnte ich ihn neben die Tür.

»Und Sie sind?« Er sprach nie lauter als im Flüsterton.

»Cass. Cass Neary.«

»Cass Neary.« Er blickte zu Boden, dann winkte er mich herein. »Und Sie sind mit Toby befreundet?«

Ich nickte. Drinnen neben der Tür beugte er sich über einen Stoß Feuerholz.

»Er macht das große Haus winterfest«, flüsterte er. »Lucien traut mir nicht mehr, wenn es um die Heizung geht. Einmal habe ich es vergessen, und da sind die Rohre zugefroren und geplatzt. Toby ist spät dran.« Er lud sich drei große Scheite auf den Arm, als wären sie aus Styropor. »Ich habe schon vor ein paar Wochen mit ihm gerechnet.«

»Nein.« Ich trat durch die Tür. »Er wurde aufgehalten. Er ...« Ich stockte.

Überall hingen Spiegel, große Spiegel, kleine Spiegel, billige Ankleidespiegel und schöne, geschliffene Spiegel in kunstvollen Goldrahmen, kleine Puderdosenspiegel und große konvexe Spiegel, die man an eine Einfahrt hängt. Sie bedeckten die Wände und hingen in allen Ecken, Spiegel und Hunderte Panzer von Schnappschildkröten.

»Das ist mein Haus«, sagte Denny.

Der Boden erzitterte, als er die Scheite neben dem Ofen fallen ließ. Er deutete an die Decke. Ich blickte hoch. Sie war wie gepflastert mit CDs, mit der spiegelnden Seite nach unten, sodass ich mein Gesicht in Hunderten silbriger Augen sah.

»Von AOL«, sagte er. »Ich gehe ein paarmal im Jahr zur Post in Burnt Harbor. Die haben so was massenhaft.«

»Das kann ich mir vorstellen«, sagte ich.

»Ich brauche so viel Licht wie möglich.« Er zeigte auf eine große Sturmlaterne, die einzige Lichtquelle im Raum. »Wissen Sie, was ein Traumfänger ist? Das sind Lichtfänger.«

Ich ging zu einem alten Sofa, auf dem eine indische Decke ausgebreitet war. Darauf lehnte ein Schildkrötenpanzer von der Größe und Form eines Zulu-Schilds. Zwei Mandelaugen waren daraufgemalt. In einem leuchtete ein sorgfältig gezeichneter grüner Stern.

»Ich habe Vertrauen zu Schildkröten«, sagte Denny. Er nahm den Panzer einer Schnappschildkröte, der kleiner war als seine Hand, und drückte ihn sich ehrfürchtig mit zitternden Händen an die Stirn.

»Das sehe ich.« Jetzt fiel mir auf, dass der Türkis auf seiner Silberscheibe die Form einer Schildkröte hatte. »Die ... die haben bestimmt eine Bedeutung.«

»Die Schildkröte ist die Brücke zwischen den Welten, zwischen Erde und Himmel. Sie ist mein Totemtier.«

»Sie haben es sich ausgesucht?«

Er schüttelte den Kopf. »Es hat mich ausgesucht.«

Ich fragte nicht, wie. »Woher haben Sie die alle?«

»Aus den Steinbrüchen. Sie leben in den Steinbrüchen. Luciens Freunde haben deswegen Angst, im Meer zu schwimmen. Aber die Schildkröten greifen Menschen im Wasser nicht an, fast nie. An Land geht man ihnen besser aus dem Weg.«

Ich nickte und sah mich um. Ich wusste nicht, was schlimmer wäre: Wenn ich Anzeichen entdeckte, dass Kenzie hier gewesen war, oder wenn ich keine entdeckte.

Ich sah nichts. Trotz der Spiegel war es düster. Drähte hingen von den Wänden oder waren kreuz und quer unter der Decke gespannt. Es gab ein Sofa und einen großen Lehnstuhl, einen Tisch, einen alten Plattenspieler und stapelweise LPs. Ein durchdringender schaler Geruch hing in der Luft, es roch nach Schweiß und schmutziger Wäsche, nach Marihuana, Rauch und dazu ganz schwach nach Fisch und Moschus. Ein hölzerner Wäscheständer hing über dem Ofen, der bei jedem Windstoß Rauch ausstieß. In der hinteren Ecke befand sich eine Küche mit einem propangasbetriebenen Kühlschrank, es gab Regale mit Geschirr, eine schiefergraue Spüle mit einer altmodischen Handpumpe. Auf dem Plattenspieler lag eine Pink-Floyd-Platte. *Set Your Controls for the Heart of the Sun* lief gerade.

Denny drehte die Stereoanlage leise, so leise, dass man ein regelmäßiges Klicken hörte.

»Tut mir leid wegen diesem Geräusch«, sagte er. »Das ist die Solarbatterie. So was wie bei Lucien kann ich mir nicht leisten.«

»Es ist sehr hübsch«, sagte ich.

Er besaß viele Bücher, alle die, die man bei einem alternden Hippie vermutet: Joseph Campbell, Carlos Castaneda, Terence McKenna, Gary Snyder. Ratgeberbücher, einen *Whole Earth Catalog, The Anarchist's Cookbook*. Dazu eine Menge verschimmelte Bände über Fotografie.

Es gab aber auch dicke Schwarten über die Sagenwelt der amerikanischen Ureinwohner, über Anthropologie und ein ganzes Regal voller alter Bände des Smithsonian Bureau of American Ethnology. Obendrauf lag ein Buch, das aussah, als könnte es jeden Augenblick auseinanderfallen. Es war aufgeschlagen, sodass man auf eine handkolorierte Tafel mit Schriftzeichen blickte. Darunter stand die Übersetzung.

Chac spaltete den Rücken der Schildkröte mit einem Blitz, und die Zwillingssöhne der Schildkröte wuchsen aus ihrem Rückenpanzer heraus. Sie gingen zu den Herren der Unterwelt und opferten dort einen schwarzen Hund und erweckten ihn wieder zum Leben. Sodann opferten sie einen Mann und erweckten ihn wieder zum Leben. Sodann opferte nacheinander einer den anderen, der eine schnitt den anderen in Stücke und erweckte ihn wieder zum Leben. Die Herren der Unterwelt baten, die Zwillinge möchten dasselbe mit ihnen tun. Die Zwillinge schnitten sie darauf in viele Stücke. Sie erweckten sie nicht wieder zum Leben. Auf diese Weise vernichteten die Söhne der Schildkröte die Herren der Unterwelt.

»Das ist das Popol Vuh«, flüsterte Denny. Ich fuhr zusammen. »Kennen Sie es?«

»Ich kenne die Band. Von der ist der Soundtrack zu Herzogs *Nosferatu.*«

»Stimmt. Lucien hat sie in Deutschland spielen sehen.« Er senkte die Stimme, sodass er kaum noch zu verstehen war. »Das da ist das Buch.«

Er sah mich lächelnd an, und ich bekam eine Gänsehaut. An den Zahnfleischrändern hatte er eine wie mit einem Filzstift gezogene dunkelblaue Linie. »Die Maya glauben, die Schildkröte lebt in der Milchstraße«, sagte er. »Das ist die Brücke.«

Mit zitternder Hand berührte er das Buch. Seine Finger waren dunkelrosa angelaufen. Sie sahen aus wie gefärbt.

»Ich habe viel darüber geforscht«, erzählte er weiter. »Alles hängt mit allem zusammen. Die Maya, die Passamaquoddy. Wir. Wir alle sind ein Teil von diesem großen Ganzen. Ihr alle seid meine Kinder.«

Er bleckte die Zähne zu seinem bläulichen Lächeln. »Ich schreibe gerade ein Buch darüber.«

Er ging in die Küche. Ich sah zur Seite, und mein Blick fiel auf einen bekannten Buchrücken: *Deceptio Visus*. Ich zog es aus dem Regal und schlug es auf.

Für Denny, dessen Augen die Wahrheit erkennen und dann Wirklichkeit werden lassen.
In Liebe
Aphrodite
August 1972

»Kennen Sie das?«

Erschrocken blickte ich auf und stellte fest, dass Denny mich von der Küche aus beobachtet hatte.

»Ja«, sagte ich und stellte es an seinen Platz zurück. Ohne groß nachzudenken, fügte ich hinzu: »Ich bin Fotografin.«

Er starrte mich an, während er über seinen weißen Zopf strich. Seine Augen verdunkelten sich zu einem Kupferbraun.

»Ich kenne Sie«, flüsterte er schließlich. »Sie sind das Mädchen, das gern Totes ablichtet. Sie heißen nicht Cass, sondern Cassandra. Wie Aphrodite. Beide seid ihr Göttinnen. Ich wusste, Sie würden kommen.«

Ich schluckte, sagte aber nichts. Er hob die Hand und zeigte auf ein anderes Regal. Wie eine Schlafwandlerin ging ich durch den Raum und kniete mich auf den Boden, um das Buch herauszuziehen: *Dead Girls. Fotografien von Cassandra Neary.*

Ich klappte es auf. Die schweren Seiten waren abgegriffen und wellig und fleckig vom Anfassen. Zuerst blätterte ich langsam, dann immer schneller.

Bei allen Porträts von mir, als ich zwanzig war, bei allen unter dem Einfluss von Speed gemachten Bildern meiner Freunde – auf jeder Seite hatte er die Augen mit Tippex ausgelöscht und andere mit einem kleinen grünen Stern hingemalt. Auf der letzten Seite, unter dem kleinen Schwarz-Weiß-Foto mit meinem Namen darunter, standen drei sorgfältig mit schwarzer Tinte geschriebene Buchstaben: ICU

Ich sehe dich.

Ich musste mich zwingen, weiterzuatmen. Was ich spürte, war mehr als eine innere Verletzung. Es hatte eine ganz neue Qualität, es war so finster und schrecklich, dass kein Platz mehr blieb fürs Sehen, Hören oder Schmecken. Hinter mir bediente Denny die Pumpe. Ich drehte mich um. Als Wasser herausspritzte, griff er nach einem zerbeulten Teekessel. »Möchten Sie einen Tee?«

»Sicher«, stammelte ich. »Danke ...«

Ich schob das Buch wieder ins Regal. Denny stellte den Kessel auf den Ofen, sah mich an und zwinkerte mit dem grün gefleckten Auge.

»Ich bin auch Fotograf«, sagte er. »Cassandra.«

»Ja.« Ich leckte mir über die Lippen. »Ich weiß. Toby hat es erwähnt. »Ich habe ... Er hat mir ein paar von Ihren Fotos gezeigt. Ray Provenzano auch. Und ich habe die in Luciens Haus gesehen. Sie sind ... sie sind schön.«

»Das ist die Brücke.« Seine Lippen verzogen sich zu einem grausigen Lächeln. »Als ich Ihre Bilder sah, da wusste ich es. Aphrodite hatte den Prozess in Gang gesetzt, aber sie hatte wieder aufgehört. Sie und ich, wir haben über die Toten geschrieben. Wir haben die Thanatografie erfunden.«

»Ich glaube nicht, dass ich die erfunden habe«, widersprach ich. »Matthew Brady vielleicht. Oder Sally Mann.«

Er blickte mich lächelnd an. »Die kenne ich nicht.«

Die Glückliche, dachte ich.

Heftige Angst schwappte über mich. Ich zwang mich, wegzusehen, überallhin, nur nicht in dieses giftige Auge.

Nirgendwo hingen Fotos. Ich zögerte kurz, dann fragte ich: »Haben Sie von Ihren Arbeiten welche hier? Ich würde sie sehr gern sehen.«

Denny hob die Hände und drückte sie gegeneinander, eine zitternde Handfläche gegen die andere, danach hob er sie an die Stirn.

»Natürlich.« Er sah mich mit leuchtenden Augen an, dann schlurfte er zu einer Tür. »Darum sind wir alle hier.«

Er hielt mir die Tür auf und schaltete eine Leuchtstofflampe ein, die eine fensterlose Kammer mit flimmerndem Licht ausleuchtete. Es standen keine Möbel darin, nur ein kleiner runder Teppich lag auf dem Boden, darum herum ein Kreis aus Schildkrötenpanzern.

»Achten Sie darauf, dass Sie nicht in den Kreis treten«, sagte Denny. Der Wind stöhnte, als er die Tür zuzog. Er ging um den Kreis herum. »Der Kreis ist aufgeladen. Inzwischen lasse ich ihn immer aufgeladen.«

Ich nickte, als wäre es das Sinnvollste der Welt. »Gute Idee.«

»Da haben Sie sie«, flüsterte er und zeigte darauf.

Mir blieb die Luft weg.

Die Wände hingen voller Fotos in selbst gemachten Rahmen aus Holz, Plastik, Metallblech, Leder. 11x14-Farbabzüge, lauter abstrakte Landschaften auf handgemachtem Emulsionspapier und mit Stift, Nadel und Tinte bearbeitet, sodass formlose Licht- und Schattenfelder entstanden waren.

»Die sind ... erstaunlich«, hauchte ich.

Das meinte ich ernst. Sie hatten denselben unheimlichen, gesättigten Glanz wie Aphrodites Fotostrecke von den Inseln.

Aber jetzt, als ich sie sah, wusste ich, warum Aphrodite aufgehört hatte zu arbeiten. Und warum sie angefangen hatte zu trinken.

Sie waren nicht nur besser als ihre Fotos. Es waren beinahe die Besten überhaupt. Aphrodite führte den Betrachter an etwas heran. Dieser Typ ging darüber hinaus und noch ein Stück weiter, zu einer Stelle, zu der man eigentlich nicht wollte. Und dann doch den Absprung suchte. Sie hatte einen Rückzieher gemacht oder es zumindest versucht.

Aber ich ... Für mich war es zu spät. Ich war schon am Fallen.

Ich wollte sie anfassen, ich konnte sie anfassen, denn sie hingen nicht hinter Glas. Ich konnte sie auch riechen. Sie dünsteten denselben kränklichen, öligen Gestank aus nach totem Fisch und Moschus.

Und ich konnte es spüren, das Überwältigende daran, wie eine Farbe oder Droge oder wie Schwingungen, wie ein zu schnell flackerndes Stroboskoplicht, bei dem ich nicht mehr mithalten konnte ...

Es füllte den Raum wie ein tödliches Gas. Es war so mächtig, dass ich zurückschreckte und zur Seite blickte und dabei hoffte, dass Denny es nicht bemerkte.

Er schien vergessen zu haben, dass ich überhaupt da war. Er stand vor einem Foto, hatte die Handfläche daraufgedrückt und war still. Ich schob die Hände in die Taschen, damit nicht auffiel, wie sie zitterten, und ging langsam im Raum herum.

Ich dachte daran, was ich in dem Baum gesehen hatte, und mir wurde immer klarer, was hier fotografiert worden war. Doch es wäre schwierig, jemand anderen davon zu überzeugen, ohne dass er sah, was ich gesehen hatte. Die Bilder waren finster und befremdlich, so sehr eingebunden in Dennys eigene unverständliche Mythologie, dass sie sich sperrten gegen jede einfache Beschreibung. Sie schrien nicht: *Leiche!* Sie schrien: *Schön!* Und: *Seltsam!*

Bis ich vor dem letzten stand.

Es hing an der Wand neben der Tür. Das Foto war älter als die anderen, hatte dieselbe Größe, war aber in Schwarz-Weiß. Das einzige Schwarz-Weiß-Foto. Darauf sah man die gebogenen Äste eines kahlen Baumes, die Rinde schwarz und grau gefurcht vor einem grauen Himmel. Ein großes Tier kauerte in einer Astgabel drei Meter über dem Boden. Sofort dachte ich an den Fischer.

Doch dann sah ich näher hin.

Es kauerte nicht. Es war tot.

Und es war kein Fischer. Es war ein Hund, ein schwarzer Labrador-Retriever. Die Vorderläufe baumelten herab, sodass man sehen konnte, wo das Fell weggefault war. Wo die Augen gesessen hatten, sah man zwei weiße Knochenkreise und eine faserige Ranke, vielleicht ein Insekt oder ein Rest vom Gewebe. An der Schnauze war das Fleisch geschrumpft, und das Gebiss lag frei, sodass der Eindruck entstand, der Hund würde knurren und die Zähne fletschen. Das lose Fell schien vom Körper zu gleiten.

»Das ist mein Hund, Moody«, flüsterte Denny mir ins Ohr. »Er war ein guter Hund.«

Ich blieb reglos stehen und starrte auf den unteren Bildrand: S.P.O.T. 1997.

Den Titel las ich laut: »Himmelsbestattung.«

»Das macht man in Tibet«, sagte Denny. Seine Augen wirkten riesig und unter der Leuchtstofflampe beinahe farblos. »Exkarnation. Eine Brücke zwischen den Welten. Ich habe Jahre gebraucht, um sie zu bauen. Die Komantschen haben es getan. Die Maya. Und ich.« Wieder zeigte er mir sein blau gerändertes Zahnfleisch.

»Eine Brücke.« Mir versagte die Stimme. »Sie haben gesagt,

die Schildkröten sind eine Brücke. Die Bäume ... sind das auch Brücken?«

»Die Bäume doch nicht«, sagte er, als erklärte er mir das schon zum vierten oder fünften Mal. »Die da.«

Er zeigte auf die Fotos.

»Ja, klar.« Ich sah weg und bemerkte jetzt erst, dass die Wand an der anderen Seite der Tür leer war. »Danke.«

Ich machte unauffällig einen Schritt nach hinten. Unter meinem Absatz knackte es. Ich sah nach unten und erschrak.

Ich hatte einen Schildkrötenpanzer zertreten. Denny starrte darauf, dann starrte er mich an. Er fuhr sich mit der Zunge über die Lippen.

»Gehen Sie schon mal nach nebenan«, sagte er.

Ich gehorchte, die Finger am Griff der Signalpistole. Konnte man damit jemanden ernsthaft verletzen? Wenn ich nach draußen liefe und sie abfeuerte, würde Toby das sehen?

Wahrscheinlich nicht. Ich zog den Jack Daniels aus der anderen Tasche und trank schnell einen Schluck, dann hörte ich mich selbst leise fluchen.

Denny kam in den großen Raum zurück und schloss die Tür hinter sich. »Was ist?«

»Nichts.« Ich fuhr mir durch die nassen Haare, um Zeit zu schinden. »Es tut mir leid ...«

»Es tut Ihnen leid? Weshalb?«

»Wegen der Schildkröte. Wegen Ihrem Schildkrötenpanzer. Die scheinen ...« Ich stockte. »Ihnen viel zu bedeuten. Der Hund auch«, fügte ich hinzu.

»Die Schildkröten ja. Aber Moody?« Er sah mich an, und seine ungleichen Augen weiteten sich. »Nichts stirbt. Darum gibt es eine Brücke. Sie verstehen das, nicht wahr? Cassandra. Cass.« Mein Name klang wie ein weiches Zischen. »Sie haben die Brücke gesehen.«

Er krümmte die Finger und zupfte an den Manschetten seines zerschlissenen Hemdes, als ärgerte es ihn. Ich sah die roten Linien oberhalb der Handgelenke. Es waren Kratzspuren. Er blickte auf und sah, wie ich daraufstarrte.

»Die Brücke«, flüsterte er, dann fing er an, leise zu lachen. »Ich versuche doch nur, die Brücke zu finden. Hat irgendjemand die Brücke gesehen?«

Er ging zum Ofen, öffnete die Klappe und legte ein langes Holzscheit hinein. »Sie mögen auch Musik.«

So wie er lächelte, musste ich an den toten Hund denken. Ich nickte und ging zu seinen Schallplatten, um Zeit zu gewinnen. Simon Finn, The Thirteenth Floor Elevators, Syd Barrettera, Pink Floyd, Skip Spence – das waren die Top Ten aus der Jukebox in Bellevue. Außerdem Wendy Carlos und Donna Summer, Kraftwerk und Faust, die frühen Sachen von Can.

»Lucien kennt diese Leute persönlich.« Denny legte noch ein Scheit ins Feuer. »Ich finde das sehr inspirierend.«

Er ragte neben mir auf. »Sie haben gesagt, sie müssten mir etwas ausrichten.«

»Ja.« Ich richtete mich auf und musste mich zusammenreißen, um nicht wegzurennen. »Und, na ja, es sind keine guten Neuigkeiten. Aphrodite Kamestos, Sie kennen sie doch, nicht wahr?«

Er starrte mich an.

»Sie ist ... sie ist vorige Nacht gestorben. Ein Unglücksfall. Sie ist wohl gestürzt.«

Er stand schweigend da. Schließlich flüsterte er: »Aphrodite. Hat sie Sie zu mir geschickt?«

»Nein ... nein, sie ist tot. Darum sind wir gekommen. Um es Ihnen zu sagen. Weil ...«

»Weil?« Er neigte den Kopf zur Seite, weg vom Lichtschein, und seine Augen wurden schwarz.

»Ich … ich bin zusammen mit Toby hergekommen. Wie gesagt. Ich bin nach Paswegas gekommen, um mit ihr zu sprechen, um sie zu interviewen. Dadurch bin ich auf Ihre Fotos aufmerksam geworden. Ich …«

»*Ich* habe Sie hierher gebracht«, sagte er lauter. Seine Stimme war heiser. Er hob die Hand, als wollte er zuschlagen, stattdessen drückte er sie sich an die Stirn und zog sie dann langsam nach unten, bis sie die Augen bedeckte. »Oh, oh, oh …«

Ich schwieg.

»Sie hat mir beigebracht, wie man richtig sieht.« Er senkte die Stimme, sodass er bei dem Knacken im Ofen und dem brausenden Wind kaum noch zu verstehen war. »Sie hat alles gesehen. Schon immer. Sie hat es immer gewusst, noch bevor es passiert ist. Sogar das mit Hannah. Nichts stirbt, nichts stirbt«, sagte er wieder, dann schwieg er.

Wenig später ließ er die Hand sinken. Seine Augen waren rot und nass. »Weiß der Junge es schon?«

Ich nickte. Er starrte mich an. Seine Lippen teilten sich zu dem entsetzlichen Lächeln.

»Sie haben das getan«, flüsterte er.

Alles zog sich zusammen zu einem stecknadelkopfgroßen schwarzen Punkt. Der Raum war verschwunden, Denny war verschwunden. Es gab nur noch gähnende Dunkelheit und die Erinnerung an Licht und an mich selbst, wie ich jetzt ins Leere stürzte und keine Luft mehr bekam. Unwillkürlich streckte ich die Hand aus, um mich irgendwo abzustützen. Eine kalte, entsetzlich starke Hand packte sie. Im Lichtkreis einer flackernden Straßenlaterne sah ich ein Auge, *das* Auge, wie es langsam um sich selbst kreiste, bis es schließlich alles verschluckte.

»Nein.« Ich blinzelte. Das Auge gehörte Denny, nicht mir, es hatte einen grünen Fleck und starrte mich an. »Nein … es war ein Unfall. Sie ist gestürzt. Das war alles.«

Denny sah mich weiter schweigend an. Schließlich sagte er: »Sie haben es gesehen.«

»Ja«, sagte ich. »Ich habe es gesehen.«

Er trat vom Ofen weg, nahm einen Schürhaken in die Hand und betrachtete ihn nachdenklich, dann ging er zu den Schallplatten, zog eine schlichte schwarze Hülle heraus und legte die Platte auf. Es knisterte und knackte, dann erklang der Eröffnungswirbel von *I Feel Love*.

»So ein schönes Lied«, flüsterte er.

Er stand zwischen mir und der Tür und strich geistesabwesend mit der Hand über den Schürhaken. Mit brechender Stimme fragte ich: »Haben Sie ... Dürfte ich mal Ihr Bad benutzen?«

»Selbstverständlich. Es ist da drinnen.« Er zeigte zur hinteren Wand. »Es ist eine Bio-Toilette.« Er ging zur Haustür, öffnete sie und blickte nach draußen.

Die Bio-Toilette roch nach frischem Sägemehl, nach Scheiße und verdorbenem Fleisch und nach diesem ekelhaften Fisch zusammen mit Moschus. Man konnte das Bad nicht abschließen, es gab kein Fenster, kein Waschbecken, nur einen Plastikeimer auf dem Boden und eine Duschkabine aus Metall mit einem schwarzen Segeltuchvorhang davor.

Aber es gab noch eine zweite Tür mit einer glänzenden neuen Messingklinke. Der Anbau. Die Dunkelkammer, die Toby gebaut hatte. Ich öffnete sie, schlüpfte hindurch und zog die Tür hinter mir zu.

Es war pechschwarz, und es roch nach Schwefel und Bittermandel. Ich tastete an der Wand entlang, fand einen Schalter und tauchte den Raum in rotes Licht.

Auf Regalbrettern standen Flaschen mit Farbstoff und Entwicklerchemikalien, es gab einen Vorrat an Aquarellpapier, eine Fünf-Pfund-Tüte Streuzucker. Ein Tisch mit drei Becken war in eine Wand eingebaut, direkt daneben ein Wasserfass aus Plastik, eine Fußpumpe und ein Abfalleimer aus Metall mit Deckel.

Ein zweiter Tisch sah aus, als wäre er für ein makabres Abendessen gedeckt. Federn und vertrocknetes Laub lagen verstreut um ein Blatt Papier. Fächerförmig ausgebreitet lagen Haarlocken da, nach Farben sortiert, schwarze, graue, goldblonde, dazu in Scheiben geschnittene getrocknete Pilze. Und noch etwas lag da.

Ein Sammelalbum aus zusammengestückelten Denimflicken, beklebt mit ausgeschnittenen Buchstaben.

Eye
AM
WITHIN

DENNIS AHEARN, S.P.O.T.

Ich bin ganz Auge.

Um den Titel waren Fotoausschnitte angeordnet, wie eine Spirale, Hunderte von Schnipseln aus Schnappschüssen, Polaroidbildern, Zeitschriftenseiten, und jeder Schnipsel war ein Auge.

Ich zögerte, dann berührte ich das Medaillon, das Dennys Namen bedeckte: Es war der Panzer einer Schnappschildkröte, gerade einmal so groß wie ein Vierteldollarstück. Anstelle des Kopfes schaute ein kleiner Haarzopf heraus.

Mit beiden Händen klappte ich das Album auf. Die Seiten hatte Denny dicht beschrieben, dazwischen klebten seine Fotografien, die mit Farbe, trockenen Blättern und Blüten, toten Insekten, Federn, Fell, Haaren und einem Zehennagel nachbearbeitet waren. Ich betrachtete ein altes Polaroidbild von Denny und Hannah Meadow. Beide lächelten. Darunter stand mit schwarzer Tinte sehr sorgfältig geschrieben:

Heiliger und profaner Orden der Schildkröte

Ich zitterte. Nicht weil es mir Angst machte, sondern weil ich es schön fand.

Und weil ich es kannte.

Es war, als würden Neuronen in meinem Schädel feuern, als würde ich mich an etwas erinnern, wovon ich als Kind geträumt hatte. Ich weiß nicht, wie lange ich dort stand und die Seiten umblätterte, aber während dieser Zeit war nichts anderes mehr wichtig. Es gab nur mich und ein Album mit Fotos, die einen Kampf zeigten, den nur ich verstehen würde, ein junges Mädchen im weißen Kittel einer Krankenschwester, einen braven schwarzen Hund, einen angemalten Schulbus, der aussah wie ein Palast aus Schildkrötenpanzern. Eine Falltür hatte sich geöffnet, und ich war in die Tiefe gefallen, auf eine Brücke aus Knochen und abgezogener Haut und Augen, aus Libellenflügeln und Schnappschildkrötenpanzern. Ich konnte nicht wegsehen.

Bis ich zur letzten Seite umblätterte und ein Blatt Papier auf den Boden segelte.

Wer hat Martin Graves gesehen?

Ich klappte das Album zu. Im Wohnzimmer lief noch immer Musik, während ich zu den Regalen über den Becken ging und nach einem Paket in braunem Einwickelpapier griff. Ich riss es an einer Ecke auf.

Glasplatten.

Ich hob den Deckel des Abfalleimers an, hielt mir die Nase

zu und spähte hinein. Er war voller Eierschalen und zähem, faulendem Eigelb.

Danach blickte ich auf die Regalbretter über mir.

Albumen, also Eiweiß, womit die ersten Fotografen ein Glasnegativ herstellten. Das war einfachste Technik, genau richtig für jemanden, der so abgeschieden lebte und jede Menge Zeit hatte. Man nimmt Eiweiß und Zucker – deshalb die große Zuckertüte –, Wasser und Kaliumjodid, schlägt die Mischung, bis sie schaumig ist. Die Masse gießt man auf eine Glasplatte und fixiert die entstandene Schicht über einer Hitzequelle, am besten über einem Ofen. Hinterher taucht man die Glasplatte in ein Bad aus Silbernitrat und Gallussäure, spült das überschüssige Silber ab, wiederholt das ganze Verfahren und lässt die Glasplatte trocknen.

Ich hatte das irgendwo gelesen, kannte aber noch keinen, der diese Technik benutzte. Und dann fand ich auch den letzten Bestandteil von Dennys Fantasiefabrik: eine sperrige Vorrichtung aus schwarzem Segeltuch und langen Holzstäben.

Ein Dunkelzelt. Daneben lag eine selbst gebaute Boxkamera.

Er machte Daguerreotypien. Die Zeltstangen – sie hatten die Vertiefungen im Boden bei dem Leichenbaum hinterlassen. Er schob das Glasnegativ in die Boxkamera, ging nach draußen und stellte das Zelt mit den schwarzen Vorhängen auf, um das Licht abzuhalten.

Dann drückte er auf den Auslöser.

Das Ganze brauchte eine lange Belichtungszeit; wenn es bewölkt war, eine Viertelstunde. Darum haben die Leute auf alten Daguerreotypien immer einen so starren Gesichtsausdruck: Sie durften sich nicht bewegen, sonst sah man das hinterher auf dem Negativ.

Bei Dennys Motiven gab es dieses Problem nicht.

Und nach der Belichtung …

Ich suchte auf den Regalen und fand eine sehr alte Apothekerflasche.

Bolton-Libby Drug Co.
Burnt Harbor, Maine
3. Dezember 1902

Ich hielt die Flasche unter die Lampe der Dunkelkammer, um auch den Rest lesen zu können.

Quecksilber

Daguerreotypisten entwickelten ihre Negative im Dunkelzelt, indem sie die Glasplatte über eine Schale mit Quecksilber und eine Spirituslampe hielten. Die Quecksilberdämpfe waberten über die Platte, das Bild erschien.

Denny hatte das offenbar Hunderte Male getan, über viele Jahre hinweg. Deshalb zitterten ihm die Hände, und deshalb war sein Zahnfleisch blau. Das erklärte auch, warum jeder behauptete, er wäre ein Schatz.

Der war er vielleicht auch mal gewesen, damals, Anfang der Siebziger. Dann kam seine Geliebte ums Leben, und um ihr ein Denkmal zu setzen, ließ er eine alte Kunst wiederaufleben, ohne sich zu informieren, welche Gefahr das für ihn bedeutete. Andernfalls hätte er gewusst, was die Hutmacher im 19. Jahrhundert wahnsinnig gemacht, was ihnen Hirnschäden und Psychosen beschert hatte, genau wie den Daguerreotypisten.

Denny hatte eine Quecksilbervergiftung.

Ich stellte die Flasche hin und suchte hektisch weiter,

schließlich fand ich eine zweite uralte Flasche, nämlich die, die den Bittermandelgeruch ausdünstete.

Zyankali

Daguerreotypisten reinigten damit die Glasnegative, um die Platten wieder zu benutzen. Einer meiner Lehrer an der Uni hatte einen Text von 1856 als Hausaufgabe gegeben.

> Ich sträube mich ein wenig dagegen, das Verfahren zu empfehlen, da es den Gebrauch des tödlichen Giftes Zyankali erfordert. Da aber jeder, der photographiert, notwendigerweise das benutzen muss, was wir als gefährliche Chemikalien bezeichnen, kann ich jeden Anfänger nur davor warnen.

Ich schaltete das Licht aus und ging zurück ins Bad.

Und erstarrte.

Der schwarze Segeltuchvorhang bewegte sich, als würde eine leichte Brise wehen.

Doch es gab keinen Luftzug. Im Wohnzimmer lief noch immer Dennys Musik. Ich zog die Taschenlampe aus der Jacke, fasste sie wie einen Schlagstock an und zog den Vorhang mit einem Ruck zur Seite.

Sie lag auf der Seite in einem vielleicht zehn Zentimeter tiefen schwarzen, fauligen Wasser, ihr Gesicht ragte aus der schwimmenden Schmutzschicht heraus. Die Haare klebten an ihrer weißen Haut, ihr Hoodie und die Jeans waren durchnässt und verdreckt. Ein Netz aus angetrockneten Blutfäden überzog ihre Wangen. An den Hand- und Fußgelenken war sie mit Klebebband gefesselt, die Knie hatte sie an den Körper gezogen. Sie hatte einen Streifen Klebeband auf dem Mund und einen auf den Augen. Auf diesen hatte Denny mit Filzstift zwei Kreise gemalt, in einen davon einen Stern gekrakelt.

Sie bewegte sich nicht.

Aber das Wasser.

Eine Schildkröte tauchte aus dem dreckigen Wasser auf und kletterte an ihrem Gesicht hoch. Der Rückenschild war schwarz von Schlamm.

Das Mädchen stöhnte auf. Sie war noch am Leben.

Ich nahm sie bei den Schultern und zog sie hoch. Die Schnappschildkröte fiel ins Wasser, und plötzlich tauchten ganz viele davon auf und begannen, an ihr hochzuklettern.

»Kenzie … Ich bin's, Cass«, flüsterte ich hektisch. »Vom Motel. Um Gottes willen, halt still …«

Sie wand sich und trat mich. Die Schildkröten schwappten zusammen mit dem Wasser über den Rand der Duschkabine und krochen fauchend über den Boden. Ich zog Kenzie heraus, dann löste ich eine Ecke des Klebestreifens über den Augen.

»Du musst still sein!«, flüsterte ich. »Kenzie, bitte!«

Das nasse Klebeband ließ sich mühelos abziehen. Ihre Augen aber waren blutrote Schlitze in nasser Haut. Im ersten Augenblick dachte ich, er hätte sie geblendet, doch dann machte sie die Augen weiter auf und fing an, den Kopf zu schütteln.

»Hör zu!«, zischte ich. »Nicht schreien! Ich ziehe dir jetzt das Klebeband vom Mund weg, aber du darfst auf keinen Fall schreien!«

Sie nickte heftig. Ich pulte eine Ecke ab und riss es weg. Sie beugte sich zur Seite und erbrach Galle und Bittermandel. Aus dem Wohnzimmer hörte ich Denny, wie er laut zur Synthesizer-Musik sang.

Als ich Kenzie packte und in die Dunkelkammer schleifte,

knackte der Panzer einer Jungschildkröte unter meinem Absatz. Ich schloss die Tür und schaltete das Licht ein. Kenzie lehnte keuchend an der Spüle. Ich klemmte die Stangen des Dunkelzeltes unter den Türknauf. Dann schüttete ich mir etwas Zucker in die hohle Hand.

»Iss das!« Kenzie würgte, als ich ihr meine Hand an den Mund drückte. »Iss das!«

Sie würgte, erbrach sich aber nicht. Glukose ist ein Gegenmittel gegen Cyanid. Rasputin überlebte die Vergiftung, weil er Süßigkeiten und Madeira zu sich nahm. Ich wusste nicht, ob der Zucker wirklich nützen würde, aber Denny hatte ihr offenbar keine tödliche Menge Cyanid gegeben, *noch* nicht jedenfalls.

Sie strich sich die Haare aus dem Gesicht und verteilte Zucker darauf. Ihre Finger waren wundgekratzt, ihre Knöchel schwarz von Blutergüssen.

»Du hast dich gewehrt«, sagte ich. »Tapferes Mädchen.«

»Er hat eine Pistole.« Sie fing an zu schluchzen.

Ich drückte ihr eine Hand auf den Mund. »Schsch ...«

Die Musik setzte aus.

»Kriech darunter«, flüsterte ich. »Und halt dir die Augen zu.«

Sie kroch unter den Tisch. Ich nahm die größte Flasche vom Regal und schaltete das Licht aus.

Es klopfte an der Badezimmertür. »Cassandra?«

Nebenan ging die Tür auf.

»Oh nein, oh nein ...« Sein Gejammer klang wie das Gurren eines Vogels. Ich hörte etwas über den Boden rutschen. Denny fluchte leise und stieß einen heiseren Schrei aus. Die Dunkelkammertür erzitterte unter einem Aufprall. Ich hörte stampfende Schritte und lautes Knacken, wahrscheinlich zertrat er eine Schildkröte nach der anderen.

Dann war es still.

Ich konnte nichts sehen, hörte nur Kenzie unter dem Tisch aufgeregt atmen. Ich lehnte mich an die Spüle und zog den Korken aus der Flasche.

Stoff schlug raschelnd gegen die Tür, dann gab es ein lautes Knacken. Die Zeltstangen zerbrachen. Der Gestank von totem Fisch und Moschus drang in den Raum. Kenzie wimmerte.

Denny stand in der Tür.

Ich hielt die offene Flasche in der einen Hand, mit der anderen zog ich die Taschenlampe heraus. Es war stockdunkel. Phantombilder trieben vor mir her. Ich fing an zu zittern, weil ich mir vorstellte, eines davon wäre Denny. Ein paar Schritte vor mir knarrte der Boden.

»Cass«, flüsterte er. »Cass, Cass ...«

Mir wurde übel. Ich sah eine dunkle Straße vor mir, eine Messerklinge ritzte mir die Haut auf, während eine Stimme meinen Namen zischte.

»Cass, Cass.«

Ich war wie versteinert. Der Klang meines Namens schlug mich in Bann, derselbe gestaltlose Schrecken und Aphrodites Urteil in meinem Kopf.

Alle beide – nichts.

Etwas streifte mich am Fuß.

Nein, dachte ich. *Diesmal nicht.*

Ich hob die Taschenlampe und schaltete sie ein. Dennys geblendetes Gesicht hing vor mir, sein Mund ein klaffendes Loch, als er sich mit erhobener Hand die Augen beschattete.

Ich brüllte: »Kenzie! Hau ab!«

Gleichzeitig schleuderte ich ihm das Quecksilber in die Augen.

Kreischend fiel er hin und wand sich am Boden. Kenzie sauste durch die Tür, ich hinter ihr her.

»Lauf!«, schrie ich, während wir durch das Wohnzimmer stolperten. »Nach draußen, und bleib nicht stehen! Hier, nimm!«

Ich drückte ihr die Taschenlampe in die Hand. Sie nahm sie und floh. Hinter mir gingen Dennys Schreie in ein Geheul über. Er taumelte aus dem Bad.

»Komm ZURÜCK!«

Es stimmte: Er hatte eine Pistole.

Er schoss daneben, traf einen Spiegel, schoss noch einmal. Er schwankte stark. Ich drehte mich um und rannte durch die offene Haustür hinter Kenzie her.

Sie war verschwunden. Ich schnappte mir den Bootshaken und fuhr herum. Das kränklich-bleiche Gesicht leuchtete über mir, es war silbergrau gestreift, wie ein aufgeblähter Mond.

»Sie dürfen nicht gehen«, flüsterte er. Er drückte mir den Lauf der Pistole an die Schläfe. »Ich weiß es.«

Er bewegte die Hand hin und her, und ich schrie auf, weil die Metallkante mir die dünne Haut neben dem Auge aufriss. »Erzählen Sie mir, was Sie gesehen haben«, flüsterte er. »Sie haben sie gesehen. Ich weiß, Sie haben sie gesehen.«

Ich bewegte mich nicht.

»Ich weiß, was Sie gesehen haben.« Er leckte sich über die Lippen. »Ich weiß es.«

Ich schluckte. Meine Finger schlossen sich noch fester um den Bootshaken. »Was?«

Der Lauf der Pistole wanderte an meinem Jochbein entlang. »Sie haben mich gesehen.« Ich hörte, dass er schneller atmete. »Sie haben …«

Ich holte aus und traf ihn mit dem Bootshaken an der Schulter, dabei taumelte ich rückwärts, und die Pistole riss mir die Schläfe auf. Blut lief mir in die Augen, während ich mühsam das Gleichgewicht wiederfand und den Bootshaken schwang wie einen Baseballschläger.

Der Bronzehaken traf genau auf seine Hand. Ich hörte es knacken und schlug noch einmal zu. Plötzlich ertönte ein ohrenbetäubender Knall. Feuer fuhr mir in den Oberarm. Ich schrie auf und fasste an die Stelle.

Aus einem schwarzen Loch in der Jacke quoll Blut. Ganz schön übel, aber nur ein Streifschuss.

Denny stand auf der Granittreppe, seine langen weißen Zöpfe waren blutbespritzt.

»Ich sehe dich«, flüsterte er und lachte.

»Du Wichser!«

Ich brüllte vor Schmerz und Wut. Ich war tot, tot. Ich hob den Bootshaken und schlug ihm mit aller Kraft ins Gesicht.

Die Pistole flog in die Dunkelheit. Blut spritzte auf die Treppenstufen. Stöhnend hielt Denny sich die blutüberströmten Hände vor die Augen und sackte auf die Knie. Ich schrie und trat immer wieder auf ihn ein, meine Stiefelkappe traf ihn an der Brust. Er versuchte, sich wegzudrehen, und ich trat noch einmal zu, dann holte ich mit dem Bootshaken aus und zertrümmerte ihm den Schädel. Kraftlos versuchte er die Hände zu heben, während ich wieder und wieder auf ihn einschlug, halb blind vor Tränen und Blut.

Schließlich hörte ich auf. Atemlos stützte ich mich auf den Bootshaken und blickte auf Denny.

Er bewegte sich nicht. Ein Auge war angeschwollen und blutig, darunter hing ein halb abgerissenes Stück zarter Haut. An der Stirn hatte er eine schwarze Quetschung, die aussah wie eine Spinne. Unter seinem Kopf auf der Granitstufe bildete sich ein dünner Quecksilberfilm auf einer rot-schwarzen Pfütze.

Mit grausiger Langsamkeit öffnete sich sein anderes Auge.

Sein Mund verzog sich zu einem Lächeln. So blickte er zu mir hoch.

»Ich sehe dich.«

Ich wich zurück. Eine andere Stimme drang schwach durch das Rauschen von Wind und Regen.

»Cass!«

Ich blickte noch einmal zu Denny. Er lag reglos da und starrte mich mit gebleckten Zähnen an.

Ich drehte mich um und stolperte durch die Dunkelheit, vorbei an den steinernen Wächtern mit den blinden, grün gefleckten Augen. Endlich erreichte ich die Bäume.

26

Kenzie wartete hinter dem Steinbruch. Ihr weißes Gesicht leuchtete schaurig im Schein der Taschenlampe.

»Ich hab doch gesagt, du sollst nicht stehen bleiben.« Ich keuchte und spuckte Blut, dann schnappte ich mir die Taschenlampe. »Komm weiter.«

Sie blickte mich mit weit aufgerissenen Augen an. »Ist Ihnen was passiert?«

»Mir geht's glänzend.«

»Haben Sie ihn umgebracht?«

»Keine Ahnung.«

»Sie wissen es nicht?«

Ihre Stimme wurde schrill. Ich stupste sie mit dem stumpfen Ende des Bootshakens an.

»Willst du zurücklaufen und nachsehen? Los, weiter! In Ryels Haus ist jemand. Wir haben ein Boot, wenn …«

»Wenn *was?*«

»Wenn du endlich mal die Klappe hältst! Komm endlich!«

Wir folgten dem Lichtkegel durch den Regen. Mein Herz klopfte stark. Es fühlte sich an, als hätte ich eine Faust in der Brust. Die Schusswunde pochte. Ich fasste vorsichtig hin und verzog sofort das Gesicht.

Der Riss neben dem Auge war schlimmer. Ich konnte nur schlecht sehen, und der eiskalte Regen brannte wie Säure.

Immer wieder blickte ich zurück, aber keine Spur von Denny Ahearn. Es war nichts zu sehen, nur regengepeitschte

Weißfichten. Schließlich kam Luciens Haus in Sicht. In der Küche brannte Licht.

»Da«, schnaufte ich. Ich blieb stehen und stützte mich auf den Bootshaken, um zu Atem zu kommen. »Toby ist da.«

»Toby Barrett?« Kenzie weinte vor Erleichterung.

Wir taumelten ins Haus. Ich verriegelte die Tür und drehte mich um. Toby lag blinzelnd auf der Chaiselongue.

»Was ist los?« Seine Stimme war belegt. Er blickte auf den Boden, sah das Glas Moxie da stehen und griff danach.

»Nein!« Ich griff danach und warf es quer durchs Zimmer. »Wir müssen weg.«

»Heilige Scheiße. Was ist denn mit Ihnen passiert?«

»Denny.«

»Denny Ahearn?«

»Er ist wahnsinnig.« Ich packte Toby am Arm und zog ihn auf die Beine. »Wir müssen verschwinden.«

Jetzt erst bemerkte er Kenzie. »Kenzie!«

Weinend hielt sie die Arme um sich geschlungen und starrte durch das Fenster, das nach hinten hinausging. »Wir müssen weg, wir müssen weg …«

»Toby.« Ich stützte ihn so gut ich konnte und führte ihn zur Tür. »Wir müssen verschwinden. Sofort.«

Er sah mich benommen an. »Das geht auf Ihre Kappe, oder?« Er klang nicht verärgert, nur verwirrt und high. »Sie haben mir was gegeben, stimmt's?«

»Ja! Und es tut mir leid! Ich bin ein Arschloch! Trotzdem müssen wir weg!«

Ich drückte ihm den Bootshaken in die Hand. Er blieb entgeistert stehen, als er Kenzies blau geschlagenes Gesicht sah.

»Gütiger Himmel. Kenzie.« Er taumelte auf sie zu und wäre dabei fast gestürzt. »Warst du hier? In diesem Haus?«

»Nein«, sagte ich, während ich ihn auffing. »Ihr Freund Denny Ahearn hatte sie. Und da waren noch andere.«

Kenzie nickte. »Dieser Typ, Martin Graves. Und noch einer. Ein … ein …« Sie schüttelte den Kopf und zitterte.

Ich blickte zu Toby. »Es war schlimm, okay? Ich erzähle es Ihnen, wenn wir auf dem Boot sind. Wir müssen weg von hier. Denny … vielleicht habe ich ihn getötet, vielleicht aber auch nicht. Er …«

»Sie haben ihn *getötet?*« Er lehnte sich gegen die Wand und sah mich entsetzt an. »Denny? Sie …«

Genervt schlug ich mit der Faust gegen die Tür. »Toby, hören Sie zu! Können Sie uns mit dem verdammten Boot rüberbringen oder nicht?«

Er atmete unregelmäßig, und seine Gesichtszüge waren erschlafft. Er sah in den Regen hinaus. »Schätze, ja. Das Wetter ist beschissen, und wir könnten sinken, aber …«

Ich nahm ihm den Bootshaken wieder ab und hielt ihn hoch wie eine Lanze. Toby strich sich übers Gesicht.

»Aber ich werde es riskieren«, sagte er zu mir und dann zu Kenzie: »Komm, wir bringen dich nach Hause.«

Sie gingen nach draußen.

»Ich bin gleich da«, rief ich hinter ihnen her.

Ich rannte zurück, holte meine Tasche mit dem Fotoapparat, dann wühlte ich in den Küchenschubladen, bis ich ein paar Geschirrtücher fand. Eins schob ich mir in den Ärmel, um die Blutung zu stillen, mit dem anderen machte ich mir einen Verband am Auge und band ihn fest, so gut es ging.

Auf dem Weg zur Tür fiel mir ein Polaroid ins Auge, das neben dem Fenster hing. Darauf war ein schlaksiger Mann zu sehen, der die Arme in die Höhe reckte. Seine langen Zöpfe waren braun, sein Gesicht war verborgen hinter einem großen

Schildkrötenpanzer, auf den zwei schmale Augen gemalt waren. In seine nackte Brust waren drei Buchstaben geritzt: ICU.

»Ich sehe dich auch«, sagte ich.

Ich riss das Foto von der Wand und steckte es in meine Tasche.

Der Regen bildete einen undurchdringlichen eisigen Dunst, der von einem starken Wind landeinwärts getrieben wurde. Toby und Kenzie hatten das Dingi schon ins flache Wasser gezogen. Ich stieg hinein und stieß uns mit dem Bootshaken ab, während Toby die Ruder nahm, um uns zur *Northern Sky* zu rudern.

»Wir müssen mit Motor fahren«, schrie er gegen den Wind. »Das wird ein hartes Stück Arbeit werden. Kenzie bleibt besser unter Deck.«

Wir gingen an Bord des Segelboots. Ich verstaute meinen Fotoapparat in der Kajüte, dann wartete ich an Deck mit Kenzie, bis Toby seine Regensachen angezogen hatte.

Er zeigte auf Kenzie. »Du bleibst unten, okay?«

Sie schüttelte energisch den Kopf. »Nein.«

Ich dachte daran, wie sie gefesselt in der Duschkabine gelegen hatte. Toby wollte schon widersprechen, doch ich schnitt ihm das Wort ab.

»Geben Sie ihr einfach eine Schwimmweste. Sie wird nicht im Weg sein.«

Kenzie blickte mich dankbar an. Toby runzelte die Stirn.

»In Ordnung«, sagte er. Die Aufregung hatte die Wirkung des Percocet-Cocktails weggespült. »Da hast du eine ...« Er warf ihr eine Schwimmweste zu. »Sie auch«, sagte er und warf mir eine zu. »Sie brauche ich beim Navigieren.«

Unter Schmerzen zog ich mir die Weste an. Meine Hände waren wund gescheuert. Das Pochen am Auge hatte sich verschlimmert.

»Wollen Sie nicht jemanden anfunken?«, fragte ich. »Die Küstenwache zum Beispiel?«

»Die ist für Rettungen zuständig. Sind wir in Seenot? Nein. Müssen wir per Hubschrauber ins Krankenhaus gebracht werden?« Er blickte auf den Verband an meinem Auge und zuckte mit den Schultern. »Außerdem, bis die hier wären, sind wir längst an Land. Wahrscheinlich würden sie uns sagen, wir sollen die Polizei anrufen. Besser, wir fahren so schnell wie möglich los.«

Er hielt zwei große Taschenlampen hoch und gab mir eine. Dann zeigte er am Bug vorbei zu einem schwachen Schein, der aussah, als leuchtete ein grüner Stern durch den Dunst.

»Sehen Sie das Licht? Das ist eine Boje. Davon gibt es eine ganze Menge zwischen hier und Burnt Harbor. Ein paar sind beleuchtet, andere nicht. Wir müssen von einer zur anderen fahren. Sie suchen mit der Taschenlampe das Wasser ab. Ich sage Ihnen, wo Sie suchen müssen, ob rechts oder links.«

Er schaltete die Positionslampen ein. Ein schwacher grüner Schein beleuchtete die rechte Seite der Kajüte, ein roter die linke, ein weißer das Heck. »Meinen Sie, Sie schaffen das? Ich habe zwar oben am Mast Lampen, aber wenn die brennen, kann ich in der Dunkelheit nichts mehr erkennen. Bleiben Sie im Bug, ich rufe Ihnen die Anweisungen zu. Wenn wir an Paswegas vorbei sind, brauchen wir keine Fahrrinne mehr zu beachten, und dann können wir auch schon den Leuchtturm von Togus Head sehen.«

Er klang ruhig, bewegte sich aber schnell und nervös, als er sich unter der Takelage wegduckte. Er blieb nur kurz stehen, um sich eine Zigarette anzuzünden. »Setzen Sie Kenzie in eine Ecke. Ich bin gleich wieder da.«

Ich winkte Kenzie zu mir ins Cockpit. Sie setzte sich und starrte auf ihre Knie. Ich zog den Jack Daniels aus der Tasche.

Die Flasche war fast leer. Ich spähte zu der dunklen Silhouette von Tolba Island und trank einen kleinen Schluck.

»Kann ich auch einen haben?«

Ich schnaubte. »Natürlich nicht. Wie alt bist du?«

»Fünfzehn.«

»Vergiss es. Ich habe schon genug Schwierigkeiten am Hals.« Ich musterte ihr weißes Gesicht und sah wieder die Kratzspuren auf der Wange. »Ach, was soll's.«

Ich gab ihr die Flasche.

Sie trank und verzog das Gesicht. »Das ist ja widerlich.«

»Natürlich ist es das.« Ich nahm die Flasche zurück, trank sie leer und warf sie in einen Eimer.

Ich legte einen Arm um sie und sah mich nach einer windgeschützten Stelle um. Unter der Rettungsweste trug sie noch dieselben Klamotten wie an dem Abend, als sie verschwunden war, nur waren sie jetzt verdreckt und nass. Ihre Augen lagen tief in den Höhlen, und sie sah viel älter aus als fünfzehn, eher wie jemand, der aus einem brennenden Haus gekrochen ist und sieht, dass der Rest der Welt in Trümmern liegt.

»Hey.« Zögernd berührte ich sie am Arm. »Geht's einigermaßen?«

»Ja.« Sie sah mich nicht an.

»Hat er …«

»Nein.«

Graupelkörner prasselten auf das Deck. Ich drehte mich um und blickte über das schwarze Wasser hinweg in die Richtung, wo, verborgen in Dunkelheit und Nebel, Paswegas lag.

»Was hattest du vor an dem Abend?«, fragte ich. »Als du unterwegs warst zum Hafen?«

Zuerst antwortete sie nicht. Von unten hörte ich, wie der Motor ansprang. Das Boot schaukelte, dann fuhr es los. Kenzie hielt sich an der Reling fest und starrte ins Dunkel.

»Ich wollte nur mit Ihnen reden.« Sie klang trotzig. Aber dann sah ich, dass sie weinte. »Mehr nicht. Ich wollte nur mal mit einem anderen reden. Der nicht von hier ist.«

»Nicht von hier.« Ich drehte mich weg, damit sie mein Gesicht nicht sehen konnte, und nickte. »Das verstehe ich.«

»Ich hasse diese Gegend.« Sie trat wütend gegen den Eimer, und die Whiskeyflasche segelte übers Deck. »Sie kotzt mich an.«

Ich strich ihr lächelnd über den Kopf.

»Halt dich da fest«, sagte ich. »Ich muss Toby helfen gehen. Und bleib hier sitzen.«

Ich ging über das Deck zum Bug.

»Die beleuchtete Boje ist die erste«, rief Toby, der zum Cockpit eilte. »Nach ungefähr dreihundert Metern halten Sie nach links Ausschau ...«

Ich stand da, auf den Bootshaken gestützt, und ließ den Lampenstrahl übers Wasser gleiten. Dann entdeckte ich die zweite Boje.

»Da!«, brüllte ich.

»Gut. Die nächste kommt in knapp hundert Metern, auch links ...«

Es war wie in einem Traum: Die *Northern Sky* trieb durch eine Welt, in der alle Farben weggebrannt waren und die nur aus schwarzem Wasser und schwarzem Himmel bestand, mit ein bisschen Grau dazwischen und ab und zu einem Stück Schwarz, wo Felsen aus dem Wasser auftauchten wie neu geborene Inseln. Der Strahl der Taschenlampe sah aus wie ein heller Strohhalm, der auf den Wellen hin und her schwankte. Der Wind machte es schwer, das Klimpern der Bojen zu hören, aber Toby wies mich immer wieder an, wohin ich spähen musste, und wir verfielen in einen rastlosen Rhythmus. Der Lichtkegel glitt durch die Nacht, die *Northern Sky* schwenkte nach rechts oder links und entfernte sich immer weiter von Tolba Island.

Kenzies Schrei gellte durch den Wind wie der Ruf einer Möwe. »Nein!«

Sie kam aus dem Cockpit heraus und zeigte hinter uns, wo Tolba Island lag.

»Da ist sein Boot!«, schrie sie. »Da drüben!«

Toby fuhr herum und spähte durch das Fenster des Brückenkleids. Ich strengte die Augen an, aber ich konnte nichts sehen.

Dann hörte ich es, das Dröhnen eines Motorboots. Es klang wie ein anhaltendes Donnergrollen. Kenzie kreischte.

»Geh nach unten«, befahl Toby und schob sie zur Kajütenleiter. »Da bleibst du, bis ich dich hole.«

Sie gehorchte. Ich stolperte zum Cockpit.

»Ist er das?«

»Sie haben gesagt, Sie hätten ihn umgebracht.«

»Also hab ich's vergeigt!«

Halb erleichtert, halb beunruhigt blickte er zu dem weißen Gefährt, das sich rasch übers Wasser in ihre Richtung bewegte. »Das muss Denny sein. Es hat sich Luciens Boston Whaler geschnappt. Der hat zwölf PS. Zwar haben wir jetzt freie Fahrt bis Burnt Harbor, aber wir sind langsamer als er.« Er sah mich an. »Was ist da vor sich gegangen?«

»Er hat Tote fotografiert. Hat sie vorher umgebracht. So sieht es jedenfalls aus. Kenzie hat mir nicht erzählt, was genau passiert ist.«

»Scheiße.« Zum ersten Mal hatte er wirklich Angst. »Wir können nicht mal funken. Es würde eine Stunde dauern, bis die uns finden.«

Das Motorgeräusch wurde lauter. Ich trat um das Brückenkleid herum, damit ich mehr erkennen konnte.

Das Boot war noch knapp hundert Meter weit weg und hielt

direkt auf uns zu. Denny stand im Heck beim Außenbordmotor. Ich wusste, dass er zu mir blickte.

Fluchend drehte ich mich zu Toby um.

»Was machen wir jetzt? Der Typ hat eine Pistole. Er ist total wahnsinnig …«

»Behalten Sie ihn einfach im Auge«, sagte Toby. »Vielleicht können wir ihn abhängen, wenn wir die Lichter ausschalten.«

Ich holte die Signalpistole heraus.

»Die nützt uns nichts!«

»Doch. Wenn ich damit auf ihn ziele.«

»Warten Sie.« Toby klang flehend. »Verdammt, ich kann es nicht glauben.«

Ich blickte zu unserem Verfolger. Der Abstand war auf etwa fünfzehn Meter geschrumpft. Ich hielt die Signalpistole in der einen Hand, in der anderen den Bootshaken. Denny machte keine Anstalten, auf uns zu schießen. Er starrte zu mir herüber, sein Gesicht war nur ein bleicher Fleck in der Nacht. Er lächelte.

»Er hält direkt auf uns zu«, sagte ich. »Als wollte er uns rammen.«

»Das ist verrückt«, sagte Toby. Er zog die Ruderpinne herum, sodass das Segelboot scharf nach rechts schwenkte. »Er …«

»Scheiße!«

Ich hielt mich an der Plane fest. Der Whaler schoss auf unser Heck zu. Es gab ein lautes Knirschen, als wäre die *Northern Sky* über einen Felsen geschrammt. Toby wurde kreidebleich.

»Er hat es auf das Ruder abgesehen. Er versucht, es abzureißen.«

Mit aufheulendem Motor umkreiste uns der Whaler und stoppte dann sechs Meter hinter uns, wo er im eigenen Kielwasser schaukelte. Ich drückte Toby meine Taschenlampe in die Hand und stürmte aus dem Cockpit, packte den Baum und bewegte mich vorsichtig zum Heck. Der weiße Schaft des Ruders schnitt durch das Wasser.

Ich wandte den Kopf und rief Toby zu: »Ich glaube, es ist noch intakt!«

»Cass!«, rief er. »Aufpassen!«

Ich duckte mich, dann hörte ich einen Schuss.

»Denny!«, brüllte Toby verzweifelt. »Ich bin's, Toby. Was tust du denn da?«

Ein zweiter Schuss knallte, und Holz splitterte. Toby fluchte.

Geduckt sah ich über die Reling. Der Whaler war so nah, dass ich sogar die Registriernummer lesen konnte. Denny beugte sich über den Außenbordmotor. Er drehte ihn hoch, dann blickte er auf. Als er mich sah, begann er zu lächeln. Es sah Furcht erregend und irgendwie buntscheckig aus. Durch den Wind konnte ich ihn nicht hören, ich wusste aber, was er flüsterte.

Ich sah zu Toby. »Wir müssen was tun. Die Signalpistole ...«

»Zielen Sie nicht auf ihn.« Er senkte die Stimme. »Neben ihm steht ein Plastikkanister. Da ist Benzin drin. Versuchen Sie, den zu treffen. Sie haben nur eine Patrone, also ...«

Ich ging in die Hocke und spähte durch den Dunst. Neben Denny konnte ich aufgerollte Seile und einen Kanister erkennen. Ich hielt mir die Signalpistole vor die Brust und versuchte, mich zu verbergen, sodass er mich nicht sehen konnte.

Doch er bemerkte mich. Er hob den Kopf, und seine bebende Stimme drang bis zu mir.

»Ich sehe dich.« Dort, wo das verletzte Auge gewesen war, hatte er jetzt ein schwarzes Loch, sein Gesicht war voller Streifen von Blut. »Ich sehe dich noch immer.«

Auf den Bootshaken gestützt, stemmte ich mich gegen den Baum und zielte mit der Signalpistole auf Denny. Mit nur einem Auge war das schwierig, aber ich tat mein Bestes.

»Ich sehe dich auch«, flüsterte ich und drückte ab.

Eine weiße Kugel sauste auf den Whaler zu, und Denny verzog den Mund zu einem wütenden Grinsen. Er riss die Arme hoch, als wollte er das Geschoss fangen, doch es fiel ihm direkt vor die Füße und fing an zu brennen.

»Festhalten!«, schrie Toby mir zu.

Die *Northern Sky* schwenkte zur Seite und brauste übers Wasser. An den Baum geklammert, starrte ich zu dem Whaler hinüber. Das Leuchtgeschoss brannte. Denny trat es nicht aus, er kickte es auch nicht von dem Kanister weg, sondern stand mit hochgereckten Armen da, in einer Hand die Pistole, und grinste mich an. Dann machte er einen Schritt nach hinten. Das Geschoss loderte um seine Füße.

»Er ist vollkommen irre«, murmelte ich.

Ich hörte ein scharfes Zischen, als würde Luft aus einem Ventil entweichen. Dennys stand bis zu den Beinen in Flammen.

»Runter, Cass!«, brüllte Toby. »Das ist die Dieselleitung!«

Eine goldene Stichflamme schoss in die Höhe. Einen Augenblick lang sah ich Denny lodern wie einen brennenden Baum. Funken flogen um seinen Kopf, während er mit den Armen ruderte und schrill kreischte. Dann explodierte der Motor.

Ich kippte nach hinten, hielt aber den Baum umklammert, sonst wäre ich über Bord gegangen.

»Cass!«

Jemand riss mich hoch. Es war Toby. Sein Gesicht leuchtete im Feuerschein. Er zog mich mit zum Cockpit, und dort standen wir stumm und schirmten das Gesicht ab, während die *Northern Sky* dahintrieb und der Boston Whaler weißgoldene Feuerräder in die Luft jagte.

»Oh Gott«, sagte Toby und hielt sich die Augen zu.

Denny zappelte wie ein Insekt unter dem Brennglas. Die

Flammen wuchsen, dann verloschen sie, als das Boot zu sinken begann. Ich beobachtete, wie er brannte, ein Mann wie eine tänzelnde Flamme, dann sah ich, wie eine Kuppel aus Schwarz und Grau aus der Wasseroberfläche aufstieg und der Whaler unterging. Weiße Wasserwirbel und der Gestank von Diesel und verbranntem Plastik trieben zu uns herüber.

Ich hob den Bootshaken auf. Ich fühlte mich, als wäre ich emotional gehäutet worden, aber im Kopf war ich glasklar. Ich sah zu Toby. Der starrte auf die leere Wasserfläche. Sein Gesicht glänzte schweißnass. Schließlich blickte er mich an.

»Wir fahren besser so schnell wie möglich nach Burnt Harbor. Kümmern Sie sich um das Mädchen.«

Ich ging unter Deck. Kenzie hockte auf einer Bank und starrte durch das Bullauge.

»Ich hab's gesehen«, sagte sie mit ausdrucksloser Stimme.

Ich sah sie an, dann nickte ich. »Ich auch.«

»Er ist jetzt aber wirklich tot, oder?«

»Oh ja. Er ist wirklich tot. Kommst du hier unten klar, bis wir anlegen?«

Sie nickte, und ich ging wieder an Deck. Toby hielt die Ruderpinne und rauchte eine Zigarette. »Sobald wir näher an der Küste sind, werde ich einen Funkspruch absetzen. Vielleicht hat jemand das Feuer gesehen und schon die Küstenwache verständigt.«

Er zeigte zum Heck, wo das Dingi auf den Wellen hüpfte. »Das bremst uns. Sehen Sie die Klampe da? Machen Sie die Leine los, und lassen Sie das Dingi zurück. Dann sind wir schneller.«

»Aber was ist dann mit dem Dingi?«

»Darüber mache ich mir jetzt keine Gedanken.«

Ich ging zum Heck und hockte mich vor die Klampe. Einen Arm um die Reling geschlungen, wickelte ich das nasse Seil los.

Als ich das Ende noch in der Hand hielt, begann das Dingi schon abzutreiben, dann griff ich hinüber und stieß es weg, während ich das Seil zwischen den wunden Fingern hindurchgleiten ließ.

Jemand packte meine Hand. Ich blickte in ein geschwärztes Gesicht, dem die Lippen fehlten. Das Fleisch war weggesengt bis auf einen schwarzroten Saum rings um das grinsende Gebiss und ein blutrotes Auge. Ich riss den Arm zurück, doch seine Finger klammerten sich an mich und zerrten mich nach unten. Mit einem erstickten Schrei fiel ich über Bord.

Es war, als prallte ich gegen eine Wand. Das Wasser war so kalt, dass ich mich auf der Stelle wie steif gefroren fühlte. Die Lichter des Seglers warfen einen schwachen Schein und zeichneten die Silhouette einer knochendürren Gestalt, wie die eines riesigen Seesterns, dessen Glieder sich um mich schlangen. Ich trat um mich wie eine Verrückte, bekam jedoch keine Luft und begann mit ihm zu sinken. Meerwasser drang mir in Mund und Nasenlöcher. Es brannte mir in den Augen, doch ich hielt sie offen, während ich zuschlug und zappelte, um freizukommen. Die Stiefel zogen an mir. Ich versuchte, sie mir von den Füßen zu treten, merkte aber, dass sich irgendetwas an mein Bein geklammert hatte. Ich hatte schon fast kein Gefühl mehr im Körper. Ich drehte mich, spürte, wie mir die Luft aus der Brust gedrückt wurde, und sah das schwarze Schädelgesicht direkt vor mir. Ich schwang meinen Arm durch das eisige Wasser, fühlte so etwas wie einen bemoosten Stein an der Hand und stieß ihn weg, dann trieb ich mich, wie wild mit den Füßen tretend, nach oben, und schließlich durchbrach ich die Wasseroberfläche.

»Cass!«

Ich rang nach Luft, dann würgte ich.

»Cass!«

Schimmernde Bronze war nur eine Armlänge entfernt: der Bootshaken. Ich griff danach und sah eine dunkle Gestalt über die Reling gebeugt. Kenzie.

»Halten Sie durch!«, schrie sie. Toby tauchte hinter ihr auf. Ich hielt mich fest und blickte gleichzeitig über die Schulter, ob die schwarze Gestalt mir zur Wasseroberfläche gefolgt war.

»Wir haben Sie, Cass, halten Sie durch ...«

Toby packte mich an den Schultern. Gemeinsam zogen sie mich aufs Deck. Ich kniete da, würgte Meerwasser und zitterte am ganzen Körper. Toby legte mir eine Decke um die Schultern.

»Kommen Sie, Mädchen, bringen wir Sie nach unten.« Ich versuchte, ihn wegzustoßen, doch er hielt mich fest. »Hey, ich bin's nur, Toby.«

Ich sah noch einmal zurück aufs Wasser, aber da war nichts.

»Nun kommen Sie doch«, drängte Toby. »Sie erfrieren, wenn wir Sie nicht bald warm kriegen.«

Er sah zu Kenzie. »Bring sie nach unten, und wärm sie auf. Danach bringst du mir das Funkgerät. Ich will unsere Position durchgeben. Schaffst du das?«

Wir taumelten unter Deck. Kenzie hatte eine der Laternen angezündet, sodass die Kajüte in weiches Licht getaucht war, während wir in dem schaukelnden Boot auf Burnt Harbor zufuhren. Ich zog mir die Klamotten aus und wickelte mich in Decken. Ganz allmählich hatte ich das Gefühl, dass ich mich wieder bewegen konnte.

Dann zog ich mich an. Kenzie saß auf der Koje gegenüber und starrte durch das Bullauge in die Dunkelheit. Nach einer Weile sagte sie: »Ich gehe mal nach oben, okay?«

Ich nickte.

Die Kajüte schien zu schrumpfen, nachdem Kenzie weg war. Das Flämmchen in der Lampe wurde flackernd kleiner. Ich blieb auf meiner Koje und lauschte dem Knarren von Holz. Es hörte sich an, als würde jemand am Rumpf kratzen. Und das Prasseln der Graupelkörner an die Fensterscheibe klang, als würde jemand meinen Namen zischen. Mit Tobys abgenutzter Decke um die Schultern saß ich da. Seine Stimme und die von Kenzie drangen von oben zu mir herein. Ich starrte durch das Bullauge. Irgendwann waren die ersten Lichter von Burnt Harbor zu erkennen.

27

John Stone und Jeff Hakkala, zwei Krankenwagen und ein paar Bundespolizisten nahmen uns in Empfang. Vor dem Good Tern hatte sich eine Menschenmenge versammelt. Ich sah Robert und seine beiden Kumpel, die auf mich losgegangen waren, Merrill Libby und Everett Moss und den weißen Van eines Fernsehsenders, dessen Scheinwerfer in den Nebel leuchteten.

»Ach du Scheiße«, sagte ich, als von dem Ü-Wagen jemand auf uns zugelaufen kam.

Toby legte den Arm um mich und schob mich zu einem der Krankenwagen. Als der Journalist bei uns war, schüttelte Toby ärgerlich den Kopf.

»Sehen Sie nicht, dass die Dame verletzt ist?«

»Das ist keine Dame«, brüllte jemand, aber der Journalist zog sich in die Menge zurück.

Ich blickte flüchtig hinüber und sah Robert bei Kenzie und ihrem Vater stehen. Er grinste mich an. Sein Zungenpiercing blinkte. Dann wandte er sich ab.

Im Paswegas County Hospital wurde Kenzie untersucht und behandelt. Anzeichen für eine Vergewaltigung gab es nicht, aber man fand Cyanidspuren im Blut. Ich wurde mit fünfzehn Stichen am Auge genäht, bekam vorübergehend eine Augenklappe und wurde gegen Mitternacht wieder entlassen. Kenzie wurde über Nacht dabehalten und am nächsten Morgen ihrem Vater und der örtlichen Polizei übergeben.

Den Rest der Nacht verbrachte ich bei der Staatspolizei. Toby auch. Es gab eine Menge Fragen, besonders an mich, und ich konnte mir denken, dass die Ermittler des FBI mich noch einmal befragen würden, sobald sie gesehen hatten, was auf Tolba Island in den Bäumen hing. Ich wollte nicht daran denken, was sie im Steinbruch finden würden. Mit Sicherheit gab es in Maine ziemlich viele ungelöste Vermisstenfälle.

Ich war vollkommen erledigt. Das Foto von Denny, das ich aus Luciens Haus mitgenommen hatte, hatte ich in weiser Voraussicht auf Tobys Boot versteckt. Jetzt bedauerte ich sehr, dass ich nicht auch Dennys Buch gerettet hatte. Die Ermittler würden es finden und als Beweismittel behalten, und die ganze befremdliche, schreckliche, Furcht erregende Schönheit würde verloren sein, eingesperrt liegen in einem grauen, stickigen Raum. Ein bisschen was davon würde in den Bildern, die Ray und Lucien Ryel hatten, erhalten bleiben.

Doch die waren nur wie Ansichtskarten vom Taj Mahal. Aber ich hatte die wirklichen Bilder gesehen.

Denny Ahearn hatte eine ganze Welt erschaffen mit seinen Schildkrötenpanzern und Daguerreotypien, seiner verstümmelten Privatreligion und seinen wahnsinnigen Anstrengungen, vom Tod des Mädchens, das er vor vielen Jahren geliebt hatte, etwas zurückzugewinnen. Es war eine entsetzliche Welt, aber es war eine wirkliche Welt. Wie viele können von sich sagen, dass sie eine neue Welt erschaffen haben aus den Dingen, die uns erschrecken und bewegen? Ich habe es versucht und bin gescheitert. Genauso ging es Aphrodite Kamestos.

So monströs Denny war, so echt war er. Auch sein Werk. Er hatte tatsächlich eine Brücke zwischen den Welten gebaut, auch wenn niemand sie gesehen hatte außer ihm selbst.

Und außer mir während der kurzen Zeit in seiner Dunkelkammer.

Es dämmerte schon, als Toby mich endlich zum Motel fuhr. Auf dem Schild davor stand jetzt »Kein Zimmer frei«. Merrill hatte zwei Hütten im Wald hinter dem Motel für uns reserviert und nicht Zimmer an der Hauptstraße.

»Für den Fall, dass Journalisten aufkreuzen«, erklärte Toby. »Hier dürften sie uns nicht so leicht finden.«

»Das ist sehr rücksichtsvoll von ihm.«

»Merrill ist kein schlechter Kerl. Hab ich Ihnen ja gesagt.« Er sah mich an und schüttelte den Kopf. »Sie sollten schlafen.«

»Sie auch«, sagte ich und wankte in meine Hütte.

Die Sonne schien durch die Jalousien, als ich die Tür verriegelte. Ich trat mir die Stiefel von den Füßen und stellte sie auf die Heizung. Dabei fragte ich mich, ob sie je wieder richtig trocknen würden und ob mir je wieder richtig warm würde. Ich schluckte die letzten beiden Percocet und fiel ins Bett. Ich schlief wie eine Tote, traumlos und unbekümmert. Als ich schließlich aufwachte, war es draußen schon wieder dunkel.

Die nächsten beiden Tage verbrachte ich in einem Zustand der Benommenheit, ohne Alkohol und Drogen, und machte Aussagen in Anwesenheit verschiedener Polizisten. Bei der Überprüfung meiner Vergangenheit kam wieder ans Tageslicht, dass Christine einmal die Polizei gerufen hatte, weil ich sie tätlich angegriffen hatte. Aber da sie keine Anzeige erstattet hatte, konnte man es mir nicht zur Last legen. Toby und Kenzie bezeugten alles, was ich in den vergangenen vierundzwanzig Stunden getan hatte. Toby ließ unter den Tisch fallen, dass ich ihm was ins Glas geschüttet hatte. Es gab ein paar hochgezogene Augenbrauen und unangenehme Augenblicke – ich war noch nie gut bei Befragungen –, doch es ließ sich nun mal nicht bestreiten, dass MacKenzie Libby am Leben und wieder zu Hause war und dass das nicht der Fall wäre, wenn ich nicht eingegriffen hätte. Ich gab den Beamten meine Kontaktdaten und durfte gehen. Fürs Erste, wie es hieß.

Die Presse hatte ihren großen Tag. Innerhalb von wenigen Stunden gelangte die Meldung in die überregionalen Medien mit Schlagzeilen wie *Fotofinish* und *Das Schweigen der Schnappschildkröten*. Dennys Story hatte fast alles zu bieten: Mord, Entführung, Wahnsinn, Kunst. Und das Beste von allem: Ein junges Mädchen hatte überlebt und konnte darüber berichten – allerdings nicht der Regenbogenpresse, wie sich herausstellte. Wieder überraschte mich Merrill Libby, indem er jeden Versuch, das Schicksal seiner Tochter auszubeuten, konsequent unterband. Es gab ein Exklusivinterview mit der *Bangor Daily News*, mehr nicht. Fürs Erste jedenfalls. Kenzie ging zu einem psychologischen Berater. Ihr Vater ließ sie ein paar Tage lang bei Verwandten in der Nähe von Collinstown wohnen, danach wollte er sie wieder zur Schule schicken.

Das Wrack des Boston Whaler wurde gehoben. Dennys Leiche wurde nicht gefunden, obwohl Taucher das Gewässer vor Tolba Island absuchten. Das verkomplizierte jedoch die polizeiliche Untersuchung.

Das musste auch für Gryffin beunruhigend sein. Ich hatte ihn bei meiner Rückkehr nicht gesehen. Toby hatte gesagt, er wäre noch mit der Beerdigung seiner Mutter beschäftigt und er habe natürlich mit der niederschmetternden Tatsache zu kämpfen, dass er plötzlich der Sohn eines Serienmörders ist. Es war ein befremdlicher Gedanke, dass ich ihn innerhalb von ein paar Tagen praktisch zu einer Waise gemacht hatte.

Und natürlich hatte ich der Jugend von Paswegas County eine Lagerfeuergeschichte beschert, über die man noch jahrelang reden konnte. Toby erzählte mir, sie würden Denny schon Mad Hatter nennen, nach der Figur aus *Alice im Wunderland*, denn ich hatte den Ermittlern berichtet, was in der Apothekerflasche in Dennys Dunkelkammer gewesen war, und über Nacht wurde »Quecksilbervergiftung« in der Gegend zum meistgesuchten Begriff bei Google. Jeder Künstler strebt nach Unsterblichkeit. Denny Ahearn hatte sie auf seine Art erlangt. Abgesehen davon war er tatsächlich nicht totzukriegen.

Am Abend nach Kenzies Rettung rief ich endlich Phil Cohen in New York an.

»Cassandra! Da geistert ein schreckliches Bild von dir durch die Nachrichten! Was ist denn da oben passiert?«

Ich fasste es in drei Sätzen zusammen.

»Du lieber Himmel«, sagte er. Ich hörte die Stadt im Hintergrund – Lkws, Hupen, den ganzen Großstadtlärm. Selbst durchs Telefon hörte sich das unglaublich laut an, verglichen mit dem Wind und den Möwen in Burnt Harbor. »Hey Neary – sag mir, dass es keinen Zusammenhang gibt zwischen der ganzen Scheiße und deinem Aufenthalt da oben.«

»Nicht den geringsten.«

Sein Schweigen sagte mir, dass er mir nicht glaubte.

»So«, sagte er schließlich. »Hast du wenigstens das Interview bekommen, bevor die alte Dame abgetreten ist?«

»Nein.«

»Fotos?«

»Auch nicht.«

»Mensch! Was hast du denn da oben überhaupt gemacht? Ich meine, außer das Mädchen zu retten.«

»Nicht viel, Phil«, sagte ich. »Hör mal, heißt das, ich kriege meine Kohle nicht?«

»Deine Kohle?« Er lachte. »Ich werde sehen, was sich machen lässt, okay? Du könntest die Story zu Geld machen, das weißt du, oder? Du und das Mädchen, das ist eine echte Scary-Neary-Story. Du könntest ...«

»Vergiss es«, sagte ich. »Ich muss Schluss machen. In ein paar Tagen bin ich zurück, dann rufe ich dich an.«

»Warte!«

Ich legte auf.

Am nächsten Morgen kam Merrill Libby zu meiner Hütte und sagte, Kenzie wolle mich sehen.

»Was Sie getan haben …« Er stand vor der Tür und schwitzte, obwohl es gerade anfing zu schneien. »Das war gut, Mrs. Neary.«

»Ms. Neary.« Ich ergriff seine ausgestreckte Hand und schüttelte sie zaghaft. »Aber danke.«

Am späten Nachmittag fuhr Toby mich mit seinem Pick-up zu Kenzies Tante. Die Reifen hatten überhaupt kein Profil mehr, darum fuhren wir sehr langsam. Wir krochen über eine Holperpiste, während die Schneeflocken wie Motten gegen die Windschutzscheibe flogen. Die Tante wohnte in einem neuen Fertighaus, die geharkte Erde ringsum war weiß bestäubt und voller Abdrücke von Kinderfüßen. Kenzie öffnete die Tür.

»Hey«, sagte sie schüchtern.

Die Tante und die Cousinen sahen genauso aus wie Merrill. Aber sie waren freundlich und stellten mir keine Fragen.

»Kenzie wohnt bei Shannon im Zimmer«, sagte die Tante. Sie zeigte den Flur entlang. »Ich habe Shannon gesagt, sie soll Sie beide allein lassen.«

Sie drehte sich um und befahl den Kindern, nicht so laut zu sein. Toby setzte sich zu ihnen auf die Couch und sah fern.

»Ach du je.« Er zog eine Zigarette hinter dem Ohr hervor. *»Teenage Mutant Ninja Turtles.«*

»Danke, dass Sie gekommen sind«, sagte Kenzie auf dem Weg zu Shannons Zimmer. »Ich werde hier noch verrückt. Alle sind nett, aber …«

Wir gingen in ein kleines Zimmer mit rosa Wänden, rosa Bettwäsche mit Comic-Figuren, einem Bett und einem Schlafsack auf dem Boden.

»Ich möchte wieder zur Schule und zu den anderen zurück.«

»Du darfst noch nicht?«

Ich setzte mich auf das Bett. Kenzie ließ sich auf den Boden plumpsen und zog eine Tasche mit CDs zu sich heran.

»Doch, bald. Vielleicht morgen schon. Es ist so langweilig hier.«

»Du bist ganz schön anspruchsvoll.«

Sie lachte, dann zeigte sie auf meine Augenklappe. »Tut das weh?«

»Nicht besonders.«

»Ist das Auge jetzt blind?«

»Nein. Die muss ich nur tragen, damit die Naht nicht gedehnt wird. Die Haut ist an der Stelle sehr empfindlich.«

Sie lächelte ihr niedliches Kinderlächeln. »Sieht echt cool aus.«

»Ja?« Behutsam fasste ich an den Rand der Augenklappe. »Vielleicht sollte ich die immer tragen.«

»Auf jeden Fall.«

Sie starrte auf ihre Knie. Ich nahm mir die Tasche mit den CDs und blätterte die Hüllen durch. »Scheiße. Das hörst du?«

Sie zuckte mit den Schultern. »So ziemlich. Ich würde mir gern was anderes runterladen, aber mein Dad will mir keinen iPod kaufen.«

»Good Charlotte? Oh Mann. Die hier sind okay ...« Ich tippte auf Fire of Love und Volume Two der Ramones Anthology.

»Ja, aber die frühen Sachen von denen finde ich besser.«

»Ich auch.« Ich betrachtete die Tasche mit den CDs noch einen Augenblick lang, dann gab ich sie ihr zurück. »Hör zu, wenn ich wieder in New York bin, besorge ich dir ein paar Sachen und schicke sie dir. Magst du Patti Smith?«

Sie lächelte wieder. »Total! *Dancing Barefoot* ...«

Ich verzog das Gesicht. »Vergiss es. Kennst du das erste Album? Nein? Ich werde es dir schicken. Du hast bestimmt eine E-Mail-Adresse. Gib sie mir, dann schreibe ich dir und nenne dir noch ein paar andere Sachen, die du unbedingt hören solltest.«

»Echt? Das wäre toll.«

Ich stand auf. »Ich mach mich jetzt besser auf den Weg. Tobys Wagen macht sich bei Schnee nicht besonders gut.«

Kenzie folgte mir zur Tür. Dort drehte ich mich noch einmal um. Sie blickte mich zögernd an, die Hände in den Taschen ihrer Cargohose, dann sagte sie: »Ich hab gehört, es gibt ein Buch von Ihnen. Mit lauter Fotos und so. Das würde ich gern mal sehen.«

»Ich hätte gedacht, du hast genug vom Fotografieren.«

Sie wurde rot und zuckte mit den Schultern. »Nein. Das heißt, ja, aber nur von solchen Fotos. Sie wissen schon. Ich bekomme eine Digitalkamera.«

»Ja?« Ich sah sie an, dann lächelte ich. »Cool. Dann fotografier mal schön. Schick mir deine Bilder. Ich würde gern sehen, was du daraus machst.«

Sie brachte mich zur Haustür. Toby stand auf, und wir gingen nach draußen.

»Danke, Cass«, rief Kenzie, als wir durch den Schnee zum Wagen gingen.

»Ich schicke dir am besten gleich die CDs«, sagte ich und stieg ein.

Toby setzte auf die Straße zurück. Ich starrte zum Haus hinüber. Kenzie stand in der Dunkelheit vor der Tür, der Schnee wirbelte um ihr blasses Gesicht und blieb in ihren schwarzen Haaren hängen. Ich kurbelte das Fenster herunter.

»Bye, Kenzie«, rief ich.

Sie winkte hinter uns her, während wir nach Burnt Harbor zurückfuhren.

28

Am Nachmittag des nächsten Tages fand ein Trauergottesdienst für Aphrodite in der Congregational Church von Burnt Harbor statt. Ich ging nicht hin, obwohl Toby meinte, ich sollte es tun. Nachdem er mich am Abend zuvor am Motel abgesetzt hatte, kehrte er nach Paswegas zurück und verbrachte die Nacht bei Gryffin. Jetzt war es halb drei.

»Sie sollten sich auf jeden Fall von Gryffin verabschieden.« Toby stand in der Tür meiner Hütte, er trug eine dunkle Wollhose und ein Jackett mit Nadelstreifen, das nach Mottenkugeln roch. Er hatte sich den Bart gestutzt und den Zopf neu geflochten. »Wir gehen hinterher im Good Tern essen. Sie sollten auch hinkommen. Sie müssen damit abschließen.«

»Abschließen? Nein danke. Mir reicht's.« Ich schüttelte den Kopf. »Ich komme mir schon vor wie die böse Fee in *Dornröschen*. Ich muss mich auf den Heimweg machen.«

Mein Wagen stand immer noch in Burnt Harbor. Ich hatte viel zu lange geschlafen – nach einem Schlafdefizit von mindestens einer Woche. Wenn ich vor Einbruch der Dunkelheit losfuhr, könnte ich bis Bangor kommen, in einem Motel übernachten und am nächsten Morgen schon früh weiterfahren.

Dann wäre ich morgen um diese Zeit wieder in der Stadt. Es kam mir vor, als wäre ich ein Jahr lang weggewesen.

Toby runzelte die Stirn. »Können Sie nicht bis nach dem Gottesdienst warten? Damit wir wenigstens Auf Wiedersehen sagen können? Sie brauchen sowieso jemanden, der Sie zum Hafen fährt.«

Ich seufzte. »Meinetwegen.«

»Gut.« Sein Gesicht hellte sich auf. Er ging nach draußen. »Wir kommen Sie hinterher abholen. Bis dann.«

»Toby.« Er blieb stehen, und ich sagte: »Ich ... also, danke. Für alles.«

»Oh, schon klar.« Er blickte auf seine Füße und bückte sich, um den Schnee von seinen Stiefeln abzuwischen, dann richtete er sich seufzend auf. »Mensch, was für eine schreckliche Woche. Der arme Gryffin. Die arme Aphrodite. Sogar Denny ...«

»Ja, die Ärmsten.«

Er blickte zum Himmel hinauf. »Es soll heute noch schneien. Ein starker Sturm ist angesagt. Mehr als dreißig Zentimeter Neuschnee, habe ich gehört.« Er winkte mir zu und ging.

Es war fast drei. Die Sonne schien, der Neuschnee glitzerte wie Glasscherben, und die Nadelbäume standen malachitgrün vor einem wolkenlosen Himmel.

Doch das Licht wurde schon schwächer. Ich glaubte nicht, dass es schneien würde. Im Westen war nur ein dünner Wolkenstreifen zu sehen, das Wetter war so schön, wie ich es in Maine noch nie erlebt hatte. Ich blickte durch mein Hüttenfenster, bis Toby wegfuhr. Dann setzte ich mich aufs Bett und starrte auf meine Umhängetasche. Schließlich holte ich den Fotoband heraus und klappte ihn auf.

Alle Dinge verändern sich im Auge des Betrachters ...

Dennys Blick hatte die Dinge verändert. Aphrodites Blick auch, nahm ich an. Doch während ich nun in *Deceptio Visus* blätterte, kamen mir ihre Fotos gestellt und übertrieben vor.

Und zu einfach. Sie hatte Schönes fotografiert – Inseln, Wolken, die aufgehende Sonne – und etwas noch Schöneres daraus gemacht. Wogegen Denny sich angestrengt hatte, um etwas Furchterregendes einzufangen und ihm Schönheit zu verleihen. Und Ewigkeit. Für ihn war Hannah Meadows nie wirklich gestorben. Oder vielleicht hatte sie auch nur nie aufgehört zu sterben. In all den Jahren, seit er sie ertrunken am Ufer des Sees entdeckt hatte, hatte er nicht mehr wegsehen können.

Ich stieß auf den Schnappschuss von Gryffin und holte das Foto von Denny heraus, das ich aus Lucien Ryels Haus hatte mitgehen lassen. Ich legte die beiden nebeneinander in das Buch und berührte zuerst Dennys maskiertes Gesicht, dann Gryffins Lächeln.

»Ich sehe dich«, flüsterte ich.

Ich klappte das Buch zu und steckte es ganz nach unten in meine Umhängetasche. Dann entfernte ich den Verband am Auge, legte einen neuen Tri-X in den Fotoapparat ein und ging nach draußen. Die Dämmerung warf lange Schatten auf den Schnee. Die Kiefern waren noch weiß eingehüllt. Ich ging hinter meine Hütte und dann weiter in den Wald. Auf einer kleinen Lichtung fing ich an zu fotografieren.

Ich hatte nichts Bestimmtes im Sinn. Ich wollte mich nur hinter dem Sucher spüren. Ich wollte sehen, ob mein Auge sich, unabhängig von der Verletzung, verändert hatte. Bis das Licht verschwand, verschoss ich fast den ganzen Film. Ich fotografierte schwarze Äste, die Schatten zwischen dem toten Laub, einen Haufen Eicheln, die wie winzige Totenschädel aussahen, die Lücken im Unterholz, wo mich kleine Gesichter anzustarren schienen. Einmal glaubte ich, ich würde in einer Astgabel über mir etwas hören, und wich stolpernd zurück. Fast wäre ich gestürzt.

Als ich hinaufsah, war da nichts, nur ein huschender Schatten, vielleicht ein Eichhörnchen oder eine Krähe oder auch etwas Größeres.

Oder vielleicht auch gar nichts.

Es war fast dunkel, als ich zu meiner Hütte zurückging. Ich räumte auf und legte mir den Verband wieder an, vergewisserte mich, dass ich nichts liegen gelassen hatte, dann setzte ich mich hin und wartete auf Toby.

Kurz nach fünf klopfte es an der Tür. Ich öffnete.

»Cass. Hi.«

Es war nicht Toby, sondern Gryffin. Mit blassem Gesicht und roten Augen sah er mich an. »Toby hat Suze, Ray und Robert in seinem Pick-up. Darum hole ich dich ab. Hast du alles?«

»Ich denke, ja.« Es fiel mir schwer, gelassen zu klingen. Ich zog mir die Jacke an, was noch ziemlich wehtat, und nahm meine Tasche und den Fotoapparat. »Fertig.«

Sein alter grauer Volvo parkte vor dem Büro des Motels. Ich ging hinein – die Tür war offen – und legte meinen Zimmerschlüssel auf den Tresen an der Rezeption. Merrill war nicht da. Ein Zettel lag da, auf dem stand, dass er am Abend wieder da sein würde. Als ich zu Gryffins Wagen ging, fiel mein Blick auf die Tafel vor dem Motel. »Bis zum Frühjahr geschlossen« stand da.

Ein paar vereinzelte Schneeflocken fielen auf die Windschutzscheibe, während wir nach Burnt Harbor fuhren. Gryffin wandte mir den Kopf zu. »Sieht aus, als würde es wehtun.«

»Ja.« Ich atmete tief durch. Er sah schlecht aus. Nicht nur erschöpft, sondern von Trauer gezeichnet, und von etwas Schlimmerem, wie ich wusste. »Ich … ich weiß nicht, was ich sagen soll. Außer dass mir das alles leidtut.«

Einen Augenblick lang schwieg er, dann seufzte er.

»Danke. Es setzt mir zu. Denny … Na ja, du weißt schon. Meine Mutter war so wütend, als er sie wegen dem jungen Mädchen abserviert hat, dass sein Name nicht mal auf meiner Geburtsurkunde steht. Aber ich wusste es. Jeder wusste es. Doch wie es hier so üblich ist, hat nie einer darüber geredet. Ich hatte seit dreißig Jahren keinen Kontakt zu ihm. Die Polizei hat schon mit mir gesprochen, und ich kann dir sagen, es ist schlimm. Nein, es ist noch viel schlimmer. Aber …«

Er sah durch den spärlich fallenden Schnee auf die dunkle Straße voller Kurven. »Er ist tot. Wahrscheinlich. Ich hoffe es jedenfalls. Jetzt geht es nur noch um die Sicherung der Spuren und um die Frage, wer die anderen Toten gewesen sind.«

»Reist du auch ab?«

»Abreisen? Das wäre schön. Ich muss bleiben und die Sachen meiner Mutter durchsehen. Offiziell ist das ein ungeklärter Todesfall unter Alkoholeinfluss. Zumindest das weiß ich jetzt schon mal. Aber ich muss mich noch mit ihrem Vermögen befassen. Und mit der Polizei. Und mit Anwälten. Die müssen mir sagen, was für die Ermittlung beschlagnahmt werden darf und was nicht. Das ist alles ziemlich schwierig.«

Die nächste Kurve nahm er zu schnell, sodass der Wagen ein Stück auf den Waldrand zurutschte, doch schnell hatte Gryffin ihn wieder unter Kontrolle. Er bremste ab, und wir fuhren im Schneckentempo weiter. Irgendwann griff er in seine Tasche und warf mir etwas zu. »Ich denke, das gehört dir.«

Ich fing es auf. Es war mein Tri-X-Film. Panik stieg in mir auf, und bevor ich den Mund aufmachen konnte, redete Gryffin schon weiter. »Mein Schildkrötenpanzer lag an einem anderen Platz. Das ist mir neulich Morgen aufgefallen, gleich nachdem ich aufgestanden bin. Als ich ihn in die Hand genommen habe, habe ich gleich gespürt, dass etwas drinsteckt. Ich wollte es dir sofort zurückgeben – ich nehme an, das sollte ein Scherz sein, oder? –, aber dann habe ich meine Mutter gefunden und ...« Er seufzte schwer. »Dann habe ich es vergessen.«

Ich strich mit dem Finger über die Rolle und steckte sie in die Jackentasche. »Tja. Danke. Ich, äh ...«

»Schon gut.« Nach kurzem Schweigen sagte er: »Dieser Schildkrötenpanzer war das Einzige, was er mir jemals geschenkt hat. Denny, meine ich.«

Er sah durch das Seitenfenster auf die dunklen Bäume.

»Nachdem ich das alles erfahren hatte, bin ich zum Strand runtergelaufen und habe das Ding ins Meer geworfen. Jetzt ist es weg. Alle sind weg.«

Vor der nächsten scharfen Kurve schaltete er herunter. »Wenn Schnee liegt, sind diese alten Volvos furchtbar. Hinterradantrieb. Jedes Jahr nehme ich mir vor, mir einen neuen Wagen zu kaufen. Warum wolltest du zu ihr?«

Ich erschrak. »Zu Kenzie?«

»Nein. Zu meiner Mutter. Warum bist du hergekommen und wolltest mit ihr sprechen?«

Ich starrte nach vorn. »Weil ich ihre beiden Bücher sehr geschätzt habe«, antwortete ich schließlich. »*Deceptio Visus* und *Mors*. Sie haben mein Leben verändert. Als ich die damals gesehen habe, habe ich beschlossen, ich werde Fotografin.«

»Warum hast du aufgehört zu fotografieren?«

Ich antwortete nicht. Irgendwann sagte er: »Ich habe ein Exemplar von deinem Buch gefunden und bei ABE bestellt. Es kostet jetzt zweihundert Dollar. Hast du das gewusst?«

»Echt? Im Ernst? Zweihundert Dollar?«

»Ja. Nach allem, was passiert ist, kannst du bestimmt einen Vertrag für eine Neuauflage aushandeln, jede Wette.« Er lachte rau. »Das ist ein großer Karriereschritt, Cass.«

Er bremste ab, sodass der Wagen nur noch rollte, und sah mich von der Seite an. »Cass. Hör zu. Was hältst du davon, wenn du noch ein bisschen hierbleibst?«

»Ich muss wieder zur Arbeit.«

»Ach ja, richtig.« Er machte ein langes Gesicht. »Das Lager vom Strand. Brauchen die dich unbedingt? Weißt du, ich habe schon angefangen, die Sachen meiner Mutter zu sichten. Ihre Fotos und Briefe und das ganze Zeug. Sie hat alles aufbewahrt. Ich bekomme andauernd Anrufe von Antiquaren und Sammlern. Durch die schreckliche Geschichte mit Denny sind plötzlich alle an Aphrodite Kamestos interessiert. Ein Verlag hat mich kontaktiert wegen eines Buches. Aber ich kann es kaum ertragen, mir das alles anzusehen. Darum habe ich überlegt, falls du Interesse hättest, könntest du doch noch ein bisschen bleiben und mir helfen, die Dinge zu ordnen, einen Katalog zu erstellen. Ich kenne mich mit seltenen Büchern aus, aber nicht mit Fotografien. Da weißt du doch Bescheid. Im Augenblick könnte ich dir nichts zahlen, aber du könntest im Haus wohnen, und wenn sich ein Geschäft ergibt, handeln wir etwas aus. Was meinst du dazu?«

Ich starrte aus dem Fenster und dachte darüber nach. »Nein. Danke. Aber ...«

»Aber *was?*«

»Erstens könnte ich es hier auf Dauer nicht aushalten.«

»Wirklich? Mir scheint, bisher konntest du das ziemlich gut.« Er warf mir diesen lauernden Blick zu, der verärgert wirkte, aber auch bedauernd. »Na gut. Ich dachte, das wäre eine gute Idee. Denk noch mal darüber nach, okay? Ich werde auf jeden Fall jemanden dafür engagieren müssen. Es wäre gut, wenn es jemand wäre wie du.«

Vor uns schimmerten die Lichter von Burnt Harbor durch den Schnee. Wir fuhren zum Good Tern hinunter und parkten neben Tobys Pick-up. Ein Stück entfernt standen ein paar Leute, die aufs Wasser schauten und sich unterhielten. Als Gryffin und ich ausstiegen, drehten sie sich um. Toby, Suze, Ray Provenzano und Robert.

»Hey«, rief Suze. Sie kam durch den Schnee gestapft, dabei hob sie ihren langen Bauernrock über den klobigen Stiefeln ein bisschen an. Ihre blonden Dreadlocks waren unter einer Wollmütze versteckt. »Das war ein schöner Gottesdienst, Gryffin. Du hast das Richtige getan. Wie immer.«

Sie umarmte ihn, dann sah sie mich an. »Wie geht es dir?«

Ich zuckte mit den Schultern. »Ganz gut, nehme ich an. Unter diesen Umständen.«

Sie lächelte. »Du bist jetzt eine lokale Berühmtheit, das weißt du, oder?« Mit einer Kopfbewegung deutete sie auf meine Augenklappe. »Wirst du damit sehen können?«

»Ja. Die trage ich nur, bis die Fäden gezogen werden.«

»Hohoho.« Sie küsste Gryffin auf die Wange. Er lächelte blass, und Ray legte einen Arm um ihn.

»Wird schon werden«, sagte er. »Wir kümmern uns um dich.« Dann sah er mich an und sagte mit heiserer Stimme: »Das war ja ein beeindruckender Besuch von dir.«

»Was du nicht sagst.«

Toby zündete sich einen Joint an und hielt ihn mir hin. Ich schüttelte den Kopf. Er gab ihn an Ray weiter und sagte: »Haben Sie alles, Cass?«

»Scheint so.«

Suze schaukelte auf den Absätzen und starrte in den wirbelnden Schnee. »Du solltest hierbleiben. Unten in Portland liegen schon zwanzig Zentimeter Schnee. Die 95 musste schon gesperrt werden, weil bei Bangor ein Sattelzug verunglückt ist. *A tombstone every mile,* wie in dem Hit von Dick Curless«, sagte sie.

Robert nickte und bohrte einen Absatz in den Schnee. »Wir kriegen ordentlich was ab.«

»Also dann.« Gryffin fasste mich am Ellbogen und deutete auf meinen Wagen, der weiter weg im Dunkeln stand. »Fahr besser los, damit du dem Sturm zuvorkommst.«

Wir gingen alle zusammen hinüber. Auf dem glatten Asphalt rutschte ich in meinen Stiefeln. Ich hielt den Kopf gesenkt, damit niemand mein Gesicht sehen konnte.

Schließlich standen wir am Wagen.

»Oh«, sagte Suze.

Ich blickte auf. »Was ist denn das für eine Scheiße?«

Die Scheißkarre lag am Boden. Ich ging in die Hocke und sah mir den Vorderreifen an. Er war aufgeschlitzt.

»Alle vier platt«, sagte Toby, der kopfschüttelnd ums Heck ging.

»Robert?« Rays Stimme gellte durch den Hafen. *»Robert!«*

»Ich war's nicht! Ich schwöre. Es war Bip …« Er kam langsam näher.

»Bip?« Ich blickte ihn ungläubig an. »Wer ist das denn?«

»Der Typ, den Sie getreten haben! Er war mächtig sauer«, fügte er hinzu und zuckte betreten mit den Schultern.

Ray versetzte ihm einen Boxhieb gegen die Schulter. »Du besorgst ihr neue Reifen, verstanden? Du und dein blöder Bip! Gleich morgen früh. Oder wann auch immer«, fügte er mit Blick auf den Schnee hinzu.

»Scheiße.« Ich starrte die Karre an. Suze stellte sich neben mich.

»Hey, mach dir nichts draus«, sagte sie. »So was passiert andauernd. Wir bringen das wieder in Ordnung.«

Ich drehte mich um und blickte durch das schwarz-weiße Gewirbel zu den Lichtern von Paswegas hinüber. Sie waren kaum zu erkennen.

»Komm«, sagte Gryffin, legte einen Arm um mich und deutete auf das Good Tern. »Ich geb dir einen aus.«

Er lächelte, und einen kurzen Augenblick lang sah er genauso aus wie der junge Mann auf dem Schnappschuss, vielleicht nicht gerade hingerissen, aber offen für eine glückliche Zukunft.

Oder für was auch immer. Ich blickte ihn an, dann hängte ich mir die Tasche über die Schulter.

»Meinetwegen«, sagte ich, und wir folgten den anderen nach drinnen.

Danksagung

Wie immer gilt mein allererster und größter Dank meiner Agentin Martha Millard.

Mein aufrichtiger Dank gebührt auch all denen, die frühere Fassungen dieses Romans gelesen und kommentiert haben: Jim Baker, Ellen Datlow, Russell Dunn, Teri Gerritsen, Richard Grant, Bob Morales, Eddie und Tracee O'Brien, Peter Straub und Paul Witcover.

Für seine Sachkenntnis und Unterstützung in Sachen Fotografie danke ich Norm Walters.

Bruce Bouldry hat mir nautische Fachbegriffe beigebracht. Vielen Dank, auch dafür, dass ich seine *Magic Ghost* als Double für die *Northern Sky* benutzen durfte.

Raymond Jeffrey Greene hat aufgepasst, dass bei der Schilderung der Mordermittlung alles stimmt. Herzlichen Dank.

Und schließlich danke ich John Clute. Du bist der Kompass in meinem Leben, der mir immer und zuverlässig die richtige Richtung weist. Ich liebe dich von ganzem Herzen.

Werde Teil der Bastei Lübbe Welt
You Tube
www.lesejury.de
Lesen, rezensieren, Bücher gewinnen
Lerne Autoren, Verlagsmitarbeiter und andere Leser kennen